KB006361

SEVERANCE

by Ling Ma

단절

SEVERANCE

링 마 장편소설

양미래 옮김

황금가지

나의 어머니와 아버지에게

일러두기

본문의 각주는 옮긴이 주입니다.

차례

프롤로그

종말이 지나고 새로운 서막이 열렸다. 서막이 열리던 시점에 무리의 총인원은 여덟이었다가 — 내가 합류하면서 — 아홉으로 늘었으나, 아홉은 줄어들 일만 남은 숫자였다. 제각기 뉴욕을 탈출한 우리는 보다 안전한 교외의 목초지를 찾아다니다가 서로를 발견했다. 그런 만남을 다들 한 번쯤은 영화에서 본 적 있었지만 정확히 어떤 영화였는지 콕 집어 말할 수 있는 사람은 없었다. 많은 일이 영화 속에 그려진 방식 그대로 펼쳐지지는 않았다.

무리에는 브랜드 전략가, 재산 전문 변호사, 인적 자원 전문가, 개인 재무 컨설턴트 등이 섞여 있었다. 무얼 어찌해야 할지 전혀 아는 것이 없던 우리는 모든 것을 구글에 검색했다. 야생에서 생존하는 법을 검색했더니 옻, 독충, 곰 발자국 이미지가 나타났다. 그것도 나름 괜찮은 정보이긴 했지만 우리가 궁금했던 건 공격을 가하는 방법이었다. 모든 것에 맞설 방법. 우리는 불 피우는 법을 구글에 검색한 뒤 부싯돌과 부시, 부싯돌과 부싯돌, 돋보기와 햇빛을 이용해 불 피우는 법을 보여 주는 유튜브

동영상을 시청했다. 그러나 불을 붙이는 데 필요한 부싯돌을 찾을 수가 없었고 실은 애초에 부싯돌을 분간할 줄도 몰랐는데, 밥의 이중 초점 안경으로라도 어떻게든 해 보려 하던 차에 누군가가 청재킷에서 빅(Bic) 라이터를 발견했다. 라이터가 피워 준 불 덕분에 무사히 밤을 보내고 아침을 맞이한 우리는 어느 방치된 월마트에 당도했다. 그리고 훔친 지프차 몇 대에 생수병과 각질 제거용 바디워시와 아이팟과 맥주와 피부 톤 보정 크림을 차곡차곡 실어 넣었다. 마트 뒤편으로 가 보니 총과 탄약, 위장옷, 조준경, 그립*이 있었다. 총 쏘는 법을 구글에 검색한 다음 시험 삼아 총을 한번 쏴 본 우리는 발포시의 반동, 염분이 느껴지는 냄새와 연기, 숲속에서 벌어진 일종의 예배극 같은 상황에 화들짝 놀라고 말았다. 그러나 사실 그것을, 그러니까 총 쏘는 행위를 다들 굉장히 즐겼다. 손에 힘을 제대로 주지 않은 탓에 총알이 엉뚱한 곳으로 날아가고 몸이 앞으로 확 쏠리거나 뒤로 젖혀져도 즐거워했다. 손가락으로 신중히 방아쇠를 당기면 맥주병 목이 날아갔고, 《보그》 잡지가 갈가리 찢겼고, 치아 펫**이 산산조각 났고, 참나무 묘목이 명을 다했고, 다람쥐가 죽었으며, 엘크도 죽었다. 축제 현장이었다.

구글은 오래가지 못할 터였다. 인터넷도. 그 밖의 모든 사회 기반 시설도 마찬가지였다. 그러나 새로운 서막이 열리기 시작

---

* 조준경은 정확한 조준을 돕는 망원 렌즈를, 그립은 총의 손잡이를 가리킨다.

** 인간이나 동물의 머리 모양으로 만들어진 식물 키우기 제품으로, 치아 씨를 심으면 씨앗이 머리카락처럼 자란다.

하던 그때, 우리 말고는 아무도 없던 그때는 그렇게 허풍선을 떨어도 문제 될 게 없었다. 우리를 시기할 사람도, 자랑스러워할 사람도 하나 없었으니까. 구글 검색 항목은 서서히 어둡고 내면적인 주제로 바뀌었다. 매슬로의 피라미드*를 검색해서 그동안 욕구를 몇 단계까지 충족했는지 확인해 보기도 했다. 첫 두 단계까지였다. 같은 처지에 놓인 사람들을 찾고 싶은 마음에 2011 열병 생존자를 검색했더니 죄다 한참 전에 게시된 추측성 기사들만 뜨길래 애도의 7단계를 검색해 우리의 감정 상태가 어떻게 변했는지를 되짚어 보기도 했다. 대부분 분노 단계를 밟고 있었고, 우리 중에서도 속도가 더딘 일부는 부정 단계에 머물러 있었다. 한번은 신은 존재하는가를 검색한 다음 저는 운이 좋은 것 같아요라는 문구를 클릭하자, 곧바로 자살 예방 긴급 직통 전화로 연결되었다. 전화를 끊으라는 밥의 단호한 목소리에도 아랑곳하지 않고 우리는 통화 연결음이 열두 번이나 울리도록 내버려 둔 채 다른 누군가를, 우리가 유일한 생존자가 아님을 확인해 줄 낯선 목소리를 기다렸다. 응답하는 사람은 없었다.

이 일을 비롯해 그간 얻은 정보들을 토대로 도출한 결론에 따르면 남은 생존자는 우리, 실로 우리뿐이었다.

몇 주 동안 정신이 나간 상태로 날뛰면서 곳곳을 누비고 다

---

* 1단계(생리적 욕구), 2단계(안전의 욕구), 3단계(애정과 소속의 욕구), 4단계(존경의 욕구), 5단계(자아실현의 욕구)라는 총 다섯 가지 단계로 구성된다.

닌 후에야 우리는 마음을 다잡고 작전 계획을 세웠다. 리더를 하겠다고 자진해 무리를 이끈 밥은 키가 작고 육중한 체격에 IT 업계에서 일한 경험이 있는 사람이었다. 나이는 다른 사람들보다 약간만 많은 정도였지만, 정확히 몇 살인지를 묻자면 버릇없어 보일 각오를 해야 할 만큼 연장자이기는 했다. 밥은 기분이 내키면 고스족처럼 구는 사람이었다. 또한 혼자 있기에 통달한 사람이었다. 종교적 열정에 버금가는 마음으로 워크래프트의 모든 버전을 플레이해 본 사람이기도 했다. 가만 보면 마치 이것을 위해, 이 일을 위해, 이 고매한 소명을 위해 지금껏 준비해 온 사람 같았다. 밥은 과거에 받은 손목굴증후군 수술의 부작용으로 셔츠 안쪽 가슴 부근에 팔걸이 붕대를 매고 그 붕대로 오른팔을 고정하고 다녔다. 몸은 약한 편이었지만 남에게 지시를 내려 자기 뜻을 따르게 하는 일에는 그 누구보다 능했다. 온갖 잡무를 처리해야 했던 우리에게는 해야 할 일을 지시해 주는 사람이 필요했다. 그래서 밥의 명확하고 간결한 지시를 만나*처럼 받들었다.

우리가 머무를 만한 곳이 한 군데 있어, 밥이 전자담배를 뻐끔뻐끔 피우며 말했다. 프렌치바닐라 향기가 밤공기를 타고 은은히 퍼져 나갔다.

우리는 모닥불 주위에 둘러앉아 밥의 말을 경청했다. 듣자하니 우리가 머무를 만한 곳이란 밥이 자기 고교 동창들과 공

* 굶주리던 이스라엘 백성들이 신에게서 받은 양식.

동 매입한 시카고의 한 2층짜리 대형 복합건물이었다.

거길 뭐 하러 가? 저넬이 심드렁하게 물었다. 대참사가 벌어지기라도 할까 봐?

대참사가 벌어지는 때를 대비해야 하니까. 밥이 저넬의 말을 바로잡았다. 그런 일이 벌어지리라는 건 모두가 아는 사실이었다. 그러나 그런 순간이 이렇게나 일찍 찾아오리라는 건 나로서는 생각지 못한 부분이었다.

밥이 말을 잇기에 앞서 전자담배를 한 모금 더 빨아들였고 그동안 우리는 잠자코 기다렸다. 그 시설엔 모든 게 다 있었어, 밥이 공간을 묘사하기 시작했다. 천장도 널찍하고 높았지. 지붕에 천창이 뚫려 있어서 빛도 많이 들어왔어. 영화관도 있었고. 영사기는 지금도 작동할 거야. 거기 가면 다들 방도 하나씩 가질 수 있을 거고.

우리는 시카고로 갈지 말지를 두고 고민했다. 오대호 지역 중앙에 위치한 완전한 평지로 이루어진 초원 지대, 각종 뿌리 채소와 핵과류 과일들을 통조림으로 만들 기회가 넘쳐나는 길고도 거친 겨울, 거대하고 너그러운 규모의 계획도시에 구현된 미국 중서부 정서, 특히 그 어느 곳보다 큼직큼직하게 구획된 블록과 널찍한 건물들이 늘어선 리버 노스 지역과 도심지, 해 질 녘이면 웅장한 자태를 뽐내는 현대 건축물과 무수한 화재와 홍수에도 살아남은 각종 구조물에 드리우는 짙은 황금빛. 그런 환경은, 밥이 우리에게 충고하듯 말했다. 우리 내면의 선한 본성에 좋은 영향을 줄 수밖에 없어. 산들바람이 부는 호숫가에 캠프를 세우고, 새로운 삶을 개척하기 위한 뿌리도 내리고, 그렇게 지내다 보면 자연스럽게 아이도 낳게 되겠지. 우리의 다양한 민족적 배경을 이어받은 자손들을 사랑하게 될 거고. 시카고는 그 어떤 미국 도시보다도 미국적인 도시야.

정확히는 니들링이라는 곳인데, 밥이 말했다. 일리노이주에 있는 니들링. 시카고 바로 외곽에 있어.

난 교외에서는 안 살 거야. 저넬이 선언하듯 말했다.

안 살면 뭐, 거기보다 더 괜찮은 곳을 알고라도 있는 거야? 토드가 조롱했다.

이런저런 계획을 구상해 보다가 기분이 고양된 우리는 밤늦도록 술을 마시면서 거창한 가설들을 세웠다. 인터넷이 집단 기억이 아니라면 무엇이겠나? 하임리히 요법*, 골반 위 분만, 폭스 트롯**, 글리세린 폭탄, 맞춤형 캔들 제조 등 한 번이라도 해 본 적 있는 일이라면 더 잘할 수밖에 없다, 우리의 제한된 유전자 풀에 잠재된 채 유영하고 있는 것이 전이성 뇌종양과 모든 유형의 우울증과 낭성 섬유증일 수도 있지만 높은 IQ와 능숙한 로망스어 구사력일 수도 있다, 우리는 여기서 다음 단계로 나아갈 수 있다, 더 나아질 수 있다, 따위의 가설들.

뭐가 됐건 우리가 느낀 감정에 비하면 견딜 만했다. 우리는

* 이물질이 기도를 막아 질식 상태에 빠질 때 실시하는 응급 처치법.
** 사교춤의 한 장르로 1910년대부터 1940년대 사이에 큰 인기를 끌었다.

수치심을, 극소수의 생존자가 된 상황에 막대한 수치심을 느꼈다. 어딘가에 다른 생존자가 존재한다면 그들 또한 우리처럼 수치심을 느끼고 있을 터였다. 우리는 다른 사람들을 두고 떠나는 행동에, 무엇으로든 위안을 얻으려 하는 행동에, 자기방어를 할 수 없는 이들에게서 무언가를 훔치는 행동에 수치심을 느꼈다. 우리 자신이 겁쟁이, 위선자, 참으로 사악한 거짓말쟁인 것 같다고 생각했다가 그런 막연한 느낌이 사실로 입증되면 안도가 아닌 공포를 느꼈다. 종말이라는 것이 우리가 다시금 제 분수를 깨우치도록 자연이 벌을 주는 방식이라고 한다면, 그렇다, 우린 그런 식으로 분수를 깨우친 것이었다. 과거에는 모든 게 명확하지 않았을지 몰라도 더는 아니었다.

수치심은 우리를 결속하는 끈이었다. 우리는 아침에 DIY 문신을 검색한 다음, 냄비에 바느질용 바늘을 넣고 끓였다. 그러고는 술과 슬픔에 흠뻑 취한 채로 우리의 결속을 상징하는 작은 번개를 팔뚝 손목뼈 근처에 새겨 넣었다. 쉬지 않고 전리품을 모아야만 전쟁에서 승리를 거둘 수 있으리라고 생각한 크레이지 호스*가 그걸 잊지 않으려고 말들의 귀 뒤에 번개 문신을 새겼다는 말이 있어서였다. 민첩하게 덮치고, 민첩하게 습격해야 했다.

우리가 우리 자신에게 상기시킨 말의 핵심은 과거가 우리를

* 아메리카 대륙의 원주민 지도자로, 미국 정부가 라코타 원주민의 땅을 차지하려 전쟁을 개시하자 그에 맞서 승리를 이끌어냈다.

소환한다 해도, 우리가 미련을 품고 찬미하는 시간과 장소로 부른다 해도, 주변이 사뭇 고요해지는 순간이 찾아온다 해도 절대 멈추면 안 된다는 것, 늘 쉼 없이 전진해야 한다는 것이었다. 5번가를 따라 줄지어 선 회사 건물들 사이로 보이는 협곡. 핫초코를 홀짝이며 브라이언트 파크를 한가하게 거니는 일본인과 스위스인 사업가들. 조리대에 서서 먹는 간단한 저녁과 텔레비전 쇼와 친구를 만나 마시는 칵테일 등 저녁 시간이 품은 온갖 즐거움을 만끽하러 떠날 무렵 도시 중심부에 자리한 건물들 창문으로 비쳐드는 오후의 태양. 그런 시간과 장소가 우리를 부를지라도 멈춰 서지 말아야 했다.

사실, 새로운 서막이 열리던 때에 나는 무리에 속해 있지 않았다. 구글 검색을 한다거나 월마트를 습격한다거나 잔치를 벌인다거나 즉흥적으로 단체 문신을 하는 현장에 있지 않았다. 나는 마지막으로 뉴욕을 탈출한 사람, 마지막으로 무리에 합류한 사람이었다. 그들이 나를 발견했을 때는 도시 인프라가 이미 붕괴한 후였다. 랜선은 하수구 밑에 파묻히고 전력망은 차단된 상태였으며, 시설로 떠나는 로드 트립도 이미 진행 중이었다.

뉴욕에서 가장 먼저 그들의 시선을 사로잡은 것은 향수를 불러일으키는 노란색, 펜실베이니아주 도로 가장자리에 주차된 옐로 캡*의 노란색이었다. 차 문에 'NYC TAXI'가 적혀 있는 노란 택시. 차종은 택시 회사들이 대부분 퇴출시킨 포드사의 옛 모델 크라운 빅토리아였다. 나중에 밥은 당시 내가 망가진 타임머신을 타고 80년대에서 날아온 사람 같았다고 말하기도 했다. 내가 무리에 합류한 건 그때였다. 사람들이 버리고 간 이동 수단이 모든 고속도로에 한가득 널려 있었음에도, 밥을 포함한 무리는 계량기가 계속 작동하고 택시표시등에 불빛이 들어오는 뉴욕 택시를 나를 발견하기 전까지는 단 한 대도 보지 못했다고 했다.

뒷좌석에 앉은 나는 몸은 탈수되고 정신은 반쯤 나간 상태였다. 말을 할 기운도 없었다.

사실, 나는 최대한 오랫동안 뉴욕에 머물 생각으로 버티고 있었다. 뉴욕에 머무르는 동안 내 차례가 오기를, 나도 다른 사람들처럼 열병에 걸리기를 얼마간은 기다리면서. 그러나 아무 일도 일어나지 않았다. 나는 기다리고 또 기다렸다. 지금도 여전히.

* 뉴욕 택시는 외관이 노란색이어서 옐로 캡(Yellow Cab)이라고 불린다.

1장

종말은 종말이 다가오고 있음을 인식하기도 전에 시작된다. 종말은 일상처럼 흘러간다. 나는 퇴근을 하자마자 그린포인트에 있는 애인 집으로 갔다. 밤이면 선선하고 습해지는 지하실에서 무더운 여름밤을 보내는 것이 좋아서였다. 애인과 나는 쌀과 야채를 볶은 채식 요리를 만들어 저녁으로 먹었다. 그런 다음에는 샤워를 하고 벽면에 프로젝터를 투사해 영화를 봤다.

그날 영화는 내가 한 번도 본 적 없는 「맨해튼」이었다. 젊은 여자 메리엘 헤밍웨이와 늙은 남자 우디 앨런 사이의 로맨스는 좀 소름 끼쳤지만 거슈윈이 작곡한 사운드트랙을 깔고 뉴욕 풍경을 담아낸 도입부는 처음부터 끝까지 마음에 들었고, 센트럴 파크에 있다가 느닷없이 퍼붓는 비를 만난 우디 앨런과 다이앤 키튼이 자연사박물관으로 피신한 후 지구 행성관의 동굴 같은 어둠 속에서 축축하게 젖은 몸을 웅크리는 장면도 좋았다. 스크린에 담긴 뉴욕을 보고 있으니 뉴욕이라는 도시가 눈앞에서 새로이 재탄생하는 것 같았고 고등학생 시절에 본 뉴욕이 겹쳐 보였다. 낭만적이고 허름하고 아직 젠트리피케이션이 완전히 진행되지 않았으며 약속으로 가득한 도시. 영화 속 뉴욕을 보고 있으면 5년이라는 세월 동안 거주하며 내 마음속에 새겨진 뉴욕의 실상보다 뉴욕의 환상을 향한 그리움이 더 강렬하게 싹텄다. 영화가 끝난 후 불을 다 끄고 애인과 매트리스에 나란히 누워 있으니 어쩌면 뉴욕은 대부분의 사람들이 이미 살아 본 적 있는, 실제로 땅을 밟아 보기도 전에 대중의 상상을 통해 어느 정도는 살아 본 적 있는 유일한 도시가 아닐까 하는 생각이 스쳤다.

나와 나란히 어둠 속에 누워 있는 형체 없는 덩어리 같은 애인에게 이런 생각을 조금 들려주자, 그는 내 말을 끊으면서 이렇게 말했다. 내 말 들어 봐. 나 좀 봐 봐. 너한테 할 말 있어.

내 애인으로 말할 것 같으면 이름은 조너선이고 파티를 좋아하는 사람이었다. 아니, 사실 그렇지는 않았다. 내 애인으로 말할 것 같으면 이름은 조너선이고 돈을 있는 대로 다 써 버리는 사람이었다. 조너선의 소유물은 노트북, 커피메이커, 영화 프로젝터였고, 그 밖의 모든 것은 대여품이었다. 그는 공기와 먼지를 먹고 살았다. 연애 기간은 내가 직장에서 일한 기간과 맞먹는 5년 정도였다. 그는 아침 9시에 출근해서 오후 5시에 퇴근하는 식으로 일하지 않았다. 하루의 대부분을 집필 활동에 쓰기 위해 여기저기서 프리랜서로 잡다한 일을 했다. 대부분의 의무를 벗어던지고 아등바등하는 일 없이 살았으며 일자리는 구할 수 있을 때 구했다. 한번은 월스트리트에 위치한 어느 은밀한 클럽에서 중년의 사업가를 구타하는 일을 하고 돈을 받기도 했다. 내가 양손을 펴고 조너선의 얼굴 양옆을 꽉 움켜잡으면 그는 아직 누그러지지 않은 불안과 염려에 사로잡힌 표정을 짓곤 했다.

그래, 내가 말했다. 할 말이 뭔데?

치아 교정 유지 장치를 떼어 낸 조너선은 그걸 바닥에 놓인 머그잔에 넣지 않고 계속 들고 있었다. 길게 얘기할 일은 아니라는 신호였다. 조너선이 말했다. 나 뉴욕 떠나려고.

뭐? 영화가 마음에 안 들었던 거야?

아니, 진지하게 하는 말이야. 이번만은 좀 진지하게 들어 봐.

난 항상 진지한데, 내가 무표정한 얼굴로 말했다. 그럼 언제 떠나려는 건데?

조너선이 머뭇거렸다. 한 달 안에. 톰이 지금 요트를 타고 여기로……

나는 몸을 일으키고 조너선을 마주 보려 했지만 눈에 초점이 제대로 맞지 않았다. 잠깐만, 지금 무슨 말을 하고 있는 거야?

뉴욕을 떠난다는 말을 하고 있는 거야.

아니, 그러니까 지금 네 말은, 나랑 헤어진다는 거잖아.

그게 아니라, 조너선이 나를 쳐다보았다. 그래, 맞아. 너랑 헤어지는 거야.

계속 말해 봐.

너 때문은 아니야.

그래.

정말이야, 정말 너 때문에 이러는 거 아니야, 조너선이 내 손을 붙잡고 말했다. 이 집, 이 도시, 그리고 이런 환경이 사람에게 미치는 영향 때문에 떠나는 거야. 이 얘기는 전에도 했었잖아.

지난해부터 조너선은 뉴욕에서의 삶에 부쩍 강한 환멸을 느끼기 시작했다. 도시, 뉴욕이라는 빌어먹을 도시, 진정성이라고는 없이 허울뿐인 데다가 실체 없는 매력으로 사람을 홀리는 지루하고 답답한 도시 등등 운운하며 끝도 없이 푸념을 늘어놓았다. 조너선이 보기엔 모든 것이 신분의 상징이었고 모든 일에 과도한 비용이 들었다. 트렌드를 따라가기에 급급한 소비자도, 유행하는 디저트니 겉치장만 요란한 미술 전시회니 새로운 콘셉트 스토어니 하는 것들을 경험하겠다고 블록마다 긴 대기 줄을 마다하지 않고 서 있는 소비자도 지나치게 많았다. 우리는 전부 아무 감흥도 불러일으키지 않는 선택을 하면서 일상을 살아가고 있었다. 우리, 그러니까 나도 포함된 우리.

나로 말할 것 같으면 딱히 무언가에 짓눌려 있지도, 딱히 독자적인 삶을 꾸려 나가지도 않는 사람이었다. 나로 말할 것 같으면 회사원 생활을 유지하면서 달빛이 고와너스 지역을 물들일 때마다 카메라로 사진이나 찍으며 시간을 허비하는 사람이었다. 이를테면 그런 식으로, 평범한 사람들처럼 삶에 정당성을 부여하고 시간을 흘려보내며 사는 사람이었다. 일을 해서 돈을 벌고 그 돈으로 시세이도 얼굴 각질제거제와 블루보틀 커피와 유니클로 캐시미어 옷을 사는 사람.

여피족과 히피족의 중간을 뭐라고 부르는지 알아? 엽스터야. 어번 딕셔너리*에 나와.

조너선이 말을 덧붙였다. 너도 뉴욕을 떠나야 해.

내가 왜 그래야 하는데?

너 네가 하는 일 싫어하잖아.

안 싫어하는데. 괜찮은 일이야.

그 일이 진짜로 좋다는 생각이 들 때가 언젠지 딱 한 순간만 말해 봐.

매주 금요일 밤.

거 봐.

농담이야. 넌 내가 회사에서 무슨 일을 하는지도 모르잖아.

그러니까, 정확히는 모르잖아.

출판 제조업체에서 일하고 있잖아. 제3세계에서 생산하는 책들 감독하는 게 네 업무고. 내 말이 틀렸으면 정정해도 돼.

스펙트라(Spectra)라는 회사에서 일한 지도 거의 5년째였다. 스펙트라는 출판사들로부터 협력 비용을 받고 동남아시아 지역, 특히 중국에 있는 인쇄업체에 책 제작을 외주로 맡긴 다음 중간에서 조정하는 일을 했다. 회사명 하나만으로도 유추할 수 있듯이 제작 가능한 책 범위가 아동 도서, 문구류, 예술 서적, 선물·고급 제품 따위를 아우를 만큼 방대했다. 내 소속

---

* 주로 은어, 속어, 인터넷 유행어 등을 다루는 사전 사이트.

은 성경 부서였다. 스펙트라는 집단 구매력이 커서 다른 개별 출판사들보다 제조 단가를 저렴하게 책정할 수 있었는데 이는 그러잖아도 낮은 외국인 노동자들의 인건비 하락에 일조했다. 말할 것도 없이 조너선은 내가 하는 일을 어느 정도 멸시했다. 어쩌면 나 역시 그랬을지도 모른다.

나는 화제를 돌렸다. 어디로 갈 건데? 언제?

다음 달 중에 가려고. 톰을 도와서 요트를 타고 갈 거야. 퓨젓사운드까지 가 보려고.

나는 비웃었다. 톰은 조너선이 한때 일했던 웰스트리트 클럽의 고객이었다. 그렇구나, 내가 말했다. 너한테 홀딱 반한 것도 아니고 어떤 대가를 바라는 것도 아니면서 그냥 그렇게 해 주나 보구나.

네가 그런 식으로 생각하는 건 시장 경제 체제에서 살고 있기 때문이야.

그럼 뭐, 너는 아니고?

조너선은 아무 말도 하지 않았다.

가끔은 말이야, 내가 말했다. 내가 너랑 비슷한 사람이 아니라는 이유로 네가 나를 안 좋게 보고 있는 것 같다는 생각이 들어.

그게 무슨 소리야? 넌 네가 생각하는 것보다도 훨씬 더 나랑 비슷한 사람이야. 어둠 속에서 다정하면서도 언짢은 듯한 표정으로 윙크를 하는 조너선의 얼굴이 보였다. 스모 롤 한 판

할래? 조너선이 말했다.

스모 롤은 조너선이 침대 위에서 나를 향해 데굴데굴 굴러 온 다음, 내 몸이 매트리스에 푹 파묻혀 사라질 때까지 자기 몸으로 내 몸을, 자기 배로 내 배를 내리누르고 다시 데굴데굴 굴러가는 동작이었다. 한번 시작하면 내가 자지러지게 웃으며 배꼽을 잡을 때까지 반복됐다.

아니, 하고 싶지 않아, 내가 말했다.

준비됐지?

조너선이 데굴데굴 굴러 내 몸 위로 올라오더니 내가 이불에 파묻힐 만큼 격렬하게 내리눌렀다. 내키기만 하면 언제든 무게를 더 실을 수도 있었다. 나는 양 주먹을 꽉 움켜쥐었다. 두 눈도 꽉 감았다. 나는 판자처럼 뻣뻣하게 누운 자세를 유지하면서 조너선의 움직임에 협조하지 않았다. 그러자 서서히 압력이 줄어드는 느낌이 들었다. 이내 동작도 멈추었다. 조너선이 내 몸의 떨림을 감지한 것이었다. 그는 환자의 체온을 측정하듯, 건조하고 단단한 자기 손바닥을 내 이마에 올렸다.

그만 울어, 조너선이 말했다. 울지 마, 제발.

조너선이 물을 건넸지만 나는 몸을 일으키고 내 가방에서 에비앙 생수를 꺼냈다. 그리고 매트리스 끄트머리에 걸터앉아 거의 입을 물로 적시기만 하는 수준으로 몇 모금 마셨다.

누워 봐, 부탁이야, 조너선이 말했다. 내 옆에 누워 있어 주면 안 돼?

나는 조너선의 옆으로 가서 누웠다. 우리는 나란히 누운 자세로 천장을 응시했다.

침묵을 깨뜨린 쪽은 조너선이었다. 조너선은 주눅이 든 목소리로 이제 똑똑히 알겠다고, 미래가 보인다고 말했다. 미래에는 임대료가 지금보다 더 천정부지로 치솟아. 미래에는 세계 각지의 부유한 엘리트들이 유령회사를 동원해서 더 많은 콘도와 호화 주택을 사들이지. 미래에는 먹기 좋은 크기로 잘린 과일들이 플라스틱 용기에 포장된 상태로 냉장 칸에 줄지어 진열되고 더 많은 유기농 식품이 생산돼. 미래에는 어반아웃피터스 매장도, 세포라 매장도, 치폴레 매장도 더 많아져. 미래가 원하는 건 더 많은 소비자일 뿐이야. 미래에는 진정성을 향한 헛된 탐구에 뛰어드는 새로운 대졸자와 관광객도 더 많이 밀려들어와. 미래에는 다이브 바를 모방한 술집들이 팹스트 맥주를 터무니없는 가격에 팔기까지 하지. 'XX XX 루소 XX' 같은 명칭을 붙여 가면서 말이야. 맨해튼은 서서히 가라앉고.

뭐? 문자 그대로 그렇게 된다고? 지구 온난화 때문에? 나는 빈정거렸다.

비웃지 마. 그래, 문자 그대로도 그렇고 비유적인 의미에서도.

문제는 내가 조너선의 말에, 여기가 살 곳이 못 된다는 말에 동의하지 않은 것이 아니라는 사실이었다. 내 월급은 간신히 입에 풀칠이나 하며 파산만 면할 수 있는 수준이었다. 다달이 내야 할 월세도 있었고 금융에 관해서라면 문외한이었던 터라 노후 자금은 고사하고 저축 예금도 보잘것없었다. 떠나지 말라고 내 발목을 붙잡는 것도 딱히 없었다. 소유한 재산이 있는 것도, 가족이 있는 것도 아니었다. 도시의 물가를 감당하지 못해 향후 10년간 뉴욕의 모든 자치구를 전전할 처지일 따름이었다.

조너선이 하는 말은 전부 이미 들은 적 있는 내용이었기 때문에 나는 서서히 한 귀로 흘려들으면서 앞으로 어떻게 해야 할지를 고민했다. 그러던 중 조너선이 나를 살짝 밀었고 그제야 나는 그가 내게 질문을 하고 있었음을 알아차렸다. 조너선은 내게 자기와 함께 뉴욕을 떠날 생각이 없느냐고 묻고 있었다.

떠나면 뭘 어떻게 할 생각인데? 내가 물었다.

동거하면서 시간제로 일해야지, 조너선이 말했다. 나는 집필 중인 책을 마무리 지을 거야. 너도 네 작업을 할 수 있을 거고. 사진 현상할 수 있게 암실을 만들어 줄게.

배 안에 암실도 만들 수 있어?

아, 이동하는 동안은 아니고. 도착 후에 그렇게 할까 생각했던 거야. 오리건에 가서 정착해도 되겠다. 태평양 북서부 시골 쪽으로 가면 집값이 저렴한 지역들이 좀 있거든.

그럼 난 자연 사진작가가 되겠네, 내가 무미건조한 말투로 말했다.

음이 오르락내리락하는 베이스가 깔린 R&B 음악이 울리면서 천장에 진동이 전해졌다. 위층에 사는 이웃이 비트가 좋은 슬픈 노래를 틀어 놓고 서글픈 목소리로 따라 부르는 밤이 다시 찾아온 것이었다. 나는 내 사진을 그리 대단하게 여기지 않았다. 뉴욕으로 이사 온 초창기에 'NY 고스트'라는 사진 블로그를 개설한 후 주로 도시를 찍은 사진을 게시하기는 했었다. 아직 발견되지 않은 뉴욕의 새로운 면모들을 아웃사이더의 시선으로 보여 주겠다는 것이 내 의도였지만 돌이켜 보면 그저 상투적이고 비유만 가득한 사진들이었다. 네온사인 불빛으로 옅게 물든 식당, 휘발유로 표면이 반질반질해진 도로, 피로에 찌든 채 출퇴근하는 노동자로 가득 찬 지하철, 여름날 화재 대피용 계단에 나와 앉아 있는 사람들 따위를 담은 사진들. 요컨대 달력, 로맨틱 코미디물, 기념품, 스톡 이미지 곳곳에 삽입된 기존의 뉴욕 형상을 모방하되 약간의 변주만 가한 사진들로 비즈니스호텔 방에나 걸릴 법했다. 그중에서도 그나마 기교가 느껴지는 괜찮은 사진들은 이글스턴을 모방한 작품이나 스티븐 쇼어의 이차 창작물에 불과했다. 이를 비롯한 여러 가지 이유로 인해 나는 블로그를 방치하다시피 했다. 사진도 더는 예전만큼 찍지 않았다.

한번 생각이라도 해 보지 그래? 조너선이 물었다.

난 예술가가 아니야.

나랑 같이 떠나는 거 말이야.

넌 이미 떠나기로 결정했잖아. 그래 놓고 나한테 그냥 물어보기만 하는 거잖아, 그냥 솔직하게 말해.

같이 가자고 하면 안 갈 거라고 생각했어, 조너선이 슬퍼하며 말했다.

노래가 끝났다가 다시 처음부터 재생되기 시작했다. 윗집 사람이 한 곡을 반복 재생하고 있었다. 어쩐지 익숙한 노래였는데 제목이 떠오르지 않았다.

조너선과 나는 목소리가 가라앉고 갈라지고 거칠어지다 못해 쉰 소리가 나올 때까지 대화를 나누었다. 대화는 다음 날 새벽까지 이어졌다. 늦여름 무렵의 마른 나뭇잎처럼 우리는 서로에게 등을 돌린 채 몸을 웅크렸다.

잠들어 있는 동안 문득 그게 생각났다. 노래 제목 말이다. 「후 이즈 잇」이었다. 마이클 잭슨 노래. 어린 시절 엄마가 차 안에서 듣곤 했던 노래. 엄마는 운전을 좋아했다. 아빠는 출근을 하고 나는 아직 너무 어려서 혼자 둘 수 없었던 시절, 엄마는 갈 곳도 할 일도 없는 낮이면 차를 몰고 길고 넓게 뻗은 유타 고속도로를 내달렸다. 우리는 다른 도시로 넘어가서 달랑 달걀 한 판과 우유로 착각한 혼합 맥주 1파인트를 사 오기도 했다. 당시 나는 여섯 살이었고 푸저우에서 미국으로 이민을 온 지 고작 몇 개월밖에 되지 않았을 때였다. 슈퍼마켓에 가면 양도 많고 종류도 많은 물건들과 형광등 불빛 아래에 줄지어 진열된 온갖 상자와 병 앞에서 여지없이 넋을 놓았다. 미국에 사는 동안 가장 내 마음에 들었던 건 슈퍼마켓이었다. 엄마 입장에서 가장 마음에 들었던 건 운전이었고 엄마는 무척이나 미국인스러운 방식으로 운전했다. 퇴근 시간이 시작되기 이전의 한산한 고속도로를 고속으로, 영화 속 장면처럼 검고 긴 머리칼을 사방에 휘날리며 커시드럴 협곡과 붉은 바위 사이를 미끄러지듯 내달렸다. 운전도 못 하면 미국에 뭐 하러 오겠니? 엄마는 브레이크 한 번 밟지 않은 채 고속도로 출구 경사로나 정지 신호, 신호등 쪽으로 차를 홱 틀면서 그렇게 말하곤 했다.

잠에서 깨니 감기에 걸린 것처럼 머리가 무겁고 목이 아팠다. 나와 조너선이 누운 침대 위 창문의 블라인드 사이로 빛이 살짝 들어오고 있었고 보도에 울리는 발걸음 소리가 귓가에 스쳤다. 그제야 퍼뜩 정신이 들면서 늦잠을 잤다는 사실을 깨달았다. 알람이 울리지 않은 통에 꼼짝없이 지각이었다. 조너선 집의 좁은 화장실에 들어가 찬물을 틀었더니 흡사 저주 같은 굉음이 울렸다. 나는 양치질을 하고 얼굴에 찬물을 끼얹었다. 그리고 어제 입었던 펜슬 스커트와 단추 달린 셔츠를 그대로 다시 입었다.

조너선은 닳고 닳은 회색 이불로 몸을 꽁꽁 싸맨 채 여전히 잠들어 있었다. 나는 그를 내버려 두고 출근길에 올랐다.

밖으로 나가니 7월 아침치고 공기가 몹시 싸늘했다. 허리를 구부정하게 굽히고 지상으로 올라온 나는 폴란드 제과점에 들러 커피를 사려고 길을 건넜다. 계산대 뒤에 있는 여자 직원이 무언가가 담긴 오븐용 팬을 꺼내고 있었다. 애플 사이더 도넛이었다. 도넛에서 피어오르는 증기로 창문이 뿌옇게 흐려졌다. 계절이 여름이었음에도 그린포인트를 거니는 행인들은 전부 쌀쌀한 날씨에 걸맞게 붉은 색감의 화려한 격자무늬 가을옷과 도톰하고 광택이 도는 플란넬 소재 옷으로 무장한 차림이었다. 순간 내가 몇 달을 내리 자고 일어난 건 아닐까 싶은 생각이 스쳤다. 어쩌면 립 밴 윙클*처럼 잠들었다 깨어나니 해고를 당한 상황인 건지도 모른다. 회사에 가 보면 내 자리엔 다른 사람이 앉아 있고 내 소지품은 상자에 담겨 있을지도 모른다. 집으로 돌아가 보면 다른 사람이 살고 있을지도 모른다. 처음부터 다시 시작하는 것이다.

나는 지각한 것에 대해 어떤 변명을 하면 좋을지 머리를 굴리며 J선 지하철역으로 걸어갔다. 늦잠을 잤다고 말할 수도 있지만 이미 그런 적이 너무 많다는 게 문제였다. 가족에게 급한 일이 생겼다고 말하자니 내 부모님은 이미 돌아가신 데다가 뉴욕에 사는 친척도 없다는 사실을 상사가 이미 알고 있었다. 집에 도둑이 들었다고 말하자니 일이 너무 커지는 것 같았다. 게다가 실제로 그런 일을 당한 적도 있었다. 내 소지품을 몽땅 다, 베개 시트까지 전부 다 도둑맞았던 것이다. 그 일이 있고 나서 어떤 사람은 내게 이제 정식으로 뉴요커가 되었네요, 라고 말했다. 도둑맞아 본 경험이 남에게 자랑할 만한 일이라도

* 미국 작가 워싱턴 어빙(1783~1859)의 단편 소설 「립 밴 윙클」의 등장인물로, 산에서 만난 낯선 이에게 술을 얻어 마시고 잠들었다가 하룻밤 새에 20년 후의 모습으로 급변한 세상에서 눈을 뜬다.

된다는 듯이.

윌리엄스버그 다리를 지나는 전동차 안에서 잿빛의 이스트 강을 바라보다가 그냥 아팠다고 말하기로 결심했다. 두 눈이 제대로 뜰 수 없을 정도로 퉁퉁 부어 있었고 눈 밑에는 다크서클이 짙게 내려와 있어서 아파 보이기도 했다. 회사 동료들은 나를 유능하지만 허약한 사람이라고 생각했다. 몽상에 푹 잠겨 있는 조용한 사람. 간혹가다 일관성 없게 행동하고 변덕을 부리기는 하지만 대체로 부지런한 사람. 하지만 그러면서도 뭐랄까, 어딘가 완강한 사람. 말하자면 나는 딱할 정도로 근본적인 차원에서 센스가 떨어지는 사람이었다. 입에 자갈을 물고 가글을 하는 것처럼 우렁차고 성마른 웃음소리가 그런 사회성 결여를 보여 주는 증거였다. 회식에 빠지는 일도 다반사였다. 그런데도 회사에서 나를 내치지 않은 이유는 내가 왕성한 성과를 내는 직원인 만큼 갈수록 더 많은 생산 업무를 맡길 수 있어서였다. 입사 초기부터 사람들의 머릿속에 각인된 내 특성은 한번 집중하면 강박에 가까운 수준으로 꼼꼼하게 일 처리를 한다는 것이었다.

나는 커낼가 역에서 N선으로 환승한 후 타임스스퀘어 역까지 이동했다. 지상으로 올라갔더니 약한 빗방울이 떨어지기 시작했다. 스펙트라는 역에서 몇 블록 떨어진 미드센추리풍 유리 외관 건물의 31층과 32층에 자리해 있었다. 비가 내리자 관광객들이 뿔뿔이 흩어지기 시작했고, 나는 인도에 밀집한 관광객들 사이로 민첩하게 움직이면서 브로드웨이를 누볐다. 그렇게 걷다 보면 그들의 세포라 가방과 디즈니 가방을 의도치 않게 무릎으로 툭툭 치게 되기도 했다. 거리의 한 색소폰 연주자가 두 눈을 감고 감정을 잡은 상태로 「뉴욕, 뉴욕」을 연주했다. 주변에 몰려든 관광객 무리는 감동을 받은 듯했는데, 발밑에서 으르렁대며 지나가는 지하철의 굉음에 연주 소리가 묻히고 있었으므로 그들은 훌륭한 연주 솜씨에 감동을 받은 것이 아니라면 연주자의 고통스러운 표정에, 연기보다는 진심에 가까운 듯한 그 슬픔에 감동을 받았을 터였다. 연주를 마친 연주자가 스타벅스 일회용 컵에 담긴 돈을 챙기더니 고개를 들고 나를 똑바로 쳐다보았다. 당황한 나는 서둘러 발길을 재촉했다.

늦었네요, 건물 수위인 매니가 말했다. 안내 데스크를 지키는 매니는 매일 아침저녁으로 유리 회전문을 닦을 때 사용하는 윈덱스 세정제로 안경을 닦고 있었다.

아파서요, 내가 말했다.

여기요. 건강에 좋아요. 매니가 서랍에서 파인트 크기의 블루베리 통을 꺼내 내밀었고 나는 그걸 한 움큼 집었다.

고마워요. 매니는 항상 품질이 좋은 과일을 사 들고 왔다. 망고, 껍질을 벗긴 리치, 소금을 친 주사위 크기의 파인애플까지. 내가 어디에서 샀냐고 물으면 그는 유기농 가게는 아니라는 대답만 했다.

아픈 거 아니네요, 매니가 안경을 쓰면서 말했다.

아파요, 나는 고집스레 우겨 보았다. 제 눈 좀 보세요.

매니가 미소를 지었다. 회사 생활을 얼마나 편하게 하는 건지 본인은 모르겠죠. 매니 입장에서는 악의 없이 내뱉은 말이었지만 의도가 어떻든 내 마음을 콕 찌르는 구석이 있었다. 나는 그런 말에 전혀 개의치 않는다는 듯이 엘리베이터에 올라탔다.

32층에 내려 커다란 유리문 틈에 직원용 출입 카드를 긋고 사무실로 들어갔더니 복도가 텅 비어 있었다. 매일 아침 지나가는 널찍하고 탁 트인 SAP 회사 사무실도, 기업의 투명성을 넌지시 드러내기라도 하듯 외관을 유리로 설계한 그 사무실 내부도 텅 비어 있었다. 내가 깜빡한 회의가 있었던 건가? 진공청소기로 청소한 지 얼마 되지 않은 플러시 재질의 카펫에 구두 굽이 푹푹 빠졌다. 시간은 어느덧 11시에 가까워지고 있었다. 시끄러운 소리가 울리는 곳을 향해 복도를 따라 걷다 보니 중앙 홀이 나타났다.

다들 한창 회의 중이었다. 정확하게는 200여 명에 이르는 스펙트라 전 직원이 31층과 32층을 잇는 중앙 홀 유리 계단 주변에 옹기종기 모여 서 있었다. CEO 마이클 라이트만은 계단 층계에 서서 마이크를 들고 연설을 했다. 마이클 옆에는 수수한 단발머리가 눈에 띄는 인사부 부장 캐럴이 서 있었다.

마이클의 연설은 서서히 끝을 향해 가고 있었다. 스펙트라는 사람이 이끌어 가는 회사이고 저희는 직원 여러분의 건강을 매우 중요하게 생각하고 있습니다. 스펙트라의 사업이 특히 중국 남부 지방에 위치한 해외 공급업체들에 의존하고 있는 만큼 저희는 이번 선 열병(Shen Fever)에 대응하기 위한 예방 조치를 취하고 있습니다. 뉴욕주 보건부를 비롯해 질병통제예방센터와도 협력 중입니다. 여러분의 안전을 보장할 수 있도록 향후 몇 주간은 새로운 소식이 들어오는 대로 전달해 드릴 예정입니다. 회사의 결정에 협조하고 따라 주셔서 감사합니다.

곳곳에서 산발적인 박수 소리가 터져 나왔다. 나는 가급적 눈에 띄지 않게 무리 속으로 들어갔다. 여기저기 훑어보며 낯익은 얼굴을 찾던 중 블라이드가 눈에 들어왔다. 성경 부서에서 근무하다가 예술 부서로 전보한 블라이드는 부서가 바뀐 이후로 나를 없는 사람 취급할 때가 있었다. 나는 운을 시험해 볼 겸 블라이드에게 말을 걸었다.

저기, 나는 살그머니 블라이드에게 다가가 속삭였다. 지금 뭐 때문에 모여 있는 거야?

공중 보건 위기 상황이래. 블라이드가 사측에서 배포한 '선 열병 관련 자주 묻는 질문' 유인물을 건네주었다. 대강 훑어보니 유독 경각심을 불러일으키는 대목이 있었다.

선 열병은 조기 발견이 어렵다. 초기 증상으로는 기억력 감퇴, 두통, 방향 감각 상실, 호흡 곤란, 피로 등이 있다. 이러한 증상은 흔히 일반 감기로 오인되므로 환자가 자신이 선 열병에 걸렸다는 사실을 인지하지 못하는 경우가 많다. 선 열병에 걸렸다 하더라도 정상적인 직무 수행이

가능하고 반복적인 일상 업무를 평소와 다를 바 없이 해내는 것처럼 보일 수 있다. 그러나 이러한 초기 증상은 시간이 흐를수록 악화한다. 후기 증상으로는 영양실조 징후, 위생 저하, 타박상, 운동협응상의 문제 등이 있다. 환자의 신체 움직임은 부자연스럽고 서툴러 보일 수 있다. 궁극적으로 선 열병이 초래하는 결과는 치명적인 의식 상실이다. 증상은 발병 시점부터 1~4주에 걸쳐 환자가 가진 면역 체계의 강도에 따라 다르게 나타날 수 있다.

여름 내내 사람들 입에 오르내리고 있던 선 열병은 웨스트 나일 바이러스* 같은 전염병이었다. 나는 아침에 느낀 인후통을 떠올리며 침을 꼴딱 삼켰다. 유인물을 돌려주려고 하니 블라이드가 괜찮다며 손사래를 쳤다.

캐럴이 손뼉을 치면서 주의를 집중시켰다. 자, 그럼 지금부터 질문받겠습니다.

선물·고급 제품 부서의 선임 상품 코디네이터 세스가 손을 들었다. 세스는 내 마음을 읽기라도 한 것처럼 내가 궁금해하고 있던 질문을 던졌다. 그럼 이것도 웨스트 나일 바이러스 같은 건가요?

마이클이 고개를 저었다. 쉽게 설명하자면 비슷하다고 할 수는 하지만 그런 식의 비교는 정확하지 않습니다. 웨스트 나

* 1938년 우간다의 웨스트 나일 지역에서 처음 발견된 바이러스로, 바이러스에 감염된 조류나 모기를 통해 확산한다고 알려져 있다. 미국에서는 1999년 8월 뉴욕에서 첫 환자가 발생했고 1999~2010년 기간 동안 총감염자 수가 약 300만 명에 이른다.

일 바이러스는 모기를 통해 인간에게 전염됩니다. 반면에 선 열병은 곰팡이 감염 질환이기 때문에 곰팡이 포자를 들이마실 때 감염됩니다. 그리고 선 열병은 바이러스가 아닙니다. 사람 간 전염은 극히 일부 사례에 한해 발생할 수도 있지만 굉장히 드뭅니다.

요리책 부서의 제품 관리자 프랜시스가 두 번째로 손을 들었다. 선 열병이 지금 유행병 단계에 있는 건가요?

캐럴이 마이클에게서 마이크를 넘겨받았다. 현재 선 열병은 유행병이 아닌 집단 발병 단계에 있다고 간주됩니다. 전염 속도도 그리 빠르지 않습니다. 현재까지는 적정 수준으로 통제되고 있습니다.

예술 부서의 선임 상품 코디네이터 레인이 물었다. 나눠 주신 '자주 묻는 질문' 유인물을 보면 선 열병 발원지가 중국 선전이라고 쓰여 있는데요. 곰팡이 포자가 어떻게 중국에서 여기까지 올 수 있는 거죠?

마이클이 고개를 끄덕였다. 좋은 질문입니다. 연구원들은 선 열병이 미국까지 퍼지게 된 이유에 대해 아직 확신하지는 못하고 있지만 중국에서 미국으로 운송되는 화물이 매개체가 되었으리라는 설이 주목받고 있습니다. 뉴욕시 보건부에서 저희 같은 기업에 공문을 보낸 것도 그 때문입니다.

레인이 곧바로 추가 질문을 던졌다. 저희 부서는 중국 공급업체에서 보낸 다량의 시제품과 표본을 처리하고 있습니다. 이런 상황에서 저희가 곰팡이와 접촉하는 일이 발생하지 않게 하려면 어떻게 해야 하나요?

캐럴이 목을 가다듬었다. 현재 뉴욕시 보건부에서 업무상의 제한 조치를 내린 상황은 아닙니다. 하지만 여러분께서 알고 계시다시피 저희의 최우선 과제는 전 직원의 건강을 보호하는 것이기 때문에 예방 조치를 취하고 있는 거고요. 인턴분들은 지금부터 그걸 배포해 주시겠어요? 저희는 모든 직원에게 배포할 개인 관리 키트를 준비했습니다. 키트를 받으면 내용물을 살펴봐 주시기 바랍니다. 시제품을 다룰 때 사용할 장갑과 마스크를 비롯해 각종 보호 장비가 들어 있을 겁니다.

인턴들이 신발 보관함만 한 판지 상자들이 수북이 쌓인 수레를 밀고 다니면서 직원들에게 키트를 나눠 주었다. 키트 상자 겉면에는 회사명과 무지개 색상 로고가 인쇄되어 있었다. 직원들이 수레 주변으로 모여들었다.

마이클이 회의를 마무리 지으며 말했다. 추가 질문이 있는 분들은 저나 캐럴 씨에게 물으시면 됩니다. 현 상황과 관련된 최신 소식은 이메일로 전달할 예정이니 참고하시기 바랍니다.

상자를 받은 직원들이 서둘러 뿔뿔이 흩어졌다. 나는 상자를 받자마자 바로 열어 보았다. 먼저 스펙트라 로고가 각인된 N95 마스크와 라텍스 장갑 두 쌍이 보였다. 허브 추출물 같은 액체가 담긴 뉴에이지풍의 병도 있었다. 마지막으로 상자 밑바닥에는 에너지바를 이용한 디저트 만들기 요리책을 우리 회사에 맡겨 제작한 어느 건강식품 회사의 에너지바가 비밀 품목처럼 깔려 있었다.

나는 에너지바 하나를 집어 들고 포장지를 벗겼다. 아침부터 내내 빈속이었다.

천장부터 바닥까지 유리로 된 창문 밖으로 보이는 도시 풍경은 평소와 별반 다르지 않았다. 코카콜라 간판에서 은은한 불빛이 깜박였다. 이메일을 확인하기 전에 1층으로 내려가 카푸치노를 한 잔 사 올까 생각했지만, 나를 평가하는 듯한 매니의 시선을 피해 가며 종종걸음을 하고 싶지는 않았다. 자기들끼리 모여 대화를 나누던 몇몇 직원은 회사에서 나눠 준 마스크를 장난 삼아 써 보면서 점점 더 소란스럽게 떠들었다.

또 보네.

뒤를 돌아보니 블라이드가 서 있었다.

아까 네 자리에 갔었어, 블라이드가 말했다. 홍콩 지부에서 젬스톤 성경 건으로 나한테 연락했었거든. 너랑 연락이 되지 않는다면서 말이야.

순간 몸이 뻣뻣하게 경직되었다. 홍콩 지부에서 나와 통화를 하고 싶어 했다면 제조 과정에 문제가 생긴 것일 수도 있었다. 그래서 성경 부서에서 일한 적 있는 블라이드에게 연락한 것일 수도 있었다.

오늘 조금 지각했거든, 가서 이메일 확인해 볼게, 내가 머뭇거리며 대답했다.

블라이드가 의심스러운 눈길로 나를 쳐다보며 말했다. 알겠어. 아, 너도 알겠지만 우리 부서에서는 프로젝트 하나를 상품코디네이터 두 명이 같이 맡고 있어. 한 사람은 책임자고 다른 한 사람은 예비 인력인데 이렇게 해 보니까 한 사람이 없을 때 꽤 유용하더라고.

블라이드가 말하는 '우리'란 예술 부서에서 일하는 다른 여자 직원들을 가리키는 것이리라고 나는 생각했다. 하나같이 — 하체는 망아지 다리 같고, 머리칼은 담황색이고, 나이는 20대 후반이고, 할인가로 산 미우미우와 프라다 제품을 들고 다니고, 미술사나 시각연구 학위가 있으며, 갤러리 개막식을 꼬박꼬박 찾아다니고, 와인잔을 빙빙 돌리며 피노 와인을 마시고, 카나페를 조금씩 잘라 먹는 — 젊은 여자들이었던 그 부서의 '예술 소녀'들은 프라카스 향수 냄새를 풍기며 도도한 자태로 복도를 거니는 등 마치 대단한 혈통 출신인 것처럼 행세했다. 그 예술 소녀들이 전담하는 업무는 커피 테이블에 올려두는 대형 도록 같은 서적과 색상 구현이 까다로운 전시회 카탈로그처럼 다른 부서보다 세부 사항을 면밀히 살피고 디자인에 정통해야 하는 프로젝트였다. 거래처도 갤러리나 박물관 출판부였고, 특히 파이돈, 리졸리, 타셴 등 고급 종이를 사용하는 대형 예술 출판사가 중요한 고객사였다. 레인, 블라이드, 델릴라. 다들 그들처럼 예술 소녀가 되고 싶어 했다. 나 또한 예술 소녀이고 싶었다.

내가 처리할게, 나는 무표정으로 같은 말을 반복했다. 혹시 홍콩 지부에서 젬스톤 성경에 어떤 문제가 있는 건지도 말해 줬어?

블라이드는 구체적인 답변을 요구하는 내 질문에 거북해하면서 시선을 돌렸다. 아니, 안 했어. 가능하면 오늘 중으로 뉴게이트 출판사의 답변을 듣고 싶다고만 했어. 블라이드는 그 말만 남기고 곧장 뒤돌아서 떠나 버렸다.

비품실처럼 비좁은 내 자리에는 자그마한 창문 하나가 나 있었다. 창문을 닫으면 타임스스퀘어의 전경을 차단할 수 있었지만 소음만큼은 계속 문틈으로 새어 들어왔다. 「토털 리퀘스트 라이브」 프로그램이 여전히 방영 중이던 시절, 정확히는 내가 스펙트라에서 1년차 시절을 보내던 2006년 오후에는 뉴욕 외곽 출신의 10대들이 MTV 스튜디오 밖에서 내는 새된 비명이 건물 벽을 뚫고 들어와 사무실 가득 울려 퍼지기도 했었다. 아직도 오후가 되면 가끔가다 그 10대들의 광적인 소리가 환청처럼 들렸다.

그 유일한 창문이 작은 원형 모양이었던 터라 흡사 잠수함 안에 있는 듯한 느낌이 들기도 했다. 실눈을 뜨고 목을 일정한 각도로 길게 빼면 브라이언트 파크도 볼 수 있었다. 패션쇼 장소가 링컨 센터로 바뀌기 전까지는 브라이언트 파크 곳곳에 흰 텐트들이 우산처럼 어지러이 펼쳐진 광경을 구경하기도 했다. 가을 컬렉션 패션쇼들은 매 2월에 돌아왔다. 그런 식으로

5년이 흘러갔다.

내 직책은 성경 부서의 선임 상품 코디네이터였다. 성경 자체에 얼마간의 경의를 품지 않고서는 누구도 나만큼 오래 버틸 수 없었다. 성경은 책장이 찢어지기 쉽고 책배 부분이 잘 휘어진다는 특성상 꽤나 까다롭고 다루기 힘든 물건이었고, 특히 몬순 기간에 습도가 높아지는 남아시아에서는 더 그랬다. 성경은 그 어떤 서적보다도 순수한 제작 방식에 따라 동일한 내용을 새로운 구성으로 무한히 재포장해 출간되는 책이었다. 나는 시즌마다 스펙트라 고객사들 앞에서 인조 가죽의 최신 트렌드, 유광 엠보싱과 금박 작업상의 개선 사항 등을 소상히 설명했다. 그동안 관리 감독한 성경 제작 건이 얼마나 많았던지, 어떤 성경을 보면 나도 모르게 머릿속으로 그 책을 분해해서 제지 원료, 가름끈, 면지, 제본, 표지 같은 다종다양한 내부 구성 요소를 파악해 버릴 정도였다. 이 책은 올해, 아니 매해 베스트셀러 감이네, 하면서.

나는 책상 앞에 자리를 잡고 앉았다. 일단 시작만 하면 순식간에 일에 몰입할 수 있었다. 타이레놀을 몇 알 삼키고 일을 하다 보니 눈 깜짝할 사이에 오전이 다 지나가 있었다. 나는 이메일에 답장을 보냈다. 책등의 너비가 정확히 몇 밀리미터인지를 측정했다. 거래처에 보낼 성경의 최신 시제품을 발주했다. 새로 추진할 성경 프로젝트의 세부 계획서를 작성한 후 견적 파악을 위해 홍콩 지부에 전송했다. 택배로 보낼 성경들의 권

수와 무게를 계산해 포장비와 운송비를 어림잡아 보았다. 일리노이주의 한 출판사에서 걸려온 전화를 받았고, 그쪽에서 의뢰한 기도서 시리즈에 사용된 종이가 열대림 목재를 사용하지 않은 FSC 인증 종이가 확실하다고 스피커폰 너머로 안심시켜 주었다. 점심을 먹었는지 걸렀는지는 아예 기억나지도 않았다.

두려움이 앞서는 업무는 온종일 미루고만 있었다. 만 11~12세 소녀들을 겨냥해 제작 중인 젬스톤 성경은 순은 합금 체인에 준보석을 매단 기념품을 얹어서 판매할 계획이었다. 성경 인쇄는 이미 완료된 상태였다. 그러나 보석이 아직 도착하지 않은 바람에 성경과 기념품을 한 쌍씩 수축 포장하는 공정이 멈춰 있었다. 그날 일찍이 홍콩 지부에서 보내온 이메일에는 안 좋은 소식이 담겨 있었다. 스펙트라 측에서 애초에 작업을 의뢰하고 계약했던 젬스톤 공급업체가 예기치 않게 폐업했다는 소식이었다. 그 업체에 소속된 노동자들이 각종 폐 질환에 걸린 것이 발단이었다. 노동자들이 사측에 집단 소송을 제기하자 회사가 결국 폐업한 것이었다.

나는 구글에 '진폐증'을 검색해서 포름알데히드에 담긴 폐들, X선 촬영된 폐들, 모렐 버섯처럼 잔뜩 쪼그라든 폐들의 이미지를 살펴보았다. 그런 강렬한 이미지들을 눈앞에 띄워 둔 채 수화기를 들고 애틀랜타 뉴 게이트 출판사의 프로덕션 편집자에게 전화를 걸었다. 본격적으로 말을 꺼내기에 앞서 심호흡을 한번 하고 상황을 설명했다.

진폐증이 뭔데요? 수화기 너머로 편집자가 물었다.

진폐증은 여러 폐 질환을 총칭하는 용어입니다, 내가 대답했다. 준보석을 연마하고 광내는 작업을 하는 노동자들이 본인들도 인지하지 못한 상태로 몇 달, 심지어는 몇 년 동안 가루를 흡입하다가 폐 질환에 걸렸다고 하네요. 홍콩 지부에서 말해 준 원고 측 주장을 들어 보니, 노동자들이 환기 장치나 이렇다 할 호흡기 장비도 없이 좁은 공간에서 일한 것 같더라고요.

요즘 뉴스에 나오는 선 열병이랑은 관련 없는 거죠?

관련 없습니다, 내가 단호하게 대답했다. 이건 노동자의 권리와 안전에 관한 문제입니다. 젬스톤 알갱이들이 노동자들의 폐를 너덜너덜하게 만들고 있는 거예요. 그래서 특히 시급한 문제이기도 하고요.

수화기 너머에 침묵이 감돌았다.

한마디로, 노동자들이 죽어 가고 있는 상황입니다, 나는 요점을 확실히 전달하려고 설명을 덧붙였다. 업체에서는 계약된 모든 업무를 보류하고 있고요. 여보세요?

마침내 입을 연 편집자는 사무적인 말투로 느릿느릿 대답했다. 저희도 당연히 그런 일에 신경을 쓰고 있기 때문에 이런 말이 무신경하게 들리진 않았으면 좋겠지만, 여하간 실망스러운 소식이네요.

이해합니다, 나는 한발 물러섰다. 그러나 곧 자제하지 못하고 이렇게 말했다. 하지만 노동자들이 죽어 가고 있어요. 나는 내가 그들과 아는 사이라도 되는 양 그 말을 반복했다.

제가 드리고 싶은 말씀은, 그러니까 핵심은 이거예요. 지금까지 시장에 젬스톤 성경 같은 책이 나온 적이 없다 보니 저희는 이번에 굉장히 좋은 성과를 낼 수 있을 거라고 예상하고 있어요. 그러니 젬스톤 성경과 관련해서 저희가 지금부터 뭘 어떻게 해야 할지를 알려 주셨으면 해요. 홍콩 지부에서 다른 공급업체를 찾아줄 수는 없다던가요?

나는 신중히 대답해야 했다. 물론 다른 업체를 찾아볼 수는 있는데요, 지금 이게 업계 전반에 불어닥친 문제라고 합니다. 단지 그 특정 젬스톤 공급업체만의 문제가 아니래요. 이번 일이 광둥에서는 이례적인 사건도 아니라고 하고요.

광둥요? 편집자의 목소리에 점점 더 짙은 분노가 묻어났다.

중국에 있는 성(省) 중에 하나인데 모든 젬스톤 공급업체가 그곳에 모여 있습니다. 이번 일은 하나의 단발적인 사건이 아니에요. 거의 모든 공급업체가 똑같은 문제를 겪는 중이고, 소송을 피하려는 목적으로 생산도 일시 중단하고 있어요.

거의 모든이라, 편집자가 내 말을 따라 말했다.

네, 거의 모든 업체가요, 나는 다시 힘주어 대답한 다음 다른 전략을 취해 보았다. 원래 제작하려던 기념품 대신 모조 젬스톤 장식품을 얹어서 포장하는 방법도 가능할 것 같아요. 저희가 아는 플라스틱 공급업체가……

편집자가 고개를 절레절레 젓는 소리가 들리는 듯했다. 아뇨, 안 돼요. 저희는 그 젬스톤 성경에 전심전력을 다하고 있다고요. 저희가 그쪽에 주문한 것도 젬스톤 성경이에요. 공급업체 하나가 잘못됐다고 해서 이 프로젝트 전체를 재고할 생각은 없어요. 편집자는 말을 버벅거리면서도 무척이나 빠른 속도로 한 마디 한 마디 내뱉었다. 이런 일을 어설픈 업체에 맡겼다니 아무래도 스펙트라를 좋게 볼 수는 없겠네요.

정말 죄송합니다, 내가 기계적으로 대답했다. 노동 환경이……

알겠어요, 편집자가 한숨을 쉬었다. 중국에 일을 맡기는 건 리스크라고 다들 그러더라고요. 규정도 없고 강제도 없다면서요. 하지만 저희가 스펙트라 같은 중개업체를 끼고 일하는 이유가 바로 그것 때문이잖아요. 리스크를 줄여 주는 게 거기 역할이잖아요. 그렇게 해 줄 수 있는 게 아니었다면 그냥 저희가 직접 공급업체를 상대했겠죠.

나는 다시 입을 열었다. 그럼 이제……

그래서 제 입장에서 캔디스 씨가 해 줬으면 하는 건 말이죠, 편집자가 아랑곳하지 않고 말을 이었다. 공급업체를 바꿔서 다른 젬스톤 공급원을 찾는 거예요. 그건 그렇게 어려운 일이 아니잖아요. 캔디스 씨는 전력을 다해서 가능한 모든 지원을 끌어모아야 해요. 왜냐하면, 솔직히 말해서 캔디스 씨가 이번 제작 건을 성사해 내지 못하면 저희는 인도에까지 손을 뻗어서라도 다른 회사를 찾아볼 거거든요. 공급업체들과 직접 거래를 시작할 수도 있고요.

편집자는 내가 뭐라 대답을 하기도 전에 전화를 끊어 버렸다.

나는 잠시 얼어붙어 있다가 수화기를 내려놓았다. 그러고는 다시 수화기를 집어 들었다가 도로 내려놓았고, 또다시 집어 들었다가 도로 내려놓았고, 또다시 집어 든 다음 이번에는 냅다 던져 버렸다. 그랬더니 수화기는 나에게 항의라도 하는 양 시끄럽고 반복적인 대기음을 발산했다. 나는 양손으로 전화기를 붙잡고 그대로 확 잡아당겨 벽에 연결된 전선까지 빼 버린 다음 본체와 수화기와 전선을 몽땅 쓰레기통에 버렸다. 그리고 구두 신은 발 한쪽을 쓰레기통 안으로 억지로 밀어 넣고 플라스틱이 빠개지는 소리가 날 때까지 힘껏 밟았다. 발을 뺀 후에는 전화기가 얼마나 망가졌는지 확인했다. 그런 다음에는 그 전화기를 쓰레기통에서 꺼내 항균 기능이 있다는 물휴지로 닦고, 본체와 수화기를 재조립하고, 전선을 원래 자리에 꽂았다.

다시 수화기를 들고 홍콩에 전화를 걸어 보았다. 홍콩 현지 시각은 아침 6시였지만 일찍 출근하는 사람이 한 명쯤은 있을 터였다. 거기에는 항상 누군가가 있었다. 스펙트라의 홍콩 지부를 방문한 적도 있었다. 탁 트인 창문 밖을 내다보면 코즈웨이베이, 천단대불, 홍콩 크리켓 클럽, 홍콩을 식민지화한 영국 여왕이 본인의 이름을 따서 지은 빅토리아 공원을 따라 늘어선 매장들 위로 태양이 떠올랐고, 그 무엇으로도 막을 수 없는 어떤 기세가 산과 바다 너머로 드높이 솟아오르면서 새로운 노동의 하루를 여는 광경이 펼쳐졌다.

2장

그 후 우리는 애도의 시기를 지나는 사람들이 하듯이 즐거움을 얻기 위해, 주로는 위안을 구하기 위해 예술로 회귀했다. 예술이 아니어도 상관없었다. 음악도, 시도, 그림과 설치 미술도, 텔레비전과 영화도 우리가 돌아갈 대상이었다.

그러나 대체로는 텔레비전과 영화였다.

「찢어진 커튼」 본 적 있는 사람? 밥이 쩌렁쩌렁 울리는 목소리로 말했다. 「찢어진 커튼」 본 사람 있어? 손 들어 봐.

그거 지미 스튜어트 나오는 영화였나? 토드가 물었다.

아니, 폴 뉴먼. 밥이 주위를 둘러보았다. 왜들 이래, 히치콕 영화잖아. 영화사의 기초 아니야.

아무도 대꾸를 하지 않자 밥은 탄식했다. 이거 참 쉽지 않겠네.

때는 밤이었고 우리는 모닥불 주위에 모여 있었다. 코트와 담요를 덮고 통나무에 웅크리고 앉아서 무쇠 냄비로 조리 중인 저녁 식사가 완성되기를 기다리는 중이었다. 장소는 뉴저지 혹은 펜실베이니아의 어딘가였다.

한껏 흥분한 밥은 「찢어진 커튼」에 대해 계속 떠들어 댔다. 1966년에 개봉한 「찢어진 커튼」은 폴 뉴먼과 줄리 앤드루스가 주연으로 출연한 냉전 배경의 스릴러물이야. 히치콕 작품 중에서 중요도가 떨어지는 영화로 과소평가되기는 하지만 한 남자가 살해당하는 장면을 실시간 무삭제 방식으로 담아낸 것으로 유명하지. 헤드록에 걸리고, 칼에 찔리고, 삽으로 얻어맞으며 처절하게 몸부림치다가 오븐 속에서 질식사를 당하거든. 소름 끼치는 장면이기는 한데 여느 영화에 등장하는 살인 장면들에 비해 더 오싹하거나 덜 오싹한 건 아니야. 이 영화가 불러일으키는 끔찍함의 근원은 철두철미한 살인 계획이 아니라 살인 과정을 괴로우리만치 질질 끌면서 보여 주는 방식에 있거든.

이 영화의 메시지를 요약하면, 밥이 말했다. 인간이 죽는 데는 오랜 시간이 걸린다는 거야. 상대를 죽이려면 뭔가를 빼앗았다가 공격했다가를 번갈아 가며 할 수 있는 방법을 떠올리고, 어떻게 밀었다가 당기고 어떻게 들어 올렸다가 내리꽂아야 승리를 거머쥘 수 있을지를 고민하는 등 해야 할 일이 많거든. 그러는 동안 인간의 몸에 스트레스가 차곡차곡 쌓이는 거고. 살인은 결정적 한 방에 따른 결과라기보다는 일종의 누적 효과에 가까워.

그래서 지금 무슨 말을 하려는 거야? 에번이 물었다.

핵심은, 밥이 말했다. 그러니까 핵심은, 열병에 걸린 사람들 있잖아. 그 사람들은 실제로 살아 있는 게 아니야. 그 사실을 뒷받침하는 근거를 하나 대자면 그들이 죽기까지 오랜 시간이 걸리지 않는다는 거고.

어느 정도 맞는 말이기는 했다. 그동안 지켜본 바에 따르면 열병에 걸린 사람들은 대체로 지난 수년, 수십 년 동안 내재화했을 것이 분명해 보이는 오래된 루틴과 몸짓을 그대로 모방하는 습관의 노예였다. 도마뱀 뇌*는 실로 강력했다. 열병에 걸린 사람들은 수명이 다한 컴퓨터의 마우스를 움직이고, 망가진 세단의 스틱을 조종해 운전하고, 텅 빈 식기세척기를 가동하고, 죽어 버린 화초에 물을 주기도 했다. 그들의 집을 습격하는 밤이면 우리는 실내를 어슬렁어슬렁 돌아다니면서 가족 사진첩을 구경했다. 우리가 예상한 것보다 더 심한 향수에 젖어 있었던 그들은 버벅대는 뇌에 입력된 설정에 따라 가보로 물려받은 자기류를 애지중지 보호하고, 고모나 이모나 조모가 담근 피클이나 복숭아, 콩, 체리 절임류 병들을 이리저리 배열했다가 재배열하고, 분명 한때 즐겨 들었을 법한 음반과 CD와 카세트테이프를 재생했다. 낯선 방들에서 익숙한 노래들이 흘러나왔다. 바비 워맥의 「캘리포니아 드리밍」을 비롯해 그 어떤 노래보다도 찬송가스러운 분위기를 풍기고 어쩌면 내가 들어본 음악 중 가장 아름다운 곡일 라이처스 브라더스의 「언체인드 멜로디」도 들렸다. 그런데 우리가 추측해 보기로 열병에 걸린 이들을 자극한 것은 서정적인 가사가 아니라 오로지 리듬,

* 위험을 감지하고 안전과 본능을 따르는 뇌 부위를 가리키는 표현.

뇌에 깊게 새겨진 타악기의 반복적인 패턴인 듯했다. 돌리 파튼과 케니 로저스의 「아일랜즈 인 더 스트림」에 흐르는 리듬 같은 것. 노래를 듣는 그들의 뺨 위로 눈물이 흘러내리는 모습을 보며 우리는 그들 내면에 여전히 남아 있는 인간성을 확인했고 얼굴이 아닌 머리에 총을 쐈다.

공포 영화 속에 들어와 있는 것 같아, 토드가 말했다. 좀비나 뱀파이어가 나오는 영화.

밥이 팔걸이 붕대를 긁으면서 토드가 한 말을 곱씹었다. 그러더니 얼굴을 찌푸렸다. 음, 그건 아니야. 뱀파이어 서사와 좀비 서사는 서로 완전히 다른 이야기야.

어떻게 다른데? 에번이 물었다. 저넬이 공연히 밥을 부추기지 말라는 의미로 팔뚝을 찰싹 때렸음에도 에번은 한쪽 눈을 찡긋해 보이기만 했다.

밥이 곁눈질로 에번과 저넬을 번갈아 보았다. 그리고 온화한 미소를 띠며 말했다. 굉장히 좋은 질문이야, 에번. 뱀파이어 서사에 존재하는 위험은 악당의 의도, 즉 악당이 기본적으로 어떤 인물인가에 달려 있어. 뱀파이어는 좋은 존재일 수도, 나쁜 존재일 수도 있지. 「뱀파이어와의 인터뷰」를 생각해 봐. 「트와일라잇」도 마찬가지고. 기본적으로 뱀파이어 서사는 인물에 관한 이야기야.

자, 그런데 말이지, 밥이 말을 이었다. 생각해 보면 좀비 영화는 좀 달라. 좀비 영화는 특정 악당에 관한 이야기가 아니야. 좀비 한 명 죽이는 일은 식은 죽 먹기지만 좀비가 100명이면 상황이 달라져. 좀비는 집단을 이루고 있을 때 진정 위협적인 존재가 되는 셈인 거지. 말하자면 좀비 서사는 어떤 개인이 가진 본질 그 자체가 아니라, 어떤 추상적인 힘에 관한 이야기야. 군중의 힘, 군중 심리의 영향력에 관한 이야기. 요즘에는 '벌집형 사고'*라는 말로 더 잘 알려져 있을 수도 있는데 그런 건 아무도 볼 수 없어. 예측할 수도 없고. 언제든, 어디에서든, 허리케인이나 지진 같은 자연재해처럼 아무 때나 습격해 올 수 있는 거야.

그럼 이제 이 개념을, 밥이 계속 말했다. 우리가 처한 상황에 적용해 보자. 열병에 걸린 사람들을 깊게 이해해 보자는 거야.

잠깐만, 내가 밥의 말을 끊고 끼어들었다. 그게 무슨 말이야? 일단 열병에 걸린 사람들은 좀비가 아니야. 그 사람들은 우리를 공격하거나 잡아먹으려고 하지 않아. 우리에게 아무 짓도 안 하고. 따지고 보면 피해를 입히는 쪽은 우리잖아.

나는 내가 말참견을 했다는 사실에 스스로 화들짝 놀랐다. 그런 행동을 할 때가 좀처럼 없어서였다. 어쨌건 말을 마치고 나니 숨이 차올랐고 속도 메스꺼웠다. 다들 나를 응시하고 있었다.

밥이 내게 눈길을 돌렸다. 캔디스. 허구의 세계에서 깨어난

* 벌집형 사고(hive mind)란 지식이나 의견을 공유함으로써 무비판적인 순종의 태도를 취하거나 집단 지성을 산출해 내는 다수의 사람으로 구성된 개념적 실체를 가리킨다.

사람에겐 허구만이 유일한 기준이 되는 법이야.

너 괜찮아? 저넬이 내게 물었다.

나는 숲속으로 달려가 나무 둥치에서 구토를 했다. 저녁으로 먹은 쌀과 콩, 점심으로 먹은 피넛 버터 통조림 비트 샌드위치가 쏟아져 나왔다. 나는 양손으로 둥치를 짚고 몸을 숙인 채 숨을 헐떡이면서 다시 한번 욕지기가 올라올 때까지 기다렸다가 속을 게워 냈다. 몸속에 남아 있는 모든 것이 잔뜩 오그라드는 느낌이었다. 아침으로 먹은 딸기맛 곡물 에너지바와 차갑게 마신 인스턴트커피도 올라왔다. 그러나 구역질은 거기서 멈추지 않았다. 약 한 달 동안 섭취한 모든 음식을 토해 내는 기분이었다. 조금이라도 먹을 만하게 만들어 보려고 셀처 탄산수에 적셔 먹었던 딱딱하고 오래된 빵 조각들. 상자째 들고 몇 숟갈 퍼먹은 마니슈비츠의 마초 볼 믹스 가루. 소분된 하인즈 케첩 몇 봉지와 셀처 탄산수로 만든 토마토 수프. 거무스름하게 변색하고 곳곳에 곰팡이가 핀 상태로 나무 팰릿에 차곡차곡 쌓여 인도에 버려져 있던 딸기들.

속을 비워 낸 나는 역겹고 시큼한 냄새가 올라오는 입 주변을 손바닥으로 닦아 낸 후 나무껍질에 문댔다. 잠깐 둥치에 몸을 기대고 있다가 팔꿈치 안쪽에 입을 대고 숨을 내뱉어 보았다.

캔디스.

황급히 주변을 돌아보니 등 뒤에서 밥이 다가오고 있었다. 여기, 밥이 말했다. 그의 손에 펩토 비스몰* 한 병이 들려 있었다.

아, 괜찮아, 내가 반사적으로 대답했다.

어서 마셔, 필요하잖아. 선뜻 내켜 하지 않는 내 속내를 간파한 밥은 주저 없이 새것 상태인 약병을 열기 시작했다. 마개를 감싸고 있던 얇은 플라스틱 끈이 쭈그러드는 소리가 나도록 손아귀에 힘을 주더니 병이 열리자마자 뚜껑을 바닥에 내팽개쳤다.

나는 땅바닥에 버려진 플라스틱 쓰레기 조각을 쳐다보았다.

쓰레기 투기가 문제가 되는 건 모든 사람이 그렇게 할 때뿐이야, 밥이 빈정거렸다.

나는 펩토 비스몰을 받아들었다. 한 모금을 들이켜는 내내 밥의 시선이 느껴졌다. 우리는 서로를 잘 알지 못했다. 나는 뉴욕에서 빠져나온 마지막 생존자였고, 빠져나오자마자 순식간에 무리에 섞여 들어갔을 따름이었다. 그들이 나를 발견한 지도 고작 일주일, 일주일 반 정도밖에 되지 않은 시기였다.

좀 괜찮아졌어? 밥은 펩토가 순식간에 경이로운 효능을 발휘하는 약이기라도 한 것처럼 물었다.

그냥 좀 피곤해서 그랬던 것 같아, 내가 말했다.

밥의 연회색 눈동자가 온화하게 누그러졌다. 여기 있는 모두가 힘든 상황이지. 다행히 곧 목적지에 도착할 거고 거기에 정착하면 이렇게 떠도는 생활도 끝낼 수 있어.

---

* 위장약의 일종.

모닥불 주위에서 터진 요란한 웃음소리가 공기 중으로 퍼져 나가 우리의 귓가에 꽂혔다. 밥은 웃음소리가 잠잠해질 때까지 기다렸다.

하지만 우리가 처한 상황을 좀 더 넓은 시각에서 보면 말이야, 밥이 말을 이었다. 일종의 영적 지도를 찾아보는 게 좋을 거야.

나는 예의상 고개를 끄덕였다. 그럴게. 자기계발서나 뭐 그런 거 말이지.

뭐 그런 거, 밥이 대답했다. 그러고는 잠시 머뭇거리다가 내게 물었다. 혹시 믿는 종교 있어?

부모님께서 신앙이 깊으신 분들이라 어릴 때 주일학교에 다니면서 교육을 받기는 했어. 뭔지 알지? 하지만 수년 전의 일이야. 고등학교 졸업 후에는 교회에 한 번도 안 갔어.

밥이 잠시 침묵했다. 이윽고 입을 연 그는 이렇게 말했다. 이 일이 있기 전까지만 해도 나는 내가 종교적인 사람이라는 생각을 눈곱만큼도 하지 않았어. 그런데 요즘 들어 부쩍 성경이 내게 상당한 위안을 주더라고. 밥이 목을 가다듬었다. 너는 이 무리에 속한 우리 모두의 공통점이 뭐라고 생각해?

글쎄, 내가 대답했다. 뭐, 가장 명백한 건 전부 생존자라는 사실 아닐까?

밥이 교수 같은 미소를 띠며 말했다. 네 말에 담긴 의미를 좀 더 살려서 다르게 표현해 볼게. 우린 선택받은 자들이야. 미국 인구 대부분의 목숨을 앗아 간 무언가에 우리가 면역력을 갖고 있다는 사실은 굉장히 특별한 의미를 내포하고 있어. 네가 아직 여기에 남아 있다는 사실에도 남다른 의미가 있고.

그러니까, 자연 선택설 같은 거 말하는 거야?

내가 말하는 건 신의 선택이야.

나는 마음이 불편해져서 자세를 조금 바꿔 앉았다. 과연 무엇이 진실인지 대체 누가 알았겠는가. 종말이 다가올 때 리트윗과 공유하기를 통해 병적으로 증식하며 퍼져 나갔던 별의별 뉴스 기사와 인터넷 토론방 가설과 낚시성 기사들 속에 꽉꽉 들어차 있던 정보와 오정보는 어리석은 우리를 사실상 더 무지하고, 더 무기력하고, 더 무구하게 만들었다.

그동안 모두의 머릿속에 맴돈 질문은 이것이었다. 왜 우리는 열병에 걸리지 않았나? 분명 우리 무리의 대부분도 다른 사람들을 열병에 걸리게 만든 부유성 포자에 접촉했을 텐데. 밥에게 이 문제는 우리가 선택받은 자라는 종교적 확신으로 귀결되었다. 무리에 속한 사람들도 대부분 표면적으로는 밥의 생각에 동의했다.

나에게(그리고 저넬과 애슐리와 에번에게) 열병은 임의적 결과였다. 우리가 살아남았다는 사실에 특별한 의미라곤 하나도 없었다.

어쩌다 드물게 밥과 둘이 남겨지는 상황이 찾아올 때면 어떻게 해서든 종교적 대화를 피해 간 나였기에, 옴짝달싹 못 하는 처지에 놓이게 되니 그냥 나 자신이 소멸했으면 싶은 심정이 들었고 가급적 밥이 나에 대해 뭔가를 알아낼 수 없도록 나의 성격과 감정과 취향까지 몽땅 없애 버리고 싶었다. 나는 나무들 사이로 보이는 모닥불로 시선을 돌리고 눈을 깜박거렸다. 웃음소리가 들렸다. 밥이 나를 보는 시선이 느껴졌다.

진실이 뭐든 간에 난 그냥 여기에 있어서 기뻐, 나는 억지웃음을 지으며 말했다.

밥은 나를 몰아붙이듯 질문을 퍼부었다. 지금까지 어땠어? 여기서 우리랑 같이 지내는 거 말이야. 우리가 너랑 잘 맞는 사람들인 것 같아?

내게 다른 선택지가 있다고 생각하는 건가 싶을 만큼 밥의 태도는 몹시 진지했다.

지금까지는 좋았어, 그럭저럭 잘 지낸 것 같아. 적응할 부분이 좀 있기는 했지만. 단체 저녁 식사는 완전히 새로운 경험이었어. 단체 활동이며 저녁 식사며, 내가 남들과 함께 하는 일에는 좀 익숙하지 않아서. 오랫동안 — 나는 머뭇거리다 말했다 — 혼자였거든.

밥이 차분한 눈길로 나를 바라보았다. 나는 네가 좀 더 적극적으로 참여해 줬으면 좋겠어. 가능하다면 말이야. 이제 너도 우리 무리의 일원이니까. 우린 널 믿고 있어.

물론이지, 내가 말했다.

그 펩토 말이야, 밥이 말을 이었다. 습격하면서 수집한 물건

이야. 우린 필수품 목록을 작성해 두고 있거든. 필요한 물건이 있으면 구해 오고. 업무도 분담하고 있어. 조직 생활을 하는 거지. 함께 지내는 거야. 무슨 말인지 이해하지?

나는 고개를 끄덕였다.

그래, 이제 돌아가야겠다, 밥이 말했다. 다들 우리랑 같이 저녁 먹으려고 기다리고 있을 거야.

모닥불이 피워진 곳으로 돌아갔더니 모두가 무릎 위에 접시를 올려 두고 있었고 각 접시에는 아직 손대지 않은 음식이 놓여 있었다. 누군가가, 그 누군가는 대체로 밥이었지만, 식전 기도를 올리기 전까지는 식사를 하면 안 된다는 것이 무리의 규칙이었다. 다들 빈속에 암스텔 라이트와 코로나 맥주를 마시고 있었고 술은 절반가량 줄어든 상태였다.

거의 진수성찬이네, 밥이 흡족해하며 제너비브에게 말했다.

내가 저넬 옆에 놓인 통나무에 앉자 저넬이 내게 물병을 건네주었다. 괜찮아? 저넬이 물었다. 밥이랑 무슨 얘기 했어?

나는 어깨를 으쓱해 보이고 말았다. 그러고는 병뚜껑을 따고 물을 벌컥벌컥 들이켜면서 입속에 남은 담즙을 한 번에 삼켜 넘겼다. 그냥 물이 아닌 탄산수였던 터라 잇몸과 혓바닥이 얼얼했다. 나는 물을 꿀꺽 삼키면서 병뚜껑을 닫았다.

구운 콩과 완두콩 요리가 담긴 접시를 제너비브가 내게 넘겨주었다. 나는 배가 고프지 않았다.

이제 괜찮은 거야? 저넬이 내게 물었다. 내가 어떤 상황에 처해 있는지를 말해 준 이후로 저넬은 괜찮으냐는 질문을 수시로 했고, 그로 인해 나는 다른 사람들도 내 비밀을 알게 될까 봐 두려웠다.

응, 내가 끝내 대답했다. 난 괜찮아.

모닥불을 사이에 두고 내 건너편에 앉아 있던 밥이 우리가 비밀스러운 농담을 나누기라도 한 사이인 양 미소를 지어 보였다. 그러더니 모두가 들을 수 있게 큰 소리로 말했다. 캔디스, 오늘은 네가 식전 기도 해 볼래?

나는 밥의 얼굴을 쳐다보았다. 밥의 얼굴에서 별다른 표정 변화가 읽히지 않았다.

나는 고개를 숙이고 기도를 시작했다.

3장

나는 조수에 떠내려가듯 다른 사람들의 움직임에 휩쓸려 뉴욕에 당도했다. 대학 친구들 대부분이 뉴욕으로 이주 중이었고 이미 이주한 친구들도 많았다. 뉴욕은 누구에게나 당연히 가야 할 장소인 것 같았다. 뉴욕으로 이주한 후 우리는 그동안 하고 싶었던 것들을 그대로 실행에 옮겼다. 유명 디자이너의 선글라스를 끼고, 알코올이 들어간 25달러짜리 메이어 레모네이드를 나눠 마시면서 취기를 참아 내고, 무직자 신세로 노천카페에 앉아 혼잡한 퇴근길 풍경이 펼쳐졌다가 사라지는 광경을 구경하며 밤늦도록 대화를 나누었다. 다른 사람들에겐 갈 곳이 있었지만 우리에겐 아니었다. 때는 2006년 여름이었고 뉴욕으로의 이주 자체는 중대한 일들이 벌어지는 흐름 속에 놓인 하나의 사소하고 별 볼 일 없는 사건 같았다. 중대한 일들이라 함은 엄마가 돌아가시고, 내가 대학을 졸업하고, 뉴욕으로 넘어온 것이었다.

대학 시절에 만난 애인은 평화봉사단에서 활동했다. 그가 한 일은 남미의 외딴 마을에서 우물을 파거나 윤작 체계를 확

럽하는 것이 아니라 샴브레이 소재의 셔츠 차림으로 현지 야자수의 시원하고 너그러운 그늘에 안락하게 자리를 잡고서 후기 식민지에 관한 이론을 읽는 것이었다. 전화 연결 상태가 미약하고 고르지 않은 상황 속에서 우리는 의무적으로 폰 섹스 시간을 가졌다. 폰 섹스 그 자체보다는 그런 색다른 경험을 해 본다는 데 의미가 있었다.(너는 여우야. 나는 암탉이고. 우린 닭장에 있어. 이제 해 봐.) 그는 전화카드에 남은 통화 가능 분수를 다 써 버리자 내게 이메일로 이별을 통보했다.

뉴욕에서 보내는 첫 여름 동안 내가 한 일이라고는 엄마의 80년대풍 컨템포 캐주얼 드레스를 차려입고 누구든 내게 접근해 오기를 기대하면서 맨해튼 남부 지역을 배회하는 것이었다. 엄마의 드레스는 아침에는 미끄러지듯 몸에 감겼으나 밤에는 미끄러지듯 몸에서 벗겨졌다. 꽃무늬와 아프리카 패턴이 날염된 저지 코튼 소재 드레스로, 품이 낙낙하고 시원했다. 그 드레스를 입고 나가면 십중팔구 내게 접근하는 사람을 만났지만 보통 그 이외의 것을 얻는 데에는 실패했다. 다만 내가 나 자신에게도, 내가 만난 아무개들에게도 말했듯 그 이외의 것을 원한 것은 아니었다. 그럼에도 나는 그 아무개들이 나를 불청객으로 느낄 만큼 끈덕지게 침대에 머물면서 그들이 아침에 옷을 차려입는 모습을 지켜보았고 직업은 무엇일지를 속으로 궁금해했다. 목적지가 어디인지를.

어느 날 아침 나는 남자의 넥타이를 매 주고 있었다. 그는 윈저 매듭을 원했다. 그가 해 주는 설명에 따라 차근차근 매듭을 지어 보려 했지만 매번 다섯 번째나 여섯 번째 단계에서 헤매고 말았다.

보통 와이프가 매 주거든, 남자가 내게 미안하다는 듯이 말했다. 예전 와이프, 그가 자기 말을 정정했다. 웨체스터에 살다가 이혼 후에 윌리엄스버그로 넘어온 그는 이스트강이 내려다보이고 맨해튼의 스카이라인을 자랑거리로 삼을 수 있는 세련된 회색 고층 아파트에 살고 있었다.

특별한 이유가 있어? 내가 물었다. 이 매듭을 하는 이유 말이야.

나 재혼해, 남자가 말했다. 내가 고개를 들어 쳐다보자 그는 소리 내어 웃으면서 말을 이었다. 농담이야. 사실 텔레비전 프로그램에 출연하거든.

축하해, 나는 별다른 감흥을 받지 않은 척했다. 그런데 이런 거 도와주는 의상 담당자가 없대?

지역 케이블 방송이라서. 남자가 침착한 미소를 지어 보였다. 오늘 밤에 전화할게.

그 후 나는 그가 출연하는 방송을 시청했다. 정치 토론 방송이었다. 방송 시간 일부를 할애해 대학 졸업자들의 실업률 문제를 다루고 있었다. 처음엔 안경을 쓰지 않은 그의 모습을 알아보지 못했다가, 내가 골라 준 넥타이와 세 번의 시도 끝에 제대로 매만진 매듭을 보고서야 그임을 알아차렸다. 방송에서는 그를 경제 전문가이자 『당신은 내 보스가 아니다: 미국 밀레니얼 세대의 노동 가치관과 직업 윤리』의 저자 스티븐 라이트만으로 소개했다.

스티븐은 뉴욕 스카이라인을 등지고 앉아 카메라 렌즈를 응시했다. 그리고 짐짓 위엄 있는 목소리로 말했다. 밀레니얼 세대는 대부분의 미국인과는 다른 가치관을 가지고 있습니다. 현재 대학 졸업을 앞둔 밀레니얼 세대는 일자리를 원하지 않고 연금에 기대를 걸고 있습니다.

진행자가 스티븐의 말에 맞장구를 쳤다. 스티븐 씨, 미국 노동 인구 중에서 밀레니얼 세대가 교육 수준이 가장 높다는 최근 통계 결과에 대해서는 어떻게 생각하십니까? 새로운 세대가 더 고급 직종에 진출할 준비가 되었음을 보여 주는 지표인 걸까요?

스티븐이 고개를 끄덕였다. 제가 책에서 언급했다시피 문제는 교육이 아니라 동기에 있습니다. 심리적인 문제라는 겁니다. 이게 세계 경제를 선도하는 미국에 시사하는 바가 과연 무엇이겠습니까? 우려하지 않을 수 없는 상황입니다.

그날 스티븐은 내게 전화를 걸지 않았다. 일주일이 흐른 후에야 나를 다시 자기 아파트로 불러냈다. 우리는 벌거벗은 채로 침대에 누웠다. 그는 내 성기를 애무하려 했다. 천장 쪽 창문 밖에서 태양이 저물면서 라벤더와 분홍 색조로 하늘이 물들 무렵이었다. 모든 것이 지나치게 본격적인 것 같다는 느낌이 들었다.

스티븐은 내가 등을 대고 눕게 만든 다음 그걸 했고 내 가슴과 흉곽과 배에 차례로 키스를 하면서 점점 아래로 내려갔다. 그의 얼굴에는 흠칫 놀랄 만큼 털이 무성했다. 스프링이 느슨한 매트리스가 내 등 밑에서 예민하게 움직였다. 지금까지 내가 아래를 애무하도록 허락한 남자는 대학 시절 남자친구가 유일했고 그것도 사랑을 가장한 행동에 불과했다.

저기, 내가 스티븐의 희끗희끗한 머리를 만지며 말했다. 난 이거 좀 아닌 것 같아. 스티븐이 내 말을 듣지 못한 것 같아서 다시 말을 꺼내 보았다. 우리 세이프 워드*를 정해야 할 것 같아.

세이프 워드는 '좋아'야, 스티븐이 거칠게 응수했다.

나는 등을 대고 누워 높은 천장을 올려다보면서 마음을 진정하려 했다. 요가 수업의 마지막 단계가 진행되고 있는 것이라고, 송장 자세를 연습하고 있는 것이라고 생각해 보려 했다. 그러나 그럴 수가 없었다. 그냥 그렇게 누워 있을 수가 없었다.

나 생리 중이야, 나는 스티븐에게 거짓말을 했다.

괜찮아. 난 그런 거 신경 안 써.

정말? 하지만 지금 사흘째인데. 이땐 녹슬고 말라비틀어진 오래된 피 맛 같은 게 나.

스티븐이 고개를 들고 웃는 얼굴로 나를 쳐다보았다. 알겠어, 그만할게.

---

* 성적 행위를 하던 도중 상대방에게 멈춰 달라는 의사를 알리기 위한 언어적 신호.

녹슨 철조망을 핥는 것 같은 맛이 날 거야, 내가 부연했다.

그렇게까지 자세히 설명할 필요 없어, 스티븐의 얼굴에서 미소가 사라졌다.

뭐, 그래도 말은 할 수 있잖아?

결국 우리가 한 것은 말하자면 4분의 3은 떡치기고 4분의 1은 성교로 이루어진 무엇이었다. 성교라 함은, 흡사 선교 활동을 하는 것 같았다는 의미다. 먼저 스티븐이 거의 애원하는 손길로 나를 다정하게 끌어안으면 나는 부성애와 욕정이 혼란하게 뒤섞인 그의 시선을 외면하며 두 눈을 감아 버렸다. 난 그가 구상 중인 이혼 후의 의미심장한 서사에 포함되고 싶지 않았다. 이를테면 '20대와의 선 넘은 성적 유희' 같은 서사 말이다. 그가 나를 통해 새로운 의미를 발견하고 싶어 하는 거라면 나는 그에게 그런 건 아무것도 아니라고 말해 주는 첫 번째 사람이 될 생각이었다. 나는 항상 이래 왔어, 라고 말할 생각이었다. 혹시라도 그가 침실 탁자에 택시비를 놓고 가면 그 돈도 챙기지 않을 생각이었다. 나는 아무것도 원하지 않았다. 아무것도 필요하지 않았다.

엎드려 봐, 스티븐이 말했다.

나는 엎드렸다.

다음 날 아침 스티븐은 100달러 지폐 한 장을 놓고 떠났고 나는 그 돈으로 식료품을 구입했다.

택시를 타는 대신 윌리엄스버그 다리를 건너 로어이스트사이드에 있는 집까지 걷기 시작했다. 갈 길이 절반쯤 남았을 무렵 나는 내가 입고 있던 드레스의, 아니 엄마의 드레스 앞뒤가 바뀌어 있음을 깨달았고 혼잡한 출근길 광경이 펼쳐지는 복판에서 드레스를 벗은 다음 앞뒤를 제대로 바꿔 입었다. 차가운 아침 공기에 가슴이 오그라들었다.

마침내 집에 도착해 보니 룸메이트 제인이 텔레비전을 보면서 요거트를 먹고 있었다.

택배 와 있어, 제인이 소파 옆에 놓인 커다란 이삿짐용 상자 하나를 가리키며 말했다.

언제 온 거야?

어젯밤에 집에 왔을 때 도착해 있었어.

상자에는 종잡을 수 없는 방식으로 취합된 엄마의 소지품이 담겨 있었다. 커레스 비누와 의약용 크리니크 제품 향이 혼합된 엄마의 체취가 느껴졌다. 우리 가족의 소지품은 대부분 창고에 보관 중이었지만, 호스피스에서의 사무 절차상 혼동으로 인해 엄마의 남은 '개인 소지품'이 부모님의 재산을 관리하는 법률 사무소가 아닌 내 주소로 도착한 듯했다. 일 처리가 제대로 되었다면 법률 사무소는 이 마지막 상자를 나의 유년 시절 소지품부터 아빠가 수집한 중국 문학 작품에 이르기까지 우리 가족의 소유물이 모여 있는 창고로 보냈을 것이었다.

제인이 내 옆에 무릎을 꿇고 앉아서 가만히 구경을 했다. 나는 천천히 짐을 풀어 보았다. 곳곳이 긁힌 마룻바닥에 놓인 엄마의 유품은 작고, 보잘것없고, 해묵어 보였다. 각종 옷가지와 장신구, 이름을 알 수 없는 친척 어른들의 사진, 격식을 차린 만찬에나 어울릴 법한, 한 번도 쓰지 않아 새것 상태인 은제 거위 목 커피포트를 비롯해, 방치된 지 한참 된 엄마의 조리 도구들도 있었다. 기름을 빼낼 때 쓰는 황동 망(網)국자, 대나무 찜기에서 떨어져 나온 조각들, 마른 팔각과 허브가 담긴 작은 병들, 그리고 꽃다발처럼 박엽지로 싸서 돌돌 말아 둔, 나무 손잡이가 팽창한 채 갈라진 묵직한 식칼 따위의 도구들. 호스피스에 부엌이 있는 것도 아니고 분명 변변한 요리를 할 만한 몸 상태가 아니었을 텐데도 엄마는 부러 그런 물건들을 챙겨 갔었다.

상자 바닥에 깔려 있던 파인트 크기의 지퍼락 비닐봉지에는 언뜻 호박색 송진 덩어리 같은 무언가가 한가득 들어 있었다. 봉지를 열어 확인해 보니 금빛 광택을 가진 섬유질과 직선으로 난 결이 보이는 삼각형 조각들이었다. 아시아 슈퍼마켓에서 구할 수 있는 전복 같은 조개류를 말린 조각일지도 몰랐다.

이거 뭐 같아 보여? 내가 제인에게 물었다.

제인은 비닐봉지를 들어 올려서 불빛에 비추어 보았다. 한 조각을 꺼내어 코를 킁킁대며 냄새도 맡아 보았다. 상어! 상어 지느러미야, 제인이 단언했다. 그러고는 확인차 다시 한번 냄새를 맡았다. 샥스핀용이네, 제인이 내게 지느러미 하나를 건네면서 말했다.

넌 그런 걸 어떻게 알아? 내가 물었다. 마른 껍데기 같은 조각을 코에 갖다 대 보니 바다 표면의 소금이 녹슨 것 같은 퀴퀴한 냄새가 났다.

샥스핀을 만들어 먹어야 해! 제인이 차마 뭐라 대꾸할 수 없을 만큼 들뜬 목소리로 말했다. 이제 식당에서는 이런 거 안 팔거든. 그 있잖아, 동물권 문제 때문에. 어디선가 읽었는데 상어를 잡아서 지느러미만 잘라 낸 다음에 다시 물속으로 던져 버린대.

그럼 그 상어는 어떻게 되는 거야? 내가 지느러미 냄새를 다시 맡아 보며 물었다.

뭘 어떻게 돼, 죽는 거지. 천천히 고통스러운 죽음을 맞이하는 거야. 그래서 불법이 된 거기도 하고. 그래서 하는 말인데! 우린 이걸 낭비하면 안 돼.

그래, 하지만 샥스핀은 너무 구식이야. 연회장에나 나올 법한 요리잖아, 나는 그렇게 대꾸하면서 엄마가 샥스핀을 만들었던 적이 있기는 했었는지를 곰곰 생각해 보았다. 그런 적이 없었다는 확신이 들었다. 특별한 날에 대비해서 모아 두신 거였으려나?

제인이 방긋 웃었다. 그럼 구식 디너파티를 열면 되지, 정말 기막힌 생각이다! 제인이 날아갈 듯 기뻐하며 환호성을 내질렀다. 파티 주제는 80년대의 퇴폐미로 하자. 몸에 딱 달라붙는 칵테일 드레스를 입고 금붙이로 치장하는 거야. 식탁 정중앙은 샥스핀 자리로 하고. 요리는 총 3단계 코스로. 첫 번째 음식은 완전 옛날 분위기를 낼 수 있는 연어 퍼프 같은 걸로…….

제인과 내가 뭔가를 계획하는 일에 서툴렀던 터라 — 우리는 무계획적이었고, 거창하고 비현실적인 생각에 쉽게 빠져들었다 — 디너파티는 그로부터 몇 달이 지나도록 실현되지 않았다. 그사이에 대학 친구들은 정규직 전환 가능성이 있는 인턴직이나 수습직에 채용되는 등 서서히 각자의 길을 찾아 나섰다. 노천카페에서의 모임은 한동안 유지되었으나 더는 예전과 같은 축제 분위기를 유지할 수 없을 만큼 참석자 수가 현저히 줄어들자 흐지부지되었다. 가령 퇴근 시간이 본격적으로 시작되어 주변 행인들이 분주히 퇴근길에 오르면 우리는 각자 술잔으로 손을 뻗으면서 시선을 피했다. 그러고 있다 보면 한 사람이 불쑥 자리에서 일어났다. 다음 날 아침 일찍부터 노를 저어 고와너스 운하를 지나야 한다고 했다. 또 한 사람은 드림캐처 강습을 들으러 가야 한다면서 자리를 떴다. 남은 사람들은 아무것도 묻지 않았다.

나는 사람들과 어울리며 시간을 낭비하는 대신 혼자서 낭비하기 시작했다. 내 방식은 걷는 것이었다. 나는 루틴을 따라 움직였다. 아침이면 일찍 일어나서 스트레칭을 하고 그래놀라 한 그릇을 우유에 말아 먹었다. 양치질을 하고 갈색 뉴트로지나 고체 비누로 거품을 내서 세수를 했다. 다리털을 밀었다. 겨드랑이털을 밀었다. 음모를 밀 때는 욕조에 들어가서 시합 시작 직전의 스모 선수처럼 쭈그린 자세를 했다. 얼핏 챔피언 같은 자세였다. 욕조 밑바닥에는 손거울을 두었다. 꼼꼼히 작업하고 싶어서였다. 금세 몸에 열이 오르면서 따끔따끔한 통증이 찾아왔다. 제모가 끝난 후에는 화상을 입을 만큼 뜨거운 물로 몸을 씻어 내면서 모든 체모가 하수구로 흘러 내려가는 광경을 지켜보았다. 그런 다음 컨템포 캐주얼의 드레스를 입었다. 지갑, 챕스틱, 캐논 엘프 디지털카메라만 넣은 작은 크로스바디 가방도 챙겼다.

나는 갓 제모를 마치고, 갓 샤워를 마치고, 갓 차려입은 상태로 외출을 했다. 샤워를 하고 남은 열기로 여전히 붉게 달아올라 있는 피부에 서늘한 아침 공기가 스쳤다. 몸에서는 뉴트로지나 고체 비누와 풋사과 샴푸 향이, 약품 냄새와 과일 향이 동시에 풍겼다. 묵직한 현관문을 닫고 뒤돌아 걸으면서 창가에 대형 건축 서적들을 진열해 둔 중고 서점이라든가 암호처럼 새겨진 그라피티 태그*, 1달러짜리 피자를 파는 가게, 매일같이 똑같은 사람들이 똑같은 창가 구석 자리에 앉아 자그마한 스푼으로 커피를 젓는 간이식당 따위의 익숙한 풍경을 지나쳤다. 그러다가 이스트빌리지에서 완전히 빠져나오면 소호가 있는 서쪽이나 유니언스퀘어가 있는 북쪽으로 향했다.

태양이 떠올랐다. 습도가 높아졌다. 날이 따뜻해질수록 내

* 그라피티를 그리는 사람이 남기는 이름이나 별명 같은 표식.

호흡은 차분해졌다. 어깨는 운동선수 몸처럼 가무스름하게 그을렸고 발바닥에는 물집이 잡혔다. 정오가 되면 인도에서 올라오는 열기가 파도치는 것 같은 환시가 나타나면서 마치 두꺼운 창유리를 통해 세상을 관찰하고 있는 듯한 느낌이 들었다. 몸의 열기를 식힐 요량으로 나는 사방에 물을 튀기며 순식간에 치고 나가는 수영 선수처럼 에어컨이 가동 중인 호텔이나 박물관 또는 백화점의 로비로 미끄러지듯 통과해 들어간 다음 건물 수위, 젊은 여성 점원, 호텔 접객원, 박물관 안내원, 보안 요원들을 유유히 지나쳐 후다닥 밖으로 빠져나왔다.

때때로 사진도 찍었다. 일상을 담은 사진이었다. 쓰레기통을 채운 쓰레기들, 하품을 하는 건물 수위, 지하철 전동차에 물감을 끼얹듯 그려 넣은 그라피티, 형편없는 문구가 적힌 광고판, 하늘을 수놓은 비둘기 떼 등 전부 흔하고 진부한 소재였다. 사진을 찍는 것이 멋쩍게 느껴졌던 시절에는 카메라를 꺼내려고 조심조심 가방을 뒤적거리면서 겉으로는 립스틱이나 콤팩트를 찾는 척했다. 그러나 나중에는 캐논 엘프 카메라를 그냥 손목에 대롱대롱 매달고 다녔다. 사람들 눈에 관광객으로 보이는 것이 좋았다. 그러면 내가 덜 이상해 보이는 것 같았다.

점심시간이 가까워질 즈음엔 차이나타운에 발길이 닿는 경우가 많았다. 정확히는 바워리 거리를 기점으로 한쪽에 몰려 있는 관광객 중심의 광둥 식당가가 아닌, 다른 한쪽에 몰려 있는 푸젠 식당가에 발길이 멈추었다. 푸젠 식당가는 더 저렴하고 더 허름했으며 서양인의 시선을 덜 의식했다. 거기서는 스티로폼을 구부려서 만든 얇은 용기에 흑식초와 잘게 썬 생강이 곁들여 나오는 만두 한 접시를 2달러에 먹을 수 있었다. 다리에 힘이 풀리는 날이면 맨해튼 다리 밑에 자리한 점포에서 돼지고기와 양배추가 든 만두를 먹었고 그늘 아래에 앉아 얼음이 든 밀크티를 마셨다. 그렇게 있다 보면 지나가는 차들의 무게 때문에 덜커덩하며 흔들리는 다리의 진동이 느껴졌다. 오후 시간대에 배출되는 배기가스와 튀긴 음식들로 공기 중에는 연기가 자욱했다. 나이 든 여자들과 흰 민소매 셔츠 차림의 등 굽은 남자들은 야자수 잎으로 부채질을 하면서 닭 염통 꼬치를 먹었다.

저녁 시간이 되어 사람들이 집으로 돌아가면 나는 고개를 들어 곳곳의 창문을 쳐다보며 그 안에서 살고 있을 사람들의 삶을 상상했다. 그들의 탁상 조명, 잔가지로 세공한 바구니에 담긴 공중 스파이더 펀, 인테리어용 베개에서 빈둥거리는 삼색 고양이들을 머릿속에 그려 보았다. 거리를 배회하고, 고개를 들어 창문을 보고, 타인의 삶으로 들어가는 상상은 나로서는 무한정 할 수 있는 일이었다. 어쩌면 나는 엿보기를 즐기는 께름칙한 사람이 될 수 있었을지도, 그렇게 엿보는 것 자체가 내 삶이 될 수 있었을지도 모르겠다.

집으로 돌아가면 카메라로 찍은 사진들을 훑어본 다음 괜찮은 사진들을 NY 고스트에 게시했다. 고스트는 곧 나를 의미했다. 정처 없이, 갈 곳 하나 없이, 할 일도 없이 배회하는 나는 장면을 사냥하는 한낱 유령이었다. 바람 한 점이 불어와 툭 건드리면 뉴저지나 오하이오로 갈 수도, 솔트레이크로 도로 돌아올 수도 있는 유령. 블로그를 계속 익명으로 운영한 이유는 그게 적절해 보여서였다. 그러나 내가 올리는 사진들에 어떤 쓸모가 있기는 한 건지 아닌지를 알지 못해서 익명을 유지했던 것일 수도 있었다. 내가 즐겼던 것은, 적어도 계속 지속해야 한다는 의무감을 느꼈던 것은, 루틴이었다.

뉴욕에서 보내는 첫 여름 동안 나는 그렇게 걷고 사진 찍는 루틴을 거의 하루도 빼 놓지 않고 지속했다. 월요일부터 금요일까지, 오전 10시부터 오후 6시까지 일주일에 닷새를 그렇게 보냈다. 6월, 7월, 8월 내내. 나를 고양시켜 준 것은 심오하고도 음울한 만족감이었다. 내가 할 일이라고는 그저 계속 걷는 것, 하릴없이 계속 걷는 것이었고 그러다가 어느 시점에 이르면, 세 시간이나 네 시간 혹은 다섯 시간이나 여섯 시간 정도가 흐르면, 마음속에 있던 것이 모조리 빠져나가면서 텅 빈 상태가 되었다. 시간이 통째로 뒤섞였다. 도로에서 사이렌이 울렸다. 자동차들이 경적을 울렸다. 어떤 남자가 내게 다가와 괜찮은 거냐고, 필요한 게 있느냐고 물었다. 저한테 뭐가 필요해 보이는데요? 내가 그렇게 되물었더니 남자는 내 표정에서 뭔가를 읽었는지 눈길을 피했다.

어느 날에는 센트럴파크 남쪽을 걷다가 무심코 헴슬리 파크 레인 호텔을 지나쳤다. 왜 이렇게 낯익은 느낌이 드는 걸까 잠시 생각해 보니 거기가 부모님과 내가 처음 뉴욕을 방문했을 때 머문 호텔이었다. 당시 나는 아홉 살이었던 것 같다. 아빠가 미국에서 첫 직장을 잡고 어느 보험 회사의 애널리스트로서 떠난 첫 출장길이었다.

아빠는 거의 온종일 일을 했기 때문에 엄마와 나 단둘이 뉴욕 곳곳을 돌아다녔다. 아무 생각 없이 걷다가 센트럴파크에 닿기도 하고, 5번가를 따라 걷다가 크루아상과 커피를 먹기도 했다. 뉴욕에 사는 시민인 척하며 색다른 삶을 가장해 보기도 했다. 엄마는 막대한 액수의 위자료를 받고 이혼한 여자였고 나는 그런 엄마의 버르장머리 없는 딸이었다. 엄마는 상하이 사교계 출신의 명사를 맡고 나는 엄마가 페라가모에서 가죽 구두를 구입할 때 지갑을 들고 대기하는 어린 하수인 노릇을 한 적도 있었는데, 결제를 마치고 나니 거기 여성 점원은 내게 직원용 화장실을 사용해도 된다고 했다. 엄마에게 중요한 것은 구입하는 물건 그 자체가 아니었다. 엄마는 그저 근사한 미국 명품을 사서 푸저우에 있는 두 여동생에게 과시하고 싶어 했다.

저녁 시간이 되어 아빠가 호텔 방으로 돌아오면 부모님은 표준 중국어가 아닌, 내가 알아듣지 못한다고 생각한 푸젠어로 말다툼을 했다. 나는 늘 푸젠어가 논쟁의 언어이자 싸움의 언어라고 생각했다. 사실 복건어로 더 잘 알려진 그 언어를 나는 말하는 법만 배운 적 없을 뿐 알아들을 수는 있었다.

말다툼의 원인은 매번 똑같았다. 엄마는 중국으로, 당장 오늘은 아니라 해도 결국에는 중국으로 돌아가기를 원했고, 아빠는 미국에 머물고 싶어 했다. 이성적인 대화로 시작된 말다툼은 결국 진흙탕 싸움으로 번지곤 했다.

중국으로 돌아가면 당신은 어떤 직업이든 다 가질 수 있어, 엄마가 아빠를 설득했다.

중국에서 좋은 일자리라고 해 봐야 죄다 공무원이 되는 길뿐이야, 아빠가 받아쳤다. 나 그렇게 빈둥거리면서 뇌물이나 받아먹으려고 이 고생 해 가며 대학 나온 거 아니야.

당신 고향 친구들도 공무원이잖아, 엄마가 발끈하며 대꾸했다. 다들 행복하게 살고 있어.

그야 행복해지지 않고서는 달리 방도가 없어서 그런 거지. 그게 걔들한텐 최선인 거야. 아빠가 목소리를 높였다. 우리처럼 미국으로 올 수 있는 상황이었더라도 그냥 중국에 머물렀을 것 같아? 아빠가 코웃음을 쳤다. 당신이 너무 순진한 거야.

내 가족은 푸젠에 있어. 엄마가 덩달아 목소리를 높이며 맞받아쳤다.

그래. 그런데 우리가 당신 친정에 보내는 돈은 어디서 나오는 거라고 생각하는 거야?

냉담한 침묵이 흐르는 가운데 엄마가 아빠를 노려보았다.

나만 좋으라고 이러는 거 아니잖아! 아빠가 노선을 바꾸어 다른 전략을 시도했다. 내가 하고 싶은 말은 이거야. 여기에 훨씬 더 많은 기회가 있다는 거. 캔디스도 여기서라면 제대로 성공할 수 있어.

어휴, 그러셨어요! 당신은 캔디스가 사촌도 조부모도 없는 곳에서 혼자 유년기를 보내고 싶어 한다고 생각해? 캔디스한테는 우리밖에 없어. 무슨 일이 벌어지기라도 하면?

당신 지금 너무 감정적이야. 우리에겐 아무 일도 일어나지 않을 거야.

엄마는 끝내 폭발했다. 교통사고며 병이며 천재지변이며 다 우리만 피해 가나 보지! 당신은 그냥 다른 사람들을 희생시켜 가면서까지 성공하고 싶어 하는 것뿐이야.

난 그렇게 생각하지 않아, 아빠가 갑자기 목소리를 가라앉히고 차분하면서도 신중한 어조로 말했다.

엄마는 이제 싸움을 그만하고 싶은 건지 아무 말도 하지 않았다. 그러나 이윽고 낮은 목소리로 그동안 품어 온 원한을 표출하면서 상황을 초토화했다. 당신 가족이 당신을 싫어한다고 해서 나까지 내 가족을 떠나야 하는 건 아니야.

아빠는 아무 대꾸도 하지 않았다. 그로써 말다툼은 얼추 마무리되었다.

화장실 안에서 문틈으로 부모님을 지켜보던 나는 문밖으로 나가도 될 만한 상황이 될 때까지 몇 분 기다렸다가 샤워를 갓 마친 척하며 문을 열었다.

옷 갈아입으렴! 아빠가 쏘아붙이듯이 말했다. 저녁 외식할 거니까.

엄마가 내게 다가와 내 마른 머리칼을 헝클어뜨렸다. 뭐 먹고 싶니? 엄마가 온화한 말투로 물었다. 오늘은 네가 먹고 싶은 거 아무거나 먹어도 돼.

중식이요, 내가 대답했다. 부모님을 기쁘게 할 선택지가 중식이라는 사실을 알고 있어서였다. 그 어린 시절의 내가 먹고 싶었던 것은 피자나 스파게티뿐이었지만.

우리 가족은 뉴욕 중심부에 위치한 베가 하우스라는 중식당에 갔다. 막상 도착하고 보니 식당 마감 시간인 9시가 코앞이었다. 내부가 거의 비어 있었다. 식당 종업원은 우리를 창가 모퉁이 쪽의 널찍한 공간으로 안내했다. 그때 차창 밖에서 비가 내리기 시작했다. 작은 빗방울이 창유리를 따라 흐르면서 바깥 경치를 뿌옇게 가렸다. 퀴퀴한 냄새가 나는 에어컨 바람이 불어와 피부에 닭살이 돋았다.

아빠는 엄마의 마음을 움직여 보려는 생각으로 북경 오리를 주문했다. 화려하기도 화려하고 손이 많이 가는 데다가 종업원이 테이블에서 직접 접대를 해야 하는 요리였다. 피곤한 기색이 역력한 종업원이 반들반들 윤기가 흐르는 새 요리를 서빙 카트에 실어 와서는 칼을 금방이라도 손에서 놓칠 듯한 자세로 무기력하게 살점을 썰어 주었다. 지방 덩어리인 오리 살점을 먹는 게 썩 내키지는 않았지만 그래도 묵묵히 먹었다. 나는 아빠의 공모자였으니까. 아빠는 엄마가 중국에서 하고 싶어 하는 모든 것을 미국에서도 다 할 수 있다는 사실을 입증해 보이려 했다. 그러더니 음식을 절반가량 먹었을 즈음 엄마의 어깨에 팔을 얹으면서 싸움이 끝났음을 넌지시 드러냈다. 적어도 그때만큼은.

식당 밖으로 나왔더니 비가 그쳐 있었다. 공기가 훈훈했다. 거리에 생긴 물웅덩이에는 휘발유가 고여 있었다. 어두컴컴한 창문과 밝디밝은 창문이 뒤섞인 회사 건물들은 반쯤 잠든 듯한 모습으로 화려하게 빛났다. 정말 아름다운 도시였다. 창문에 형광등 불빛이 비치는 몇몇 회사 건물에서는 회사원들이 각자의 사무실에 남아 야근을 하고 있었다. 그들은 보온병과 중식 배달 용기와 산더미처럼 쌓인 종이들로 지저분한 책상 앞에 정장 셔츠 차림으로 앉아 있었다. 다들 무얼 하고 있었던 걸까? 집은 어디였을까?

우리 가족의 머리 위에 떠 있는 회사원들을 쳐다보다가 나는 중국을 떠나 외국에 살고 싶어 한 아빠의 욕망을 처음으로 이해했다. 아빠의 욕망은 익명성에 있었다. 아빠는 자신에 대한 타인의 인식에 얽매이지 않는 익명의 존재가 되고 싶어 했다. 그게 자유였다.

고개를 들어 아빠를 보니 아빠의 시선 역시 그런 회사 건물을 향해 있었다. 아빠는 흘끗 나를 내려다보곤 미소를 지었다. 그러더니 당신의 눈에 비친 세상을 일벌처럼 열심히 영어로 묘사했다.

내가 기억하기로 그때 나는 언젠가는 뉴욕에서 살리라고 다짐했다. 아홉 살에 품은 내 야망의 범위는 그 정도에 그쳤지만 마음만은 진심이었다. 나는 중국으로 돌아가고 싶지 않았다. 미국으로 이민을 왔을 때는 다시 집으로 가고 싶다고, 그것 말고는 아무것도 바라는 게 없다고 무릎을 꿇고 개처럼 빌었지만, 여섯 살이었던 그때는 아홉 살이었던 때보다 더 어리석었고 아는 것도 없었다. 아홉 살이 되고 나니 더는 돌아가고 싶다는 생각이 들지 않았다.

샤스핀 디너파티는 8월 말 어느 비 내리는 쌀쌀한 토요일 밤에 열렸다. 이상하리만치 짧았던 여름의 끝과 새로운 무언가의 시작을 알리는 날이었다.

손님은 나의 대학 친구들을 비롯해 제인의 지인, 직장 동료, 이웃으로 구성되어 그야말로 오합지졸이었다. 남자들은 폭이 좁은 넥타이에 정장 차림으로, 여자들은 머리는 아쿠아넷 스프레이로 한껏 부풀리고 손톱은 아크릴 네일로 장식한 채로 찾아와 일자형으로 배치된 집 안을 꽉 채웠다. 그들은 제인과 내 침대에 코트를 쌓아 놓더니 계단에서부터 케그 맥주통을 굴려 집 안까지 옮겼고 호스트인 우리를 위한 작은 선물을 챙겨왔다. 파티 배경 음악으로는 조지오 모로더의 음악이 흘렀다. 로널드 레이건처럼 차려입고 등장한 어떤 손님은 정장 주머니에서 젤리빈을 꺼내더니 여자들을 향해 마구 던졌다.

우리는 거실에서 접이식 카드놀이용 탁자 여러 개를 이어 붙여 트럼프 게임을 테마로 한 임시 식탁을 마련했다. 제인은 그 식탁에 광택이 나는 금색 식탁보를 깔았고 식탁보가 움직이지 않도록 골동품 황동 촛대와 직접 금색 스프레이로 칠한 플라스틱 꽃다발을 올려 두었다. 식전 요리로 식탁에 오른 음식은 딜 크림을 곁들인 연어 무스 완자와 빵 그릇에 담긴 시금치 딥 소스, 리츠 크래커, 트럼프 머리 모양으로 뭉친 피멘토 치즈 덩어리 등 아이러니한 구성이 특징적인 카나페였다.

나는 엄마의 유품 중에서 품이 낙낙하고 치맛자락이 가벼이 흩날리는 컨템포 캐주얼 드레스들을 뒤적여 보다가 검은색 원단에 흰색 아프리카 패턴이 번아웃 프린팅 기법으로 들어간 옷을 골라 입고 방을 하나하나 둘러보았다.

소란이 한창인 와중에 햄튼* 보트 파티에라도 가는 듯한 차림으로 등장한 스티븐 라이트만은 내 침실에 있는 중고 가구들 틈에 가만히 서 있었다. 여름 내내 한 번도 보지 못해서 그냥 지나가는 말로 초대해 본 것이라 정말 올 거라고는 생각지도 못한 상황이었다.

이거 디너파티야 아니면 코스튬 파티야? 내 볼에 입을 맞추듯 스티븐이 구레나룻이 난 자신의 뺨을 내 뺨에 갖다 대면서

---

* 뉴욕주 롱아일랜드 노스 포크에 위치한 지역으로 부유한 뉴욕 시민들이 여름 휴양지로 즐겨 찾는다.

물었다. 그가 면도 후에 바르는 값비싼 유자 크림 향기가 코끝에 스치자 불현듯 우리가 함께한 그리 길지 않은 시간에 대한 갈망이 마음속에 차올랐다. 나는 침을 꿀꺽 삼켰다.

80년대 의상을 입고 올 필요는 없어, 내가 말했다. 누가 여긴 어떻게 오셨냐고 물어보면 밀레니얼 세대의 자연 서식지를 관찰하러 연구차 온 거라고 해도 되고. 나는 산처럼 쌓인 외투들을 한쪽으로 밀어내면서 침대 끄트머리에 앉았다.

그럼 파티 현장을 연구하는 민족지 학자 노릇을 하라고 초대한 거야? 수첩을 가져왔어야 했네. 스티븐이 발목 양말이 드러나게 다리를 꼬면서 내 옆에 앉았다. 침대가 푹 꺼졌다.

나는 어깨를 한번 으쓱해 보이고 럼앤콕을 홀짝였다. 침실 탁상용 조명의 희미한 불빛에 서로의 표정이 한층 생생하게 부각되었다.

어떻게 지냈어? 내게 한껏 밀착해 앉은 스티븐이 어떤 음모를 꾸미는 듯한 낮은 어조로, 우리가 사실상 한 번도 나눠 본 적 없는 친밀함을 은근히 조성하면서 말했다. 나는 스티븐이 입은 재킷 주머니에 꽂힌 리버티 브랜드의 꽃무늬 손수건을 보면서 분명 그건 다른 누군가가, 다른 여자가 골라 준 소품이리라고 생각했다. 어느 모로 보나 그가 직접 그런 손수건을 선택했을 리가 없었다.

졸업도 했는데 구직 활동은 괜찮고? 스티븐이 내게 대답을 재촉했다.

모르겠어. 나는 뭐랄까, 개인 작업에 좀 더 중점을 두고 있어서.

음, 사실 이걸 물어본 이유가 있는데 — 스티븐이 뒷주머니에 손을 넣으며 말했다 — 오늘 내가 빈손으로 온 게 아니거든. 스티븐이 꺼낸 것은 지갑이었다. 잠깐이나마 설마 내게 돈을 주려는 건가 싶어 불안했지만 그가 건넨 것은 돈이 아닌 명함이었다. 명함에는 '마이클 라이트만, CEO'라고 적혀 있었다.

형네 회사야, 스티븐이 설명했다. 지금 모집 중인 자리가 있대. 한번 전화해 봐.

형한테 내 얘기를 한 거야? 나는 미심쩍어하면서 명함을 살펴봤고 미약한 불빛 아래에서나마 명함에 적힌 글씨를 읽어 보았다. 스펙트럼이 뭐 하는 데야?

스펙트라야, 스티븐이 내 말을 정정했다. 도서 제작 업무를 하는 출판 컨설팅 회사야. 미술이나 디자인이랑은 무관하지만 그래도 괜찮은 일이지. 지금 어시스턴트 자리를 충원 중이래. 그 번호로 연락하면 형이 자세한 내용을 알려 줄 거야.

나는 스티븐의 시선을 피해 다시 명함을 살펴보았다. 당장 일자리가 필요한 상황은 아니었지만 뭔가가, 그저 하릴없이 걸어 다니기만 하는 것이 아닌 색다른 삶을 시작할 진입점이 필요하기는 했다. 부모님이 지금의 나를 못마땅하게 지켜보고 있는 듯한 느낌도 들었다. 지금 내게 필요한 게 무엇인지를 스티븐이 간파했다니 남부끄러웠다.

고마워, 내가 고민 끝에 대답했다. 하지만 이렇게까지 해 줄 필요는 없었는데.

아무것도 안 했어. 그냥 널 언급하기만 한 거야. 이번에는 스티븐이 부끄러워했다. 나도 알아, 우리가……

저녁 준비 끝났어! 제인이 모든 방에 쩌렁쩌렁 울릴 만큼 큰 목소리로 손님들을 불러 모았다.

먼저 가 봐, 내가 스티븐에게 말했다. 나도 곧 갈게.

스티븐이 침대에서 일어났다. 알겠어, 곧 나올 거지?

내가 안심하라는 듯 웃어 보였다. 스티븐이 방에서 나간 후 나는 방문을 닫아 버렸다. 그런 다음 외투로 지어진 산을 지나 침대 머리맡까지 기어가 창문을 열고 야외의 화재 대피용 계단으로 나갔다. 값싼 금속으로 만들어진 접이식 구조물이 갸우뚱거렸다. 바깥 공기는 시원하면서도 눅눅했다. 따끔따끔 찌르는 듯한 작은 빗방울이 팔에 토도독토도독 내려앉았다.

화재 대피용 계단은 다른 아파트 건물들의 뒤편과 1층 세입자들이 공유하는 공동 정원을 면하고 있었다. 손길이 닿지 않은 채 지저분하게 방치된 자그마한 공동 정원은 슬럼가에서 잘 자란다는 야자나무와 하층민 거주 지역에서 흔히 볼 수 있는 식물들로 뒤덮인 상태였고 한쪽에는 약간의 야생화가, 다른 한쪽에는 어린 과수 한 그루가 심겨 있었다.

나는 제자리에서 주저앉았다. 그렇게 1분 동안 가만히 있다가 이내 울기 시작했다. 아니, 그건 우는 것보다는 흐느낌도 없이 메마른 눈으로 공황에 사로잡힌 사람처럼 얕은 숨을 입으로 내뱉는 것에 가까웠다. 파도가 거칠고 수심이 깊은 바다에서 평영을 하는 것처럼 나는 숨을 고르게 들이쉬고 내뱉으며 호흡에만 집중해 보려 했다.

저기, 지금 네가 비를 다 막고 있어.

아래층에서 누군가의 목소리가 들렸다. 나는 발밑의 격자무늬 바닥으로 시선을 옮겼다. 창틀에 걸터앉아 담배를 피우며 책을 읽는 한 남자가 보였다. 여름 동안 아래층에 세 들어 살고 있는 세입자였다. 우편함에서 마주친 적이 있었다.

미안, 나는 반사적으로 대답했다.

남자가 나를 올려다보면서 장난기 가득한 미소를 지었다. 미안할 것까지야. 그냥 한번 골려 본 건데.

바람 좀 쐬고 있었어, 나는 쓸데없이 부연 설명을 했다.

그렇구나. 남자가 담배 연기를 한 모금 깊이 뱉어 냈다. 이 계단은 네 전용 공간으로 써. 대신 피우고 있던 담배는 마저 끝내도 괜찮지?

나는 남자의 정수리를 가만히 쳐다보았다. 한 개비 줄 수 있어?

물론. 그러면, 남자가 잠깐 멈칫했다. 내가 위로 올라갈까?

나는 텅 빈 내 방 안을 살펴보았다. 손님들을 식탁으로 불러 모으는 제인의 목소리가 아직까지 들리고 있었다. 그냥 내가 내려갈게.

화재 대피용 계단이 발밑에서 덜걱덜걱 움직였다. 마지막 몇 계단을 남겨 둔 지점에서 남자가 도와주려 하길래 나는 층계참에 발을 내디디면서 손을 뻗었다. 소년처럼 마른 체격에 비해 예상외로 손아귀에는 힘이 실려 있었다. 남자의 얼굴에는 슬픔이 서려 있었고 푸른 두 눈 밑에는 다크서클이 드리워져 있었다.

남자가 물었다. 담배 가져올 동안 여기서 기다릴래 아니면 같이 안으로 들어갈래?

나는 창문 안쪽을 힐끗 들여다보았다. 여기가 네 방이야?

응. 그가 머뭇거리며 물었다. 안으로 들어갈래?

나는 창문을 통해 실내로 기어들어 간 다음 주변을 둘러보았다. 그의 방은 내 방 바로 밑에 위치해 있었다. 내 방보다 더 깨끗하고 상태가 더 좋다는 점만 제외하면 — 우리 아파트는 모든 호실의 평면도가 동일했던 터라 — 그야말로 똑같은 방이었다. 내 방은 무수히 많은 잡동사니로 어질러져 있어서 지저분했다. 그의 방은 깨끗하고 금욕적인 분위기를 풍겼으며 장조명의 어스름한 불빛만이 벽면을 장식하고 있었다. 모종의 고요함이 느껴지는 공간이었고, 작위적인 장식품이라고는 일절 없이 텅 비어 있어서 향 연기마저 말끔하게 제거된 사원 같았다.

내 방은 여기 바로 위에 있어, 내가 말했다.

알아. 밤늦은 시간이면 네 발소리가 들리거든. 막 왔다 갔다 하던데. 남자가 말을 하다 말고 흠칫했다. 미안, 이렇게까지 소름 끼치게 들릴 줄은 몰랐는데. 그냥 발걸음이 약간 초조하게 느껴졌거든.

발걸음이 초조하다고?

뭐랄까, 좀 부산스럽달까. 룸메이트가 내는 소리도 들려. 아침에 굉장히 일찍 일어나던데. 커피 원두를 분쇄하는 소리도 들리고.

내 룸메이트 발걸음도 초조해?

남자는 심사숙고하다가 대답했다. 음, 아니. 룸메이트 발걸음에서는 꽤 결단력이 느껴지는데, 네 발걸음에는 뭐랄까 좀 더 불안정하고 불확실한 느낌이 있어. 창피를 주려고 한 말은 아니고 그냥 내가 관찰한 바로는 그랬다는 거야. 아메리칸 스피릿 담뱃갑을 찾은 남자는 필터 부분에 손이 닿지 않도록 한 개비를 꺼내어 내게 건네주었다. 나는 그 발걸음에서 느껴지는 망설임이 좋았어.

나는 담배를 손가락 사이에 끼우고 동그라미를 그리듯 빙빙 돌렸다. 내 룸메이트가 일찍 일어나기는 하지, 내가 수긍했다. 출근 시간이 오래 걸리거든. 저지시티에 있는 회사에서 패션 홍보 일을 해.

자, 앉아. 라이터가 안 보이네. 부엌에서 하나 가져올게.

나는 침대 끝에 걸터앉았다. 프레임도 없이 맨바닥에 깔려 있는 매트리스에 새하얀 시트가 꼼꼼히 씌워져 있었다. 방 안에는 의자도 하나 없었다. 벽에 고정된 것이라고는 문틀 옆쪽에 부착된 플라스틱 걸이 두 개뿐이었다. 하나는 수건용, 다른 하나는 재킷용이었다. 옷은 옷장이 아닌 벽과 이어지는 바닥면에 정갈하게 정돈된 상태로 차곡차곡 쌓여 있었다. 청바지, 속옷, 흰 셔츠가 순서대로 3열을 이루고 있었다. 바닥에 놓인 작은 전등 옆에는 도서관에서 대여한 책 몇 권이 정리되어 있었다. 루소, 푸코의 책.

남자는 내가 그때까지 본 것 중에 가장 큰 가스라이터를 들고 돌아왔다. 붙여 줄까? 그가 물었다.

나는 고개를 끄덕였고, 어처구니없게도 그는 불길이 내 볼에 닿을 정도로 라이터를 가까이 갖다 대며 불을 붙여 주었다.

밖으로 나갈까? 방 안에서 연기를 내뿜고 싶지는 않은데.

아니, 안에서 피워. 연기 마음껏 뿜어도 돼. 그가 매트리스에 자리를 잡고 앉았다. 우리는 가만히 담배를 피웠다. 그는 서로 아무 말도 하지 않고 있는 상황에 만족하는 듯했다.

그러면, 내가 그의 얼굴을 빤히 쳐다보며 말했다. 너는 뭐 하면서 살아? 질문을 내뱉자마자 후회가 밀려들었다. 뉴욕에 사는 사람이라면 누구나 하는 굉장히 출세 지향적이고 굉장히 따분한 질문이었다.

무슨 일 해서 돈 버느냐는 질문인가? 아니면 진짜로 뭘 하고 사는지?

음, 둘 다. 나는 한 줄기 담배 연기를 내뱉었다.

돈은 임시직으로 일하면서 벌고 있어. 대체로 광고 문구 쓰는 일을 하지. 프리랜서로 기사나 인터뷰도 몇 편 쓰고. 하지만 진짜 하는 일은 소설 쓰는 거야. 그러면 너는, 넌 뭐 하면서 살아?

부모님한테 빌붙어 살고 있어, 나는 그렇게 대답하고는 그런 말을 그토록 무심한 태도로 털어놓았다는 사실에 스스로 놀라고 말았다. 그리고 부모님 모두 돌아가신 상태이고 가족 금고에 남아 있는 돈이나 유산 따위를 까먹으면서 아무 일도 안 하고 이렇게 편하게, 이렇게 쓸모없게 사는 생활을 얼마 지속하지 못할 거라는—이를테면 길어 봐야 향후 10년이나 15년 정도일 거라는—자세한 설명까진 하지 않았다. 아빠가 이민자로서 평생 동안 기울인 노력의 결실은 이렇게 게으르고 불만만 많은 딸에 의해 훌렁 집어삼켜지고 낭비될 것이었다.

하지만 구직 중이기는 해, 내가 부연했다. 곧 스펙트라라는 회사에서 면접을 봐.

어떤 면접인데?

글쎄, 전혀 모르겠네.

남자가 미소를 지었다. 나를 향한 미소가 아니라 혼자 생각하다가 새어 나온 미소 같았다. 그즈음 되었을 때 내 담배는 다 타들어 간 상태였다. 나는 주저하다가 남자에게 말을 꺼냈다. 지금 내가 호스트 노릇을 해야 하는 파티가 열리고 있는데.

파티? 지금? 남자가 흠칫했다.

나는 고개를 끄덕였다. 아마 나 없이 시작했을 거야. 원하면 손님으로 참석해도 돼.

일단 데려다주기는 할게. 남자가 벌떡 일어나 내게 다가왔다. 나를 일으켜 주려는 건가 보다고 생각했지만 그는 자신의 엄지를 혀로 한번 핥더니 그 손가락으로 내 볼을 어루만졌다. 눈물 때문에 번졌던 마스카라가 다시 굳으면서 생긴 자국을 지워 주려는 것이었다. 불과 몇 분 전까지만 해도 울고 있었다는 사실을 나는 까맣게 잊고 있었다.

네가 네 침으로 내 얼굴을 닦아 주고 있는 상황이 아닌 것처럼 가만히 있을게. 나는 그렇게 말하고 두 눈을 감았다. 지워져?

아니. 화장실 가서 직접 닦아야 할 것 같아.

화장실 써도 돼?

물론이지. 화장실은 저쪽, 아, 말 안 해도 어딘지 알겠네.

나는 우리 집 화장실이 위치한 방향으로 걸어갔다. 화장실도 나와 제인이 쓰는 공간과 달리 정리정돈이 잘 되어 있었고, 처방약 통이 있는지 확인해 보려고 약품 수납장을 열어 보니 듀앤 리드*에서 파는 일반 제품들만 한가득 진열돼 있었다. 처방약은 하나도 없었다. 사적인 괴로움 같은 것을 찾아볼 수 없었다.

수납장을 닫고 거울에 비친 내 모습을 쳐다보았다. 나의 사적인 괴로움이 온 얼굴에 적나라하게 담겨 있었다. 속상해 보이기도 했다. 수분크림 바르는 것을 깜빡했었는지 피부가 건조

* 약국과 편의점이 결합한 형태의 체인점.

하게 굳어 있었다. 나는 얼굴에 물을 끼얹었다.

화장실 문을 열고 나가니 남자가 현관에서 나를 기다리고 있었다. 우리는 내가 방에서 빠져나온 방식 그대로, 즉 화재 대피용 계단을 올라 창문을 통과해 방으로 들어가는 식으로 위층으로 진입했다. 거실에 가 보니 디너파티가 막 시작된 참이었다. 모두가 고개를 들어 우리를 쳐다보았다.

누구야? 제인이 물었다.

여기는……. 나는 우리가 통성명도 하지 않았다는 사실을 깨닫고 고개를 돌려 그를 쳐다보았다.

조너선이라고 합니다, 그가 말했다.

조너선이라고 해, 내가 따라 말했다. 우리 아래층에 사는 이웃이야.

뭐 마실 것 좀 드릴까요, 조너선 씨? 제인이 물었다. 우리가 뒤늦게 등장한 상황이었기에 기분이 언짢았을 수도 있었지만 제인은 아무 내색도 하지 않았다. 카미카제*, 럼, 콜라, 다 있어요.

혹시 탄산수 있으면 탄산수 마실게요.

내가 가져올게, 내가 부엌으로 가면서 말했다. 그동안 제인은 조너선이 앉을 여분의 의자를 꺼내어 식탁 반대편에 놔주었고 나는 스티븐의 옆자리에 앉았다.

우리는 착석하자마자 식탁 정중앙에 놓인 메인 요리를 주시

---

* 보드카를 넣은 칵테일의 일종.

했다. 고등학교 졸업 파티를 연상시키는 크리스털 펀치 볼*에 샤스핀이 담겨 있고 국자도 함께 놓여 있었다. 사실 펀치 볼은 두 개였는데 한 그릇에는 정통 조리법을 따른 샤스핀이, 다른 그릇에는 제인이 채식주의자용으로 변형한 맛을 가늠할 수 없는 샤스핀이 있었다.

제인이 국자로 샤스핀을 듬뿍 퍼서 모두에게 나눠 주었다.

상어 지느러미의 식감은 희한하고 끈적끈적했다. 한동안 우리는 지느러미를 열심히 씹다가 국물과 레드 와인을 입 안에 머금고 휘휘 굴리다가 꿀꺽 삼켰다.

화이트 와인을 살걸 그랬네, 제인이 말했다. 그게 해산물에 더 잘 어울리는데.

타닌이 적지, 누군가가 제인의 말에 동의했다.

나쁘지 않은데요, 조너선은 그렇게 말했고 진심인 것 같았다.

나머지 사람들은 꾸역꾸역 샤스핀을 목구멍으로 넘겼다. 제인이 오이스터 크래커가 가득한 유리 사탕 용기를 차례차례 돌리자 손님들은 크래커를 받아 각자의 그릇에 흩뿌리듯 올렸다. 크래커를 넣었다고 해서 샤스핀이 좀 더 먹을 만해지거나 시큼한 맛이나 곰팡이 냄새 같은 것이 약해지지는 않았다. 문득 내가 아예 요리를 잘못한 걸까 의아했다. 조리법에는 신선한 상어 지느러미를 쓰라고 되어 있었다. 그러나 나는 신선한 상어 지느러미를 구하는 대신 본격적으로 요리를 시작하기 전

* 티, 설탕, 레몬주스 등 여러 가지 음료를 혼합한 알코올성 음료인 펀치(punch)를 담는 그릇.

에 마른 상어 지느러미를 몇 시간 동안 정수에 담가 둠으로써 비슷한 생김새로 복구하기만 했다. 그 부분을 제외한 나머지는 조리법을 정확히 따랐지만.

나는 내 주량을 넘어서서 폭음을 했다. 그런 내게 다가온 스티븐은 자기에게 좀 더 가까이 기대라며 낮은 목소리로 강요하듯 말했다. 그러더니 자기 형은 공정한 사람이라 자기보다 낫다는 둥 형에 대한 이야기를 했다. 정확히는 알아들을 수 없었지만 대충 그런 유의 이야기였다.

그럼 당신은 공정한 남자가 아니라는 소린가? 내가 스티븐에게 물었다.

가정적인 남자, 스티븐이 어눌한 발음으로 자기가 했던 말을 바로잡았다. 형은 늘 가정적인 남자였어. 나는 그런 사람인 척 연기만 할 뿐이었고. 그것도 형편없이.

나는 스티븐이 자신의 이혼에 대해서, 어떻게 해서든 극복해 보려고 분투하고 있을 것이 분명한 그 일의 정서적 파장에 대해서 말하고 있음을 깨달았다. 스티븐이 그동안 자기 가족에 대해 언급한 일은 일절 없었고, 내가 이리저리 주워듣기로는 아내와의 관계가 서먹서먹하고 아이들에게도 문제가 많다는 둥 누구나 겪을 법한 상투적이고 애매모호한 사연이 있었다.

당신은 괜찮은 사람이야, 내가 말했다. 지금 어떤 안 좋은 일이 벌어지고 있는 것도 아니고.

스티븐은 두 눈이 붉게 충혈된 채로 미소를 짓더니 스푼으로 샤스핀을 떠먹었다.

그때 느닷없이 약간의 욕지기가 느껴졌다. 실내가 너무 후끈했고 온갖 연기와 향이 가득 들어차 있었다.

어렴풋이 동양적인 분위기를 자아내는 파티 주제에 걸맞게 제인은 저녁 식사 후 다 같이 모여서 할 생각으로 마작판을 사 두었지만 그 게임의 규칙을 파악할 수 있는 사람은 아무도 없었다.

캔디스, 난 네가 게임 방법 알 줄 알았어, 누군가가 나를 향해 큰 소리로 외쳤다.

왜? 내가 아시아계라서?

우리는 끝내 게임을 포기했다. 한데 이어 붙여 식탁으로 썼던 접이식 카드놀이용 탁자들은 도로 해체해서 현관 쪽으로 치워 버렸다. 그러자 거실이 말끔해졌다.

그때 난데없이 온 집 안에 화재경보음이 울려 퍼졌다. 날카로운 전자음에 다들 귀를 틀어막으면서 얼굴을 찌푸렸다.

뭐가 타고 있나? 누군가가 물었다. 아무 냄새도 안 나는데.

담배 연기가 자욱하잖아, 다른 누군가가 큰 소리로 외쳤다.

아, 이런. 창문 좀 열자.

이제 담배 피우면 안 되는 거야? 손에 담배를 꽉 움켜쥔 한 젊은 여자가 제자리에 얼어붙은 것처럼 미동도 없이 물었다.

제인이 손을 세차게 흔들면서 외쳤다. 여러분! 방금 경보기 떼어 냈어요! 식탁 의자를 밟고 올라서서 천장에 달린 화재경

보기의 건전지 뚜껑 위치를 찾아낸 다음 그 건전지를 빼 버린 것이었다.

그 경보음은 파티 분위기를 완전히 반전시켰다. 한바탕의 소란이 지나가자 모두가 긴장을 풀기 시작했다. 우리는 아이팟을 스피커에 연결한 다음 차례차례 돌아가며 디제이 역할을 맡았다. 행복감이 차오르는 유쾌한 노래에 맞추어 콘서트 무대 바로 앞에서 노는 양 한데 뭉쳐 격렬하게 뛰기도 했다. 부엌에 있는 사람들은 불싯 피라미드 술 게임을 하면서 놀았다. 어떤 사람은 트위스터 게임판을 갖고 와 내 방 한가운데에 깔아 놓았다. 나는 이 방 저 방을 누비고 다니면서 모든 게임을 하고 모든 게임에서 졌으며, 카드를 흐트러뜨리면서 광기 어린 웃음을 터뜨렸고, 게임판에 발이 걸려 금방이라도 넘어질 듯 몸이 비틀거리면 펄쩍펄쩍 날뛰었다.

사람들이 행복해하면 그들에 대해 걱정할 필요가 없어진다. 내 행복을 챙길 여유가 생기는 것이다. 그런 행복 속에서 나는 제인의 존재를 잊었다. 스티븐도 잊었다. 조너선도 잊었다. 조너선이 다른 사람들과 바닥에 모여 앉아 대화하는 모습을 본 기억은 있었다. 그 후에는 담배 연기가 만들어 낸 장막 너머에서 조너선이 내 방 책장을 들여다보는 모습도 보았다. 그때 나는 '그거 내 책 아니야!'라고 외치고 싶었지만 그건 사실이 아니었다. 전부 내 책이었다. 『나의 안토니아』. 『창문 광선』. 『네임 드로퍼』. 그리고 신입생 시절 영문학 시간에 건진 『죄와 벌』. 『변신』.『스윗 밸리 하이』 시리즈. 가끔 집에 갈 때마다 스리슬쩍 훔쳐 온 청소년용 호러와 문고판 SF 소설들. 크리스토퍼 파이크의 작품. R. L. 스타인의 작품. 성장 소설들.『성안에 갇힌 사랑』.『피츠버그의 미스터리』. 색인 부분이 특히 마음에 들었으나 지금은 폐간되고 없는 90년대 잡지들까지 전부 다. 조너선이 대체 언제부터 내 방에 있었던 거지? 그로부터 시간이 좀 더 흐른 뒤 조너선은 제인의 방에서 다른 사람들과 함께 노트북으로 어떤 이탈리아 영화를 보고 있었다. '어떻게 지내고 있어요?' 같은 이탈리아어 감탄사들이 키보드의 딸깍딸깍 소리처럼 요란하게 울렸다. 조너선을 흘끗 쳐다보다가 그만 눈이 마주치고 만 나는 미소를 지어 보이는 것 말고는 달리 할 게 없어서 미소 띤 얼굴로 손만 살짝 흔들어 보였다. 그리고 기억이 가물가물하기는 했지만 뭔가를 하려던 참이었기에 현관 쪽으로 발길을 돌렸는데 조너선이 내 뒤에서 소리쳤다. 이리 와서 같이 봐. 그러고 나서는 조너선이 더 이상 보이지 않았기에 나는 그가 내 방의 화재 대피 계단을 통해 아래층으로 내려갔나 보다고 생각했다.

몇 시간이나 흐른 건지 감도 잡히지 않았다. 나는 가만히 있다가 몸을 움직였다가 하기를 반복했다. 피로가 몰려오면 카펫 위에 대자로 드러누웠다. 허기가 지면 부엌에서 감자칩을 조금씩 갉아 먹었다. 냉장고에서 찾은 스프라이트와 와인쿨러 칵테일도 마셨다. 흡사 내 집에 서식하는 노숙자 같았다.

즐거운 시간을 보내고 있기는 했지만 고립된 즐거움이었다. 즐거움 속에서 나는 혼자였다.

파티는 새벽 4시쯤 막바지에 접어들었다. 창밖의 하늘이 차츰 밝아졌다. 대마초를 흡입하고 옆 사람에게 넘기면서 거실에만 붙박여 있던 손님들이 마침내 카펫에서 몸을 일으키더니 한 사람 한 사람씩 또는 몇 명씩 무리를 지어 자리를 떴다. 제인은 방바닥에서 자고 있었다. 내 침대에 산처럼 쌓여 있던 코트와 재킷들은 거의 다 사라지고 몇 벌만 남은 상태였다. 스티븐이 밤중에 벗어 두었던 스포츠 재킷이 눈에 띄었다. 재킷에 꽂혀 있던 꽃무늬 손수건은 어디론가 사라지고 없었다.

나는 재킷을 들고 집 안을 돌아다니며 스티븐을 불렀다. 스티븐?

스티븐을 찾은 곳은 화장실이었다. 그는 땀에 흠뻑 젖은 셔츠 차림으로 세면대를 꽉 붙잡고 있었다. 누가 봐도 확실히 곤죽이 되도록 취해 버린 상태였고 그런 취기에 더해 위협적일 정도로 충만한 욕정에까지 사로잡혀 있었다. 그런데 단순히 술에 취했다고 보기가 어려웠다. 술이 아닌 다른 무언가에 취해 있었다. 무언가를, 술이 아닌 무언가를 먹었음이 너무나도 명백했다. 뭐가 됐든 스티븐이 자발적으로 먹었을 수도, 누군가가 장난을 친답시고 슬쩍 먹였을 수도 있었다. 내 친구들은 그러고도 남을 만한 몹쓸 애들이었다.

스티븐이 멍한 눈빛으로 쳐다보면서 내 얼굴을 쓰다듬었다.

너 너무 슬퍼 보여, 스티븐이 말했다.

나 안 슬퍼, 내가 대답했다. 파티는 즐기고 있어?

넌 너무 아름다워, 스티븐이 내 질문을 무시하고 계속 말했다. 넌 정말 아름다워, 스티븐은 그 말만 반복했다.

고마워, 나는 짐짓 어른스러운 태도를 취했다. 택시 불러 줄까?

스티븐이 격렬하게 고개를 저었다. 아니. 나 여기 있고 싶어.

그래, 여기 있어도 돼. 그런데 좀 누워 있지 그래. 나는 거실 소파로 스티븐을 데려갔다. 그런 다음 신발을 벗겨 주려고 쥐의 수염처럼 가느다란 그의 회색 가죽 신발 끈을 손수 풀기 시작했다.

그만해. 나 하고 싶은 말 있어. 너한테 하고 싶은 말 있다고, 스티븐이 다급하게 말했다.

뭔데?

스티븐이 양손으로 내 얼굴을 붙잡고 나를 응시했다. 난 혼자야, 스티븐이 말했다. 나는 가족도 없고, 혼자야.

넌 혼자가 아니야, 나는 내가 하는 말이 진실인지 아닌지 알지도 못하면서 일단 그렇게 말했다. 그리고 내가 그에게 진실을 말해 줄 만큼 가까운 사이는 아니었던 터라 이렇게 덧붙였다. 네 곁엔 사람들이 있잖아. 텔레비전에도 나오고.

네가 보고 싶었어, 스티븐이 고집스레 말했다.

네 곁엔 사람들이 있어, 나는 달리 무슨 말을 해야 할지 모르겠어서 했던 말을 반복했다.

아니, 넌 내 말을 제대로 안 듣고 있잖아. 무슨 말인지 이해하면서 못 들은 척하고 있어. 네가 보고 싶었다고. 여름 내내 네 생각만 했어.

그래서 여기 온 거야? 나는 스티븐이 내 문자에 답하지 않았던 때와 내가 스티븐의 문자에 답하지 않았던 때를 떠올리면서 물었다.

스티븐이 나를 쳐다보았다. 네가 초대했잖아. 왜 초대한 건데?

나는 스티븐의 질문에 대답하지 않고 이렇게 말했다. 이번 여름 동안 내게 많은 변화가 있었어.

어떤 변화? 스티븐은 내 손목을 꽉 움켜잡고 있었다. 뭐가 달라졌어? 넌 똑같아 보이는데. 완전 똑같아.

스티븐이 비틀거리면서 가까이 다가왔다. 나는 뒤로 물러섰다. 스티븐은 굴하지 않고 다시 비틀거리며 내게 다가와서는 맹렬하고도 절박한 기세로 키스를 하려 했다. 내가 다시 뒤로 물러서자 스티븐은 나를 잡아당기다가 바닥에 쓰러졌다. 몇 걸음 정도 떨어진 카펫에 누워 있던 제인은 조금의 미동도 없었다. 둘 다 바닥에 엎드린 자세가 되자 스티븐은 내게 키스를 하기 시작했다. 마치 에셔가 그린 현기증 나는 계단에서 떨어져 나뒹굴면서 맥주 맛이 나는 포옹과 애무를 받는 기분이었다. 스티븐의 키스에 나도 키스로 화답했다. 면도 후에 바르는 유자 크림 향기를 맡으니 스티븐이 나를 처음으로 자기가 사는 고층 아파트에 데려갔던 여름 초입의 기억이, 그와 키스를 나누었던 기억이 떠올랐다. 그때 나는 스티븐의 집 안을 탐색하면서 그의 물건과 책들, 액자에 끼워 벽에 걸어 둔 예술 작품, 남에게 돈을 주고 배치한 가구들을 둘러보았다. 욕실 수납장을 열고 그 안에 들어 있는 면도 크림들의 냄새도 맡아 보았다. 옷장을 열어 원목 옷걸이와 구두 형태를 잡아 주는 보형물을 구경하기도 했다. 스티븐은 그런 나의 호기심에 흥분을 느꼈다. 그러다가 키스를 했을 때는, 내게 돌진해 오는 듯했던 그의 모든 물건을 비롯해 그의 성년기 또는 성공이 담긴 모든 상징물과 훈장에까지 키스하는 느낌이 들었다. 섹스는 단지 그런 키스를 마무리 짓는 행위, 새하얀 요트를 정박하는 행위였다.

지금은 내가 아닌 스티븐이 자기 자신을 놓아 버리고 있었다. 잠깐만. 네 방으로 가자.

우리는 집 가장 안쪽에 있는 내 방으로 이동했고 거기서 조너선을 마주쳤다. 조너선은 옷을 다 차려입은 상태로 침대 끄트머리에 앉아서 책을 읽고 있었다. 심장이 덜컥 내려앉는 기분이었다. 우리가 방으로 들어서자 조너선은 고개를 들고 스티븐과 나를 쳐다보면서 상황을 파악했다. 내가 할 수 있는 것이라고는 그저 미소를 짓고 조너선이 보기에 우리 모습이 너무 역겨워 보이지 않게끔 하는 것뿐이었다.

이제 막 가려던 참이었어, 조너선이 자리에서 일어나 창문

쪽으로 갔다. 나는 창문을 닫으려고 조너선을 뒤따라갔다. 창문을 통해 밖으로 빠져나간 조너선이 뒤돌아 내 쪽을 쳐다보았지만 그의 얼굴은 그림자에 반쯤 가려 잘 보이지 않았다.

언제 한번 아래층으로 놀러 와, 조너선이 말했다.

그럴게. 잘 자. 그렇게 말하고 뒤돌아 가려던 차에 조너선이 갑자기 내 팔을 붙잡았다.

캔디스.

내가 미소를 지었다. 조너선. 왜?

조너선은 나를 향해 몸을 숙인 다음 귓가에 대고 속삭였다. 지금 실수하는 거야. 그러더니 내가 어떤 반응을 보이기도 전에 내 귀를 혀로 핥았다. 말끔하면서도 꺼끌꺼끌한 그의 혀끝이 내 귓불의 맨 아랫부분에서부터 귓바퀴의 맨 윗부분까지 별안간 은밀하게 한번 스치고 갔다.

나는 누군가가 내 귀를 절단해 버리기라도 한 것처럼 양손으로 한쪽 귀를 꽉 붙잡고 뒷걸음질을 쳤다. 따듯하고 촉촉했다.

그러고 나서 조너선은 내 방 창문을 닫고 화재 대피용 계단을 내려갔다. 조너선이 한 발 한 발 내디딜 때마다 부실하고 가느다란 금속 계단에서 챙챙 소리가 났다. 조너선이 자기 방 창문을 여는 소리가 들렸다. 그리고 곧 닫는 소리가 들렸다.

4장

햇빛이 가득한 날이면 우리는 차를 몰고 시설로 이동했지만 그렇지 않을 때도 있었다. 그럴 때는 습격을 했다. 이 동네 털어 보자, 이 길거리 털어 보자, 집 좀 골라 봐, 아무 집이나, 하다가 습격을 개시하는 식이었다. 습격 대상은 가정집만이 아니었다. 주유소도 대상이 될 수 있었다. 길거리에 늘어선 매장들도. 헬스장도. 부티크 의류점도. 대체의학센터도. 카페도. 그러나 우리의 생계를 유지시켜 주는 공간은 가정집이었다. 가정집만이 품고 있는 안락한 분위기 속에서 햇볕을 쬐면서 우리는 토요일의 아침 식사와 텔레비전을 보는 저녁 시간을 떠올렸다. 다들 비슷한 가정집에서 자랐던 터라 집 안 배치 방식과 집 안에 있는 물건 종류에도 익숙했다.

습격은 일종의 미적 경험이야, 라고 밥은 흡족해하며 말하곤 했다. 습격에는 의식(儀式)과 관습이 있잖아. 사전 의식도, 사후 의식도 있지. 모든 습격은 제각기 다 달라. '살아 있는 습격'도 있고 '죽어 있는 습격'도 있으니까. 습격은 단순히 일방적으로 쳐들어가는 게 아니야. 단순히 약탈을 하는 것도 아니고.

습격은 미래를 계획하는 행위야. 우리가 갖고 싶은 모든 물건과 시설을 차근차근 쌓아 올려 나가는 행위. 밥은 시설에 어떤 물건이 남아 있을지 장담할 수 없었고, 그래서 우리는 일단 모든 것을 쓸어 담았다. 식료품. 장서. 영화 디브이디. 사무용품. 인테리어용 베개. 주간용 식탁보와 축제용 식탁보. 세라믹 화분. 비누통. 처방약. 그리고 무리에 어린이는 한 명도 없었지만 장난감까지.

여하간 우리는 목적지에 도착해 있었다. 습격을 개시할 생각이었다.

우리는 콜로니얼 양식으로 지어진 한 담청색 집 외부의 메마른 갈색 잔디에 서 있었다. 위치는 오하이오의 어딘가였다. 시간은 오후께였다. 겨울엔 어둠이 늘 일찍 찾아온다는 사실을 명심해야 하는 시기이기도 했다. 12월의 어느 날이었다.

좋아, 밥이 말했다. 자 이제 손잡자.

서리가 덮인 앞마당 잔디에 둥글게 모인 우리는 사전 의식을 시작했다. 내 양옆에는 토드와 애덤이 있었다. 다들 신발을 벗고 옆 사람과 손을 맞잡았다. 그리고 구호를, 습격 때마다 외우는 기나긴 주문을 크게 외쳤다. 더 신스의 「뉴 슬랭」과 리듬이 비슷한 덕분에 외우기도 쉽고 말하기도 쉬웠다. 사색적인 리듬에 맞추어 노래를 부르듯 흥얼거릴 수 있을 정도였다. 만에 하나 우리가 그 의식의 어느 한 부분이라도 제대로 (밥이 만족할 만큼) 이행하지 못한다거나, 구호를 외치다 버벅댄다거나,

붙잡고 있던 손이 어쩌다가 풀어진다거나 하면 처음부터 다시 시작해야 했다.

구호를 끝낸 우리가 고개를 숙인 채 눈을 감으면 밥이 반은 기도고 반은 증언 같은 암송을 시작했다. 매번 달라지는 그 지극히도 감상적인 말들을 밥은 즉석에서 즉흥적으로 떠올려 냈다.

오늘 저희는 이곳에 모여 청합니다, 밥이 느릿느릿 큰 목소리로 말했다. 신중하고 겸손하게 습격을 완수할 수 있는 담대함을 주십시오. 저희는 저 문 뒤에서 무엇을 발견하게 될지, 주님께서 무엇을 주실지 알지 못합니다. 부디 주님께서 주시는 것들을 저희가 감히 취할 수 있게 해 주십시오. 저희가 그것들의 이전 소유자를 마주하게 된다면 부디 그들에게 공평하고 자비로운 태도를 취할 수 있게 해 주십시오.

저희는 먼 길을 왔습니다, 밥이 계속 말했다. 더 멀리 갈수록 저희 앞에는 더 불안하고 더 불확실한 길이 펼쳐질지도 모릅니다. 저희 중 일부는 신념이 흔들리는 경험을 하게 될 수도 있지만 언젠가는 저희가 한 번의 습격으로 모든 것을 취할 수 있도록 도와주시기를 청합니다. 지금 당장은, 오늘은, 저희가 곧 개시할 습격이 결실을 맺을 수 있게 해 주십시오. 그리고 주님께서 선사하시는 결실을 받은 저희가 더한 요구나 기대가 아닌 겸손과 은총으로 보답할 수 있게 해 주십시오. 밥이 떨리는 목소리로 말했다. 주님께서 곧 저희에게 선사해 주실 양식에 감사드립니다. 주님의 양식을 받을 수 있음에 저희는 자부심을 느낍니다. 감사합니다.

마지막으로 우리는 갓 기원한 선의와 행운이 빠져나가지 않도록 밀봉하는 의미로 원 모양을 그리며 빙빙 돌았고, 각자의 출생신고서에 기록된 정식 이름을 엄숙한 목소리로 말했다. 순서는 밥을 기준으로 시계 방향으로 돌아갔다.

로버트 에릭 리머.

저넬 사샤 스미스.

애덤 패트릭 로빈슨.

레이철 세라 애버딘.

제너비브 엘리세 굿윈.

에번 드루 마처.

애슐리 마틴 피커.

토드 헨리 게인스.

캔디스 첸.

우리는 가라테 동작을 준비하는 듯한 자세로 원의 중심을 향해 일제히 고개를 숙였다. 그런 다음 각자 벗어 두었던 신발을 신었다.

우리는 눈앞에 보이는 콜로니얼 양식의 집을 가만히 살펴보았다. 한때는 장미꽃을 피웠으나 이제는 가지만 남은 관목이 문 양옆을 액자 틀처럼 감싸고 있었다. 중산층이 모여 사는 동네에 새로 지어진 고급 저택 중 하나였고, 일종의 유산처럼 세

습된 듯한 외관을 갖추고는 있었지만 벽체가 하나같이 조악하고 얇은 데다가 문짝도 속은 텅 비어 있는 등 품질은 그저 그런 집이었다. 수월하게 습격할 수 있을 것 같은 목표물이었다.

먼저 남자들이 소화기를 들고 대문으로 다가간 후 너덜너덜한 유칼립투스 잎으로 장식된 현관문을 열었다. 그들이 약 30분에 걸쳐 집 안 상황을 파악하고 가스관과 전기 설비를 확인하는 동안 나와 저넬, 레이철, 제너비브, 애슐리는 밖에서 기다렸다. 이번 습격이 살아 있는 습격이라면 거주자들이 아직 살아 있을 터였다. 단, 열병에 걸려 아무것도 할 수 없는 상태로. 그러면 남자들이 그들을 방 안으로 몰아서 가둬 놓을 것이었다. 반면에 이번 습격이 죽어 있는 습격이라면 우리가 집 안으로 들어가기 전에 토드와 애덤이 시체들을 마당으로 치워 놓을 터였다.

다이닝룸에 나 있는 커다란 창문을 통해 실내를 들여다보니 토드와 애덤이 열병에 걸린 사람들을 그 다이닝룸으로 몰아넣고 있었다.

살아 있는 습격인가 봐, 애슐리가 말했다.

다이닝룸에는 아버지와 어머니와 아들이 있었다. 그렇지 않을 수도 있었지만 그런 관계로 보였다. 다들 뼈만 앙상한 몰골을 하고 있어서 대번에 관계를 파악하기가 어려웠다. 그나마 어머니인 듯한 여자는 알아보기가 쉬운 편이었다. 그는 생일케이크를 뒤집어쓴 것처럼 영양 크림으로 뒤범벅된 얼굴을 자신이 입고 있는 새끼줄 모양의 니트를 향해 푹 숙이고 있었다. 토드와 애덤이 다이닝룸 밖으로 나가서 문을 잠갔다.

그 가족은 가늘고 긴 담황색 레이스 식탁보로 장식된 벚나무 식탁에 둘러앉아 있었다. 식탁에 놓인 한 우묵한 그릇에는 곰팡이가 핀 채 썩어 버린 감귤류 따위의 과일이 담겨 있었다.

우편함에 적힌 이름을 보니 고워 성씨를 쓰는 집안이었다.

우리가 지켜보는 가운데 고워 부인은 식탁과 잘 어울리는 벚나무 목제 찬장에서 가장자리가 남색 도료로 장식된 흰 접시들을 꺼내어 기계적이고 체계적인 움직임으로 상을 차리기 시작했다. 먼저 큰 식사용 접시를 두더니 그다음에는 그 접시 위에 샐러드용 접시를 놓았고 마지막에는 그 접시들 위에 수프 그릇을 올렸다. 식기를 잘 정돈해 차린 후에는 거기에 식사용 날붙이를 한 쌍씩 올려 두었다. 그렇게 차린 상은 4인용이었다.

부인이 의자에 앉은 후 세 사람은 서로의 손을 꼭 붙잡고 식탁 위로 고개를 숙였다. 부인의 남편이 입을 열었다 닫았다.

저 사람들 뭐 하는 거지? 애슐리가 물었다.

식전 기도 중인 것 같은데, 세 사람을 관찰하던 저넬이 말했다.

이윽고 말을 시작한 고워 씨는 어떤 단어가 아닌 소리만, 적어도 내가 해석할 수 있는 단어는 하나도 없는 소리를 냈다. 어쩌면 방언(方言)을 하는 것일 수도 있었다. 그렇게 몇 분이 흐르자 세 사람은 눈을 뜨고 한 가족처럼 저녁 식사를 하기 시작했다.

그들은 식사용 날붙이들을 혀로 핥았다. 그러더니 나이프와 포크를 들고 챙챙 소리를 내며 접시에 차려진 닭고기 커틀릿 또는 송아지 요리처럼 보이는 무언가를 향해 맹렬하게 달려들었다. 셰프 보야디* 광고에 나오는 아역 배우처럼 접시를 들고는 그 접시에서 맛 좋은 스파게티 소스 향이 나기라도 하는 양 혀로 핥기도 했다. 신선한 텃밭 채소로 만든 봄 파스타라든가 통조림 옥수수를 곁들인 솔즈베리 스테이크를 먹는 듯한 모양새였다.

저녁 식사가 끝나자 고워 부인이 다시 자리에서 일어났다. 그는 식탁을 한 바퀴 빙 돌면서 접시와 날붙이들을 다 모으더니 찬장에 도로 쌓아 두었다. 그리고 접시 치우기를 끝내자마자 다시 그 접시들을 꺼내서 상을 차리기 시작했다. 고워 집안 사람들은 다시 한번, 그날 밤에 가질 수십여 차례의 식사 중 두 번째 식사를 했다. 고개를 숙이고 식전 기도도 올렸다. 나는 고워 씨가 무슨 말을 하는 건지, 사람 말이기는 한 건지, 아니면 좋아하는 노래를 흥얼거리듯 똑같은 리듬과 똑같은 운율에 맞추어 동물처럼 웅얼거리고만 있는 건지 궁금했다. 열병에 걸렸을 때 가장 먼저 잃게 되는 것은 보통 언어였다.

저기. 내 말 들려? 누군가의 말소리가 들렸다. 레이철이었다.

---

* 통조림 파스타 제품으로 유명한 미국 브랜드.

레이철이 손톱으로 내 팔을 쿡쿡 찌르고 있었다. 너 또 넋 놓고 있었어.

나는 눈을 깜박이면서 일종의 최면 상태에서 빠져나왔다. 미안, 내가 말했다.

무한히 돌고 돌며 반복되는 지극히도 무료한 움직임을 지켜보고 있다 보면 그렇게 의식을 잃는 일이 생길 수 있는 법이다. 이 열병은 반복의 열병, 루틴의 열병이다. 그런데 놀랍게도 루틴이라고 해서 반드시 동일한 방식으로 반복되는 것은 아니다. 조금만 주의를 기울여 보면 다양한 차이를 포착하게 된다. 이를테면 고워 부인이 접시를 놓는 순서에도 차이가 있달까. 고워 부인이 식탁을 한 바퀴 빙 돌 때의 방향도 언제는 시계 방향이고, 언제는 시계 반대 방향이다.

내가 넋을 놓게 만든 것도 바로 그런 차이였다.

어린 시절 나는 엄마의 피부 관리 루틴을 관찰하곤 했다. 엄마는 리퀴드 페이셜 솝 마일드, 클래리파잉 로션2(엄마도 나처럼 건복합성 피부여서 바른 제품이다.), 드라마티컬리 디퍼런트 모이스처라이징 로션으로 구성된 크리니크 3-스텝 스킨케어 방법을 따랐다. 엄마는 매일 아침저녁 화장실 거울 앞에 서서 이 피부 관리 루틴을 완수했다. 그러나 그 방식이 항상 똑같지는 않았다. 세안을 할 때 언제는 시계 방향으로, 언제는 시계 반대 방향으로 원을 그렸다. 언제는 푸젠산 페이스 오일을 얼굴에 톡톡 두드려 바르면서 검증되지 않은 추가 제품으로 피부 관리를 마무리하기도 했다. 알려지지 않은 의학적 효과가 있다는 그 정체불명의 오일은 에메랄드그린 빛을 띠었고 어쩐지 중국이 연상되는 과한 꽃향기를 풍겼다. 그 오일이 보관된 역삼각형 유리병에는 양귀비꽃 그림이 새겨져 있었다. 나는 그 오일을 찾으려고 광둥식 차이나타운과 푸젠식 차이나타운을 비롯해 선셋 파크와 플러싱 지역까지 방방곡곡을 헤맸지만 끝내 그 어디에서도 찾을 수 없었다.

내가 대학 신입생이었던 시절 엄마는 피부 관리를 제대로 하면 장기적으로 득이 된다고 힘주어 말하곤 했다. 그럴 때 엄마가 구사하는 중국어는 늘 꾸지람처럼 들렸다.

수분크림 발랐니? 연결 상태가 좋지 않아 수화기에서 지지직지지직 소리가 나는 와중에도 엄마는 가느다란 목소리로 물었다. 너는 나면서부터 피부가 건조해서 보습을 잘해야 해. 네 아빠도 그렇고.

알았어요, 지금 바로 바를게요, 나는 이메일을 확인하고 커피를 한 잔 더 따르면서 대답했다. 지금 바르고 있어요.

매일 발라야 해. 내가 보낸 크리니크 화장품 세트 도착했니?

네, 고마워요, 나는 엄마가 그런 것을 보낸 적이 없음을 알고 있었음에도 그렇게 대답했다.

사은품도 얹어 주면서 할인을 하고 있더라고. 굉장히 합리적인 구성이었어. 20대에 하는 피부 관리는 예방의 의미가 더

커. 당장은 그 효과를 눈으로 볼 수 없겠지만 지금 관리해 놓지 않으면 노화가 더 심하게 올 거야, 엄마가 말했다. 그러니까 매일매일 꾸준히 관리해야 해.

네, 내가 대답했다.

수분크림은 가볍게 두드리면서 발라야 해. 막 문지르지 말고, 엄마가 말했다. 그러더니 잠시 침묵했다. 내가 엄마의 지시대로 수분크림을 바르기를 기다리고 있는 것이었다. 발라 보니까 어때?

좋네요. 굉장히 가벼워요.

네가 매일 무얼 하느냐가 중요한 거란다, 엄마는 전화를 끊기 전에 그런 말을 남기곤 했다.

그즈음 엄마는 알츠하이머 조기 발병으로 뇌가 벌레에 의해 갉아먹힌 것처럼 너덜너덜해진 터라 늘 꿈꾸듯 몽롱한 상태에 있었다. 냉수를 틀어 둔 수도꼭지 밑에 도금 커피포트를 놓고 비정상적이다 싶을 만큼 오랫동안 씻어 낸다거나, 상상의 디너파티에 당신이 가장 좋아하는 음식을 앙트레로 대접하려고 마파두부 50인분 주문한다거나 하는 등 이상하고 감각적인 기분 전환용 활동에 몰두하기도 했다. 내 음성 사서함은 세상에 존재하지 않는 사치스러운 모임들에 초대하는 메시지로 가득했다. 그 모임들이 실제로 열렸다면 흡사 전통 중국식 연회장 만찬과 80년대 스튜디오 54*를 결합해 놓은 듯한 경이로

* 뉴욕에 위치한 극장.

운 광경이 펼쳐졌으리라. 엄마는 구상 중인 식사 메뉴를 비롯해 돌아가신 아빠, 이미 이혼한 이모 내외들, 나로서는 누구인지 기억할 수 없는 엄마의 중국인 친구 또는 친척 등의 초대 손님들을, 한마디로 무의미한 말들을 횡설수설하며 미주알고주알 설명했다.

너를 만나면 다들 굉장히 기뻐할 거란다. 비행기 표는 걱정 말렴. 이미 사 뒀으니까. 엄마는 그런 말도 했었다.

감사해요, 나는 엄마가 그런 일을 한 적이 없음을 알고 있었음에도 다시 그렇게 대답했다. 저도 그분들 뵈면 반가울 것 같아요.

토드가 고워 씨네 현관문을 열었다. 좋아, 준비 끝났어! 토드가 큰 소리로 외쳤다.

우리는 안면 보호 마스크와 고무장갑을 착용했다. 그리고 빈 상자와 쓰레기봉투를 들고 집 안으로 들어갔다.

현관문으로 들어서자마자 널찍한 공간이 펼쳐졌다. 계단이 나 있는 쪽 벽에는 가족사진들이 걸려 있었다. 고워 집안의 구성원은 어머니, 아버지, 막내아들, 맏딸이었다. 아버지는 비만 체형에 머리가 벗어져 있었고, 탈색한 금발 머리를 말끔하게 다듬고 힘없는 미소를 머금은 어머니는 포르노 출연 배우나 중서부 지역 주부들이 할 법한 프렌치 네일* 방식으로 매니큐

* 손톱 끝에만 매니큐어를 바르는 네일아트의 일종.

어를 바른 양손을 무릎에 올려 둔 모습이었다.

참 비극적이군, 제너비브가 선고를 내리듯이 말했다.

자, 서두르자고, 토드가 말했다. 토드는 우리를 독려해서 일을 하게끔 만드는 것을 좋아했다.

남자들이 사냥을 하면 여자들은 채집을 했다. 우리는 일종의 분업 체제에 따라 움직였다. 공예 서비스 업무를 맡은 저넬과 애슐리는 창고에 서식하는 설치류 동물이나 나방이 건드리지 않은 조리용품과 상온 보관 제품을 채집했다. 레이철은 보건 업무를 맡아 처방약, 반창고, 아스피린, 피부 관리 제품 따위를 모았다. 의상 업무를 맡은 제너비브는 재킷과 코트를, 대부분의 경우엔 질 좋은 리넨 소재의 낙낙한 여성용 블라우스나 실크 블라우스를 노리며 옷장을 샅샅이 뒤졌다. 나는 디브이디, 책, 잡지, 보드게임, 비디오 게임, 콘솔 등 보다 범주가 넓은 오락 관련 업무를 맡았다.

여느 때처럼 나는 집 안에 마련된 오락실부터 살폈다. 고워씨네 오락실은 지하에 있었다.

다들 방마다 돌아다니면서 상자를 차곡차곡 채웠다. 그 상자들을 현관에 두면 밥이 일일이 살펴보면서 자신이 생각하기에 가치 없는 물건들은 빼고 가치 있는 물건들은 추가로 넣었다. 방이 하나씩 비어 가고 상자가 하나씩 채워지면 밥이 검열까지 마친 상자들을 애덤과 토드를 비롯한 이들이 밖으로 옮겨서 밴에 실었다.

어떤 이유에서인지 이 모든 과정에는 몇 시간씩 소요되었다.

습격을 할 때면 처음엔 감지할 수조차 없는 어떤 감정이 나를 엄습해 왔다. 무(無)에 가까운 터라 무어라 설명하기도 어려운 감정. 떠들썩한 대화 소리나 토드가 보기 흉한 평발을 마루에 묵직하게 내딛는 발소리도 서서히 내게서 멀어져 갔다. 나는 내가 어디에 있는 것인지, 왜 여기에 있는 것인지를 잊었다. 그러고는 재고를 정리하는 일에, 모든 물건을 분류해서 종류별로 모은 다음 같은 종류의 물건을 같은 상자에 최대한 빈틈없이 담는 일에 푹 빠져들었다. 「자동차 대소동」. 「현기증」. 「헤일로 2」. 「사인필드: 완전판」. 「그랜드 테프트 오토: 차이나타운 워즈」. 「스크루지」. 「테일 프롬 더 후드」. 「욕망」. 「지옥의 묵시록」. 「사랑을 기다리며」. 「컨버세이션」. 「섹스 앤드 더 시티: 완전판」. 「젤다의 전설: 시간의 오카리나」. 「백 투 더 퓨처」. 그건 일종의 최면이었다. 최면은 이를테면 지하에 굴을 파고 들어가는 것과 같아서 깊이 들어갈수록 온도는 더 따뜻해졌고, 나를 엄습한 감정은 더욱더 무의 상태에 가까워지면서 모든 걱정거리와 불안을 소멸시켰다. 그건 일을 하는 동안 느낄 수 있는 내가 가장 좋아하는 감정이기도 했다.

이렇게 왔다 갔다 하는 감정의 흐름을 끊는 유일한 것은 밥이 내는 소음이었다. 어느 집을 습격하든 밥은 자신의 무기인 빈티지 M1 카빈 반자동 소총의 총구를 벽에 주욱 긁으면서 걸어 다녔다. 위층 아래층 가릴 것 없이 사방 천지에서 들리는 벽 긁는 소리를 통해 우리는 밥의 위치를 파악했다. 밥이 지나갔다 하면 새하얀 민무늬 벽과 스펀지로 그려 넣은 무늬들과 백합 문장이 찍힌 벽지 위로 들쭉날쭉한 검은 선이 남았고 방 구석구석에 프렌치바닐라 향이 스며들었다. 간혹가다 벽 긁는 소리가 멈추기도 했는데, 그러면 우리는 곧 총성이 울려 퍼질 것을 예감하며 마음의 준비를 했다. 밥이 총구를 겨눈 대상이 무엇이었는지는 결코 아무도 알 수 없었다. 다락방에 갇혀 있던 박쥐였을 수도, 빗물받이 위로 떠내려가는 나뭇잎을 쫓던 다람쥐였을 수도 있었고, 어쩌면 아무것도 아닐 수도, 아무것도 없던 것일 수도 있었다.

오락실에서의 업무를 끝낸 나는 서재에서 책을 몇 권 챙겨가려고 계단을 올랐다. 고워 집안의 서재는 1층 부엌 근처에 있었다. 특이하다 싶을 만큼 작고 낮은 서재 문을 고개를 푹 숙인 자세로 통과해 들어가니 뜻밖에도 몹시 널찍한 공간이 나왔다. 빌트인 책장이 벽면을 빙 두른 구조였다. 내 어깨까지 오는 벽난로도 하나 보였다. 세로로 길게 뻗은 창문들은 뒤뜰을 향해 나 있었다. 무척 크고 무거워서 바닥으로 내려앉다시피 한 버건디 색상의 격자무늬 커튼은 빛이 들어올 틈이 없을 정도로 꼼꼼하게 드리워진 상태였다.

먼저 나는 책을 살펴보았다.

책장을 채운 것은 거의 아동 도서였다. 가장 위쪽 칸에만 성인용 단행본과 집주인의 교양을 넌지시 드러내기 위한 허영심 가득한 전집들이 꽂혀 있었다. 고워 씨네가 선택한 전집은 셰익스피어 선집, 제인 오스틴 선집, 월트 휘트먼 시 전집 따위였다. 누군가가 펼쳐 본 적도 거의 없어 빳빳한 상태로 먼지만 가득 먹은 듯했다. 단, 책장의 맨 끝 칸에 꽂힌 성경만은 예외였다.

그건 『데일리 그레이스 바이블』이었다. 몇 년 전 내가 스펙트라에서 일을 시작하면서 제작한, 그 후에 몇 차례의 증쇄도 관리한 성경이었다. 그런 성경을 다시 보니 마치 전생의 유물을 보는 것 같은 편안함이 느껴졌다.

나는 성경을 손에 들고 격자무늬 천이 덧대어진 녹색 안락의자에 앉아서 제작 관련 세부사항들을 떠올려 보았다. 『데일리 그레이스 바이블』은 기본적으로 매일 편하게 볼 수 있는 성경으로 계획했었지만 당시 '세 개의 십자가' 출판사는 그런 편리함에 더해 일종의 가보 같은 가치까지 담은 성경을 원했다. 출판사에서 제시한 예산에 맞추려다 보니 대안이 필요했고, 결국 책 표지를 가죽 대신 가죽 느낌이 나는 폴리우레탄으로 제작했다. 책배는 고가의 금도금에 비해 탁한 느낌이 나는 구리색 스프레이로 장식했고 가름끈은 실크 대신 새틴으로 제작했다. 대부분의 소비자는 대량 생산된 책과 장인의 손길 또는 수작업을 통해 만들어진 책의 차이를 정확히 구별하지 못했다. 게다가 사실 소비자들이 항상 가보 같은 고품질의 성경을, 즉 가죽 느낌이 고스란히 전해지는 두꺼운 가죽 표지의 성경을 선호하는 것도 아니었다. 『데일리 그레이스 바이블』은 불티나게 잘 팔렸다. 나도 그 성경을 볼 때마다 마음에 들었다. 어쩌면 내가 제작한 성경 중에 과시적인 겉멋이 가장 덜하고 수수한 성경이어서 그랬을지도 모른다.

책 표지 자재로 쓰인 폴리우레탄은 모조 가죽을 전문적으로 생산하는 어느 이탈리아 회사에 주문했다. 그 회사는 내가 주문한 것과 동일한 자재를 포에버21과 H&M에도 지갑, 동전지갑, 신발, 기타 일상 액세서리 제작용으로 납품하고 있었다. 성경용 특수 종이는 몇 롤이 필요한지를 계산한 다음에 스위스 제지 공장에 주문했었는데 정확히 몇 롤이었는지까지는 더 이상 기억나지 않았다. 그러나 실제 필요한 양이 얼마든 나는 늘 거기서 5퍼센트 정도 낭비하게 되리라고 가정하고 조금 더 많이 주문했다. 성경용 종이가 너무 얇았던 터라 사람 팔 하나 정도는 우습게 날아갈 수 있을 만큼 위험하고 빠르게 가동되는 윤전기 안에서 자주 찢어졌기 때문이다. 책 제작이 본격적으로 시작되기 전부터 나는 성경용 종이가 윤전기에서 찢어지는 악몽을 반복해서 꾸곤 했고 그 꿈은 여전히 내 머릿속에 남아 있었다. 두께는 얇아도 촉감이 부드럽고 불투명도가 좋은 종이로 유명했던 그 스위스 제지 공장에 발주를 하면, 주문한 제품이 흙탕물처럼 탁한 인근 강을 거쳐 홍콩 항구로 수송되었다가 거기서 스펙트라 홍콩 지부 직원이 제품을 수령해 중국 본토 국경 너머에 있는 선전의 얼라이언스 프린팅 인쇄소까지 보내는 데까지 족히 몇 달이 걸렸다.

얼라이언스 인쇄소에서 『데일리 그레이스 바이블』을 인쇄하고 제본한 후 주문 제작된 전용 상자에 포장하는 과정에는 6주가 소요되었다. 초판 발행 부수는 당해 최대 부수였던 10만 부였다. 제작이 완료된 성경은 다시 홍콩으로 운송되어 통관을 거친 다음 12미터 화물 컨테이너에 실렸고, 항구에 정박한 화물선을 통해 배송이 시작되었다. 바다에서 15일을 보낸 후에야 캘리포니아의 롱비치 항구에 도착한 성경은 거기서 화물 열차로 옮겨졌다. 동쪽으로 이동하다가 어느 시점이 되면 화물 열차에서 다시 트럭으로 옮겨졌고, 트럭에 실려 남쪽으로 이동하다가 텍사스주에 위치한 출판사 유통센터에 도착하면 소매업체들로 보내졌다. 고워 집안사람들이 『데일리 그레이스 바이블』을 구입한 곳은 반스 앤드 노블 아니면 북스어밀리언, 기독교 서점, 어느 주유소의 기독교 상점, 홀마크 매장의 키오스크, 초대형 교회의 선물 가게 중 하나였을 것이다.

성경을 펼쳐 앞표지 안쪽을 보니 10대가 한껏 멋 부린 필기체로 쓴 듯한 이름이 적혀 있었다. 페이지 마리 고워의 것.

나는 제품 제작을 관리하던 시절에 했던 오래된 의식을 거행해 보았다. 두 눈을 감고 『데일리 그레이스 바이블』을 펼쳐서 무작위로 나온 책장에 손가락을 올린 다음 그 손가락이 가리키는 절을 읽는 것이었다.

다윗이 갓에게 이르되, 내가 큰 곤경에 빠졌도다 주의 긍휼은 심히 크니 이제 내가 그분의 손에 빠지고 사람의 손에 빠지지 아니하기를 원하노라, 하니라.*

바로 그때, 종이의 바스락거림 같은 어떤 조용한 소리가 들렸다. 나는 읽고 있던 성경을 내려놓았다. 천천히 의자에서 몸을 일으켜 소리가 들리는 창문 쪽으로 걸어갔다. 가까이 다가가니 커튼 아래에 뭔가가 보였다. 주황색 바탕에 빨간색 물방울무늬가 새겨진 양말을 신은 두 발이었다.

커튼을 젖혀 보았다.

열둘 아니면 열셋 정도 되어 보이는 소녀가 있었다. 소녀는 독서를, 아니 독서하는 몸짓을 하고 있었다. 책장을 한 장 넘기고 몇 초 동안 책을 응시하다가 다시 책장을 넘겼다. 책은 위아래가 뒤집힌 상태였다. 나는 목을 길게 빼고 표지를 살펴보았다. 빈티지 핑크 에디션으로 출간된 『시간의 주름』**이었다. 소녀는 책을 읽는 동안 머리카락을 한 가닥씩 입에 넣고 잘근잘근 씹었다. 사실상 그야말로 모든 머리카락을 씹고 있는 것과 다름없었다. 내가 들은 소리가 그 소리였다. 머리카락을 잘근잘근 씹는 소리와 책장을 넘기는 소리. 소녀가 앉아 있는 곳에 깔린 카펫이 적갈색 머리칼로 뒤덮여 있었다.

열병에 걸린 상태임이 분명했다. 영양 부족으로 몸이 삐쩍 말라 있었고, 믿을 수 없을 정도로 뼈만 앙상하게 남은 채로

* 구약성서 「역대기상」 21장 13절.

** 미국 작가 매들렌 렝글의 '시간 4부작' 중 첫 권.

피부색마저 변한 다리는 멍투성이였다. 몸 곳곳의 벌어진 상처마다 모기들이 실컷 물어뜯고 간 흔적이 보였다. 맨살이 드러난 종아리에는 어떤 액체 같은 것이 끈적끈적하게 굳어 있었다. 창틀에는 오렌지 주스 같은 음료가 담긴 유리잔이 놓여 있었는데 그 안에선 하얀 곰팡이가 증식 중이었다. 소녀는 이따금 그 유리잔에 손을 뻗어 썩은 주스를 마셨다.

차마 쳐다볼 수 없는 광경이었다. 나는 손에 쥐고 있던 성경을 꼭 붙들고 천천히 뒤로 물러섰다.

이 소녀가 페이지 마리 고워일 터였다. 페이지의 어머니가 부엌에서 준비한 상차림은 4인분이었다. 남은 한 자리가 페이지의 자리였다.

밥이 소총으로 벽을 긁는 소리가 현관을 지나 서재로 향했다.

나는 페이지가 보이지 않도록 커튼을 치고 다시 안락의자에 자리를 잡은 다음 성경을 살펴보는 척했다.

어떻게 돼 가고 있어? 밥이 물었다.

이 성경을 찾았어, 내가 공연히 성경을 들어 보이면서 말했다.

잘했어. 밥이 고개를 끄덕였다. 그건 챙기도록 해.

이거 말고는 별거 없네. 아동 도서만 엄청 많고.

이제 곧 마무리할 거야. 습격 사후 의식을 진행해야 하니까 다이닝룸으로 와. 그 말을 마치고 뒤돌아서서 나가려던 밥이 갑자기 제자리에 멈춰 섰다. 그러더니 가만히 서서 주변을 둘러보았다.

급히 서두르느라 커튼을 제대로 치지 못해 페이지 마리 고워가 완전히 가려지지 않은 상황이었다. 커튼 아래로 페이지의 양말이 삐죽 나와 있었다. 나는 숨을 참았다. 그리고 다른 곳으로, 책장에 있는 아동 도서들로 시선을 돌렸다. 어릴 적 엄마가 매주 데려간 도서관에서 읽은 책들이 많았다. 『빨간 머리 앤』. 『비밀의 화원』. 『마틸다』. 『성안에 갇힌 사랑』.

나는 책장을 거의 찢다시피 빠르게 넘겨 가며 소음을 만들었다.

어느새 밥은 서재 안을 돌아다니면서 자기가 들은 소리의 정체를 추적하고 있었다. 그러다 커튼을 걷었다. 길고도 끔찍한 찰나의 시간이 지나갔다.

밥이 나를 향해 돌아섰다. 어떻게 이 애를 못 볼 수가 있지? 밥은 이미 이유를 알고 있으면서도 굳이 그렇게 물었다. 내 표정만으로 속내를 다 파악하고도 남을 사람이었다.

다이닝룸으로 따라와, 밥이 말했다. 밥은 소총을 등 뒤로 휙 넘기더니 큰 소리로 애덤을 불렀다. 밥과 애덤은 페이지 마리 고워를 붙들고 현관을 지나 다이닝룸까지 질질 끌고 갔다. 나는 어떤 일이 벌어질지 두려움에 떨면서 종종걸음으로 따라갔다. 두 사람은 페이지를 가족들 사이에 앉혀 놓고 무한히 순환하는 저녁 식사에 동참하게 만들었다.

토드가 모두를 불러 모았다.

살아 있는 습격을 할 때면 항상 마지막에 한 차례 더 의식을 진행했다. 그 의식에는 모두가 참여해야 했다. 다들 다이닝 룸 입구로 모여들었다. 창밖으로 해가 지는 광경이 보였다. 우리 눈앞에서는 고워 부인이 접시를 나르고 있었다. 손톱에 바른 프렌치 매니큐어는 어느덧 심하게 길어지고 더러워지고 쪼개진 상태였다. 고워 부인의 남편과 아들은 고워 부인이 차려 준 접시를 혀로 핥았다. 페이지 고워는 식탁 의자에 앉아 있었다.

밥이 의식을 시작했다. 자, 일단 캔디스도 지금까지 습격에 몇 번 참여해 봤으니 사후 의식에 대해서도 제대로 설명해 줘야 할 것 같은데. 누가 할래?

살아 있는 습격에서는 열병에 걸린 사람들을 마지막에 전부 죽여, 토드가 설명했다.

아니, 우리는 그 사람들을 죽이는 게 아니야, 해방시켜 주는 거지. 밥이 토드의 말을 정정했다. 그럼 우리가 그렇게 하는 이유는 뭐지?

그게 인도적인 일이니까, 제너비브가 대답했다. 똑같은 루틴만 내내 반복하다가 퇴화하도록 내버려 두는 대신 그런 비참한 고통에서 단숨에 벗어날 수 있게 구해 주는 거지.

밥이 기분에 따라 맸다가 안 맸다가 하는 팔걸이 붕대에서 성치 않은 팔을 빼냈다. M1 소총을 사용하려면 양손이 다 필요했다.

그러더니 고워 부인, 부인의 남편, 부인의 아들 순으로 잇따라 총으로 쐈다. 무신경하고 자비로운 총알이 그들의 머리에 차례차례 박혔다. 그러자 동화 속에서 곰이 겨울잠에 빠지듯 한 명씩 저녁 식사용 접시 위로 힘없이 쓰러졌다.

밥이 나를 향해 돌아섰다. 이제 네 차례야. 널 위해 한 명 남겨 뒀어. 네가 못 봤다는 커튼 뒤의 여자애 말이야.

나는 얼굴이 붉게 달아오른 채 어떻게든 상황을 모면해 보려 했다. 나 총 쏘는 데는 정말 소질이 없어.

이번 일을 교훈으로 삼아서 다음번에는 좀 더 주의 깊게 살피도록 해. 자 여기. 밥이 소총을 내 손바닥 위에 올렸다. 총은 무거웠고, 온기를 간직하고 있었으며, 밥이 오후 내내 까먹던 사탕 때문에 끈적끈적했다.

가늘고 길게 뻗은 총을 마지못해 쥐어 잡고 어색하게 팔로 감쌌다. 나 총 한 번도 안 쏴 봤어, 내가 단호하게 말했다.

괜찮아. 이리 줘, 내가 할게, 저넬이 말했다. 그러면서 소총을 향해 손을 뻗었지만 밥이 끼어들어 저지했다.

안 돼, 밥이 말했다. 캔디스를 위해서 남겨 둔 일이야. 캔디스가 해야 해. 밥이 무리를 향해 돌아섰다. 자, 이제 캔디스가 쏘는 거 지켜보자고.

첫 발은 창문을 관통했다. 총을 쏠 때의 반동으로 어깨가 뒤로 튕겨 나갔고, 격발에 잇따른 얼얼한 통증이 얼마나 심했던지 하마터면 비명을 지를 뻔했다. 두 번째 발은 샹들리에를 산산조각 내버렸고 그로 인해 크리스털 파편들이 식탁 위로 폭우처럼 쏟아졌다. 그럼에도 페이지 고워는 힐끗 올려다보려고도 하지 않았다.

오 이런. 누군가가—토드였던가?—뒤에서 중얼거렸다.

침착하게, 밥이 말했다. 총 단단히 붙잡고. 밥이 총구의 위치를 조정해 주었다.

세 번째 발은 식탁 위에 차려진 식기들을 향해 날아가다가 샐러드용 자기 그릇을 관통했다. 페이지 고워는 조금도 움찔하지 않았다. 네 번째 발은 팔에 맞았고 그제야 페이지는 반응을 보이기 시작했다. 두 눈을 크게 뜨고 자리에서 일어나려 했다. 다섯 번째 발이 복부에 맞자 페이지는 미약하고 작은 목소리로 으르렁대듯이 울부짖었는데 사실상 뭔가를 호소하기보다는 항의하려는 소리에 가까웠다.

그즈음 되자 다들 초조해하기 시작했다.

좋았어, 잘 들어 봐, 밥이 내게 차근차근 설명했다. 총을 쏠 때는 어느 정도 목적의식을 갖고 있어야 해. 아무 생각 없이 쏘면 안 맞을 거야. 목표물을 다시 조준해 봐. 그리고 정신을 집중해.

나는 페이지 고워의 얼굴에 시선을 고정했다. 총구가 향한 곳은 이마였다. 우리가 총을 쏘기 직전의 순간, 열병에 걸린 사람들은 자기 자신과 우리의 차이를 인지하는 듯한 악어의 눈으로 우리를 응시했다.

여섯 번째 발이 볼에 맞자 페이지는 푸른 눈을 뜨고 나를 쳐다보았다. 연이어 쏜 일곱 번째 발은 이마를 강타했다. 여덟 번째 발은 팔에 맞았고 아홉 번째 발은 복부에, 열 번째 발은 눈에 맞아 눈알을 터뜨려 버렸다. 어느 시점부터는 나조차 내가 무엇을 쏘고 있는지 까맣게 잊고 있었다. 그저 계속 총을 쏠 뿐이었고, 한 발씩 쏠 때마다 소총이 웅웅 진동하면 밥이 남긴 끈적끈적한 사탕 자국 때문에 딱 달라붙어 있는 손이 전기 충격을 받은 양 심하게 떨렸다. 이제는 페이지가 순순히 죽음을 맞이한 상태였을 텐데도 나는 죽음의 장벽을 지나 다른 어딘가를 향해, 나도 모르는 곳을 향해 계속 총을 쏘았다. 달리 어찌할 도리가 없었다. 계속 총을 쏠 뿐이었다.

누군가의 차가운 손이 살며시 내 등에 닿았다. 이만하면 됐어, 저넬이 말했다.

나는 동작을 멈추었다. 다이닝룸에는 어떤 그르렁그르렁하는 이상한 소리가, 희미하고 불규칙한 쌕쌕거림이 감돌고 있었다. 이윽고 나는 그게 다름 아닌 내가 잔뜩 겁에 질린 채로 내뱉는 가래 끓는 숨소리였음을 깨달았다.

침묵을 깬 사람은 밥이었다. 잘했어, 그가 말했다.

5장

자, 그럼 간단히 자기소개를 해 주시죠.

나는 숨을 한번 들이마셨다. 아, 저는 시각예술을 전공했고요. 사진을 공부했습니다. 그리고 여기, 나는 어마어마하게 많은 책이 빼곡히 꽂힌 책장과 사무실을 재빨리 둘러보며 말을 이었다. 스펙트라에서 낸 책들에 좋은 인상을 갖고 있습니다. 저에게 익숙한 예술 서적들이 많거든요.

음, 이 업무는 예술 감상 쪽과는 무관합니다, 마이클 라이트만이 말했다. 컴퓨터에서 새 이메일이 도착했음을 알리는 소리가 나자 마이클은 슬쩍 화면을 쳐다보았고 그러다 잠시 집중력을 잃은 탓에 인상적인 구석이라고는 하나도 없는 내 말을 흘려들었다. 마이클은 자기 앞에 놓인 인쇄물을 건성으로 훑어보았다. 이력서만 봐서는 어떤 분인지 잘 모르겠네요. 아티스트가 되는 것과 책 제작 업무를 하는 것 중에서 어디에 관심이 있으신 거죠?

나는 머뭇거리다 대답했다. 취미 삼아 사진 작업을 좀 하고 있습니다. 하지만 당연하게도 그게 돈 되는 일은 아니라서요.

그렇군요. 매정하게 굴고 싶은 생각은 없습니다만, 하고 마이클이 의자에 몸을 기대면서 말했다. 저희 회사에는 북 디자이너로 일하거나 예술계 일원이 될 수 있을 거라는 생각으로 지원서를 넣는 예술가나 디자이너 지망생들이 정말 많습니다. 하지만 이 자리는 그런 걸 하는 자리가 아니에요. 프로젝트 관리를 담당하는 자리죠. 뉴욕에 있는 출판사와 동남아시아에 있는 인쇄업체들과 협력하는 일이고요. 한마디로 물류 업무예요. 업무의 핵심은 적절한 사람들이 올바른 정보를 적시에 얻을 수 있도록 하는 거고요.

나는 스티븐이 이 일자리에 대해 알려 준 정보가 거의 없었다는 사실을 깨달으며 천천히 고개를 끄덕였다.

제 동생이 이 자리에서 어떤 일을 하게 되는 건지 말해 주던가요? 마이클이 내 마음을 읽기라도 한 것 같은 질문을 했다.

어시스턴트 일이라고만 했습니다. 제가 들은 건 그게 다였네요.

그럼 그렇지, 마이클이 혼잣말을 하듯 작게 중얼거렸고, 나는 문득 스티븐이 여기에 얼마나 많은 여자를 보냈을는지 궁금했다. 이 회사의 모든 직원이 스티븐 라이트만과 한 번이라도 잠자리를 가져 본 적 있는 여자들일지도 모를 일이었다.

그럼 이 회사가 어떤 일을 하는 곳인지부터 설명해 줘야겠군요, 마이클이 말했다. 그는 의자에 앉은 채로 빙그르르 돌아 뒤에 있던 책꽂이에서 책 보관용 케이스 하나를 쓱 골라 빼더니 내 앞에 올려 두었다. 커피 테이블에 올려 두는 커다란 도록 같은 새하얀 책으로 겉싸개에 불규칙한 주름이 잡혀 있었다. 조심스럽게 책장을 하나둘 넘겨 보니 카와쿠보 레이와 야마모토 요지의 디자인이 눈에 띄었다. 일본 패션사에 관한 책이었다.

저희 회사는 출판사들이 해외 인쇄업체와 공급업체를 통해서 전문 서적을 제작할 수 있도록 돕는 일을 합니다. 출판사에서 저희 회사에 도서 제작 프로젝트를 외주로 맡기면, 저희는 그걸 보통 동남아시아에 있는 제조 공장에 외주로 맡깁니다. 자, 지금 여기에 있는 책들을 보면 아시겠지만 저희 회사가 하는 일은 굉장히 노동집약적이에요. 겉싸개에 있는 이 주름 보이시죠?

네, 아름답네요.

이 출판사는 주름 장식을 넣어 달라고 콕 집어 요청했었어요. 어떤 디자이너가 연상되게끔 하고 싶다고 했었는데 이름이 기억나지 않네요. 주름으로 유명한 분이었는데.

이세이 미야케요, 내가 대답했다.

맞아요. 이세이 미야케. 마이클이 처음으로 미소를 지었다. 이와 같은 주름 표지 제작에는 미국에 있는 인쇄업체는 물론이고 캐나다에 있는 업체들도 감히 손대지 못하는 특별한 수작업이 필요해요. 이렇게 노동집약적인 도서 제작 프로젝트는 운송비를 감안해도 동남아시아에서 진행하는 편이 훨씬 저렴하죠. 4색 인쇄는 말할 필요도 없고요.

4색 인쇄요?

CMYK*, 시안, 마젠타, 옐로, 블랙이요. 컬러 인쇄의 기본이죠. 요즘 이런 작업은 거의 다 해외에서 진행해요. 하지만 컬러 인쇄에 대해서는 신경 쓸 필요 없어요. 지금은 성경 부서 자리를 충원하고 있는 거니까요. 성경에 대해서는 아는 거 좀 있어요?

아, 어릴 때 주일학교에 다녔습니다. '소중한 순간들'을 주제로 한 성경을 가지고 있었고요. 색은 담청색이었어요. 그때는 모든 학생이 분홍색 아니면 담청색으로 된 그 성경을 가지고 있었습니다.

아하.

마이클의 복잡하고 세부적인 지식에 주눅이 든 나는 머뭇거리며 대답했다. 하지만 성경 제작 경험이 있다고는 말씀드릴 수가 없네요. 사실 책 자체를 만들어 본 경험이 없어서요.

그런 경험을 가진 사람은 없어요, 마이클이 상냥한 말투로 말했다. 저희 회사가 하는 일 자체가 굉장히 특별하니까요. 하지만 제가 볼 때 그건 그리 중요한 게 아니에요. 제가 중요하게 생각하는 건 체계적이고, 세심하고, 꼼꼼해야 한다는 겁니다. 마이클은 비밀을 털어놓기라도 하듯 목소리를 낮추었고 그 모습은 내게 스티븐을 떠올리게 했다. 저희 회사에서 최근에 채용한 신입 제작 어시스턴트가 퇴사를 했습니다. 아마 일이 너

* 4도 인쇄에 사용되는 청록(Cyan), 자홍(Magenta), 노랑(Yellow), 검정(Black)을 가리킨다.

무 지루하다고 생각했던 것 같고, 쉽게 싫증을 느끼는 사람이었던 것 같아요. 하지만 이건 당사자가 어떻게 생각하느냐에 따라 지루할 수도 있고 그렇지 않을 수도 있는 일이에요.

제가 업무 경험이 많지 않다는 건 저도 압니다, 내가 말했다. 하지만 저는 말씀하신 대로 체계적이고 꼼꼼한 사람입니다. 연방주택은행에서 사무직으로 일했을 때는 주로 서류를 정리하고 데이터를 입력하는 일을 했습니다. 고객들의 계좌를 다루는 일이다 보니 무척 신중하고 철저하게 업무를 처리해야 했고요. 저는 제가 여기에서도 잘 해낼 수 있으리라고 생각합니다.

마이클이 다시 한번 내 이력서를 힐끗 쳐다보았다. 그 은행에서 일했던 게 대학에서 1년 휴학했을 때군요. 왜 졸업 먼저 하지 않았던 거죠?

집에 일이 있었습니다. 어머니께서 편찮으셨어요. 사무실에서 일하는 게 좋기도 했고요. 잡다한 생각을 떨쳐 버릴 수 있었거든요.

마이클이 마음이 조금 누그러진 듯한 표정으로 고개를 끄덕였다. 그런 일이 있었다니 유감이군요. 맞아요, 그게 무엇보다 중요한 문제죠.

나는 눈을 깜박깜박 감았다 뜨면서 마이클의 책상에 놓인 사진들을 곁눈질했다. 사진 속에는 그의 아내와 초등학생 정도 되어 보이는 두 아이가 있었다. 가정적인 남자.

마이클이 자세를 고쳐 앉고는 나를 더 유심히 쳐다보았다. 일을 배우는 속도가 빠르고 굉장히 세심한 편이라고 스티븐이 그러더군요. 그러면서 강력 추천했어요.

저에 대해 좋게 말해 줬나 보네요. 나는 내가 매 주었던 윈저 매듭과 손가락에 닿았던 따듯한 실크 감촉을 떠올리며 대답했다.

마이클이 내 얼굴을 주의 깊게 관찰했다. 사무실에서 일하는 걸 좋아한다고 하셨죠.

네. 저는 루틴을 따르는 생활을 좋아합니다.

마이클이 고개를 끄덕이더니 군더더기 없는 동작으로 자리에서 일어났다. 블라이드 씨를 불러올게요. 만나 봐야 할 사람이에요.

마이클이 밖으로 나간 뒤 나는 주변에 있는 표백된 목제 책상과 노구치 커피 테이블, 멋들어진 긴 안락의자를 둘러보았다. 안락의자는 검은색 가죽으로 마감돼 있어서 정신과 의사 치료실에 갖다 놓아도 위화감이 없을 듯했다. 언젠가 디자인 잡지에서 동일한 모델을 보기도 했었다. 사무실 벽이 유리로 되어 있지만 않았더라면 한번 누워서 어떤 느낌인지 확인해 보고 싶었다. 어쩌면 마이클은 그렇게 누워 있을 것이었다. 권력을 쥐고 있는 느낌이란 게 어쩌면 그런 것일 터였다. 모든 직원이 사무실에서 뭔가에 쫓기듯 업무를 처리하고 있을 때 공공연하게 낮잠을 자는 느낌. 나는 레닌의 무덤과 보존 처리된 상태로 모스크바에 전시된 레닌의 시체를 생각하면서, 아빠의 책에서 본 공산주의 부상에 관한 사진을 떠올렸다.

마이클이 블라이드라는 사람인 듯한 여자를 데리고 나타났다. 나이가 많아 봐야 나보다 고작 몇 살 위일 듯한 젊은 여자였지만 나랑은 비교할 수 없을 정도로 대단히 똑 부러져 보였다.

성경 부서에서 제품 코디네이터로 일하고 있는 블라이드 씨예요. 앞으로 블라이드 씨랑 긴밀히 협력하게 될 거예요, 마이클이 말했다.

잠시만요, 그럼 저 합격한 건가요? 내가 두 사람을 번갈아 보면서 물었다.

마이클이 잠시 망설이다 말했다. 음, 일단 첫 3개월은 수습 기간이 될 겁니다. 일은 다음 주 월요일부터 시작할 수 있을 것 같고요. 인사부에서 계약 조건을 검토해 줄 거예요.

블라이드가 미소를 지으며 내게 악수를 청했다. 일할 사람이 좀 빨리 필요해서요, 블라이드가 나를 진정시키려는 듯한 태도로 말했다. 몇 주 후에 인쇄 작업을 확인하러 선전으로 출장을 갈 계획이에요. 그때 캔디스 씨도 같이 가도록 해요. 성경 제작의 흥미진진한 세계를 보여 줄게요.

감사합니다, 나는 상황이 진행되는 속도에 놀란 마음을 애써 감추면서 대답했다.

마이클이 나를 보며 물었다. 여권 있죠?

6장

선전에 방문할 때마다 나는 늘 '그랜드 선전 문 팰리스 호텔'에 묵었다. 호텔명에는 조금의 과장도 없었다. 호텔 건물 자체도 대단했고 광활한 호텔 부지에 테니스장, 롤링 골프 코스, 영국식 장미 공원이 마련돼 있는 데다가 모든 시설이 봉건시대를 연상케 하는 철문으로 에워싸여 있어서 실로 웅장한 궁궐 같았다. 호텔명에서 유일한 거짓 정보가 있다고 한다면 그건 '선전'이라는 명칭일 터였다. 호텔에서만 머물면 모르고 넘어갈 수도 있기는 했지만 사실 호텔은 중국은 차치하고 선전에서도 멀리 떨어진 곳에 있었기 때문이다.

그러나 선전 첫 방문 때 나는 블라이드의 뒤를 그림자처럼 졸졸 따라다니며 온갖 인쇄업체와 공급업체에 들렀다. 비행기를 타고 홍콩 공항에 도착했더니 창문이 선팅된 하얀색 밴이 우리를 기다리고 있었다. 한 인쇄업체가 보낸 그 밴은 우리를 태우고 중국 본토를 거쳐 선전까지 데려다주었다. 홍콩에서 선전까지는 차로 한 시간이 채 안 걸리는 거리였지만 중국 본토 국경을 넘으려면 세관 절차를 다시 한번 밟아야 했다. 국경 너머의 날씨는 더 습하게 느껴졌다.

그렇게 두 시간에 걸친 여정 끝에 에어컨이 무시무시하게 작동 중인 그랜드 선전 문 팰리스 호텔의 널찍한 대리석 로비로 들어섰더니 안도감이 들었다. 블라이드는 체크인 카운터의 중국인 안내인에게 몇 가지 서류를 건넸다. 곧 누군가가 나타나 짐 옮기는 일을 도와주면서 우리를 방으로 안내했다. 로비와 연결된 장대한 중앙 홀에는 계단이 나 있었다. 객실 배치 구조는 언뜻 미로를 연상케 했고, 내 객실과 블라이드의 객실은 복도를 사이에 두고 마주 보고 있었다.

이제 뭘 하죠? 내가 블라이드에게 물었다.

이제 쉬어야죠. 피곤하지 않아도 시차 때문에 금방 피곤해질 거예요. 필요한 거 있으면 객실 번호 대고 주문해요. 블라이드가 객실 문에 카드키를 이리저리 갖다 댔다.

내일은요? 내가 물었다. 블라이드가 일정을 알려 주기는 했었지만 시간이 지나니 헷갈리고 정확히 기억나질 않았다.

첫 일정은 내일 아침에 있어요. 9시에 로비에서 만나서 인쇄업체를 만나러 갈 거예요. 짤깍 소리와 함께 객실 문이 열리자 블라이드가 객실 안으로 발걸음을 옮겼다. 그러다가 내가 느낀 실망감을 눈치채고는 이렇게 장담했다. 걱정 마요. 나중에 홍콩에서 신나게 놀 거니까.

그랜드 선전 문 팰리스 호텔에서 배정받은 내 객실은 깃털까지 한 올 한 올 정교하게 표현한 봉황들이 달을 향해 날아오르는 복잡한 무늬의 남색 자수 침대보만 제외하면 쾌적하고 평범했다. 객실 내부에서 달콤한 복숭아 사탕을 떠올리게 하는 인공 향이 났다. 전동 커튼을 걷으면 탁 트인 호텔 부지가 눈앞에 펼쳐졌다. 멀찍이 폴로셔츠와 카키색 바지를 입은 몇몇 백인 사업가들이 입에 시가를 물고 골프를 치는 모습도 보였다.

나는 안절부절 어쩔 줄을 몰라 하며 호텔 곳곳을 왔다 갔다 했다. 카펫이 어찌나 고급스럽고 폭신했던지 중력의 세기가 덜한 다른 행성에 와 있는 듯했다. 엘리베이터를 타고 층마다 내려서 한 번씩 둘러보기도 했다. 고급 유럽식 술집, 아시아식 타파스 라운지, 이탈리아식 작은 식당 등 각기 다른 요리를 선보이는 세 종류의 식당이 들어서 있었다. 선물 가게도 실크 넥타이와 옥으로 만든 문진 따위를 파는 고급 상품 전용 가게와 사실상 호텔 위치가 홍콩도 아닌데 홍콩 기념품을 팔고 있는 저급 상품 전용 가게로 두 군데였다. 한 층에는 헬스장과 수영장도 있었다. 수영장에서는 수중 에어로빅 수업이 진행 중이었고 장신의 어느 북유럽 출신 남자가 수심이 얕은 곳에서 하체 운동을 하고 있었다.

나는 그 층을 빙 둘러보고 로비로 돌아가서 정문 밖으로 나갔다. 그러고는 뭔가가 있을까 싶어 길게 굽이진 진입로를 따라 호텔 부지의 가장자리까지 어슬렁어슬렁 걸었다. 중국에 있다는 느낌이 들지 않았다. 중국은커녕 어딘가에 와 있다는 느낌 자체가 들지 않았다.

부모님과 미국으로 이민을 간 후 중국을 방문한 적은 단 한 번뿐이었다. 당시 나는 고등학생이었고 목적지는 푸저우였다. 아빠의 몸이 편치 않은 때였고, 내가 알기로 그때 푸저우를 방문한 이유는 우리가 떠나고 아빠로부터 버림받은 느낌을 받았던 친척들과 친목을 다지기 위함이었다. 그때 모든 친척을 만났는데 대부분은 누구인지 기억났지만 몇몇은 기억나지 않았다. 할머니는 나를 보자마자 눈물을 터뜨렸다. 그 후로 나와 친척들의 관계는 기껏해야 간간이 연락하는 선에서 그쳤다.

진입로 끝에 다다르자 먼지로 뒤덮인 점포들이 줄지어 선 지저분한 도로가 나타났다. 몇몇 가게는 셔터를 내려 둔 상태였다. 호텔과 호텔 인근의 풍경은 그처럼 극명한 대조를 이루었다. 어느 점포에서는 흰 민소매 셔츠와 플라스틱 샌들 차림의 중국인 아저씨가 먼지 쌓인 판매용 사탕 앞에 플라스틱 상자를 갖다 놓고 그 위에 앉아 있었다. 아저씨가 나를 노려보더니 무어라 말을 꺼냈지만 현지 사투리였거나 억양이 강한 표준 중국어였는지 나로서는 도무지 이해할 수 없었다.

나는 온화한 억양의 중국어로 안녕하세요, 라고 말했다.

그러자 아저씨는 아예 자리에서 일어나 잔뜩 성난 말투로 말하기 시작했다. 무슨 말을 하는 건지 이해할 수는 없었지만 내가 거기서 얼쩡거리면 안 된다고 생각하고 있는 것만은 분명해 보였다.

그길로 나는 호텔로 돌아갔다.

다음 날 아침 그랜드 선전 문 팰리스 호텔 건물 밖에는 어제와 다른 하얀색 밴이 멈춰 서 있었다. 로비에서 대기하는 동안 블라이드가 내게 그날 일정을 알려 주었다. 우리가 방문할 인쇄업체는 피닉스 선 앤드 문이라는 곳이었다. 스펙트라와 거래하는 규모가 가장 큰 공급업체이자 스펙트라에서 대규모 성경 제작 업무 중 상당수를 외주로 맡기는 회사이기도 했다. 블라이드는 『저니 바이블』의 표지 문제를 해결할 요량이었다. 휴대가 용이한 크기로 제작하기로 한 그 성경의 표지를 악천후도 견디는 방수 종이로 제작할 예정이었으나 방수 종이가 잉크를 제대로 흡수하지 못하는 바람에 색상이 지나치게 흐리게 인쇄되는 문제가 있었다. 이에 대한 대안으로 피닉스 사는 엠보싱 처리를 해 보기로 했다. 블라이드는 그 엠보싱 처리 과정을 직접 살펴보고 의뢰인을 대신해 결정을 내려야 했다.

나는 고개를 끄덕이면서 차근차근 상황을 파악했다.

자, 이제 거기 가서 할 일은, 블라이드가 말했다. 제가 엠보싱 처리 과정을 꼼꼼히 살펴볼 동안 캔디스 씨는 인쇄소 내부를 견학하면 돼요.

좋네요, 내가 말했다. 그때 배에서 꼬르륵 소리가 났다. 아침을 굶은 터였다. 호텔 조식 뷔페는 콩, 익힌 토마토, 버섯, 블러드 소시지가 전부인 영국식 아침 식사였다. 오리 껍질과 부추를 곁들여 먹을 수 있는 죽 코너도 있기는 했지만 전부 이른 아침 식사로는 과해 보였다.

호텔 로비 곳곳에 모여 있는 투숙객들은 대부분 백인 사업가였다. 그중 내게 낯익은 사람이 한 명 있었는데 바로 어제 객실 안에서 엿본 남자, 골프장에서 골프를 치던 덩치 큰 대머리 남자였다. 그 순간 나는 그동안 줄곧 자명했던 한 가지 사실을 불현듯 깨달았다. 투숙객들이 죄다 의류, 핸드폰, 핸드폰 액세서리, 스니커즈, 변기 청소용 솔 등 뭔가를 만들어 내는 제조업 종사자들이라는 것이었다. 그들이 하는 일이나 우리가 하는 일이나 매한가지였다.

폴로셔츠 차림에 비행기 조종사용 선글라스를 착용한 어느 키 작은 중국인 남자가 로비로 들어섰다. 그러자 블라이드가 그의 시선을 끌려는 듯 자리에서 일어났다.

피닉스? 남자가 우리를 향해 다가오면서 중국어 억양이 섞인 영어로 물었다. 블라이드는 친근하게 다가서며 인사를 나누었다. 이전 출장 때 블라이드의 운전사 역할을 해 준 사람이었다.

전날과 다를 바 없이 후덥지근한 날이었지만 에어컨을 살벌하게도 가동해 둔 바람에 자동차 실내 공기는 북극에 버금갈 정도였다. 운전사가 도시를 관통하는 고속도로로 차를 몰았다. 도로변에는 각종 공장과 아파트가 늘어서 있었고, 창밖 빨랫줄에 걸린 세탁물과 흰색 내의가 바람에 펄럭였다. 열매 수확을 마친 야자나무의 찢어진 잎들이 길 위에서 나부꼈다. 운전사는 광기에 사로잡힌 사람처럼 정신없이 핸들을 획획 돌리며 차선을 바꾸고 예측 불가능한 시점에 유턴을 했다. 라디오에서는 아시아 대중음악이 흘러나왔다. 다른 자동차가 갑자기 앞으로 끼어들면 운전사는 욕을 하거나 소리를 지르지 않고 그냥 운전 전술을 바꾸었다. 블라이드는 태연해 보였다.

피닉스 선 앤드 문 회사에 도착하자 앞굽이 높은 구두를 신은 안내원이 휘청휘청 걸으면서 우리를 응접실로 안내했다. 마호가니 목재로 제작된 회의용 탁자가 떡하니 자리 잡고 있어서 어쩐지 위엄이 느껴지는 공간이었다. 대기하는 동안 블라이드는 핸드폰을 확인했다. 나는 명판, 기념주화, 중국어가 새겨진 산업 대상 따위를 줄지어 전시해 둔 벽면을 구경했다. 보아하니 미국과 유럽에서 방문하는 고객들을 접대하는 공간인 듯했다.

중년의 중국인 남자 두 명이 응접실로 들어왔다. 블라이드가 두 사람에게 친근하게 인사를 건네며 악수를 하고 나를 소개했다. 둘 중 한 사람은 고객 관리를 담당하는 임원인 에드거였다. 무더운 날씨에도 흡사 런던 은행의 임원처럼 가느다란 세로줄 무늬가 특징인 회색 양복을 입고 있었다. 다른 사람은 인쇄업체 관리를 담당하는 운영 임원인 발타사르였는데 그는 운전사처럼 보다 편안해 보이는 폴로셔츠에 슬랙스 차림이었다.

만나 뵙게 돼서 반갑습니다, 에드거가 완벽한 영어 발음으로 말했다. 자, 편하게 앉으시죠.

안내원이 정교한 도자기 찻잔에 김이 모락모락 올라오는 재스민차를 타서 갖다주었다.

차를 홀짝홀짝 마시는 동안 블라이드가 소소한 대화를 이끌어 나갔다. 블라이드는 다정하면서도 전문성을 잃지 않는 태도로 능숙하게 담소를 이끌었다. 또한 내가 어떤 사람인지를 구체적인 일화를 들어 가며 소개해 내가 유능하고 명석한 사람처럼 보일 수 있게 해 주었다. 블라이드는 입학 경쟁이 치열하고 영어만 사용한다고 하는 중학교에 입학한 에드거와 발타사르의 딸들 안부도 물었다.

따님분들 영어 실력은 어떤가요? 블라이드가 물었다.

아휴. 그냥 그저 그렇답니다. 저희 애들이 선생님한테 영어를 배워야 하는데! 에드거가 농담을 했다. 제 영어는…… 그 미국인들이 하는 말이 있던데, 아 좀 녹슬어서요.

우리는 예의상 웃음으로 대응했다. 블라이드가 얼굴에 미소를 띠며 말했다. 지금 영어 실력 훌륭하신걸요. 선생님께서 직접 가르치셔야겠어요, 블라이드가 에드거를 치켜세우면서 다시 대화의 균형을 맞추었다.

가벼운 담소는 서서히 사업 관련 논의로 이어졌다. 에드거가 회사의 당해 실적을 언급하면서 기대치를 훌쩍 넘어섰다고 말했다. 그러면서 내년에는 수동 조립 작업이 필요한 문구 및 선물 세트 제작에 특히 중점을 두고 설비를 20퍼센트 확대할 계획이라고 했다.

곧 본격적으로 선물과 문구류 제작에 착수할 예정입니다, 에드거가 말했다.

시장 상황이 변했죠, 블라이드가 맞장구를 쳤다. 반스 앤드 노블 같은 체인 서점에 갈 때마다 선물과 문구류 판매 구역이 점점 더 커지더라고요. 일기장이랑 보드게임, 공예 키트 같은 것도 팔고요. 그런 걸 보고 있다 보면 요즘 세상에 아직도 책 읽는 사람이 있기는 한 건지 의아할 정도예요.

요즘에는 누구나 전자책 단말기로 책을 다운받을 수 있기도 하죠, 에드거가 말했다.

성경은 사업성이 좋아요. 만듦새도 항상 훌륭하고요. 에드거보다는 영어가 덜 유창한 발타사르가 모국어 억양이 강한 경직된 말투로 말했다.

차를 다 마신 후 에드거가 처음으로 내게 말을 건넸다. 이제 발타사르 씨가 공장 견학을 해 드릴 겁니다, 에드거가 지시를 내리듯 힘이 실린 목소리로 말했다.

발타사르가 자리에서 일어나면서 나긋나긋한 미소를 지었다. 나는 발타사르를 따라갔다. 우리는 로비를 지나 인쇄소 내부로 들어갔다. 창문은 커다랗고 외벽은 벽돌로 된 다층 건물 안에 자리한 대규모 공간이었다. 장비들은 인상적이었지만 온갖 레버와 도르래와 버튼이 추상 예술 작품처럼 복잡하게 얽혀 있어 혼란스럽기도 했다. 기계에서 나는 윙윙 소리와 삐걱삐걱 소리가 시끄럽게 울려 댔고 실내 공기는 뜨겁고 습했다. 청색 점프슈트를 입고 귀마개를 착용한 노동자들은 일을 하다 말고 호기심에 고개를 들어 우리를 쳐다보았다.

발타사르는 피닉스 사가 오프셋 인쇄기와 삽지 인쇄기뿐만 아니라 일반 신문과 잡지를 인쇄할 때 사용하는 윤전기도 일곱 대 소유하고 있다고 설명했다.

그리고 물론 선생님께서 의뢰하시는 귀한 성경들도 여기서 인쇄합니다, 발타사르가 덧붙였다. 그의 어조에서 느껴지는 빈정거림은 눈치채기도 어려울 만큼 미묘했지만 그 말에 담긴 속뜻은 한 가지로밖에 해석할 수 없었다. 즉 우리가 당신네 나라의 유럽-미국 기독교 이념을 선전하기 위한 상징적인 텍스트를 제작하고 있는데 당신네와 당신네 고객들은 이 일에, 이 중요한 과업에 드는 제조 단가를 한 푼이라도 줄이려고 공격적으로 협상을 하고 있고, 인쇄 건마다 납품은 재촉하면서 인건비는 매년 삭감하고 있다는 뜻이었다.

발타사르가 미소를 지었다. 맹렬한 속도로 회전하면서 실린더로 들어가는 거대한 두루마리 종이와 윤전기를 손가락으로 가리키면서 그는 기계의 작동 원리와 초당 회전수 따위를 설명했고 나는 그런 내용을 빠짐없이 적어 두려 했다. 발타사르는 중국 내에서 성경 인쇄 허가를 받은 인쇄기는 일부에 불과하고 인쇄시에도 정해진 규칙을 따라야 한다고 알려 주었다.

그 규칙은 뭔가요? 내가 물었다.

만약에 — 그걸 뭐라고 하더라 — 성경 뒷면에 참고용 지도가 수록되어 있으면 티베트와 중국을 동일한 색상으로 인쇄해야 해요. 그렇게 하지 않으면 당국에서 출하 허가를 내주지 않거든요. 대만도 같은 색상이어야 해요. 홍콩도 그렇고요. 그 지역들은 반드시 중국과 동일한 색상으로 인쇄해야 해요. 아시겠지만, 저희는 하나이니까요, 발타사르가 방긋 웃는 얼굴로 아이러니한 미소를 지어 보였다.

말씀을 듣고 보니 중국 당국이 정치적 콘텐츠에 비해 종교적 콘텐츠에는 그리 민감하지 않은가 보네요?

발타사르가 속내를 알 수 없는 미소를 지었다.

우리는 계속 앞으로 이동했다. 발타사르는 제본이 끝난 어린이용 보드 북의 접착제가 책장이 우그러지는 일 없이 마를 수 있도록 보관하는 어두운 항습실도 보여 주었다. 항습실 문을 열고 조명을 켜니 삽화가 들어간 어린이용 보드 북이 나무 팰릿 위에 겹겹이 쌓여 있었다.

와, 『배고픈 애벌레』네요, 내가 보드 북 더미 하나를 가리키며 말했다.

네, 굉장히 유명한 책이죠, 발타사르가 내 말에 호응했다. 저희가 증쇄하는 책도 상당히 많고요. 뒤돌아서 항습실 밖으로 나가려던 차에 발타사르가 내게 질문을 던졌다. 그런데 이 책이 미국에서 왜 그렇게 유명한 거예요?

나는 어깨를 으쓱해 보였다. 아이들에게 숫자 세는 법을 가르쳐 줘서 그런 거 아닐까 싶네요. 애벌레가 먹는 사과 개수를 전부 세어 보게 하잖아요.

아주 욕심 많은 애벌레죠, 발타사르가 굳은 표정으로 말했다. 음식을 나누지도 않고 혼자 다 먹잖아요. 그게 아이들에게 어떤 교훈을 주는 걸까요? 먹을 때는 — 발타사르가 적절한 단어를 찾느라 잠시 망설였다 — 양심 따위 버려라?

미국 아이들이 비만인 경우가 많죠, 나는 발타사르의 말이 진심이 아님을 알면서도 농담을 던졌다.

그렇죠, 발타사르가 내 말에 맞장구를 치면서 이야기를 끝맺었다. 그런 다음 항습실 조명을 끄고 문을 닫았다.

해외 노동에 대해 내가 아는 것이라고는 대학교 경제학 수업에서 들은 것이 다였다. 먼저, 보다 저렴한 인건비로 노동자를 고용할 수 있는 멕시코의 마킬라도라 단지로 미국의 생산직 일자리가 옮겨 갔다. 면세와 관세를 물지 않기 위한 전략으로 1980년대와 1990년대에 흥했다. 그 후에는 그런 생산직 일자리 중 일부가 인건비가 더 저렴한 중국의 공급업체로 옮겨 갔다. 중국의 인건비는 유가 상승과 맞물려 증가한 운송비를 상쇄할 수 있을 정도로 저렴했기 때문이다. 앞으로 향후 몇 년 동안은 이 생산직들이 또 다른 곳으로, 아이팟과 해피밀과 스케이트보드와 미국 국기와 스니커즈와 에어컨을 중국보다도 더 저렴한 인건비로 생산해 낼 의향이 있는 몇몇 국가나 인도로 옮겨 가게 될 것이다. 그러면 미국인 사업가들은 그 국가들을 방문해 공장을 둘러보고, 제조 과정을 면밀히 살펴보고, 그들을 겨냥해 세워진 고급 호텔에 머물면서 현지 음식을 시식하게 될 테고.

이 일련의 과정에 나도 속해 있었다.

나와 발타사르가 지나가면 일하던 노동자들이 온화한 표정으로 나를 올려다보았다. 처음에는 미소로 화답해야 할 것 같은 압박을 느꼈지만 그런 식의 화답은 상대방을 내려다보는 태도 같아서 이내 단념했다. 나는 그들에 대해 아는 것이 없었다. 어떤 일을 하는지, 어떤 삶을 사는지도 몰랐다. 그저 그들 사이로 지나가고 있을 뿐이었다. 그저 내 일을 하고 있을 뿐이었다.

계속 걷다 보니 커다란 창문을 바깥의 다른 건물들이 눈에 들어왔다. 창가에 에어컨이 툭 튀어나와 있고, 줄줄 녹물이 새고, 빨랫줄에 잠옷이 걸려 있는 인근의 몇몇 건물들은 흡사 아파트 단지 같았다. 나는 창문 가까이 다가가 보았다. 공장 내부의 시끄러운 소음 속에서도 중국 대중음악과 베이징 오페라 소리를 비롯해 할머니가 내게 불러 주곤 했던 유의 노랫소리가 들렸다. 공장 밖 건물들에서 흘러나오는 소리였다.

이 건물들은 뭐죠? 내가 손으로 건물을 가리키며 물었다.

발타사르가 내 손끝이 닿은 곳을 쳐다보았다. 노동자들의 거주 공간입니다, 그가 말했다. 고향으로 돌아가는 춘절을 제외하고는 매일 저기서 머물러요. 춘절 기간에는 공장이 2주 동안 문을 닫거든요. 큰 명절이죠. 그는 나를 처음 보는 사람인 양 조심스럽게 쳐다보며 물었다. 선생님은 춘절을 챙기시나요?

저는 월병을 먹습니다, 나는 일부러 대강 둘러댔다. 이것도 챙긴다고 할 수 있나요?

발타사르가 이번에도 속내를 알 수 없는 미소를 지었다. 아, 월병 말이군요.

우리는 다른 작업실을 지나 계속 걸어갔다. 제본을 위한 공간도 마련되어 있었다. 발타사르는 인쇄한 종이를 접지하는 기계와 접지된 종이를 정합하는 기계와 속장을 접착제로 붙이는 기계를 보여 주었다. 그 기계들은 전부 귀마개와 안전 고글을 착용하고 점프슈트를 입은 노동자들이 가동하고 있었다. 종이에서 나온 먼지가 공기 중에 가득했다.

중국어 하실 수 있나요? 발타사르가 물었다.

네, 표준 중국어는 할 수 있어요, 나는 딱딱한 말투로, 이번에도 영어로 대답했다. 여섯 살 때 중국을 떠난 터라 내가 구사하는 중국어 어휘는 옛날식이었고 몹시 단순했다. 내가 쓰는 관용구도 어린아이나 쓸 법한 것들이었다. 중국어 실력이 여섯 살 수준에 그대로 멈춰 있었던 것이다. 가벼운 대화는 10분 정도 지속할 수 있었다. 그보다 길어지면 얕은 물에서 개헤엄만 치던 사람이 깊은 바닷물에 던져져 허우적대는 듯한 상황이 펼쳐졌다. 게다가 해를 거듭할수록 실력이 더 퇴화했다. 중국어로 대화를 나누는 상대가 부모님뿐이었고 따로 연습도 하지 않은 터였다.

나는 발타사르에게 이렇게 덧붙였다. 그런데 중국어를 쓰지 않은 지가 오래돼서 지금은 예전보다도 못해요.

발타사르는 내 대답에 숨겨진 의도가 중국어 말하기 실력이 부족하다는 진실을 말하기 위한 것인지 아니면 여느 중국인처럼 단순히 겸손을 차리기 위한 것인지를 판단하려는 듯이 나를 쳐다보았다.

그러더니 아무 예고도 없이 중국어로 말하기 시작했다. 그는 내게 중국 음식을 좋아하느냐고 물었다.

나는 발타사르가 던진 미끼를 덥석 물고 중국어로 대답했다. 네, 꽤 좋아하는 편이에요. 나는 말의 뉘앙스를 살려 말하는 사람들의 특징인 수식어를 많이 알고 있다는 점에 자부심을 느끼며 대답했다. 저는, 나는 이렇게 운을 띄운 다음 머리를 쥐어짰다. 미국인들이 발명해 낸 음식인 좌(左) 장군의 닭요리를 좋아한다고 말하려니 부끄러움이 밀려들었다. 그러나 그것을 제외하고는 딱히 아는 음식명이 없었던지라 마지못해 내가 입에 대지도 않으려 하는 북경 오리를 댔다. 저는 북경 오리를 좋아합니다.

와, 중국어 정말 잘하시네요! 발타사르가 기쁘게 환호했다. 중국 이민자들이 나를 보며 하는 '영어 정말 잘하시네요!'를 거꾸로 뒤집은 반응이었다.

발타사르는 쉴 틈 없이 질문을 던졌다. 미국 어디에서 태어나신 거예요?

아, 그게, 내가 대답했다. 태어난 곳은 중국이고 여섯 살 때—나는 속으로 '이민 가다'를 의미하는 중국어 단어를 기억해 내려 애쓰다가 단순하게 표현할 말을 떠올렸다—미국으로 갔습니다.

아, 정말 어릴 때였네요! 대화에서 친밀한 분위기가 감돌기 시작했다. 발타사르는 신뢰감을 주는 어조로 목소리를 낮추고 자신의 딸에 대해, 그리고 딸에게 영어를 배우라며 얼마나 끊임없이 압박을 넣고 있는지에 대해 이야기했다. 영어가 사업하는 데 도움이 돼서 그러는 건데 말이에요, 그렇죠? 더 많은 기회가 생기잖아요.

그렇죠, 요즘에는 중국과 미국의 사업 교류도 활발하고요, 나는 발타사르의 말에 동의하면서 우리의 대화 주제가 경제나 국제 관계나 세계화를 비롯해 내가 유창하게 대화할 수 없을 것이 분명한 복잡한 사안들로 빠지지 않기를 바랐다.

집에서 부모님과도 중국어로 대화하세요? 발타사르가 물었다.

네, 부모님이랑은 중국어로 대화해요, 내가 대답했다. 중국어로 말할 때는 과거, 현재, 미래 시제를 구분할 필요가 없다는 사실이 내심 감사했다.

부모님은 어떤 일을 하세요?

저희 어머니는 일을 안 하세요. 주부세요.

그럼 아버님은요?

저희 아버지는…… 의사예요, 나는 주택담보대출 리스크 애널리스트를 가리키는 중국어 단어를 몰라서 의사라고 말해 버렸다. 그리고 불필요한 말을 덧붙였다. 뇌 쪽이요.

아, 외과 의사이시군요, 발타사르가 그렇게 말한 뒤 잠시 머뭇거렸다. 아, 외과 의사가 아니라 정신과 의사이신 건가요?

나는 중국인에게 좀 더 강한 인상을 주는 쪽을 택했다. 외과 의사요, 내가 대답했다. 발타사르가 쓰는 단어를 이해할 수는 있었지만 내가 먼저 적절한 단어를 떠올릴 수는 없었다.

발타사르가 언뜻 존경심이 담긴 듯한 눈빛으로 나를 쳐다보았다. 나는 이제 중국어 대화를 관두고 다시 영어로 말했으면 하고 바라면서도 중국어와 영어 모두 유창하게 구사하는 능력에 어떤 중요한 것이, 무엇인지 확신할 수는 없지만 중요한 뭔가가 달려 있다는 느낌을 받았다. 내게는 두 언어에 유창한 사람으로 보이는 것이 중요했다.

발타사르가 우리 가족이 중국 내 어느 지역 출신인지를 물었다.

푸저우예요. 거기가 제가 태어난 곳이에요.

아, 푸젠성(省) 출신이시군요. 발타사르가 알겠다는 듯 고개를 끄덕였다.

나는 불편한 마음을 안고 발타사르를 쳐다보았다. 중국의 성들 사이에는 일종의 위계가 있었고 뉴욕의 동네마다 각기 다른 문화적 편견이 덧씌워져 있는 것처럼 중국의 각 성에도 고정관념이 존재했다. 푸젠성 출신이라는 내 말에 발타사르는 시큰둥했을 것이다. 내가 푸젠성에 대해 알고 있는 기본적이고도 세부적인 지식은 이러했다. 푸젠성은 중국을 배신한 대만과 해협만 건너면 가닿을 위치에 있으며 산맥으로 인해 중국 본토의 다른 지역들과 오랫동안 역사적으로 분리된 지역이다. 해상 무역이 발달한 전통을 지니고 있어 전 세계에 퍼져 있는 중국 이민자 대부분이 푸젠성 출신이기도 하다. 푸젠성 출신들은 외국으로 나가서 아이를 낳고, 시민권을 취득하고, 고향에 있는 가족들에게 돈을 보내 조부모가 쓸 텅 빈 맥맨션*을 지어 준다.

나는 대화 주제를 바꾸면서 다시 영어로 말하기 시작했다. 발타사르와 에드거라는 이름은 누가 지어 준 건가요? 내가 물었다.

그건 저희 본명이 아닙니다, 발타사르가 나를 따라 영어로 대답했다. 그건 그냥 서양인 고객들과 일할 때 쓰는 사업용 이름이에요.

발타사르라는 이름은 어떻게 고르신 거예요? 잘 못 들어 본 이름이라서요.

셰익스피어 작품에서 따온 거예요. 대가의 작품에서 고른 거죠. 발타사르가 웃었다. 그러더니 내게 물었다. 선생님의 중국어 이름은 뭔가요?

나는 내 중국어 이름을 말해 주었다.

---

* 맥맨션(McMansion)은 큰 저택이라는 뜻으로, 맥도날드 햄버거 체인점처럼 특색 없이 비슷비슷하고 단기간에 큼직하게만 지은 대형 저택들을 낮춰 부르는 표현이다.

아, 굉장히 시적인 이름이네요, 발타사르가 말했다. 이백의 시가 떠오르는 이름이에요. 굉장히 유명한 시죠. 중국에 있는 학생들은 전부 그 시를 배워요.

나는 모르고 있던 이야기였다. 그러나 시의 제목을 묻는 것까지는 차마 할 수 없었다. 나는 내 중국어 이름에 담긴 뜻도, 내 이름이 시 제목에서 따온 것이라는 사실도 전혀 알지 못했다.

포장실에 들어서자 발타사르가 책 포장을 위한 맞춤형 골판지 상자를 생산하는 기계를 보여 주었다. 그러고는 키가 작고 빼빼 마른 체격의 한 노동자에게 중국어로 말을 걸었는데, 말하는 속도가 나로서는 알아들을 수 없을 만큼 빨랐다. 노동자는 디지털 화면을 손으로 눌러서 수치들을 입력했다. 손가락 끝이 누르스름했다. 그런 다음에 양손으로 레버를 당겼다. 체중을 싣자 레버가 올라왔다.

이렇게 레버를 당기면 기계가 힘껏 골판지를 압축합니다, 발타사르가 설명했다.

상자 모양으로 접을 수 있도록 곳곳에 움푹하게 팬 자국이 난 납작한 골판지가 나왔다. 그러자 노동자는 아무 말 없이 그 골판지를 발타사르에게 건넸다.

레버를 한번 당길 때마다 골판지 상자가 하나씩 나오는 건가요? 내가 물었다.

아, 아뇨. 이 기계는 여러 개의 골판지를 한 번에 압축할 수 있습니다. 이건 그냥 보여 드리려고 한 겁니다.

발타사르는 다시 노동자에게 말을 걸더니 크기가 다른 상자들을 만들어 달라고 요청했다.

염소수염을 한 그 20대 후반의 노동자는 조금 전과 다른 수치들을 입력한 다음 다시 레버를 당겼다. 그러자 대형 상자 크기의 골판지가 한 무더기 쏟아져 나왔고 그다음에는 중형 상자 크기의 골판지가 나왔다. 포장 상자는 책 제작 단계에서 중요도가 가장 떨어지는 부분이었기 때문에 나는 우리가 왜 이 일에 이렇게까지 집중하고 있는 것인지 의아했다. 그러나 그러면서도 나도 모르게 그 작업에 매료되었다. 수치를 입력하고 레버를 당기는 매우 기계적인 단순 반복 작업이었다. 그렇게만 하면 각기 다른 크기와 모양의 골판지 상자가 생산되었다. 노동자는 이 똑같은 동작을 무한히 반복할 것처럼 몇 번이고 되풀이했는데 그러던 중 갑자기 동작을 멈추고 항의처럼 들리는 말들을 폭발적으로 쏟아 냈다.

발타사르는 침착하게 대응했다. 그런 대응도 회사를 방문한 사업가들 앞에서 기계를 시연해 보이는 업무의 일부인 것처럼 대처했다. 그러나 이미 성난 노동자가 점점 더 목소리를 높이고 도통 진정될 기미가 보이지 않자 두 사람은 내가 제대로 알아들을 수 없을 만큼 빠른 속도로 말다툼을 벌였다. 그나마 내가 알아들은 발타사르의 말은, 이래 봐야 외국인 앞에서 당신만 웃음거리가 된다는 것이었다.

나는 두 사람에게서 시선을 돌렸다. 누군가가 벽면에 테이프로 붙여 둔 음란한 사진을 보니 어떤 여자가 아이스크림콘을 들고 자기 손가락을 빨고 있었다. 어느 잡지에서 찢어 낸 사진이었다.

그 여자는 클레어 데인스였고 사진의 출처가 된 잡지는 《어스》의 1996년 출간호였다. 내가 그 사실을 단번에 알아차릴 수 있었던 이유는 바즈 루어만이 연출한 「로미오와 줄리엣」에 사로잡혀 있었던 어린 시절, 그 영화에 출연한 배우들의 모든 인터뷰를 찾아 읽고 폴더에 수집까지 해 두어서였다. 다른 곳도 아닌 이곳에서 클레어 데인스의 사진을 보게 되다니 믿기지 않았다. 내 유년기가 담긴 유물을 수년이 흐른 시점에 지구 반대편의 이토록 낯선 장소에서 마주치다니, 그 순간의 기분은 차마 말로 표현할 수도 없었다.

클레어 데인스! 클레어 데인스 너무 좋아요, 나는 혼잣말에 가까운 말을 외치며 환호했다.

발타사르와 노동자가 동시에 고개를 쳐들었다. 그러더니 서로 시선을 주고받았다. 멍청하고 열성적인 미국인처럼 행동하는 나를 본 두 사람은 얼결에 현 상황에서 중요한 것이 무엇이었는지를 깨달았다.

마침내 발타사르가 손으로 노동자를 가리키면서 내게 중국어로 그를 소개했다. 이쪽은 청원 씨예요. 발타사르의 지시에 청원이라는 사람이 마지못해 내게 손을 내밀었고 우리는 악수를 나누었다. 니 하오. 니 하오.

청원 씨도 푸젠성 출신이에요, 발타사르가 덧붙였다.

저희 가족이 푸저우 출신이거든요, 내가 청원에게 말했다.

정말요? 청원이 물었다. 중국어로 말하니 다정한 맞장구보다는 진실을 확인하려는 질문처럼 들렸다.

푸저우가 고향이세요? 나는 가급적 공손하게 물었다.

저희 가족은 대부분 시골 출신입니다, 청원이 대답했다. 그리고 본인의 고향이 있는 푸젠성의 시골 명칭을 말해 주었지만 나는 그곳이 어디인지 감도 잡지 못했다.

푸저우랑 굉장히 가까운 곳입니다, 발타사르가 쾌활한 말투로 끼어들며 말했다. 어쩌면 가족들이 서로 아는 사이일 수도 있겠군요!

말도 안 되는 소리 같기는 했으나 청원에게 내 이모나 고모나 친척 아저씨들을 아는지 물어볼까 하는 생각이 스쳤다. 그러나 내가 성과 이름을 정확하게 아는 친척이 사실상 한 명도 없음을 깨달았다. 항상 큰이모부, 작은이모, 할머니 등 호칭으로만 불렀던 것이다. 엄마가 친척들의 법적 이름을 적어 둔 종이가 있기는 했지만 그건 솔트레이크시티의 창고 안 상자에 있었다.

청원이 나를 향해 정중히 미소를 지어 보이더니 다시 일을 하러 돌아갔다.

좋아요. 공장 견학은 여기서 끝내겠습니다, 발타사르가 말했다. 이제 피닉스의 모든 면모를 보신 겁니다.

그날 저녁 블라이드와 나는 그랜드 선전 문 호텔로 돌아갔다. 나는 수영장에 가서 레인을 몇 차례 왕복했다. 그 후에는 붉은 식탁보를 깔고 '리틀 이탈리아'*를 모방한 호텔 내 작은 이탈리아 식당에서 블라이드와 저녁을 먹었다. 식당 벽면에는 알 카포네에서부터 토니 소프라노에 이르기까지 실존 인물이거나 가상의 인물인 이탈리아 조폭들 사진이 걸려 있었다.

블라이드가 잔을 들고 짤막한 축사를 했다. 캔디스 씨의 선전 첫 방문을 기념하며, 블라이드가 말했다. 앞으로도 여기 올 날이 많기를 바랄게요.

우리는 잔을 맞부딪혔다.

나는 메뉴판에서 가장 이국적인 느낌이 나는 오징어 먹물 스파게티를 주문했다. 처음 시도해 보는 음식이었다. 먹고 나니 혓바닥이 검게 변했다.

저녁 식사 후에는 각자 방으로 돌아갔다. 꽤 늦은 시간이었다. 잠을 자려고 누웠지만 쉽게 잠들 수가 없었다. 하루 동안 있었던 일들이 마음을 어지럽혔고 윙윙 돌아가는 윤전기와 클레어 데인스의 사진과 청원의 얼굴이 어렴풋이 떠올랐다.

침대에서 이리저리 뒤척이다가 잠들기를 포기하고 업무용 이메일을 열어 보았다. 오늘 만남 이후 발타사르가 피닉스 사업무용 계정으로 보낸 새 이메일이 있었다. 메일 제목은 당신의 이름이었다.

---

* 뉴욕 맨해튼에 위치한 이탈리아 마을.

제목을 클릭하자 문자 암호화가 정상적으로 처리될 수 있도록 중국어 번역 프로그램을 다운로드하라는 안내창이 떴다. 시간도 늦은 데다가 전체 프로그램을 다운로드할 겨를도 없었던 나는 그 안내를 무시해 버렸다.

이메일을 열어 보니 한자가 있어야 할 자리를 도통 알아볼 수 없는 문자들이 채우고 있었다. 그래도 일단 스크롤을 죽 내려 보았고, 발타사르가 첨부한 PDF 파일을 발견했다. 정체불명의 책 한 면을 스캔한 파일에 짧은 시가 적혀 있었다. 이백의 「고요한 밤의 그리움(靜夜思)」을 영어로 번역한 시였다. 분명 중국어 원문과 영어 번역문을 애써 찾아내 보낸 것일 터였다. 나는 큰 소리로 시를 낭독했다.

침상 앞 스며드는 밝은 달빛,
땅에 내린 서리가 아닌가 생각하였네.

고개 들어 산 위에 뜬 달을 바라보고,
그만 머리 숙여 고향을 그리네.*

* 『이태백 시집 2』, 이백 지음, 이영주·임도현·신하윤 옮김, 학고방, 2015, 174쪽

7장

나에겐 친척 아저씨가 넷 있다.

그중 첫째 아저씨와는 가까운 편이지만 피로 맺어진 사이는 아니다. 그분은 푸젠성의 남쪽 해안 도시인 푸저우에, 일명 중국의 겨드랑이이자 아시아의 뉴저지이자 내가 신생아 시절부터 6년을 보낸 곳에 살고 있다. 체격은 호리호리하고 쥐를 닮은 영화 속 악당의 콧수염처럼 윗입술이 튀어나와 있어서 옆모습을 보면 범상치 않은 분위기가 풍긴다. 이것이 내가 기억하는 큰이모부의 모습이다. 이모부와 이모의 결혼식 날, 당시 어린아이였던 나도 함께 머문 호텔 스위트룸에서 텔레비전 불빛을 받아 번쩍번쩍 밝아지던 이모부의 옆모습.

연중 내내 무덥고 습한 도시 푸저우는 할머니의 말마따나 일종의 나태함을 낳는 장소다. 무엇이든 금방 상하고, 모든 것이 녹아내리며, 바다에서 건져 올린 식재료와 육지의 육류로 만든 지역 요리는 먹을 만한 수준에도 미치지 못한다. 범죄도 만연하나 대부분은 좀도둑질인 터라 폭력 범죄는 상상의 영역을 뛰어넘는 극악무도한 범죄에 속한다. 길거리가 몇 주간 텅 빌 때도 있으며 사람들이 청소를 할 때 사용하는 호스는 모루 못지않게 무겁다. 이런 기후에서는 자기 성질을 다스리는 것도 힘들단다, 라고 할머니는 말씀하신다. 한낮뿐만 아니라 한밤중에도 그래. 그러니까, 할머니는 마른 야자수 잎으로 부채질을 하면서 이렇게 결론 내린다. 이 압도적인 더위에서 빠져나간다는 건 그야말로 불가능한 일인 거지.

우리 가족이 미국으로 이민을 가고 오랜 시간이 흐른 뒤에야 나는 중국을 방문한다. 중국으로 돌아갈 때 나는 고등학생이고 방문의 목적은 에어컨이 가동되는 눅눅한 방에서 친척들과 함께 주름진 알사탕 포장지와 땅콩 껍데기를 벗기며 잡담을 하는 것에 있다. 그렇게 몇 날 며칠을 친척들 방에서 함께 보내는 것.

처음 찾아온 우울증을 앓는 동안 큰이모부는 먹지도 않고, 말하지도 않고, 매일매일 온라인에서 시간을 보낸다. 큰이모와 사촌이 다른 방에서 자는 동안 몰래 밤늦게 외출을 하는 날이면 보통 혼자 단란주점에 가서 대만 가요를 부른다. 다들 나중에야 알고 나서 놀란 사실 하나는 이모부가 자신이 부르는 대만 노래 가사를 한 글자도 빠짐없이 외우고 있다는 것이다.

나는 존재하지 않는 사랑을 조용히 노래하는 나이팅게일 새. / 내 사랑이 산속과 불어난 계곡으로 달아나네. / 북풍에 맞서 나는 그리 멀지 않은 곳에 있는 사랑을 좇아. / 내 사랑은 어찌나 정열적이고 내가 사랑하는 이는 어찌나 무가치한지. / 그 빌어먹을 년, 년, 년.

주중에 이모와 사촌이 외출을 하면 할머니가 이모 댁으로 가서 이모부에게 점심을 차려 준다. 할머니가 몰래 침실을 들여다볼 때마다 이모부는 평소와 똑같은 자세를 하고 있다. 문을 등진 채 침실용 탁자 앞에 무릎을 꿇고 앉아 한 손에 베이지색 수화기를 붙들고 누군가에게 거절의 말을 하면서, 그토록 느리고 나른한 목소리로 중얼거리게 만드는 상대방을 향해 마치 젖은 머리에 걸린 빗처럼 몸을 구부리고 또 구부리는 것이다.

둘째 아저씨도 푸저우에 산다. 둘째 아저씨에 대해서는 첫째 아저씨에 대해 아는 것보다 더 아는 게 없다. 작은이모부는 신사다운 외모에 안경을 끼고 다니며 상대방이 무관심으로 착각할 만큼 행실이 온화하다. 내 친척 아저씨 중에서 키가 가장 큰데 지금은 주로 건강이 안 좋다는 말로만 가족들 입에 오르내린다. 최근에는 일을 할 수 없을 정도로 척추 결절이 심해지고 허리가 굽어서 책상 앞에 앉는 것만으로도 진이 빠지는 지경에 이르렀다. 그래서 매일 딱딱한 가짜 마룻바닥에 누워 더위 속에서 부채질을 하며 아파트 안에서만 시간을 보낸다.

내가 머무는 동안 이모부가 똑바로 앉아 있는 모습을 볼 수 있는 유일한 시간은 이모와 사촌이 은행 업무를 마치고 돌아오는 저녁 식사 때다. 이모부는 억지로 식탁에 앉아 있고 이모와 사촌은 간단한 요리를 만들어 이모부 앞에 둔다. 저녁 메뉴는 조개탕과 청경채 볶음과 중국식 케첩을 듬뿍 바른 만두다. 가볍고 유쾌한 대화가 이어지고 웃음소리가 점점 증폭하며 울려 퍼진다. 저녁 식사 후에는 차를 더 마신다. 잠시나마 이모부는 밤중에도 똑바로 앉아 있을 것처럼 바른 자세를 유지한다. 짐짓 옆집 이웃들이 피스타치오, 얇게 썬 오렌지, 마른오징어, 달콤한 쌀 사탕 따위를 챙겨 와서 마작을 하자고 하면 그 제안에도 응할 기세다. 전원이 켜진 텔레비전에서 뮤직비디오와 광고 소리가 요란하게 울린다. 재잘대는 말소리와 농담과 담배 연기가 방 안을 가득 메운다. 방구석 쪽 창문 하나가 열려 있다.

가족들에게 들키지 않고 그쪽으로 기어갈 요량으로 이모부는 다시 조용히 바닥을 향해 몸을 구부린다.

할머니는 당신의 딸 중에서 현명한 결혼을 한 사람은 우리 엄마밖에 없다고 주장한다. 큰이모부와 작은이모부에 대해서는 이렇게 말한 적이 있다. 한 놈은 정신이 허하고 다른 놈은 몸이 허하지. 그러고는 나를 보며 의미심장하게 말했다. 하지만 네 아비는 아니야.

셋째 아저씨는 내 친척 아저씨 중에서 유일하게 나와 핏줄이 같다. 그분은 아빠의 형제다. 삼촌은 지방 정부 관리들의 운전사로 일한다. 삼촌은 아파트 단지의 콘크리트 앞마당에 주차된 창문이 선팅된 검은 렉서스를 매일 아침 출근 전마다 광이 나도록 닦는다. 링컨 타운카가 미국 민주주의의 상징이라면 렉서스는 중국 공산주의의 상징이지, 라고 삼촌은 말한다. 둘 다 멋지지만 과하지가 않거든.

삼촌은 비행기 조종사용 선글라스에 폴로셔츠와 치노 바지를 입는다. 그런 차림을 하면 평소의 금욕주의자 같은 모습이 온데간데없이 사라진 듯한 효과가 나타난다. 10년 만에 기차역에서 만난 삼촌이 나를 면밀히 살펴본다. 기차 속도가 해마다 조금씩 느려지네, 라고 삼촌이 말한다.

삼촌은 체격도 성격도 아빠와는 닮은 구석이 없다. 아빠는 골격이 가늘고 마른 편인 데 반해 삼촌은 근육질에다가 체구도 크다. 또한 아빠는 과묵하고 사색적인 사람인 데 반해 삼촌은 부산스럽고 감정적이고 술에 취해 인사불성이 될 때가 많으며, 그럴 때면 탁자며 의자며 거울이며 플라스틱 샹들리에며 아무것도 가리지 않고 머리 위로 들어 올린 다음 사방에 내팽개친다. 그리고 아빠에게 돌진하면서 온갖 불만이 뒤섞인 말들을 도통 알아들을 수 없을 만큼 빠른 속도로 미친 듯이 퍼붓는다. 그러면 다들 삼촌을 뜯어말리려고 달려들면서 삼촌의 말소리가 묻힐 정도로 시끄럽게 울부짖고 삼촌의 아들은 삼촌이 손에 쥐고 있는 작은 과도를 몰래 빼앗으려고 애쓴다. 삼촌은 대단히 화가 나 있고, 대단히 화가 나 있다는 사실이 명백하게 드러나며, 단지 한 가지에 화가 난 게 아니라 모든 것에 화가 나 있다. 나로서는 극히 일부만, 최대한 순진하게 귀를 쫑

곳 세우고 집중해야만 그나마 알아들을 수 있는 말이 두서없는 푸젠어로 대단히 빠르게, 대단히 비난적인 어조로 쏟아져 나온다. 네가 그냥 이렇게 돌아올 순 없지. 넌 그냥 이렇게 돌아올 수 없어. 넌 그냥 이렇게 돌아올 수 없다고.

삼촌이 말한다. 그렇게 오랫동안 떠나 있었으면서 네가 온다고만 하면 우리가 널 집으로 초대할 거라고 생각한 거야? 10년도 훌쩍 지나서야 돌아온 자본주의자를 무슨 돌아온 탕아처럼 환영해 주련?

아빠는 두 손을 둥글게 말아 주먹을 쥔 채로 가능한 한 삼촌 가까이에, 삼촌더러 더 가까이 와 보라고 도발하듯이 서 있다. 천장에 달린 커다란 선풍기의 웅웅대는 낮은 기계음이 방안에 내리깔린다.

너희 다 똑같다는 생각은 못 하니! 할머니가 불쑥 끼어든다. 너희는 형제야. 너희가 똑같이 나눠 가진 것들을 생각해야지!

신체적인 부분에서 여러 차이가 있기는 하지만 아빠와 삼촌은 한 가지 특징을 공유하고 있다. 얼굴, 일란성 쌍둥이로 착각할 만큼 섬뜩하게 닮은 얼굴이다. 이마에는 똑같은 모양의 주름이 잡혀 있고, 입 아래쪽에는 똑같은 모양의 보조개가 패어 있는 데다가, 눈도 똑같은 모양으로 움푹 들어가 있다. 마침내 움직임이 잠잠해진 샹들리에 밑에서 주저앉은 삼촌이 귀에 거슬릴 정도로 심하게 흐느끼고 있을 동안 나는 이렇게 생각한다. 그렇담 우리 아빠가 울면 저런 모습이겠구나.

넷째 아저씨에 대해서는 딱히 아는 것이 없다. 내게 한 명뿐인 고모와 결혼한 남자인 고모부는 평생 나에게 거의 말 한마디 한 적 없다. 그렇다고 내가 먼저 고모부에게 말을 걸었던 적이 있는 것도 아니다. 고모부는 머리가 대머리처럼 벗어져 있고, 체형은 불룩불룩하며, 배는 올챙이배다. 올리브 오일 전문 가게를 운영하는데 가게 뒤편에서는 미국 영화와 포르노 같은 밀매품도 판다.

고모부와 관련해 언급해야 할 중요한 사실은 고모부의 아들 빙빙에 관한 것이다. 빙빙은 내가 편애하는 사촌이자 나와 사이가 좋은 유일한 사촌이지만 세간의 시선으로 보면 청년 세대의 낙오자일 따름이다. 그러나 누구도 그것이 그의 책임이라고 말하지 않는다. 오직 할머니만 다들 부러 회피해 온 말을 한다. 빙빙이 원래 가족 중에서 제일 머리가 좋고 감수성도 뛰어난 아이인데 고모부가 평생 사사건건 간섭하고, 무슨 결정이라도 내릴라치면 의심부터 하고, 무얼 하든 깎아내리기만 한 바람에 이제 우리 곁에 남은 사람은 덜떨어지고 결혼도 못 한 35세 남자라고 말이다.

실패한 의사, 실패한 변호사, 실패한 사업가인 내 사촌은 잘생긴 것도 못생긴 것도 아닌 평범한 외모를 갖고 있다. 지루하고 기억에 남지 않는 외모. 가끔가다 고모부와 고모 모두 한눈을 팔고 있으면 사촌은 마치 쥐처럼, 아무도 알 수 없지만 자기에게는 참을 수 없는 기쁨을 안겨 주는 비밀을 품고 사는 사람처럼 남몰래 짓궂은 미소를 짓는다. 나의 사촌, 나의 첫 친구.

내가 중국에 간 어느 여름날 사촌과 나는 푸저우의 밤거리를 걷는다. 가로등 불빛을 받아 길게 늘어진 우리의 그림자는 네온사인이 달린 점포들과 윙윙 소리를 내는 전깃불을 지나쳐 앞서 나간다. 흰 민소매 셔츠와 플라스틱 샌들 차림의 나이 많은 남자들, 아메리칸 이글 짝퉁을 입은 10대들을 비롯해 모두가 거리로 나온다. 나이 든 여자들은 잠들기 전 침대를 뒤로하고 스펀지밥이나 가짜 샤넬 로고가 새겨진 잠옷 바지 차림으로 나온다. 거리에는 맥도날드와 KFC, 만두를 파는 길거리 음식점, 밀매품 거래 상점, 단란주점이 있다. 모든 곳이 밤늦게까지, 자정까지, 심지어는 그 이후에까지 열려 있다. 전신 마사지를 받고 마약을 하고 하루를 행복하게 마무리할 수 있는 공간들도 있다. 그런 거리에 충분히 오래 머물면 원하는 모든 것을, 그동안 원했던 모든 것을 얻는 것도 가능하다. 내가 모든 것을 잘못 기억하는 탓에, 뉴욕에서 혼자 밤을 보낼 때마다 무수히 많은 중국 여행 방송을 본 탓에, 텔레비전에서 본 것과 내 꿈과 내 기억이 뒤섞인 탓에, 빙빙과 나는 실제로 강이 없는데도 강을 따라 길게 이어져 있다고 생각하는 가로수 길을 걷고, 싱가포르가 원산지인 야자나무들이 빽빽이 늘어서 있어 눈길을 사로잡는 대로로 들어서고, 여자들이 공공장소에서 담배를 피우는 것은 부적절하다고 간주됨에도, 특히 우리 가족들이 생각하기에는 더 그러함에도 대놓고 같이 담배를 피운다. 그래도 내 기분만큼은, 푸저우에서 밤을 보내는 기분만큼은 내 기억에서도 실제 현실에서도 늘 그대로다.

어렸을 때는 그런 기분을 내 마음대로 '푸저우 밤의 기분'이라고 불렀다. 이 기분은 한 덩어리로 응축되지 않으며 사방으로 뻗어 나가 모든 것을 때려눕힌다. 이 기분은 절망으로 물든 흥분이다. 환희를 통해 고조되는 절망이다. 본질적으로 성적인 부분도 있지만 성적 지식으로는 설명 불가능하다. '푸저우 밤의 기분'이 소리의 일종이라면 19세기 초중반의 R&B 음악이리라. 소리가 아닌 맛이라면 어린아이들의 노상 방뇨 흔적이 남아 있는 좁은 골목길로 들어서며 마시는 얼음장처럼 차디찬 펩시콜라이리라. 이는 뜨겁게 달아오른 넓은 개방형 도랑에 빠지는 기분이자, 지혈도 되지 않고 붕대도 감겨 있지 않은 데다가 지짐술 처치 한번 받지 못한 상처 속으로 기어들어 가는 감정이다.

그림자에 얼굴이 반쯤 가려진 빙빙이 내게 말한다. 언젠가는 완전히 돌아오고 싶어질 거야.

그러면 끔찍한 일이 벌어질 텐데, 내가 웃으며 말한다. 친척 아저씨들이 아주 죽도록 나를 졸졸 쫓아다닐 테니까. 나는 그런 상황을 상상해 보기 시작한다.

첫째 아저씨는 이렇게 말할 것이다. 언제 결혼할 거니?

둘째 아저씨는 이렇게 말할 것이다. 넌 어떤 남자를 원하니?

셋째 아저씨는 이렇게 말할 것이다. 외모를 가꿔야 해. 그리고 망설이다가 한 마디 덧붙일 것이다. 특히 턱이랑 종아리를.

넷째 아저씨는 아무 말도 안 할 것이다. 그냥 속으로만 생각할 것이다.

그 상상 속에서 나는 뉴욕을 떠나 중국으로 돌아간다. 아저씨들이 무슨 말을 하든 하라는 대로 한다. 표준 중국어를 다시 배운다. 푸젠어도 다시 배운다. 다른 푸젠인과 결혼을 한다. 내가 사는 곳은 푸젠성에서도 햇살이 환하고 열대 기후에 가까운 날씨를 가진 아름다운 도시, 우뚝 솟은 산들에 둘러싸여 있고 성을 떠나는 모든 이가 건너는 광대한 바다에 접해 있으며 야자나무가 바람에 흔들리고 길고도 긴 밤이 이어지는 푸저우다. 나는 몹시 행복하다.

8장

선전 공장으로의 출장은 대체로 두 도시를 들르는 장기 여행이었다. 말하자면 선전에서 업무를 처리한 다음 홍콩에서 여가를 보내는 식이었다. 며칠에 걸쳐 공급업체들을 방문하고 공장 상황을 확인하고 나면 블라이드와 나는 뉴욕으로 돌아가기 전에 국경을 지나 남쪽으로 이동했다. 홍콩은 블라이드가 동행하든 그렇지 않든 선전에서의 모든 일정을 마친 후 자연스럽게 들르는 방문지였다.

홍콩에서 할 수 있는 일이라고 해 봐야 사실상 쇼핑하고 먹는 것이 전부라는 말을 블라이드는 심심찮게 했다. 삶의 각종 불순물을 걸러내고 필수 불가결한 것들만 뽑아낸 도시가 홍콩이라는 의미였다.

블라이드는 코즈웨이베이, 하버시티, 카우룽이스트와 카우룽웨스트로 나를 데려갔다. 우리가 들른 부티크와 매장 들은 미국에 있는 매장과 하나도 다를 게 없었지만 미국보다 물건 가격이 더 비싸고 건물이 으리으리했다. 블라이드는 쇼핑을 좋아했고 나도 약간은 좋아했는데, 둘이서 쇼핑을 얼마나 많이

하고 다녔는지 지금 내가 정신이 나간 게 아닌가 하는 생각이 들 정도였다. 나는 페이지원 서점에서 요시모토 바나나의 소설을 몇 권 샀다. 블라이드는 이세이 미야케의 메이크업 가방을 샀다. 나는 어떤 이유에서인지 아시아 10대들에게 인기 많은 미국인 골프 선수가 세운 액세서리 브랜드 아놀드 파마에서 사첼백도 두 개 구입했다. 블라이드는 아페쎄에서 실크 블라우스 한 벌과 티셔츠 한 벌을 구입했다. 나는 이쥬에서 가짜 양모 안감이 덧대진 겨울 코트도 한 벌 장만했다. 그리고 블라이드와 나 둘 다 유니클로에서 스카프를 구입했다. 우리에게는 홍콩에서 쇼핑을 하고 말겠다는, 가짜 화폐 같은 외화를 쓰고 말겠다는 탐욕스러운 광기가 있었다. 죄책감은 전무했다. 죄책감을 느끼려면 빠릿빠릿하게 환율을 계산해야 했지만 그러질 못했다.

그런 쇼핑은 뉴욕에서의 쇼핑과 크게 다르지 않았다. 미국의 동네 매장에서 똑같은 제품을 찾을 수도 있었고 전부 온라인으로 주문할 수도 있었다. 그러나 놀랍게도 홍콩에서만큼은 동일한 물건을 여러 방식으로 복제한 수많은 모조품을 구할 수 있었다. 루이비통 가방을 예로 들면, 진품을 구매할 수도 있고 진품을 생산한 공장에서 만든 해당 진품의 시제품을 구매할 수도 있고 진품의 모조품을 구매할 수도 있는 식이었다. 게다가 모조품도 다 똑같은 종류가 아니었다. 세밀한 수작업으로 만들어진 값비싼 모조품도 있었고 폴리우레탄으로 만든 값싼 모조품 혹은 그 중간 정도의 가치를 지닌 모조품도 있었다. 진품과 모조품 사이에 그토록 정교한 차이가 존재하는 곳은 세상 그 어디에도 없었다. 진짜와 가짜를 나누는 경계선이 그토록 허술해 보이는 곳도 그 어디에도 없었다.

블라이드와 내가 길을 건너려고 혼잡한 길거리에 서서 신호를 기다리고 있을 때 햇빛 가리개를 쓰고 허리춤에 작은 가방을 맨 중년의 여자가 다가오더니 막무가내로 내 손에 광고 전단지 한 장을 쥐여 주었다. 마음에 드는 거 있어요? 아주머니가 물었다.

고개를 숙이고 전단지를 살펴보았다. 고급 종이로 제작된 전단지에는 펜디 클러치, 루이비통 사첼백, 코치 토트백 등 수십여 종류의 다양한 명품 가방이 컬러 인쇄되어 있었다. 차이나타운에서 볼 법한 로고만 큼지막한 평범한 모조품이 아니라 잡지에서 본 최신 시즌 상품 같았다.

이거 다 진품이에요? 블라이드가 물었다.

아주머니가 힘차게 고개를 끄덕였다. 진품이죠! 시제품이에요.

블라이드가 내게 시선을 돌렸다. 많은 명품 브랜드가 홍콩에 위치한 공장과 계약을 맺고 생산을 맡긴다. 그러면 보통 공장에서는 시제품을 초과 생산한 다음 여분을 불법으로 판매한다. 그러니 본질적으로는 진품이 맞는 것이다. 아주머니가 전단지를 가리켰다. 여기서 마음에 드는 거 있어요?

명품 핸드백은 다 이탈리아 같은 데서만 생산되는 줄 알았어요, 내가 말했다.

아주머니가 능청스럽게 웃었다. 아마 에르메스는 아직 유럽에서 생산되고 있을걸요. 블라이드가 아주머니에게 전단지를 돌려주며 말했다. 감사하지만 지금은 말고 다음에요.

또 다른 매장의 화장품 판매대를 둘러보던 나는 점원이 건성 피부를 위해 특별 제작된 상품이라고 설명한 슈에무라 클렌징 뷰티 오일을 구입했다. 점원은 40대 후반이었는데 피부가 굉장히 좋고 화장기가 거의 없었다. 영어도 완벽하게 구사했다.

자, 이제 잘 보세요. 점원이 내 오른쪽 손등에 제품을 바르고 클렌징 솜으로 문지르면서 직접 시연을 했다.

이제, 점원이 말했다. 오른쪽과 왼쪽 손등의 차이를 느껴 보세요. 피부가 얼마나 보드랍고 매끄러워졌는지 느껴지시죠?

제품의 효과에 혹한 나는 고개를 끄덕였다. 피부가 너무 건조하다는 말을 그간 지겹도록 들어 온 터였다.

점원이 갑자기 판매대 위로 몸을 기울이면서 친밀한 몸짓을 하더니 내 얼굴에 양손을 대고 애정을 담은 목소리로 말했다. 피부가 좋으신데 지금은 약간 상해 있네요. 점원의 손은 가늘고 시원했다. 파우더리 향과 꽃 향이 섞인 향수가 느껴졌다.

그때 불현듯 내 머릿속에는 내가 10대였던 시절의 어느 겨울날 엄마가 혼자 홍콩으로 떠났던 기억이 떠올랐다. 중국계 미국인들 사이에서 홍콩이라는 도시는 저렴하고 전문적인 성형 수술로 이름나 있었고 엄마가 홍콩을 찾은 이유도 얼굴에 난 사마귀와 애교점을 제거하기 위해서였다. 이모들로부터 얼룩무늬 표범이라는 말을 듣곤 했던 엄마였다. 그런데 엄마가 집으로 돌아왔을 때 검은 점이 있던 자리에는 하얀 점이 자리하고 있었다. 눈에 띄지 않았으면 하고 바랐던 자리가 여전히 눈에 띄었던 것이다.

나는 클렌저를 비롯해 그와 동일한 제품군에 속하는 피토블랙 리프트 래디언스 부스팅 로션과 피토블랙 리프트 스무딩 안티링클 에멀전을 결제하려고 신용카드를 꺼냈다. 점원은 내 얼굴에 주름이 있는 것은 아니고 단지 예방 차원이라는 점을 명확히 했다.

제품을 계산하던 점원이 물었다. 홍콩에 자주 오시나요?

이번이 처음이에요.

점원이 눈썹을 치켜떴다. 출장 오신 건가요, 아니면 관광?

출장이요. 일 시작한 지는 얼마 안 됐어요.

축하해요, 점원이 종이 포장지로 하나하나 감싼 제품을 봉투에 넣으면서 말했다. 곧 또 오세요.

홍콩에서의 마지막 밤에는 온전한 자유 시간이 주어졌다. 블라이드가 페리를 타고 마카오로 가서 그간 사귀었다 헤어지기를 반복한 정체불명의 남자와 하룻밤 보내고 오겠다고 한 터였다. 호텔 안내인이 — 그즈음 되니 이름이 기억나지 않았다—택시를 불러 주었다. 내 계획은 간단했다. 택시를 타고 홍콩을 돌아다니면서 야경을 감상하는 것이었다.

어디로 모실까요? 기사가 물었다.

어디 걷기 좋은 동네 있나요?

쇼핑하시게요? 기사가 내 마음을 알겠다는 듯 미소를 지었다. 아! 제가 좋은 곳 압니다.

목적지를 확실히 설명할 수도 있었지만 기사가 몹시도 의욕적인 듯해서 굳이 정정하지 않았다. 기사가 자신감 있게 속도를 높인 택시가 매끄럽게 홍콩을 가로질렀다. 택시 내부의 어둠과 침묵 속에서 편안히 몸을 젖히고 앉아 창밖을 내다보니 만족스러웠다. 그런 식으로 홍콩 야경을 보는 것은 처음이었다. 그날 일찍이 경험한 도시와 다른 도시에 와 있는 듯한 기분마저 들었다. 창밖 풍경은 질릴 정도로 끝없이 이어진 옥외 광고판과 광고 영상으로 바뀌었다. 일본산 위스키, 마카오의 카지노 리조트, 여자들을 위한 피부 미백 크림 따위가 보였다. 흑발에 파란 눈을 갖고 있어 유라시아 혼혈처럼 보이는 모델이 자기 관리를 설파하는 찬가 속에서 자신의 볼을 어루만졌다.

기사가 고속도로 출구를 빠져나갔다. 그러면서 도착을 알렸다. 자, 쇼핑 시간입니다!

나는 뜨겁고 습한 열기가 올라오는 길거리로 들어섰다. 현지인과 관광객으로 북적이는 야시장이 펼쳐졌다. 거기서는 옥팔찌나 스카프를 파는 점포, 점집, 마사지점, 동물을 파는 가게,

잡다한 장식품을 파는 상점들이 네온사인을 밝히고 있었다. 설탕과 고기의 탄내가 났다. 발 마사지를 받을 수 있는 곳도 있었다. 옥 조각에 이름을 새겨 서명용 도장을 만들 수 있는 곳도 보였다. 만두, 달콤하게 조린 능금, 생사탕수수, 튀김 요리, 통째로 익힌 갑각류, 막대기에 꽂은 오징어 통구이를 먹을 수 있는 곳도 있었다.

난데없이 음식에 대한 향수가 나를 덮쳐 왔다. 이성적으로 생각해 볼 겨를도 없었다. 어릴 적에 그런 사탕수수를, 껍질이 완전히 벗겨지지 않은 즙 많은 사탕수수 섬유를 먹곤 했어서였다.

꿈인지 생시인지 미국의 여름을 지키는 횃불인 세븐일레븐이 길 건너편에 신기루처럼 자리하고 있길래 나는 재충전을 위해 서둘러 그곳으로 몸을 피했다. 그러고는 삶을 긍정하게 만드는 상쾌한 형광등 불빛 아래에서 아시아의 맛을 담은 미국 제품들이 갖춰진 깔끔한 진열대 사이를 누볐다. 오징어맛 감자칩. 벚꽃 향 킷캣. 질서정연하게 정돈된 리치 주스 캔과 두유팩과 과육이 떠다니는 네온빛 알로에베라 주스병 사이에서 나는 펩시콜라를 골랐다.

감사합니다, 또 오세요, 무표정한 얼굴을 한 점원이 영어로 응대했다.

거리로 나서자 다시금 익숙한 기운이 나를 덮쳐 왔지만 이번에는 조금 달가웠다. 참으로 오랫동안 마시지 않은 콜라를 한 모금 홀짝이니 카페인의 영향으로 마음이 초조해지면서 또 다시 어린 시절이 떠올랐다. 부모님이 미국으로 떠났을 때 나는 네 살이었고 부모님을 따라 나까지 미국으로 이민을 갔을 때는 여섯 살이었다. 그사이의 2년을 푸저우에서 보내는 동안 큰이모 내외는 해 질 무렵마다 나를 꼭 이렇게 생긴 길거리로 데리고 나갔다. 그때 나는 지금과 같은 감정, 도시의 거리를 누빌 때의 짜릿함을 느꼈다. 우리 셋은 거리에 반원 모양으로 설치된 육교를 건너 형광등 불빛이 비치는 쇼핑몰로 들어섰다. 비닐 포장된 날염 잠옷 세트가 커다란 통에 담겨 줄줄이 진열된 매장이었다.

나는 얼마간 더 거리를 어슬렁거리면서 도시의 광경을 눈에 담아 보려 했다. 가지각색의 점포 앞에 멈춰 서서 구경도 했다. 향 피우는 냄새가 진하게 나는 어느 커다란 점포는 언뜻 사당 같은 외관을 하고 있었다. 잠시 안을 들여다보고 나서야 상을 치르거나 제사를 지내는 데 필요한 용품을 파는 곳임을 알 수 있었다. 금박이 새겨진 노란 지폐 모양의 지전들이 뭉치째 빨간 끈으로 포장되어 있었다. 중국에 살던 시절에는 할머니가 그런 지전을 태우는 광경을 보곤 했었다. 그때 할머니는 이렇게 설명했다. 지전이 재로 분해되면 우리 조상님들 영혼이 그 지전을 소유하게 된단다. 그러면 그걸로 물건을 사거나, 다른 영혼들과 거래를 하거나, 사후세계의 관리자들에게 뇌물로 바치시는 거지. 말인즉슨 사후세계에도 관료와 고위층이 존재하며 그곳 정부도 이승의 정부와 유사한 방식으로 작동한다는 것이었다. 그러니 내가 사서 고생하려 하지 않는 한 내 인생은 탄탄대로여야 했다.

지옥불 배경을 등지고 있던 나는 집도 없이 굶주리고 있을 엄마와 아빠를 생각했다.

어떤 지전들에는 미국 달러, 중국 위안, 태국 밧, 베트남 동을 나타내는 복잡한 무늬가 인쇄되어 있었다. 그렇게 다종다양한 국제 화폐들이 영혼의 세계에서 받아들여지는 모양이었다. 지전뿐만 아니라 여타 사후세계 사치품도 그에 못지않게 복잡하고 다양했다. 그 점포에서는 다이아몬드 목걸이, 핸드폰, 메르세데스 벤츠 컨버터블 자동차도 전부 불에 타기 쉬운 판지로 제작해 팔고 있었다. 조상들이 지전을 차곡차곡 정리해서 보관할 수 있도록 판지로 된 구찌 지갑과 펜디 핸드백도 판매했다. 심지어는 종이로 만든 아이팟과 맥북 프로까지 취급했다. 위쪽 선반에 진열된 인형 집 크기의 판지 집들은 정교하고 복잡한 세부 장식에 더해 종이 가구까지 갖추고 있었다.

그날 밤 거기서 나는 지전 한 뭉치를 샀다. 물론 미국 달러로 된 지전을. 프랭클린 루스벨트가 새겨진 지전이 영혼의 세계에 비가 되어 쏟아지게 할 생각이었다.

뉴욕으로 돌아간 후에는 머릿속 생각을 그대로 실행에 옮겼다. 화재 대피 공간으로 나가서 커다란 사발 그릇에 가짜 돈뭉치를 넣고 라이터를 켠 다음 한 번에 두어 장씩 태워 버렸다. 종이가 얇아서 타는 속도가 꽤 빨랐다. 라이터 불은 따스한 빛을 내뿜었다가 탁탁 소리를 내면서 삽시간에 소멸했다.

그간 공물을 태우지 않고 흘려보낸 시간을 생각하니 어쩐지 이것만으로는 충분하지 않을 것 같다는 생각이 들었다. 뭔가를 더 바치고 싶었다.

우리 집 거실의 커피 테이블 밑에는 제인이 보는 모든 잡지가 보관되어 있었다. 제인은 사람들의 열망을 자극하는《보그》,《보나페티》,《엘르 데코》,《아키텍처럴 다이제스트》 같은 라이프스타일 전문지를 빠짐없이 구독했다. 거실에 있는 잡지들은 대부분 이미 읽어서 버려도 되는 것들이었기에 내가 파기해 버린대도 제인은 신경 쓰지 않을 터였다.

나는 아빠를 위해 조스 에이 뱅크의 정장과 그 정장에 어울리는 살바토레 페라가모의 윙팁스 신발을 태웠다. 보다 편하게 입을 옷도 필요할 듯해서 제이크루의 옷도 몇 벌 태웠다. 에디 바우어의 플리스 재킷도 몇 벌 태웠다. 그러다가 사후세계라면 이미 몹시 뜨겁지 않을까 싶어서 땀을 흡수해 주는 나이키 운동용 셔츠도 몇 장 태웠다. 신간 도서도 몇 권 태웠다. 그 다음에는 앉아서 책을 읽을 가죽 윙백 의자들이 가득한《아키텍처럴 다이제스트》의 서재 사진 면을 찢어내 태워 주었다. 최신 핸드폰과 버라이즌 선불카드도 하나씩 태웠다. 회색 재규어 XJ도 한 대 태웠다.《보나페티》에 담긴 치킨 한 접시도 태웠다. 아빠가 치킨을 무척 좋아해서 엄마가 장기간 푸저우에 머물 때면 둘이서 거의 매일 치킨을 먹었기 때문이다. 문득 편두통에 시달리며 낮에 몇 시간 내내 누워만 있던 아빠가 생각난 나는 타이레놀도 몇 알 태웠다.

윤전기로 인쇄했을 법한 잡지 종이에는 얇은 막과 화학 물질이 뒤덮여 있어서 불을 붙일 때마다 악취가 내 콧구멍과 목구멍을 찔렀다.

엄마를 위해서는 루이비통 여행 가방과 펜디 핸드백을 태웠다. 혹시라도 알몸 상태로 배회하고 있을까 봐 구석진 곳에 숨어 있던 갭 티셔츠와 탤벗 드레스 몇 벌을 엄마가 좋아하는 크림색과 베이지색 계열로 골라서 태웠다. 늘 버버리 트렌치코트를 갖고 싶어 했기에 코트도 한 벌 골라 태워 주었다. 코치의 사첼백도 하나 태웠다. 엄마는 코치 브랜드를 정말 좋아했고, 코치 외에도 미국의 대표 브랜드들과 그런 브랜드의 깔끔한 제품을 좋아했다. 랄프로렌 슬랙스도 몇 벌 태웠다. 그리고 무엇보다 가장 중요한 것, 크리니크 드라마티컬리 디퍼런트 모이스처라이징 로션도 몇 통 태웠다. 크리니크에서 나온 제품이라면 모조리 태웠다. 크리니크 모이스처 서지, 크리니크 유스 서지, 크리니크 리페어웨어 레이저 포커스 등등. 그런 다음에는 새우 칵테일 요리를 태웠다. 엄마는 디저트용 수정 유리잔의 가장자리에 새우를 얹고 안에는 붉은 소스를 담은 맛 좋은 새우 칵테일을 즐겨 먹었다. 그것이야말로 진정 미국적이고 고급스러운 음식이라고 엄마는 생각했다.

명품 이미지가 담긴 마지막 종이를 태우고 그것이 불에 타 연기가 되는 장면을 지켜보면서 나는 엄마와 아빠가 축하연을 벌이는 모종의 형이상학적 영역으로 진입했다. 첫 번째 불꽃이 꺼지고 불씨마저 희미해졌을 때는 아찔할 정도로 많은 양에 놀라 말문이 막힌 엄마와 아빠가 그 산더미 같은 물건들을 샅샅이 파헤치는 모습을 상상했다. 평생 필요한 양보다도 많은, 영겁의 시간에서조차 도무지 어찌해야 할지 모를 정도로 많은 양의 물건을 머릿속에 그려 보았다.

9장

늦은 시간이었다. 다들 각자의 텐트에서 문을 잠그고 잠든 지도 오래였다. 그런데 매일 밤 애슐리와 에번과 저넬만큼은 불씨가 꺼져 가는 모닥불 주위에 남아 잠도 안 자고 맥주를 홀짝였다. 나는 그들의 대화 소리와 중간중간 불씨가 남은 장작이 타닥거리는 소리를 들으며 잠들 때가 많았다. 그러면 커졌다 작아졌다 하는 그들의 목소리가 내 꿈속으로 떠밀려 들어왔다.

애슐리와 에번과 저넬은 무리에서 내가 가장 가깝게 지내는 친구들이었다. 우리는 매일 샴페인 색상의 닛산 맥시마를 타고 이동했다. 지프차와 SUV와 밴으로 가득한 차량 행렬에서 유일한 세단이었고, 도로와 주차장에 움직임도 운전자도 없이 어질러져 있는 차들에서 차종은 생각지도 않고 무작정 빼낸 기름으로 달렸다. 우리는 음악을 듣고 마리화나를 피우고 방귀를 뀌어 댔다. 시설로 향하는 단체 로드 트립은 아주 느린 속도로 진행되었다. 위치 정보 시스템을 사용할 수 없었기 때문에 밥은 한참 전에 나온 포도스(Fodor's) 도로 여행 지도에 의존했다. 이따금 판단 착오로 길을 잘못 들기도 했다. 방치된 차들로 고속도로가 막혀 있을 때도 많아서 우리는 밥의 지시에 따라 구불구불한 시골길을 통과하며 장애물이 없는 길로 이동했다. 길을 잃고 왔던 길을 되돌아가는 일도 잦았다.

그런 상황 속에서 나는 애슐리, 에번, 저넬과 꽤 단시간에 가까워졌다. 우리는 같은 종류의 음악을 좋아했고 전부 불면증에 시달렸다. 서로의 인생사도 기본적인 정도는 알고 있었다.

그날 밤 잠을 자다가 대여섯 번쯤 깬 나는 때마다 텐트에 나부끼는 세 사람의 그림자를 보았다. 텐트 지퍼를 열고 나가서 무리에 합류하지 못할 이유 같은 것은 없었다. 통나무 하나를 차지하고 앉아서 썰렁한 농담을 던지고, 내가 알고 있는 뜬소문을 말해 주고, 이 무리에서 벌어지는 정치에 대해 가볍고 무거운 이야기를 나누지 않을 이유도 없었다. 그러나 내 마음 한구석에는 내가 그 셋에게 방해가 된다는 느낌이 줄곧 자리하고 있었다. 그런 느낌은 셋이서 자기들끼리만 아는 농담을 하며 웃는 모습이라든가 때로 옥신각신하더라도 다시 속사포처럼 관계를 회복하는 패턴에서 뚜렷하게 드러나는 내적 친밀감과 관련되어 있었다. 누군가가 어리석은 말을 하거나 몰상식한 짓을 할 때조차 그들의 관계는 더 끈끈해질 따름이었다.

세 사람은 시설에 대해 대화를 나누고 있었다.

시설까지 가는 데 얼마나 더 걸릴 것 같아? 저넬이 물었다.

일주일 안에 도착할 거라고 밥이 그러던데, 애슐리가 대답했다. 인디애나주에 거의 다 왔대.

맞아, 그런데 밥이 지난주에도 똑같은 말 하지 않았어? 에번이 물었다. 시설이란 데가 존재하기는 하는 건가?

당연하지! 애슐리가 발끈하며 말했다. 밥이 맨날 거기 얘기하잖아. 그것도 아주 자세히.

그런데 그 설명에 일관성이 있기는 해? 앞뒤가 맞아? 에번은 남학생들이 자기가 짝사랑하는 여학생을 놀려 대는 식으로 애슐리를 골리면서 유난히 즐거워했다.

괜한 소란 좀 피우지 마, 저넬이 에번에게 말했다.

애슐리는 같은 자동차를 타고 이동하는 우리 무리의 막내였다. 파슨스 디자인 스쿨에서 패션을 공부하던 학생이었다. 오하이오주 출신으로 뉴욕에 고작 2년 남짓 살았을 때 종말을 맞닥뜨렸다. 애슐리는 자기가 다닌 학교를 딱히 마음에 들어 한 적이 없었다. 그곳에서는 교수들이며 학생들이며 죄다 계급별로 끼리끼리 몰려다녔고, 육체노동자를 연상케 하는 캘리코나 플란넬 옷감을 꿰매어 만든 애슐리의 매력적이고 여성적이고 중서부적인 디자인은 고딕 분위기를 풍기는 주류의 도시적 미감과 불편한 대조를 이루었다.

너는 시설에 대해 어떻게 생각해? 에번이 저넬에게 물었다.

터무니없는 대책 같지는 않아, 저넬이 조심스럽게 입을 뗐다. 교외에서 하게 될 생활이 기대되지는 않지만 논리적으로 현명한 선택이기는 하잖아. 거기 가면 각종 소매점과 대형 매장도 지척에 있을 테고 대부분 아직 재고도 넘쳐나겠지. 아마 식량이랑 물건도 어마어마하게 많을걸. 앞으로 필요한 것들은 어느 정도 다 구할 수 있을 거야.

아무 데서나 살아도 된다면 난 그냥 집으로 갈래, 애슐리가 말했다. 난 그냥 내 집에서 살 거야.

애슐리는 우리 중에서 그 누구보다 집을 그리워했다. 외동딸이었던 애슐리는 아련히 먼 곳을 응시하면서 부모님 얘기를 할 때도 많았다.

아무 데서나 살아도 된다면 난 완전히 새로운 곳으로 갈래. 남쪽으로, 적도 쪽으로 갈 거야. 바닷가 근처에서 살고 싶어. 시카고 쪽에서 살아 본 적도 없기는 한데 추위는 그다지 경험하고 싶지 않거든. 게다가 이제 겨울이 다가오고 있기도 하니…….

그렇긴 해, 하지만 추운 날씨가 유리해, 애슐리가 말했다. 기온이 높을수록 열병이 더 잘 퍼진다는 거 다들 알고 있잖아.

아무도 애슐리의 말에 반박할 수 없었다. 열병은 추운 곳에서 더 느리게 확산하며 핀란드와 아이슬란드처럼 추운 국가들이 여전히 기본적인 기능을 수행하고 있는 이유도 그 때문이라는 것이 적어도 우리가 마지막으로 들은 말이었다. 그런 국가들은 아시아로부터의 수입을 차단하고 출입국 금지 조치를 시행한 섬나라이기도 했다.

추운 곳에서 살아야 한다면 난 스칸디나비아 반도로 갈래,

저넬이 말했다.

그래, 통관 무사히 통과할 수 있길 기원할게, 에번이 저넬의 소망을 일축했다.

보트 하나로 대양을 가로지르는 법도 잘 배울 수 있길 기원할게, 애슐리가 가세했다.

그래, 다들 지지해 줘서 참 고맙네.

잠깐만, 우리 서약을 맺어야 할 것 같은데, 에번이 말했다. 우리 다 시설에 가기 싫은 거라면 다른 곳으로 떠나야 할 거 아냐.

그럼 그걸 위해 건배하자! 애슐리가 술에 취한 목소리로 외쳤다.

세 사람은 술병을 쨍하니 맞부딪히면서 한껏 고양된 감정을 더 끌어올렸다.

아, 캔디스도 있잖아, 저넬이 말했다. 캔디스는 우리 무리에 끼워 줄 수 있어.

에번이 코웃음을 쳤다. 걔는 그냥 뉴욕으로 돌아가고 싶어 할걸.

나는 언짢은 마음으로 텐트 안에서 뒤척였다.

종말이 닥쳤을 때 뉴욕엔 사람들이 있었어, 저넬이 말했다. NY 고스트 한 번도 안 읽어 본 거야?

언론사가 하나둘 폐쇄되면서 NY 고스트는 지난가을 동안 사실상 뉴욕의 소식통 역할을 했다. 독자들은 자신이 살던 동네와 친구들의 아파트와 추억이 담긴 장소를 언급하며 사진과 특파 소식을 요청했다. NY 고스트는 그런 요청에 응답했다. 그러나 결국 열병이 전국으로 퍼져 나가자 요청 글 자체가 싹이 말라 버렸고, 그로부터 얼마 되지 않아 블로그 운영도 중단되었다.

나는 무리의 그 누구에게도 내가 바로 그 NY 고스트라는 말을 하지 않았다. 짐작하건대 여전히 나만의 것인 무언가를 간직하고 싶은 마음에 그랬던 것 같다.

에번이 혼잣말로 할 법한 생각을 큰 소리로 내뱉었다. 내 기억이 정확하다면 그 NY 고스트에 올라온 사진들 속의 뉴욕은 거주가 가능한 상태가 아니었어. 몇몇 보안요원이랑 군데군데 보이는 열병 감염자들을 제외하면 거의 텅 비어 있었고. 그 후에는 보안요원들마저 떠났지. 도대체 왜 그 블로거가 캔디스처럼 거기에 그렇게 오래 머문 건지 난 이해가 안 돼.

얘들아, 저넬이 질책하며 말했다. 언젠가는 캔디스도 뉴욕이 어떤 상태였는지 우리한테 말해 줄 거야. 일단 지금은 내버려 두자. 우리랑 함께한 지도 겨우 두 달밖에 안 됐잖아. 우리는 뒷말을 너무 좋아해서 탈이야.

맞아, 애슐리가 맞장구를 쳤다. 그러더니 웃음을 터뜨렸다.

알겠어. 에번이 화제를 바꾸면서 지금이 여름이었으면 좋겠다는 말을 하기 시작했다. 자기가 여름과 관련해 가장 좋아하는 것은 전력 발전장치의 웅웅거리는 잡음처럼 매미들이 밤에 일제히 울어 대는 소리라고 했다. 그 소리를 들으면 미시간에서 보낸 유년기와 누가 가장 먼저 급수탑에 올라가는지를 두고 친구들과 벌인 시합과 덜거덕대며 낡아 가는 기차선로에서 술을 마시고 헛소리를 해 대며 놀았던 밤이 떠오른다고 했다. 낡은 선로의 나무 향과 빽빽한 블루베리 덤불의 향과 저렴한 슐리츠 맥주 향도. 그게 언제였는데? 애슐리가 그렇게 묻자 에번은 잠시 생각한 후에 대답했다. 볼티모어에 있는 아트 스쿨에 가기 전, 그리고 뉴욕 잡지사에서 지루하고 겉만 그럴듯한 인턴 일하다가 산업 디자인 쪽으로 빠지기 전이었지. 에번은 치약 포장 상자, 탐폰 포장지, 시리얼 박스 옆면 등을 디자인하는 일을 했었다. 기교도 필요 없고 무의미한 작업이었고 그래서 그 일이 끝났다는 사실에 기뻐했다. 그러면서 자기가 그 일을 혼자 한 것은 아니라고 말했다. 이런저런 결정을 혼자 내린 것은 아니라는 말이었다.

맥주에 취한 채 생각에 잠겨 이야기하는 에번의 말을 듣던 나는 반쯤 잠든 상태로 의식을 스르르 놓으면서 꾸벅꾸벅 졸았다. 그러던 중 물이 사방으로 퍼지며 쏟아지는 소리와 모닥불이 단숨에 꺼지면서 나는 날카로운 치이익 소리가 내 선잠을 방해했다. 세 사람이 다급하고 비밀스러운 말투로 소곤거렸고, 그 소곤거림 사이로 한바탕 몰아치다 황급히 달아나는 회오리바람과 나일론 텐트가 쉭쉭 나부끼는 소리, 마른 나뭇잎과 가지가 발에 밟혀 빠스락 부러지는 소리가 들렸다.

나는 몸을 일으켜 앉았다.

그때 우리가 몰고 다니는 모든 자동차를 평행 주차해 놓은 뒷길 부근에서 시동이 걸리는 소리가 희미하게 들렸다. 시동이 걸린 자동차가 느릿느릿 조심스레 도로로 빠져나가면서 엔진 소리도 멀어졌다. 세 사람은 특정 지점에 도착한 후에야 전조등을 켰지만 칠흑 같은 어둠 속에서 그 존재감을 감출 수는 없었다. 나 말고도 이 소리를 들은 사람이 있을까? 나는 가만히 기다려 보았다. 침묵이 감돌았다. 누군가가 뒤척이는 미동도 전혀 느껴지지 않았다.

내가 상관할 바는 아니었지만 세 사람이 영영 돌아오지 않을 생각으로 달아난 것일지도 모른다는 두려움, 아무 말도 없이 나만 내버려 두고 가 버렸을지도 모른다는 두려움이 나를 공포로 몰아넣었다.

나는 텐트 지퍼를 열고 바로 옆에 설치된 저넬의 텐트로 몰래 기어갔다. 아이폰 조명을 비춰 보니 저넬의 개인 소지품이 전부 텐트에 남아 있었다. 침낭도, 챕스틱도, 펜을 끼워 넣은 일기장도. 저넬이 도망갈 생각이었더라도 이 모든 것을 두고 갈 리는 없었다.

나는 공포심을 떨쳐 내면서 내 텐트로 다시 살금살금 돌아갔다. 그런데 도망가는 것이 아니라면 이 한밤중에 도대체 어딜 가는 거지? 다시 침낭 속에 몸을 밀어 넣고 지퍼를 잠근 나는 머리 뒤로 팔짱을 꼈다. 세 사람이 떠난 사실이 알려지면

곤란한 상황이 펼쳐질 수도 있었다. 나로서는 누워서 기다리는 것 말고는, 애써 잠에 드는 것 말고는 달리 할 수 있는 것이 없었다.

하늘이 밝아지기 시작할 무렵 다시금 멀찍이서 엔진이 탁탁거리는 소리가 들렸다. 그 셋이 돌아오고 있는 것이었다. 세 사람의 텐트 지퍼가 천천히 열리는 소리가 들렸다. 몇 분 만에 사방에 적막이 감돌았다.

그제야 나는 서서히 잠에 빠져들었다.

아무 사건 없이 이틀 혹은 사흘 밤이 지났을 무렵에 또다시 그 일이 발생했다. 짧은 일탈이라 해야 할지 뭐라 해야 할지 모르겠는 그 일이 어쩌면 내 상상이었을지도 모르겠다는 생각을 하던 참이었다. 하루하루가 점점 더 단순하고 수월하게만 느껴지던 참이기도 했다. 하늘에는 구름 한 점 없었고 오렌지처럼 커다랗고 둥근 달은 나뭇가지 위에 닿을 만큼 낮게 뜬 채 빛을 발했다. 목적지도 얼마 남지 않은 시점이었다. 그날 오후 일찍이 인디애나주로 넘어온 터라 이제 주 경계를 한 번만 더 넘으면 로드 트립도 끝이었다. 다음으로 넘어갈 주는 일리노이주였다. 시설까지 얼마 남지 않은 것이었다. 우리는 그 사실을 기념할 겸 마지막 남은 맥주를 개봉했다. 뭔가를 기념할 일이 있어야만 그랬던 것은 아니지만 여하간 커다란 불길이 치솟는 모닥불 주위에 모여서 미지근한 맥주병을 맞부딪히고 우리 자신과 행운과 공동의 미래를 위해 건배를 했다. 그리고 몸의 온기를 유지하려고 술을 마셨다.

제너비브가 특별 안주로 둘세데레체를 만들었다. 무쇠 냄비에 연유 통조림을 몇 캔 따서 넣은 다음 충분히 오래 가열하면 견과류 같은 갈색으로 변하면서 치신경이 마비될 정도로 달콤한 캐러멜 상태가 되었다. 우리는 둘세데레체에 짭조름한 크래커를 찍어 먹었다. 모닥불 주위에서 거나하게 취한 상태로 두런두런 대화를 나누는 동안 그림자는 점점 크게 일렁였다.

캔디스, 밥이 자리에서 일어나면서 말했다. 너한테 줄 게 있어. 밥이 미소 띤 얼굴로 애덤에게 책을 한 권 전달했고 애덤은 그 책을 받아 나에게 건넸다. 평범한 성경이었다.

이 책에서 한 대목 낭독했으면 좋겠다는 의미야? 내가 당혹감에 눈살을 찌푸리며 물었다. 이미 밥에게서 받은 성경이 한 권 있어서였다. 무리에 속한 모두가 자기만의 성경을 갖고 있었다.

열어 봐, 밥이 부탁하는 듯한 어조로 말했다.

표지를 넘겨 보니 책장이 있어야 할 공간이 푹 파여 있었다. 가짜 성경이었다. 영화에서는 그런 빈 공간에 위스키병이나 총이 들어 있었지만 내 가짜 성경에는 스마트폰이 있었다. 내 아이폰이었다. 뉴욕에서 쓰던 아이폰.

나는 깜짝 놀라 밥을 쳐다보았다. 어디서 찾은 거야?

우리가 너를 발견한 택시 안에서. 내 옆에 있었어, 애덤이 말했다. 조수석 말이야.

나는 잠시 아무 말도 하지 않았다. 뉴욕을 탈출하는 혼란스러운 상황에서 잃어버렸을 것이라고 늘 생각했건만, 어떤 이유에서인지 밥이 지금까지 내 아이폰을 간직하고 있었던 것이다. 나는 아이폰을 손으로 움켜쥐고 그 매끈한 표면에 나 있는 익숙한 흠집과 팬 자국을 고대 유물인 양 어루만지면서 감촉을 느꼈고 그러다가 돌연 내 과거의 달콤쌉싸름한 행복이 홍수처럼 밀려드는 듯한 기분에 사로잡혔다. 이제 과거 사진을 열어볼 수 있었다. 과거에 주고받은 이메일도 읽을 수 있었다. 어쩌면 다시 사진을 찍는 것도 가능할 수 있었다.

고마워, 나는 진심으로 고마운 마음을 담아 밥에게 말했다. 모닥불 위로 밥과 눈이 마주쳤다. 나는 손에 쥔 아이폰을 이리저리 돌려보았다. 스크린에 예전에는 없던 커다란 금이 가 있었다. 전원을 켜 보려 했지만 애플 로고가 뜨지 않았다. 계속 검은 스크린만 보였다.

선물이라고 생각해, 밥이 나를 보면서 말했다. 너의 예전 자아를 상기시켜 주는 물건, 먼 과거의 인공유물이라고 생각해. 나는 누구든 미래로 나아갈 수 있으려면 자신의 과거와 화해해야 한다고 진심으로 믿어.

배터리가 방전됐나 봐. 충전기를 구할 수 있을까? 내가 밥에게 물었다.

그거 작동 안 할 거야, 애덤이 말했다. 우리가 망가뜨렸거든.

밥은 여전히 미소 띤 얼굴로 나를 보고 있었다. 캔디스, 내가 방금 말했듯이 그건 단지 물건일 뿐이야. 네가 어떤 사람이었는지를 상기시켜 주겠지만 너의 과거가 담긴 데이터에 접근하는 건 앞으로 나아가는 데 도움이 되지 않아. 그건 네가 지금 얼마나 멀리까지 왔는지를 보여 주는 상징이야.

내가 저넬을 쳐다보자 저넬은 더 욕심내지 말라는 의미로 고개를 가로저으면서 경고를 보냈다. 그래, 좋아, 고마워, 나는 특정 누군가에게 대답한다기보다는 혼잣말을 하듯 반복해 말했다. 마음 같아서는 아이폰을 모닥불 속으로, 아니 그보다는 밥을 향해 던져 버리고 싶었지만 잠자코 코트 주머니에 넣었다.

밥은 다시 전도를 시작하면서 모두를 향해 말했다. 밥의 입에서 열정적으로 쏟아져 나오는 수사가 캠프를 휘감았다. 인터넷이란 게 정확히 뭐지? 밥이 큰 소리로 묻자 우리는 황급히 고개를 쳐들며 정신을 차렸다. 인터넷이 다시 시작되게 하려면 어떻게 해야 하지? 저 하늘에 있는 것을 되찾아 오려면 어떻게 해야 하지?

애슐리가 두리번거렸다. 우리는 비누처럼 거품이 풍성한 맥주를 아낌없이 쭉 들이켰다.

밥이 다시 질문을 던졌다. 인터넷은 얼마나 오래됐지? 포효하는 것처럼 우렁찬 목소리였다.

1990년대에 발명됐지, 토드가 우물우물 대답했다.

아니야, 1990년대에는 상용화가 된 거였고, 에번이 토드의 말을 바로잡았다. 발명된 시기는 더 일러.

네가 그걸 어떻게 알아? 토드가 말했다.

나는 독서라는 걸 하니까.

밥이 목을 가다듬자 모두 입을 다물었다. 내가 인터넷 얘기를 꺼낸 이유는 인터넷이라는 게 정확히 무엇인지에 우리가 같이 생각해 봤으면 해서야. 인터넷이 사라진 지금 우리가 잃은 건 정확히 뭐지?

밥이 맥주병을 내려놓고 기세 있게 안경을 올려 쓰더니 자문자답하며 설교를 시작했다.

인터넷은 시간을 납작하게 만들어. 인터넷은 과거와 현재가 단일 평면에 동시에 존재하는 공간이거든. 하지만 현재는 곧 과거로 굳어 버리기 때문에 비율을 따져보면 지금도, 우리가 대화를 하고 있는 지금 이 순간에도 인터넷은 거의 전적으로 과거로 이루어져 있다고 말하는 게 더 정확할 거야. 인터넷은 우리가 과거와 교감하려고 찾아가는 장소인 거지.

맞는 말 같아, 에번이 밥의 말에 동의했다. 모든 신문 기사가 저장된 기록 보관소이기도 하고.

그렇기도 하고, 전 애인의 페이스북 계정을 추적하는 장소이기도 하지. 끝난 관계이기는 한데 절대 진짜로 끝나지는 않잖아. 나는 내 과거를 완전히 잊고 살아 본 적이 한순간도 없어. 매일매일 내 페이스북 계정에서 과거를 보니까. 소셜 미디어 정체성이라는 게 확립되어 있으면 절대 자기 자신을 탈바꿈할 수 없어.

밥이 설교를 이어 갔다. 컴퓨터 화면만 뚫어져라 응시하는 우리의 두 눈은 과거에 대한 향수 때문에 근시가 돼 버렸어. 온라인에 있다는 건 곧 과거 속에 살고 있다는 의미니까. 그리고 인터넷이 쓸모가 많다는 것에 우리 모두 동의할 수는 있겠지만, 인터넷의 중요한 부작용 중 하나는 지나치게 오랫동안 과거 속에서 살아가게 만든다는 데 있어. 단! 밥은 여기서 한 사람 한 사람씩 둘러보았다. 밝은 면도 있어. 인터넷이 사라진 지금이 우리에게는 기회가 되니까. 우리는 더 자유롭게 현재를 살고 더 자유롭게 미래를 그릴 수 있어.

오늘은 여기까지 할게, 밥이 계속 말했다. 곧 시설에 도착할 테니까.

토드가 슬슬 박수를 유도했고, 곧 여럿이 손뼉을 치기 시작했다. 나무 꼭대기 부근이 파르르 떨리면서 새 떼가 사방으로 흩어져 날아가는 것처럼 박수 소리가 공중을 가득 메웠다.

에번이 밥에게 다른 질문을 던지며 화제를 돌렸다. 도착 예정 시간을 알려 줄 수 있어? 그러니까 시설까지 대강 며칠이나 더 걸릴지 알아?

자기가 아닌 에번이 화제를 바꿨다는 사실에 밥은 짜증을 내면서 한숨을 쉬었다. 글쎄, 모든 건 도로 상황에 달렸지. 상황이 괜찮다면, 밥은 미래를 직관적으로 느끼는 양 눈을 가늘게 뜨고 먼 곳을 바라보며 말했다. 이틀이나 사흘 정도.

그렇게나 빨리? 에번이 물었다.

매일 이렇게 늦게까지 깨어 있지 않는다면 말이야, 밥이 말했다. 그는 주위를 한번 둘러보더니 모두를 향해 말했다. 다들 내일 아침에 일찍 일어날 수 있게 오늘 밤엔 평소보다 일찍 잠자리에 들도록 해. 이제 목적지에 정말 가까워졌으니까 서둘러 보자고.

다들 일제히 고개를 끄덕였다. 그런 다음 부산스럽게 접시를 닦고 쓰레기를 정리한 다음 침낭을 펼쳤다. 한 시간이 채 지나기 전에 거의 다 각자의 텐트나 차량으로 돌아가서 잠을 청할 준비를 했다.

나도 내 텐트로 돌아가서 플란넬 소재의 격자무늬 잠옷으로 갈아입었다. 모닥불 주위에 남아 계속 수다를 떨고 있는 사람은 늘 그렇듯 에번과 저넬과 애슐리뿐이었다.

등을 대고 침낭에 누운 나는 서서히 얕은 선잠에 빠져들었다.

그러다가 번뜩 눈을 떴을 때 나일론 텐트 천 위로 불빛에 일렁이며 흔들리는 그림자가 보였다. 모닥불에 물이 닿으면서 단숨에 꺼질 때 나는 치이익 소리도 들렸다.

그다음에는 저넬의 목소리가 들렸다. 가자.

나는 주저 없이 몸을 일으키고 텐트 지퍼를 열었다.

내가 텐트 밖으로 나가자 세 사람은 제자리에 얼어붙은 채 고개만 내 쪽으로 돌렸다. 다들 청바지와 부츠와 코트까지 다 차려입고 있었다.

어디 가는 거야? 내 입에서 반사적으로 질문이 튀어나왔다.

아, 이것 참. 목소리 좀 낮춰, 에번이 말했다.

저넬이 내게 다가왔다. 저넬은 내 어깨를 붙잡고 짐짓 부드러운 말투로 아이를 떼어 놓는 엄마처럼 말했다. 다시 들어가서 자. 이건 못 본 걸로 하고.

나는 저넬을 쏘아보았다. 어디 가는 건데? 이번에는 목소리를 낮추고 속삭이듯 물었다.

저넬이 머뭇거렸다.

어서, 저넬.

습격을 나가는 거야. 진정해. 늘 해 왔던 거야. 본격적인 습격은 아니고. 맛보기에 가까운 습격이랄까. 집 전체를 털지 않고 약만 빼 오거든. 우리가 마리화나를 어디서 구했겠어?

밥도 알아?

저넬이 초조한 눈빛으로 나를 쳐다보았다. 밥이 알 거라고 생각해?

이거 한 지 얼마나 오래된 거야? 나는 세 사람이 나를 한 번도 끼워 주지 않았다는 사실에 상처받지 않으려고 계속 질문을 던졌다.

아마 지금까지 다섯 번 정도 했을걸, 저넬이 말했다. 그러고는 내 마음을 읽기라도 한 것처럼 귓속말로 덧붙였다. 너한테도 물어보려고 했었어. 하지만 상태가 안 좋을 땐 쉬는 게 나으니까. 너 자신을 잘 돌봐야 해.

나는 불 꺼진 모닥불로부터 몇 미터 떨어진 곳에 있는 에번과 애슐리를 힐끗 쳐다보면서 저넬이 내 상태를 두 사람에게도 말해 주었을지에 대해 생각했다. 피해 있는 것을 보니 아무것도 모르는 것 같았다.

오늘 밤에는 어디로 갈 건데? 내가 주변을 돌아보며 물었다. 우리를 둘러싸고 있는 것은 나무들, 나무와 도로와 어둠이었다.

저넬이 망설이다 말했다. 오늘 밤엔 평소와 조금 다른 습격을 할 거야. 애슐리의 집을 찾아갈 거거든.

애슐리 집이 여기에 있어?

꽤 가까워. 네가 살던 집이 코앞에 있다면 한번 가 보고 싶지 않겠어?

나는 저넬과 애슐리와 에번의 표정을 살펴보았다. 나도 가도 돼?

10장

애슐리의 집으로 맛보기 습격을 가는 일의 표면상 목적은 마리화나를 구하는 것이었다. 우리는 차를 몰고 가는 대신 도로변을 따라 걸어갔다. 1.5킬로미터 정도만 가면 돼, 애슐리가 말했다. 아니면 한 2.5킬로미터 정도. 오하이오주 쪽으로 돌아가는 방향이야. 애슐리가 어둠을 향해 손을 뻗으며 어딘가를 가리켰다. 그러나 애슐리의 손가락은 극장의 무거운 막에 가려지듯 어둠 속으로 사라졌고 손목만 간신히 보였다. 그러니까 한 1.5킬로미터 정도만, 어쩌면 그보다 조금만 더 고속도로를 따라 걸어가면 내가 아는 길이 나올 거고 내가 자란 집이 보일 거야.

내가 자란 집. 온몸이 와들와들 떨렸다. 우리 대부분이 그랬듯 애슐리도 자기 가족이 열병에 당했다고 생각했다. 그래서 애슐리가 왜 집으로 돌아가고 싶어 하는 건지 나로서는 아리송했다. 보고 싶지 않은 광경이라도 보게 되면 어쩌려고 저러는 걸까?

네가 앞장서, 에번이 애슐리에게 말했다.

우리는 왔던 길을 되밟아 주 경계선을 가로지르고 오하이오 주로 향했다. 그 경계선은 우리에게 구명 밧줄과도 같았다. 경계선에 붙어서 가기만 한다면 애슐리의 집에 닿을 수도, 다시 캠프로 돌아갈 수도 있었다.

애슐리가 큰 손전등을 들고 앞장섰다. 우리가 비틀거리며 뒤따르는 동안 애슐리는 과거를 회상하기 시작했다. 작은 단층집이었어, 애슐리가 말했다. 방은 대부분 목제 패널로 덮여 있었지. 애슐리는 10대 시절의 언젠가 그 가짜 목재를 더 이상 못 견디겠다는 생각이 들었다고 했다. 그러던 어느 날 밤에는 아무에게도 말하지 않고 자기 방을 카네이션 분홍 색상으로, 처음에는 흰색 페인트를 한번 바르고 그다음에 분홍색 페인트를 두 차례 덧바르는 식으로 페인트칠을 했다고 말했다. 그런데 모든 것을 철두철미하게 계획했으면서도 애슐리는 그때가 겨울이었다는 사실만은 고려하지 못했다. 페인트칠을 시작한 시간이 한밤중이라는 사실도. 게다가 작업을 절반 정도 마치면 창문을 열어 페인트에서 나오는 가스를 실외로 내보내야 한다는 사실도. 실내 온도가 갈수록 떨어지는 통에 애슐리는 자기 코트에 더해 부모님의 코트까지 여러 벌 껴입고 페인트칠을 해야 했다. 밤새도록 몸을 벌벌 떨면서. 그러나 어찌 되었건 일은 끝까지 마무리했다.

애슐리는 한껏 들떠 있었다. 이제 다들 내 방을 보게 되겠구나! 이거 좀 창피하네. 별로여도 아무 말 하지 마. 그건 내가—애슐리는 적절한 표현을 고민했다—과거의 내가 한 거니까.

지금 중요한 건 네가 마리화나를 어디에 숨겨 뒀냐는 거야, 에번이 반농담조로 말했다.

내 침대 밑에 둔 신발 보관 상자에 30그램 정도 있어. 부모님이 내 방에 들어온 적은 한 번도 없으니 원 상태로 잘 보존돼 있을 거야.

완전 좋다. 캠프로 돌아가면 그 고급 마리화나로 비구름 한 번 만들어 보자!

저넬은 보다 회의적인 편이었다. 그래, 하지만 조심해야 해.

습격 중에 마리화나가 발견되면 밥은 그걸 모조리 압수했다. 누가 됐건 마약에 취한 상태로 운전하는 꼴을 보고 싶지 않아 했던 그는 가공된 마리화나의 테트라하이드로칸나비놀 함량이 얼마나 높은지를 설명했다. 그러나 우리에겐 마리화나가 필요했다. 마리화나는 우리가 느끼는 불안과 스트레스를 무디게 해 주었다. 나는 마리화나를 피우는 사람은 아니었지만 그렇다고 해서 반감을 갖지는 않았다. 그저 연기가 가득 들어찬 차 안에서 간접흡연을 할 따름이었다. 그게 멀미를 견디는 데 도움이 되었다.

그러면 눈에 띄지 않는 곳에서 만들면 되지! 에번은 아랑곳하지 않았다. 무리에도 이렇게 지루함을 덜어 줄 누군가가 필요했으나 누가 봐도 확실히 밥은 그런 사람이 아니었다.

나는 애슐리에게 말을 걸며 화제를 돌렸다. 부모님은 어떤 상태이셔? 내가 물었다. 혹시 열병이 퍼졌을 때 부모님이랑 연락 주고받았어?

애슐리를 보호하려는 듯 저넬이 대신 대답했다. 그런 건 집마다 사정이 다 다르지.

미안, 캐물으려던 건 아니었어.

괜찮아. 부모님이랑 내 관계는 좀 특이하거든, 애슐리가 신중하게 말을 이었다. 나는, 음, 뭐라고 말하면 좋을까, 블루칼라 출신이야. 엄마는 퍼킨스*에서 종업원으로 일했고 아빠는 트럭 운전사였어. 내가 패션을 공부하러 뉴욕에 간다고 했을 때 두 분 다 굉장히 분노하셨지. 학자금 대출을 받아 놓고 그저 쓸데없는 일에다 낭비한다고 생각하셨거든. 그때부터 오랫동안 연락을 하지 않았어. 그러다가 열병이 퍼져 나가기 시작한 무렵에는 연락이 닿지 않았고.

가족과 연락 끊어진 사람들이 많기는 하지, 내가 말했다.

애슐리의 시선은 정면에 보이는 도로에 고정되어 있었다. 맞아, 하지만 좀 더 일찍 돌아왔어야 했어, 애슐리가 혼잣말을 하듯 말했다. 그리고 우리 앞에 놓인 표지판에 손전등을 비추었다. '조던우드, 오하이오주'라고 적힌 표지판이었다. 자, 여기야.

도로에서 빠져나가는 경사로가 코앞에 있었다. 우리는 아무 말 없이 경사로로 접어들었다. 문득 내가 집으로 돌아간다면,

* 24시간 영업하는 레스토랑 겸 베이커리 체인점.

그러니까 솔트레이크시티로 돌아간다면 무슨 일이 벌어질지 궁금했다. 아마 난 어디로 가야 할지 감도 못 잡을 것이다. 부모님 소유였던 집이 팔린 이후에 전해 듣기로는 그 집을 사들인 모르몬교의 저명한 간부 출신 커플이 대대적인 개조 작업을 거쳤다고 했다. 어쩌면 부모님이 성실히 다니던 교회를 찾아가 보게 될지도 모르겠다. 그러나 나는 그 장소를, 흰 곰팡이가 피어 있고 폐소공포증을 유발하는 지하실에서 주일학교 수업을 받아야 했던 그곳을 줄곧 싫어했다. 그렇다면 가족의 소유물이 남아 있는 창고에 가 보게 되려나. 그런데 그곳은 그저 차디찬 상자 모양의 보관 시설일 뿐이다. 언젠가 솔트레이크시티 근처에 가닿게 되는 일이 있더라도 나는 아마 계속 가던 길을 갈 것이다. 추억을 회상한다는 것은 몹시도 우울하고, 영혼이 산산조각 날 만큼 몹시도 슬픈 일이다. 과거는 일종의 블랙홀로, 현재로 침투해 들어오는 과정에서 상처를 남기며 과거에 너무 가까이 다가가면 그 안으로 빨려 들어갈 수도 있다. 그러니 계속 움직여야만 한다.

애슐리는 실제로 이런 문제에 대해 얼마나 생각해 본 걸까?

경사로 끝에 다다랐을 때 우리는 왼쪽으로 방향을 틀어 주유소와 패스트푸드 체인점이 밀집된 상업 중심 거리로 들어섰다. 기본적으로 조던우드는 트럭 운전사들이 목적지를 향해 쉼 없이 이동하기 전에 소변을 봐 두려고 잠깐 멈춰 서는 장소인 듯했다. 나는 열쇠고리형 손전등을 꺼내서 주변을 비추어 보았다. 맥도날드, 셸 주유소, BP 주유소, 웬디스, 서브웨이, 컴앤고, 모텔 6, 컴포트 인이 보였다.

와, 햄버거 먹고 싶다, 에번이 말했다. 웬디에서 파는 사각 햄버거에다가 감자튀김도 좀 먹고 콜라도 한잔…….

여긴 큰 마을이 아니야, 애슐리가 말했다. 미안함이 묻어나는 목소리였다. 마을이라고 하기도 그렇지, 사실상 일개 촌 동네야.

저넬이 애슐리의 팔을 다정하게 움켜잡았다. 우릴 여기로 데려와 줘서 고마워.

애슐리의 집으로 가는 길은 애슐리가 말한 것만큼 수월하고 단순하지 않았다. 목적지에 가까워질수록 애슐리는 점점 말이 없어졌다. 직선으로 펼쳐진 상업 중심 거리를 걷다가 다른 거리로 들어서자 화이트칼라의 거주지가 모여 있는 샛길이 이어졌는데 그 샛길은 막다른 길이었다. 손전등 빛이 가닿은 곳에는 웃자란 잔디와 깨진 창문과 텅 빈 차도뿐이었다.

여기야, 애슐리가 말했다.

우리는 곧장 발걸음을 멈추고 눈을 치켜떴다. 알루미늄으로 마감된 외벽이 온통 녹으로 얼룩진 작고 네모진 단층집이 보였다. 자갈이 깔린 진입로에는 잡초와 민들레가 무성했고 오래된 스테이션 왜건 한 대가 주차되어 있었다.

바로 들어가자, 애슐리가 진입로로 접어들면서 한껏 기대에 부푼 목소리로 말했다.

아니, 기다려, 에번이 애슐리를 제지했다. 일단 기다려 봐. 평소처럼 제대로 하자.

우리는 어쩐지 벌레가 들끓고 있을 것 같은 잡초가 웃자란 앞마당에 모여 섰다. 그리고 신발을 벗었다. 땀이 나서 축축한 발바닥에 얼어붙은 마른 풀이 닿으면서 찬기가 느껴졌다. 모든 것의 모서리가 평소보다 더 날카로워 보이고 더 쉽게 바스라질 듯했다. 우리는 땀에 젖은 손을 맞잡고 찬송가를 부르듯이 「뉴 슬랭」을 불렀다. 그런 다음에는 다들 고개를 숙이고 눈을 감은 채 에번의 기도가 시작되기를 기다렸다. 사전 의식을 이토록 철저히 따르리라고 예상치 못했던 내게는 당혹스러운 순간이었지만 에번의 기도가 결코 밥의 기도 같진 않으리라는 것 정도는 알 수 있었다. 승리감에 도취된 채 여태껏 지나온 여정을 의기양양하게 회상하는 서사를 에번이라면 읊지 않을 터였다.

오늘 여기 문 앞에 모인 저희가, 에번이 말했다. 어마어마하게 많은 마리화나를 찾아서 내일 아침 그것들로 비구름을 만들고 로드 트립의 지루함을 누그러뜨릴 수 있도록 주님께서 도와주시기를 소망합니다. 부디 마리화나가 저희로 하여금 뭐든 조금이라도 더 견딜 수 있게 해 주고 도대체 왜 이런 짓을 해야 하는 건지, 에번이 잠시 멈추었다가 다시 입을 열었다. 어떤 의미라는 게 있기는 한 건지 이해할 수 있게 해 주기를 소망합니다. 감사합니다.

우리는 돌아가면서 각자 이름을 말했다. 밤새도록 대화를 나누느라 쉬어 버려 가냘픈 쇳소리처럼 들리는 목소리가 바람을 타고 흩어졌다.

에번 드루 마처.

애슐리 마틴 피커.

저넬 사샤 스미스.

캔디스 첸.

우리는 다시 신발을 신고 천천히 집으로 다가갔다. 대문은 잠겨 있었지만 부실해 보였다. 문을 두드렸더니 내부가 텅 빈 듯한 울림이 들렸다. 녹슨 손잡이는 덜거덕덜거덕 흔들렸고 탄력도 별로 느껴지지 않았다.

다들 뒤로 물러서, 에번이 말했다. 그는 몇 걸음 뒤로 물러서서 대문으로 돌진할 준비를 했다.

실은, 에번, 나 열쇠 있어, 애슐리가 청바지 주머니에 손을 넣으면서 말했다.

대문을 여는 순간 끔찍한 악취가 퍼져 나왔다. 나는 옷소매로 코를 가렸다. 퀴퀴한 담배 냄새와 곰팡내, 뭔가가 썩을 대로 썩은 악취, 에어컨을 너무 오래 가동해서 나는 기계의 악취가 공기 중에 가득했다. 쥐인지 여타 설치류 동물인지 뭔가가 황급히 달아나는 소리도 들렸다.

6학년 역사 시간에 투탕카멘에 관한 다큐멘터리를 시청한 적이 있었다. 그 다큐멘터리에서는 고고학자들이 투탕카멘의 무덤을 처음 개방했을 때 마치 칼로 옷감을 베듯 뭔가가 찢어지는 소리가 크게 울렸다고 했다. 알고 보니 그것은 무덤 안에 있던 모든 왕실 직물이 불시에 신선한 공기에 노출되면서 찢어지는 소리였다.

우리는 작은 손전등을 켜고 목제 패널로 마감된 벽을 향해 빛을 쏘았다. 이 집은 왕의 무덤이 아니었다. 작은 거실은 셔닐 소재의 푹신한 소파와 커피 테이블, 오래된 네모진 텔레비전, 레이지보이 리클라이너로 채워져 있었다. 소파 위쪽에는 찌푸린 표정의 수사슴 머리가 두 개 걸려 있었다. 카펫이 깔린 바닥은 식사용 접시, 살점이 발린 닭 뼈가 수북이 쌓인 받침용 접시, 담배꽁초, 담뱃재, 잡다한 액체류로 엉망진창이었다. 치킨이 담긴 통과 피자 배달 상자도 있었다. 그리고 병이, 보드카와 데킬라 등등이 담긴 온갖 병이 손전등 빛을 받아 반짝였다. 산산조각 난 유리 조각들이 발에 밟혀 저벅저벅 소리가 났다. 술 냄새도 진동했다.

미안, 애슐리가 난처해하며 말했다.

으악, 저넬이 내 팔을 붙잡고 레이지보이 리클라이너를 가리키며 말했다. 우리는 거기에 힘없이 늘어져 있는 누군가의 실루엣을 가만히 살펴보았다. 아무 미동도 없었다. 숨을 들이쉬지도 뱉어 내지도 않았다. 구태여 손전등을 비추어 보지 않아도 이번 습격은 죽어 있는 습격임을 알 수 있었다.

아빠인 것 같아, 애슐리가 그 어떤 생기도 감정도 느껴지지 않는 목소리로 말했다. 그러더니 손전등을 리클라이너 쪽에 비춰 보려 하길래 내가 팔을 붙잡아 저지했다. 누군가가 그렇게 말려 주기를 바랐는지 애슐리는 순순히 팔을 내렸다.

가자, 네 방까지 가는 길을 내가 호위해 줄게, 에번이 상냥하게 말했다. 얼른 마리화나 챙겨서 나가자. 앞장서 봐.

애슐리는 저항하지 않았다.

저넬과 나는 애슐리의 아버지와 함께 거실에 남았다. 보통의 죽어 있는 습격이었다면 여자들이 집에 남은 물건을 모조리 챙기기 전에 토드가 됐든 애덤이 됐든 누군가가 미리 시체를 치워 줬을 터였다. 나는 시신을 쳐다보지 않으려 했지만 내 시선은 이미 그쪽을 향해 있었다. 누군가가 체내 공기를 몽땅 빼내 버린 것처럼 폭삭 짜부라진 채 축 늘어져 있는 그 형체는 누가 봐도 확실히 사람이었다. 팔걸이에 놓인 손에서는 뭔가가 희미한 빛을 발하고 있었다. 야광 버튼이 부착된 리모컨이었다. 그때 뭔가가 움직이면서 야광 불빛이 깜빡거렸다.

나는 그것을, 볼륨 조절 버튼 위를 기어가는 벌레를 손전등으로 강타했다. 잠깐 사이에 한 마리에 이어 또 한 마리를 발견한 후에야 나는 그 벌레들이 구더기임을 알아차렸다. 손전등을 들고 구더기의 행렬을 따라가 보니 구더기들은 처음에는 시신의 팔로 갔다가 어깨로 옮겨 간 다음 이미 구더기로 뒤범벅된 얼굴로, 분주히 움직이는 구더기 떼에 가려 제대로 보이지도 않는 얼굴로 향했다. 그러고는 턱 위를 지나가다가 낡아

빠진 티셔츠와 시신의 복부로 떨어졌다. 날아다니는 구더기들, 유충들, 구더기 떼로 덮인 구더기들, 구더기가 된 구더기들이 구더기로 뒤덮인 시신의 얼굴 위에서 짝짓기 무도회를 열고 있었다.

나는 비틀거리며 뒷걸음질 치다가 손전등을 떨어뜨렸다.

저넬이 내 팔을 붙잡고 거실 끝에 있는 부엌으로 부축했다. 공기가 탁해서 숨을 깊게 들이쉬는 것마저 쉽지 않았기 때문에 나는 숨 막히는 기분을 느끼며 조리대 앞에 가만히 서 있었다. 아무것도 만지고 싶지 않았고 앞으로 영원히 두 손을 내 몸에만 딱 붙이고 있고 싶은 심정이었다. 이러이러하게 숨을 쉬어 보라고 소리치며 나를 도와주려는 저넬마저도 건드리고 싶지 않았고 내 머릿속에 떠오르는 생각이라고는 저넬이 너무도 역겹다는 것, 저넬이라는 사람 그 자체가 아닌 그가 가진 인간이라는 형상과 그의 동물성이 역겹다는 것이었다. 박테리아가 미친 듯이 우글거리는 입을 벌려 나를 향해 초소형 구더기를 내뿜는 그 숨결도, 손톱 밑에 낀 모래알도, 팔과 쇄골 위에서 번들거리며 머리카락에 딱 달라붙어 있는, 금방이라도 내 몸으로 쏟아질 것 같은 땀도 다 역겨웠다. 나는 고개를 돌리고 간신히 구토를 참아 냈다. 그 집에는 어디 하나 깨끗한 물건도, 깨끗한 장소도 없었다. 거실이며 이 방이며 저 방이며 사방에서 죽어 가고 또 증식하는 세포들만이라도 없었더라면. 그냥 세포라는 것 자체가 아예 없었더라면. 단 하나라도 청결

한 뭔가를, 부디 나를 붙잡아 줄 뭔가를 찾을 수만 있었더라면. 풀을 먹여 바스락거리는 싸늘한 병원 침대 시트 한 장만이라도. 내 목구멍을 막아 줄 얼음 한 조각만이라도.

캔디스? 저넬이 내 몸을 흔들었다. 상해서 응고된 우유 냄새와 지하철 환풍구에서 올라오는 뜨거운 열기 같은 저넬의 숨결이 내 얼굴에 닿았다. 괜찮은 거야?

분주히 찬장을 뒤적거리던 저넬은 컵 하나를 찾아냈다. 저넬이 수도꼭지를 틀었더니 싱크대를 폭발시켜 버리기라도 할 것 같은 우르릉우르릉 굉음과 함께 수돗물이 쏟아져 나왔다. 집 전체가 한마음 한뜻으로 신음하고 있었다. 녹물이 다 빠지고 깨끗한 물이 나오자 저넬은 내 간절한 호소를 귀담아듣지 않은 채 컵에 물을 따라 주었다.

우리 여기에 있으면 안 돼. 가자. 그냥 가자. 뭔가 느낌이 안 좋아. 나는 계속 그렇게 똑같은 말을 조금씩 달리하면서 했던 말을 반복하고 또 반복했다.

진정해, 저넬이 내 어깨를 어루만지면서 말했다. 마리화나 찾으면 나갈 거야.

우리가 아는 사람 집을 습격하는 건 해선 안 될 짓이었어.

10분만 기다리자, 저넬이 내게 물컵을 건네며 말했다. 나는 고개를 가로저으면서 거부했다.

그게 아니라, 내가 말했다. 내 말은 그게 아니라, 애초에 잘못된 일 같다는 거야. 우리가 과거에 살았던 오래된 장소를 습격하는 건…… 내 말은, 너라면 네 집으로 돌아갈 수 있겠어?

나는 에번을 발견하고는 서서히 말소리를 낮추었다. 복도에 모습을 드러낸 에번이 상기된 얼굴로 숨을 헐떡이고 있었다. 속마음을 읽을 수 없는 표정이었지만 마침 저넬과 에번 사이엔 어떤 암묵적인 공감이 이루어졌는지 저넬이 모든 것을 뒤로하고 에번을 따라갔다. 나도 부엌에서 나와 카펫에 지저분하게 널린 피자 포장 상자에 발을 헛디뎌 가면서 목제 패널이 덧대어진 복도로 이동했고 문이 닫힌 방들을 지나 두 사람의 뒤를 따랐다.

애슐리의 방은 다른 집에 와 있는 느낌이 들 정도로 말끔하게 정돈된 상태였다. 방은 보통의 옷방보다도 작아서 자그마한 사탕 상자 같았다. 게다가 애슐리가 말한 것처럼 실제로 벽면이 카네이션 분홍색으로 페인트칠 되어 있었고 그게 내 마음을 진정시켜 주었다. 분홍 벽면에 박힌 못에는 모조 보석으로 만든 장신구, 팔찌, 목걸이가 크기순으로 걸려 있었다. 침대에는 한 무더기의 봉제 인형들이 역시나 크기순으로 줄지어 있었다. 바닥은 에번과 애슐리가 샅샅이 뒤진 흔적이 역력한 신발 보관 상자들로 너저분했고 때 묻은 뉴발란스, 유행이 지난 캔디스 플랫폼 구두, 굽이 다 닳은 형형색색의 하이힐 따위의 신발들이 서로 짝을 잃은 채 사방에 흩어져 있었다.

애슐리는 서랍장 하단을 뒤지면서 수자직이며 튈이며 캔버스며 모든 직물과 모든 색상을 갖춘 언뜻 무한해 보이는 드레스들에 온 신경을 집중하고 있었다. 신발과 속옷만 입은 상태로 드레스 한 벌을 옷걸이에 도로 걸어 놓더니 그 옆 옷걸이에 걸린 검은 드레스를 빼내어 손에 들었다. 그리고 그 드레스를 입었다. 그런 다음에는 전신 거울 앞에 서서 모델처럼 이리저리 몸을 틀었다. 만족도 불만족도 아닌 애매모호한 애슐리의 표정은 자신이 입고 있는 옷이 마음에 드는지 그렇지 않은지를 전혀 드러내 주지 않았지만 그런 와중에도 몸은 취할 수 있는 모든 포즈를 취하고 있었다. 애슐리는 숨을 깊게 들이쉬어 배를 홀쭉하게 만들었다. 엉덩이는 밖으로 쭉 내밀었다. 입술은 오리처럼 잔뜩 오므린 채 앞으로 쭉 내밀었다.

나는 이내 고개를 돌려 버렸다. 필시 영화나 여성지를 보고 배웠을 법한 포즈를 취하면서 지켜보는 사람이 난처해질 만큼 능숙하고도 거침없이 자신의 성적 매력을 반복해서 뽐내는 애슐리의 모습에는 어쩐지 차마 견딜 수 없을 정도로 사적인 구석이 있었다.

포즈 취하기는 그러고도 한동안 계속되었다. 어느 시점에 다다르자 애슐리는 거울 속 자신을 향해 윙크를 했다. 두 눈은 초점도 없이 멍했지만 한껏 일그러진 안면 근육만큼은 어떻게든 쾌활함을 연기했다. 그 후 몇 번 더 정해진 포즈를 취한 애슐리는 검은 드레스를 벗어 원래 그 옷이 걸려 있던 옷걸이에 걸어 둔 다음 옷장 안에 있는 다른 드레스를 향해 손을 뻗었다.

*

평소처럼 저넬은 진지하게 훈계하듯이 애슐리에게 다가섰다. 애슈우우우울리, 저넬이 나지막이 쉬 소리를 내며 말했다. 지금 이럴 때가 아니야, 시간 없어.

에번이 애슐리 대신 상황을 설명하려 하려 했다. 애슐리는?

상관없어. 저넬이 애슐리가 쥐고 있던 드레스를 확 빼앗았다. 그러자 애슐리는 아무렇지 않게 옷장에서 다른 드레스를 꺼냈고 저넬은 이번에도 드레스를 가로챘다. 애슐리가 드레스를 고르는 방식에는 모종의 체계가 있는 듯했다. 옷장에 걸려 있는 드레스를 왼쪽부터 오른쪽으로 차례대로 꺼냈던 것이다. 애슐리가 그다음으로 고른 옷은 붕대를 감아 만든 듯한 디자인의 강청색 드레스였고, 이번에 저넬은 애슐리를 저지하지 않았다. 사태를 파악하기 시작한 것이었다.

강청색 드레스는 몸에 심하게 끼었고, 애슐리가 억지로 몸을 끼워 넣자 옆 솔기가 투두둑 터져 버렸다.

저넬은 애슐리가 거울을 보지 못하게 하려고 거울 앞을 막아섰다. 애슐리, 저넬이 큰소리로 또박또박 말했다. 여기에 있는 드레스 원하는 만큼 가져가게 해 줄게. 그러니까 일단 가자, 제발. 저넬이 애슐리의 어깨를 붙잡고 말했다. 그만 좀 해. 이제 가야 해.

저넬, 내가 말했다.

저넬, 에번이 말했다. 그리고 소리를 조금 더 높여 다시 한번 말했다. 저넬! 내가 이미 해 봤어.

저넬이 뒤돌아 에번을 쳐다보았다. 어쩌다 이렇게 된 거야?

애슐리랑 같이 침대 밑을 뒤지면서 마리화나를 찾고 있었어, 에번이 설명했다. 저 신발 보관 상자들 중 하나에 들어 있을 텐데 애슐리가 정확히 어떤 상자인지 기억하질 못했지. 그래서 같이 상자를 하나씩 열어 보았고, 애슐리가 안에 든 신발을 하나씩 신어 보기 시작했어.

그래서? 저넬이 추궁하듯 물었다.

그게, 그러더니 옛날에 입던 옷도 입어 보기 시작하더라고. 에번이 애슐리를 손으로 가리켰다. 지금처럼 말이야. 내가 우리 이럴 시간 없다고 했는데도 애슐리는 몇 벌 가져가고 싶다고 했어. 마지막 기회라면서 말이야. 그동안 나는 상자를 뒤지느라 바빠서 신경을 못 썼고.

마리화나는 찾았어? 내가 물었다.

아, 이걸 찾았어. 에번이 뒷주머니에서 지퍼백 하나를 꺼내 내게 건넸다. 안에는 잔가지와 씨앗으로 얼기설기 뒤덮인 작은 덩어리 말고는 별게 있지도 않았다. 뒷주머니에 들어 있던 터라 지퍼백은 뜨끈했고 내부에 습기도 차 있었다. 잘해 봐야 한 개비밖에 못 만들 것 같아.

에번이 저넬에게 하던 말을 이어 갔다. 그러다 나중에 보니까 저렇게 푹 빠져 있더라고. 그만두게 하려고도 해 봤어. 아침에 밥이랑 다른 애들까지 다 데리고 와서 다시 제대로 습격해 보자는 말까지 했어. 그런데 쟤한테는 내 말이 들리지도 않는 것 같았어.

우리는 일제히 애슐리를 쳐다보았다.

애슐리가 다음으로 고른 옷은 옷장에 있는 드레스 중 사이즈가 가장 컸다. 애슐리는 옷장 안으로 손을 뻗더니 제시카 맥클린톡 스타일의 무도회 드레스를, 구슬과 보석으로 장식된 흰 코르셋과 우스꽝스럽게 부푼 모양의 튈 치마가 결합해 있어 식사 시간을 알리는 종 같은 실루엣을 가진 드레스를 꺼냈다. 혼자 지퍼를 잠그다가 머리카락이 지퍼에 걸려도 애슐리는 전혀 움찔하지 않았고, 그렇게 머리카락 몇 가닥이 지퍼에 계속 끼어 있었다.

벌써 날이 밝아지고 있어, 에번이 말했다. 이러다가 다들 잠에서 깨면 우리가 사라졌다는 사실을 알게 될 거야. 있잖아, 일단 돌아가서 밥을 데려오자. 나머지 애들도 다 데려와서 애슐리를 데려가자. 그럼 이 상황을 해결할 수 있을 거야.

저넬이 가만히 눈을 뜨고 거울을 똑바로 응시하면서 거울에 비친 에번의 표정과 몸짓을 찬찬히 살펴보았다. 그러고는 냉담하고 조용한 목소리로 말했다. 그런 다음에는 어떡하려고? 밥한테 애슐리가 열병에 걸렸을지도 모른다고 말하려고? 밥은 애슐리를 그냥 여기에 내버려 둘 거야. 그것보다 더 끔찍한 일을 저지를지도 모르고.

에번이 숨을 들이마셨다. 뭘 어떻게 해야 할지 모르겠어, 저넬.

일단 애슐리를 그냥 이렇게 내버려 둘 순 없어. 저넬은 잠시 아무 말 없이 애슐리를 주의 깊게 관찰했다. 있잖아, 애들아, 애슐리를 억지로 끌어당겨서라도 데려가 보자. 에번, 나 좀 도와줘. 저넬이 몸을 버둥대면서 애슐리의 팔을 자기 어깨 위에 걸치려 했지만 팔은 속절없이 미끄러져 내리기만 했다.

도와줘, 저넬이 애슐리의 팔을 붙잡으면서 반복해 말했다. 캔디스, 손전등 좀 들어 줘.

저넬과 에번은 거추장스럽게 퍼진 튈 치마를 완충재 삼아 간신히 양쪽에서 애슐리를 부축했다. 나는 한 손에 마리화나를 계속 꽉 쥔 채 다른 손으로 손전등을 들고 저넬과 에번의 발 앞쪽에 빛을 비추며 뒤따랐고 그렇게 부엌을 지나 현관으로 향했다. 애슐리의 머리는 뒤로 완전히 젖혀져 있었다.

나는 위아래가 거꾸로 된 애슐리의 눈을 쳐다보았다. 애슐리는 눈을 뜨고는 있었지만 초점이 없었다. 나를 인식하지도 못했다. 동공이 움직이지도 않았다. 그 눈빛은 뭐랄까, 누군가가 컴퓨터 화면을 쳐다보거나 핸드폰으로 무언가를 확인하고 있을 때의 눈빛과 가장 흡사하다.

그때 애슐리가 느닷없이 재채기를 했다. 내 온 얼굴에 침을 튀겨 가며 재채기를 하는 바람에 나는 그만 입을 꽉 다물었다. 그리고 곧장 부엌으로 달려가 얼굴에 찬물을 끼얹었다. 그건 본능적인 반응이었다.

캔디스, 저넬이 화를 참듯 나지막이 힘주어 말했다. 네 도움이 필요해.

저넬과 에번은 어느새 애슐리를 거실까지 끌고 가 있었다. 그런데 그때 갑자기 애슐리의 팔과 다리가 축 늘어졌다. 사실상 몸 전체가 힘없이 축 늘어지고 있었기 때문에 에번으로서는 그저 애슐리를 최대한 부드럽게 바닥에 내려놓는 것 말고는 할 수 있는 게 없었다. 그래서 에번은 저넬과 힘을 합쳐 조심히 애슐리를 바닥에 눕혔다.

애슐리는 깊은 잠에 빠진 사람처럼 두 눈을 감고 있었다. 동화에 나오는 그 누구보다 온화하고 순종적인 잠자는 미녀처럼, 공주 드레스 차림으로 바닥에 들러붙은 끈적끈적한 사탕처럼 아무 미동이 없었다. 저넬과 에번은 이제 어떻게 하냐며 말다툼을 했지만 결국 우리 셋은 그저 무력하게 가만히 서 있을 따름이었다.

그러던 중 애슐리가 눈을 떴다. 그리고 입을 벌렸다.

애슐리의 입에서 어떤 소리가 나오고 있다는 사실을 이해하기까지는 잠시나마 시간이 걸렸다. 그건 고통의 소리였지만 단조로운 음으로 뭉개진 체념의 소리이기도 했다. 나로서는 한 번도 들어 보지 못한 소리였다. 그 소리는 뭐랄까, 웅얼거림과 유사하면서도 그것보다는 더 힘 있고 생기가 느껴지는 소리, 깊은 여름밤 전염병처럼 곳곳에 퍼진 목이 바싹 마른 매미들이 내는 끈적하고 찌릿하고 박자감 있는 소리와 가장 흡사하다. 건너편 도로의 SUV에서 나는 둥둥대는 베이스 음향이 창문을 통해 내 몸속으로 들어올 때처럼 몸으로 느낄 수 있는 소리다. 신호등에 걸려 정차 중인 그 SUV는 곧 속력을 내며 사라진다. 소리의 정체는 리한나의 음악이다. 내가 그 주말에 들었던 유일한 노래. 조너선이 떠나고 며칠 밤이 지났을 때 들었던 노래. 그 시기의 여름밤을 나는 에어컨도 없어 푹푹 찌는 부시윅 원룸 아파트에서 찬물에 적신 행주 여러 개를 다리와 허벅지와 이마 등 몸 곳곳에 거머리처럼 붙인 상태로 보냈다. 잠들기 전에는 얼음을 넣은 지퍼백을 베갯잇 속에 넣어 두었다. 불을 다 끄고 가만히 누워도 이웃집 에어컨에서 나는 소음이며 다른 사람들의 차에서 울려 대는 베이스 소리 따위로 시끄러운 통에 유난히 잠 못 드는 밤이면, 침대에서 몸을 일으켜 출근 준비 시간이 올 때까지 그저 시간이 흐르기만을 기다렸다. 그 소음들은 하나같이 똑같은 얘기를 하고 있었다. 너는 혼자야. 너는 혼자야. 너는 혼자야. 너는 정말로 진짜로 혼자야.

그런 소리는 최면 같은 효과를 낸다. 그런 소리가 몸속으로 들어간다. 그러면 몸은 그 소리의 리듬에 맞추어 호흡하고, 세포들이 버둥대다 무너져 내리거나 유사 분열과 분열에 분열을 거듭하다가 과잉 보상적인 에너지를 통해 증식하는 움직임을 느끼게 된다. 그만해, 나는 내 몸에다 대고 그렇게 말하고 싶었다. 이제 그만해. 그만. 세포가 과잉 반응할 때의 느낌은 발은 잠들어 있는데 몸의 나머지 부분은 전부 깨어 있을 때의 저릿함과 같다. 내 몸속 세포의 과잉 반응은 뒤통수에서 시작해 다른 부분으로 퍼져 나갔다. 그때의 저릿함은 온몸을 바들바들 떨게 만들었다가 주먹을 쥐듯 꽉 죄어 왔고, 하임리히 요법을 시연했다가 어마어마한 고통을 야기했다가 나를 잘근잘근 씹어 댔다가 내 심장이 고동치게 했다가 철썩대는 파도처럼 밀려오는 욕지기로 나를 강타했다. 그러는 동안 내 몸은 서서히 잠에 빠져들었다. 나는 잠에서 깨야 했다. 내 몸을 깨워야 했다.

거실을 내달려 현관 밖으로 나간 나는 애슐리 집과 이어진 길로 접어들었고, 길 끝에 다다르자마자 텅 빈 점포와 패스트푸드 체인점을 지나 애슐리가 우리를 안내했던 길을 거의 무의식적으로 되밟으며 번화가를 향해 달렸다. 나는 무작정 달렸다. 내가 떠나온 곳으로 돌아가기 위해 달렸다. 밤을 향해 전속력으로 달렸다. 그러나 밖은 더 이상 밤이 아니었다. 아침이 밝아 오고 있었다. 지평선 너머로 해가 올라올락 말락 했다. 새들이 지저귀고 나무들이 흔들리는 소리가 들렸다. 내가 내달리고 있는 애슐리네 동네는 잎이 지나치게 무성히 자란 나무투성이였다. 나는 터질 듯 뛰는 심장을 가라앉히며 출구 경사로에서 속도를 늦추었다.

캔디스!

나를 뒤따라온 에번이 붉게 상기된 얼굴로 거친 숨을 몰아쉬었다.

저넬은? 나는 숨을 고른 뒤에야 에번에게 물었다.

걔는……. 에번이 애써 숨을 가다듬으면서 대답했다. 아직 거기에 있어.

우린 돌아갈 수 없어, 내가 말했다.

나도 알아.

우린 돌아갈 수 없어, 나는 말싸움을 하듯 했던 말을 반복했다.

나도 알아, 에번도 반복해 대답했다.

우리는 뒤쫓아오는 사람이 없음에도 쉬지 않고 달렸다. 하늘이 너무나도 순식간에 밝아지고 있었다. 고속도로에 심긴 소나무와 나뭇잎을 떨군 가지들이 우리 몸을 무심히 스치고 멀어졌다. 발길이 닿는 모든 곳에서 우리는 감격에 차올랐다. 그러고 싶은 마음이 없어도 감격에 차오를 수밖에 없었다. 세상이 그야말로 믿을 수 없을 만큼 충만하고 빈틈없이 꽉 차 있어서 터져 버릴 것만 같았다.

달리고 또 달려서 캠프로 돌아가 보니 밥이 우리를 기다리고 있었다.

11장

샤스핀 디너파티가 끝난 이후 제인과 나를 비롯해 이스트 빌리지 구역 건물에 사는 모든 세입자는 앞으로 임대 계약이 연장되지 않을 것이라는 통지를 받았다. 기존 아파트 건물들을 단독 주택으로 개조하는 계획 때문이었다. 6개월 이내에 모든 건물을 헐고 식기세척기와 대리석 조리대를 설치할 것이라는 말이 들렸다. 현재 거주 중인 집을 매입할 수 있는 선택권이 있기는 했지만 매입가는 수백만 달러에 이를 것이었다. 제인은 머레이 힐에서 상인으로 일하며 살고 있는 남자친구네 집으로 이사를 가기로 했다. 다른 세입자들은 대부분 브루클린이나 퀸스 같은 다른 구의 외곽으로 이사 갈 채비를 했다.

계약 만료일을 앞둔 몇 주 시기에 나는 대부분의 여가 시간을 집에서 보냈다. 제인이 주말이면 거의 늘 남자친구 집에 가 있었던 터라 나 혼자서 모든 공간을 쓸 수 있었다. 보통 때에는 여기저기 정처 없이 거닐며 긴 산책을 하곤 했었지만 그 기간에는 거의 돌아다니지 않았다. 주말에도 거의 내내 앉아만 있었다. 앉은 자세로 잡다한 집안일을 하고, 샌드위치를 먹고,

텔레비전을 보고, 책과 잡지를 읽으면서 더 깊은 고독 속으로 파고들었다. 제인이나 스티븐이나 대학 동창들은 물론 아무도 만나지 않았다. 어디에선가 읽기로는 동물들도 홀로 숲속으로 떠나 며칠 혹은 몇 주 동안 꼼짝도 하지 않고 휴식을 취한다고 했다.

이따금 의도치 않은 우연한 만남의 형태로 조너선을 보기도 했다. 조너선은 자기 우편함으로 잘못 배송된 내 편지를 전해준다거나, 달걀 몇 개를 빌린다거나, 길모퉁이 보데가*에서 파는 아이스티 한 병을 사다 준다거나 하면서 예기치 않은 때에 우리 집으로 올라왔다. 그렇게 이웃 사이로 만나게 될 때마다 우리는 화재 대피용 계단에서 담배 한 개비를 나눠 피웠다. 20분 정도가 지나면 조너선은 예의를 차리며 일어나 아래층으로 터벅터벅 내려갔다. 내 공간을 존중해 주는 것 같았다. 내가 가진 사교 능력의 한계치를 본능적으로 간파한 것도 같았다. 그는 같이 어디를 좀 가자거나 같이 뭔가를 하자거나 하는 요청을 한 번도 하지 않았다. 아니, 딱 한 번 있었다.

어느 토요일 아침, 창가에 앉아 책을 읽고 있는데 조너선의 목소리가 들렸다. 저기.

화재 대피용 계단을 힐끗 내려다보니 조너선이 계단 중간 지점까지 올라와 있었다.

---

* 뉴욕에 있는 편의점과 흡사한 작은 식료품 가게. '보데가'라는 명칭은 '저장실' 또는 '와인 창고'를 뜻하는 스페인어에서 유래했다.

어, 내가 말했다. 그리고 조너선이 들어올 수 있도록 창문을 열어 주었다.

그거 어때? 조너선이 내가 읽고 있던 제인 제이컵스의 『미국 대도시의 죽음과 삶』을 가리키면서 물었다.

꽤 대단한 책인 것 같아. 그런데 이거 네가 추천해 준 책이잖아, 내가 말했다. 가끔씩 조너선은 내가 회사에 출근해 있는 동안 내 방 창문에 책이나 영화 추천 목록을 적은 메모지를 붙이고 갔다. 그러면서 자기가 쓰는 폴더 핸드폰으로는 문자를 보내는 게 너무 번거로워서 그런 거라고 말했다.

우리가 돈이 없어서 쫓겨나고 있는 상황임을 감안하면 꽤 시의적절한 책이지. 조너선이 잠시 침묵하다가 다시 입을 열었다. 사실 너한테 물어볼 게 있어서 왔어. 넌 이사 어떻게 할 생각이야?

나는 부시윅으로 가려고.

아 내 말은, 이삿짐 어떻게 옮길 건지 정했어?

아직 제대로 생각해 보지 않았어. 이번 달 말까지 비워야 하는 건 아니잖아, 그렇지? 난 아마 막판에 가서야 뭔가 대책을 찾아볼 것 같은데.

나는 유홀*에서 차를 한 대 빌리기로 했어. 그린포인트로 갈 건데 부시윅이랑 꽤 가깝네. 괜찮으면 이삿짐 옮기는 거 도와줄게.

---
* 트럭이나 밴을 빌려주는 서비스 업체.

아냐, 괜찮아.

아니, 진심으로 하는 말이야. 난 이삿짐이 별로 없거든. 분명 너랑 내 짐 다 합쳐도 밴 하나에 다 들어갈 거야. 그럼 한꺼번에 옮길 수 있고.

나는 망설였다. 정말 그래도 돼?

그럼, 나한테는 전혀 문제 될 거 없어. 조너선의 태도가 너무 태연했기에 나는 그의 말이 진심임을 알 수 있었다. 그날 데이트하는 거야, 조너선은 그 말을 남기고 자리에서 일어나 아래층으로 내려갔다.

그로부터 몇 주 후 나는 스펙트라 건물 밖에서 조너선을 기다렸다. 점점 가까워져 오는 유홀 렌터카를 흘끗 보는 것만으로도 어찌할 수 없는 긴장과 흥분이 느껴졌다.

조너선은 흡사 무도회에서의 떨리는 데이트를 앞둔 사람처럼 나를 위해 조수석 문을 열어 주었다. 나 뉴욕에서 운전하는 거 처음이야, 조너선이 말했다. 아주 형편없는 운전 실력을 목격하게 될 테니 미리 사과할게.

나도 뉴욕에서 운전해 본 적 없어, 내가 말했다. 걱정하지 마. 전혀 기대하지 않으니까. 그냥, 우리를 죽음으로 몰고 가지만 않으면 돼.

괜스레 차내 에어컨을 만지작거렸다가 창문 위치를 조정했다가 라디오를 틀었더니 요란한 기타 소리에 저음의 남자 목소리가 깔린 80년대풍 노래가 흘러나왔다.

어, 조이 디비전*이잖아, 조너선이 말했다. 나 이 노래 좋아해.

조너선이 길을 한번 잘못 든 바람에 우리는 타임스스퀘어에 갇혀 있었다. 교통 체증이 심해서 거미줄 한가운데에 붙들려 있는 것 같았다. 여기저기서 시끄러운 경적이 울렸고 택시기사들이 공격적인 기세로 화를 내며 소리를 질렀다. 교통사고가 난 것일 수도 있었다. 매연 냄새와 핫도그 냄새와 설탕물에 조린 견과류 냄새가 났다. 모든 매장과 영화관의 에어컨들이 열렬히 내뿜는 찬 공기의 기운도 느껴졌다. 이언 커티스는 사랑이 어떻게 모두를 갈기갈기 찢어 놓게 될 것인가에 대해 특유의 저음으로 읊조리듯 노래했다. 그런 혼돈 속에 꼼짝도 못 하고 있는 동안 조너선은 몹시 차분한 상태를 유지했고 우리에게 주어진 시간은 넘치고도 남는다는 양 라디오 음악 소리에 맞춰 손가락으로 운전대를 가볍게 두드렸다. 나는 좌석을 뒤로 젖히고 몸을 기댔다. 한 곡이 끝나면 새로운 노래가 재생되었고, 그 노래도 끝나면 또 새로운 노래가 나왔다. 「스위트 드림스」, 「테인티드 러브」, 「아임 온 파이어」, 「99개의 풍선」 등등.

라디오 음향이 지지지직 떨렸다. 오늘은 80년대의 밤입니다!

해가 뉘엿뉘엿 지고 하늘이 어둑해지자 주변에 있던 옥외광고판과 광고 영상과 플래그십 스토어들이 점점 밝은 빛을 내기 시작했는데, 처음에는 잘 눈에 띄지도 않더니 서서히 정체

* 1976년에 결성된 영국 록 밴드.

가 풀려 우리가 찔끔찔끔 기어가듯 타임스스퀘어를 빠져나갈 때가 되었을 무렵에는 전부 당혹스러울 만큼 휘황찬란한 광채를 뿜어냈다. 어느 사무실 건물은 통째로 비워진 채 옥외 광고판 용도로 임대된 상태였다. 그곳은 진공에서 떠도는 브랜드들의 세계가 충돌하는 꿈의 장소였다. 최면을 거는 듯한 빨간색 코카콜라 간판이 우리를 향해 윙크를 날리듯 깜박일 때, 조수석에 앉아 있던 나는 내가 앞으로 조너선과 함께하리라는 사실을 깨달았다.

아파트 건물에 도착한 우리는 내 소지품과 가구를 밴에 싣고 부시윅으로 향했다. 알고 보니 조너선이 하루 전날 자기 물건을 그린포인트로 옮겨 둔 상황이었고 옮겨야 할 것은 내 짐밖에 없었다. 우리는 매트리스와 책을 담은 상자들의 무게를 나눠 진 채 3층짜리 계단을 올랐다. 몇 번씩 오르락내리락하며 이삿짐을 옮기는 동안 내가 힘을 써야 할 일은 줄어들었고 조너선의 역할은 배가되었다. 내가 발을 질질 끌어 가며 자그마한 고무나무 화분이나 작은 상자들을 나르는 동안 조너선은 대체로 무거운 상자들을 옮겼다.

그 새로운 원룸에서 우리는 휴식을 취했다. 마실 것이 하나도 없었던 터라 각종 식기류가 짝이 안 맞는 상태로 들어 있는 상자를 열고 아무것이나 꺼내어 수돗물을 따랐다. 냉동실에는 이전 세입자가 남겨 둔 얼음이 있었다.

우리는 기는 자세로 화재 대피 공간으로 나가 보았다. 새 동네 풍경이 눈앞에 펼쳐졌다. 다닥다닥 붙어 있는 주택들, 단단히 쥔 주먹처럼 매듭진 형태의 마늘빵을 파는 피자 체인점, 공장들, 창고를 개조한 골드스짐 체육관 정도를 제외하면 별게 없었다. 동네는 아직까진 조용한 편이었고, 나 같은 사람들이 터를 잡고 있음에도 젠트리피케이션이 진행되지는 않은 상태였다. 24시간 운영되는 공간은 하나도 없을뿐더러 가로등이 윙윙거리는 소리까지 들렸다.

내 옆에 있던 조너선이 담배 두 개비에 불을 붙였다. 그러더니 나를 빤히 쳐다보았다. 그런데 말이야, 네가 예술을 공부했다는 말은 들었는데 어떤 일을 하는지는 한 번도 물어본 적이 없었네.

가끔가다 사진을 찍어, 나는 일단 말을 삼가면서 대답했다. 지금은 예전만큼 찍지도 않고. 대학 때는 아너스 프로젝트*로 러스트 벨트에 있는 탈산업사회 소도시 풍경을 연작 형태로 발표했었어. 브래독이랑 영스타운 같은 옛 철강 도시들에 갔었지.

보여 줄 수 있어?

나는 맥북을 꺼내서 클릭을 몇 번씩 해 본 후에야 파일을 찾아냈다. 찾는 데만 해도 시간이 꽤 걸렸다. 쇠락해 가는 제철소, 토요일 밤 폴카 춤이 벌어지는 현장, 이탈리아 식당 뒤편에서 펼쳐지는 보치** 게임 등을 담은 컬러 사진들이었다. 사

* 학생들이 각자의 전공이나 부전공 혹은 관심 분야 등과 관련된 주제를 자유롭게 탐구할 기회를 주는 과정.
** 이탈리아식 볼링 게임.

진들을 다시 보고 있으니 그때 내가 얼마나 그 프로젝트에 몰두해 있었는지가 떠올랐다. 금요일 수업이 끝나면 캠퍼스에서부터 혼자 차를 몰고 그 소도시들로 가서 주말 이틀을 꼬박 보내곤 했었다.

조너선이 사진들을 꼼꼼히 들여다보았다. 다 정말 좋은데.

토마스 스트루스*의 작품처럼 배율을 확대한 거야, 내가 약간 흥분한 어조로 설명했다. 학부에서 전시회를 했을 때 어느 동기의 아버지께서 내 사진을 한 장 사 가시기도 했었어. 들리는 말로는 석유 재벌이시라던데. 그분이 사는 텍사스 어딘가의 다이닝룸에 내 사진이 걸려 있을 거라고 생각하면 기분이 이상해.

놀랄 일은 아니지. 결국 모든 건 부유한 상류층의 손으로 넘어가게 되어 있으니까, 조너선은 스크롤이 다 내려갈 때까지 사진들을 구경하며 말했다. 혹시 다른 작품들도 보여 줄 수 있어?

그게 거의 다야, 나는 그렇게 말하면서 노트북을 가로채 닫아 버렸다.

러스트 벨트 연작 사진은 미국의 사양 산업들을 담은 여러 프로젝트 가운데 첫 번째로 구상한 작품이었다. 나는 노천 채굴이 불러일으킨 영향을 비롯해 애팔래치아 산맥의 탄광촌을 담은 연작 사진도 찍을 계획이었다. 그러나 프로젝트의 자금원이 되어 줄 지원금 사업에는 지원조차 해 보지 못했다. 엄마

* 독일 출신의 사진작가.

를 간호하기 위해 집으로 돌아가야 했기 때문이었다. 그 후에는 모든 것이 꽤나 무의미하게 느껴졌다. 게다가 내가 산업 쇠퇴로 인한 여파 속에서 살아가고 있는 공동체에 대해 뭔가를 말하고자 하는 사진을 찍고 있었음에도 그런 환경에서 살아간다는 것의 의미를 실제로는 하나도 모른다는 생각이 좀처럼 사라지지도 않았다. 어느 날 밤에는 영스타운의 한 바에서 시간을 보내고 있었는데 머리가 희끗희끗한 나이 든 남자가 다가와 냉담한 시선으로 나를 쳐다보더니 이렇게 말했다. 네가 온 곳으로 돌아가. 나는 정중하게 대꾸했다. 실례지만 어디를 말씀하시는 거죠? 그러자 그가 대답했다. 한국이든 베트남이든, 그건 내가 알 바 아니고. 넌 여기 사람이 아니야. 넌 우리를 모르잖아.

나는 화제를 바꾸며 조너선에게 물었다. 네가 쓰는 소설은 어떤 내용이야?

조너선이 담배를 한 모금 빨았다. 서던 일리노이의 작은 동네에 사는 가족에 대한 소설을 쓰고 있어. 내 가족에게서 영감을 받은 이야기야. 음, 우리 가족이 전부 거기 출신이거든. 집안 대대로 똑같은 곳에서 살았어. 거길 떠난 사람도 없고.

너만 예외인 거네?

조너선이 고개를 끄덕였다. 나는 열여덟에 그 동네를 떠났어. 시카고로 이사를 가서 거기서 몇 년 살았지. 그러다가 좀 더 먼 곳으로 떠나야겠다고, 나와 내 가족 사이에 거리를 좀 더 둬야겠다고 생각했어. 그러다가 결국 뉴욕에 자리를 잡게 된 거고.

시카고에서 살 때는 뭐 했어? 내가 물었다.

조너선은 자신의 첫 직장에 대해 말해 주었다. 대학 졸업 직후 시카고의 한 잡지사에서 보조 편집자로 일했다고 했다. 80년대에 설립된 이래로 인디 문화를 전문으로 다룬 출판물을 펴낸 전설적인 곳이었으나 조너선이 근무할 무렵에는 거대 미디어 기업에 인수된 지 얼마 안 된 상황이었다.

사무직으로 꾸준히 일했던 건 그때가 처음이자 마지막이었어, 조너선이 말했다.

넥타이를 맨 모습이 머릿속에 잘 그려지지가 않네. 거기서 얼마나 오래 일했던 거야?

믿기 힘들겠지만, 3년. 조너선은 그 시절의 이야기를 더 들려주었다. 조너선이 입사한 해의 연말 무렵 회사 소유주들은 휴가 수당 정책을 변경했다. 소진되지 않은 휴가 일수를 무기한 이월해 주는 대신 당해에 소진하지 못한 휴가 일수를 다음 해로 최대 10일만 이월해 주기로 한 것이었다. 그러자 대부분 80년대부터 재직해서 연차가 높은 직원 중 일부는 거의 수개월에 달하는 그동안의 누적 휴가 일수를 그 정책이 시행되기 전에 활용하기 위해 조기 퇴직을 해 버렸다. 새로운 정책은 본질적으로 급여가 높은 고위급 직원들에게 퇴직을 강요하는 정책이었다. 그들뿐만 아니라 회사 창립자들도 회사를 떠나 버렸다.

조너선이 입사한 지 2년째 되던 해에는 회사의 퇴직 수당 관련 정책이 변경될 것이라는 공지가 나왔다. 그 정책에 따르면 퇴직 수당이 더 이상 각 직원의 근속 연수에 따라 산정되지 않고, 근속 연수가 10년 미만인 직원들에게는 일괄적으로 정액이 지급될 예정이었다.

이듬해에는 거의 모든 고위급 직원이 감액된 퇴직 수당을 받고 해고당했다. 조너선을 채용했던 편집자도 해고로 회사를 떠났다.

조너선이 입사한 지 3년째 되던 해의 연말 무렵, 회사는 거의 전적으로 20대 직원들에 의해 굴러갔다. 그들의 연봉은 신입 수준이었다. 조너선은 선임 편집자로 승진했고 다른 편집자들을 관리하는 업무를 맡았지만 사실상 직급만 올라간 승진이었다. 프리랜서 작가들에게 지급할 예산이 대폭 삭감되는 바람에 전 직원이 밤늦도록 야근까지 해야 했다. 야근을 하지 않는 직원은 금방 해고될 인원으로 간주되었다. 출판물의 품질은 저하되었다.

조너선이 두 번째 담배에 불을 붙였다. 네가 그저 한 명의 개인으로 기업이나 기관에 고용되면 승산이라고는 없이 이용만 당하게 될 거야. 언제나 몸집이 더 큰 쪽이 이기기 마련이거든. 그쪽은 널 주시할 수는 없어도 깔아뭉갤 수는 있지. 그리고 그런 게 노동의 세계인 거라면, 난 그 세계의 일원이 되고 싶은 마음이 없어.

시카고에서는 밀워키 길에 있는 빨래방 위 아파트에서 살았다고 조너선이 말했다. 도심으로 나갈 때면 아파트 바로 앞 정류장에 서는 56번 버스를 탔다고 했다. 이따금 그저 출퇴근만 하면서 한 거리 위만 오가는 느낌도 들었다고 했다. 평일 밤과 주말에는 글을 쓰고 평일 아침이 오면 출근을 하며 지냈다고 했다.

어느 날 그는 책상에서 일어나 그길로 일터를 떠났다. 그리고 다시 돌아가지 않았다.

그 후로는 한 번도 상근직으로 일해 본 적 없어, 조너선이 말했다. 그리고 한 줄기 담배 연기를 내뿜었다. 시간제로도 일하고 그때그때 프리랜서 일도 하면서 그럭저럭 먹고살고는 있고. 나는 다른 무엇보다도 내 시간과 내 노력이 온전히 내 것이었으면 해.

나는 물을 한 모금 마셨다. 얼음이 거의 다 녹아 있었다. 내일 아침에 출근하려면 일찍 일어나야 하는데, 내가 말했다.

우리는 어색하게 웃었다.

내가 그 웃음의 의미에 대한 생각에 더 깊이 빠져들기도 전에 조너선이 내 손을 붙잡더니 마치 관찰을 하려는 것처럼 자기 얼굴 쪽으로 갖다 댔다. 그러고는 아무 예고도 없이 사과를 먹듯 내 손등을 깨물었다.

아야, 치아가 닿는 따끔한 통증에 내가 아픈 소리를 냈다. 조너선은 내가 어떤 행동을 취할지 기다리면서 내게 시선을 고정하고 있었다. 내 얼굴은 발갛게 달아올라 있었지만 주변이 어두워서 조너선에게는 보이지 않았다. 그래서 나는 조너선의 목과 어깨가 만나는 연약한 부위를 깨물어 반격했다. 그랬더니 조너선은 또 한 번, 단 이번에는 내 팔 안쪽의 연한 살을 깨물었는데 간지럼에 예민한 겨드랑이와 가까운 쪽을 깨문 탓에 나는 그만 웃음을 터뜨리고 말았다. 조너선은 그러고도 나를 한 번 더 깨물었다. 깨물 때마다 아픔이 느껴지기는 했지만 피부에 상처가 나지는 않았다. 조너선은 그런 식으로 연달아 나를 깨물었다.

매트리스에는 전용 커버도, 시트도 씌워져 있지 않았다. 피부가 매트리스에 쓸려 근질근질한 와중에도 조너선은 끙끙대면서 내 바지를 벗기려고 했다. 기다려, 나는 조너선에게 그렇게 말한 다음 바지를 말끔히 벗어 던졌고 조너선은 자기가 입고 있던 청바지 지퍼를 내려 슈워제네거를 연상시키는 성기를 꺼내더니 일반적으로 첫 섹스에서 예상하는 것보다 더 맹렬하고 공격적인 자세로 내 몸에 밀어 넣었다. 아무것도 씌워지지 않은 매트리스 표면에 마찰되어 우리 피부는 연분홍빛으로 변했다. 우리가 한 섹스는 낭만적이지 않았다. 그것은 섹스 그 자체, 무언가를 하기 위해 애쓰는 섹스, 말뚝을 박아 소유권을 주장하고 영토를 차지하기 위한 섹스였다.

꼬인 전선처럼 껍질이 벗겨진 채 멍이 올라온 내 몸은 밤새도록 바들바들 떨렸다.

다음 날 아침 조너선은 유홀 렌터카로 나를 회사까지 데려다주었다. 11번가 어딘가에 위치한 유홀 대여소로 가는 길목에 스펙트라 건물이 있었다. 우리는 드라이브스루로 커피를 사 마셨다. 조너선은 브루클린에서부터 배터리 파크, 월스트리트, 9·11 기념관을 거쳐 맨해튼으로 접어드는 경치가 좋은 길을 따라 천천히 차를 몰았다. 이른 아침이기는 했어도 평일 근무가 본격적으로 시작되기까지 약 한 시간 정도밖에 남지 않은 때였지만 모든 것이 황량해 보였다.

나는 기본 근무시간만큼 일한 다음 지하철을 타고 아침에 왔던 길을 되밟아 그린포인트에 위치한 조너선의 새 아파트로 갔다. 내 안에 있는 어떤 중력, 두려움에 가까운 감정, 그리고 복통이 나를 조너선에게로 끌어당기는 듯했다. 내 선택이라고 말할 수조차 없었다.

스펙트라에서의 1년차 시절에는 수많은 밤을 조너선의 아파트에서 보냈다. 그의 침대에 누워서 잠이 들면 이런 꿈을 반복해서 꾸기도 했다.

꿈속의 나는 얼핏 재비츠 센터 같은 대형 유리 전시 공간에 차려진 성경 판매 엑스포에 있다. 그 공간은 큰돈을 들여 꾸민 고급스러운 전시 부스마다 똑같은 정장을 입은 성경 영업사원들이 서성거리는 복잡한 미궁이다. 각 부스에는 새로운 최신 성경 시제품들이 전시되어 있는데 대부분 내가 세부 계획서를 작성했거나 제작한 책들이다. 모험심이 가득한 독자들을 위해 제작된 야외용 성경은 짤깍하는 소리와 함께 열리는 경량의 철제 상자에 담겨 있다. 대안 기독교를 믿는 10대들을 위한 대안 성경은 표지를 각자의 취향에 따라 장식할 수 있도록 민무늬로 비워 놓고 샤피 유성 마커를 동봉해 주는 것이 특징이다. 전시장 중앙에 위치한 부스에서 많은 이들의 이목을 사로잡는 성경은 주부들이 공부 모임과 기도회에서 과시해 보일 수 있게끔 제작된 휴대가 간편한 가방형 성경으로, 코치 브랜드의 사첼백 같은 고객 맞춤형 앞주머니가 달려 있다.

나는 정장을 빼입은 백인 남자들이 입구를 지키는 전시회 부스들을 지나쳐 걸어간다. 모두가 매년 똑같은 성경을 번역과 포장만 다르게 해서 팔고 있다는 사실을 그들도 알고 나도 안다. 나는 그들과 비교도 안 될 만큼 영리하다. 나는 모든 것을 꿰뚫어 본다. 그들은 나를 건드릴 수 없다. 나는 에스컬레이터를 타고 한 층 위로 올라간 다음 또 한 층 올라간다. 여러 개의 방이 각기 다른 방과 연결되어 있는데 나는 마법처럼 내 수중에 있는 열쇠와 보안 번호와 비밀번호로 그 방문들을 연다. 나는 방문을 여는 방법은 알고 있지만 내가 정확히 무엇을 찾고 있는 것인지는 알지 못한다. 마침내 내가 가닿은 방은 다른 문과 연결되어 있지 않은 듯해 보이는 빈방이다. 크고 시끄러운 목소리, 풍선들이 펑펑 터지는 소리, 타일 위에서 구르는 주사위처럼 요란하게 흩어지는 웃음소리가 들린다. 한쪽 벽을 타고 넘어온 소리인 듯하다. 그 벽의 바닥 면에는 만화에 등장하는 쥐 정도나 지나갈 수 있을 법한 아주 작은 출입구가 있다. 나는 바닥에 엎드려 그 구멍 속으로 몸을 밀어 넣어 보지만 엉덩이가 걸리고 만다.

하체는 이쪽에 남겨 두고 상체는 저쪽으로 넘어간 상태로 주변을 둘러보니 금속 활과 풍선과 현수막으로 장식된 어마어마하게 널따란 붉은 무도회장이 보인다. 돼지 장기와 북경 오리와 KFC 치킨 통이 산더미처럼 쌓인 둥근 탁자 주변에는 사람들이 복작복작 모여 건배를 나누면서 담배를 태우고 있다. 한쪽 구석에 모인 한 무리의 중국인 아이들 앞에 놓인 대형 텔레비전에서는 소리는 없고 자막만 있는 영화가 재생된다. 재생 중인 영화는 「죠스」다. 반대쪽 벽에는 노래방 무대가 설치되어 있는데 거기서는 브라이언 페리가 가사를 버벅대면서 나른한 목소리로 본인의 노래를 부른다. 브라이언 페리가 부르는 곡은 「아발론」이다. 그 노래가 수록된 앨범과 록시 뮤직의 앨범을 비롯해 대부분의 영국 뉴웨이브 음반은 아빠가 즐겨 들은 음악이었다.

바닥에서 고개를 쳐들고 있으니 아는 사람들의 얼굴이 보인다. 다들 격식을 차린 야회복을 입고, 화장을 하고, 파마한 머리를 풍성하게 말아 올린 섬세한 스타일을 하고 있는 터라 알아보는 데까지 시간이 조금 걸린다. 할머니와 할아버지. 또 다른 할머니와 할아버지. 염세적이고 앞을 못 보는 고조이모할머니. 짓궂게 둘이서만 비밀 대화를 나누는 날씬한 체격의 두

이모. 턱시도를 차려입고 서로의 등을 두드리면서 아직까지도 80년대를 사는 사람들처럼 줄담배를 피우는 네 친척 아저씨. 그리고 그 아저씨들 옆에 앉아서 맨손으로 오렌지 껍질을 까는 아빠까지.

그다음으로 내가 발견하는 사람은 엄마다. 유일하게 드레스 차림이 아닌 엄마는 교회에 갈 때 자주 입던 남색 치마를 입고 있다. 내가 엄마를 쳐다보는 바로 그 순간 엄마도 나를 쳐다본다. 엄마가 내게 다가와 무릎을 꿇고 쥐구멍에 낀 나를 힘껏 당기자 엉덩이가 뽁 소리와 함께 빠져나온다. 나는 먼지를 털어내면서 똑바로 일어선다.

뭐 좀 먹었니? 엄마가 묻는다.

꿈속의 나는 말을 하지 못한다. 두 입술을 벌려 보려고 하지만 내겐 입술이 없다. 입 자체가 없다. 입이 있을 때는 언어가 없다. 그러나 내겐 배 속 깊은 곳에서부터 소화불량으로 인해 발산되는 우르릉우르릉 소리가 있다. 엄마는 그런 내 상태를 이해하는 듯하다.

배고픈가 보구나, 엄마가 말한다. 앉아 있으렴, 피곤해 보여.

나는 자리에 앉는다. 엄마가 내 앞에 샥스핀 한 사발을 차려 준다. 굉장히 먹음직스럽고 믿기지 않을 정도로 풍부한 냄새가 나서 그 순간 나는 상어를 죽여 가면서까지 이 요리를 만드는 이유가 무엇인지 이해한다. 나는 입을 벌린다.

그리고 잠에서 깨어난다.

12장

과거의 장면을 뒤로하고 떠나오기가 무섭게 에번과 나는 다시 그 장소로 돌아가고 있었다. 밥이 우리를 SUV에 태우고 운전대를 잡은 것이었다. 밥이 애슐리 집 쪽으로 차를 몰며 고속도로 갓길로 신중히 서행하는 동안 에번과 나는 가죽 덮개가 씌워진 뒷좌석에서 진땀을 흘렸다. 뒤에서는 애덤과 토드가 다른 차를 몰고 바짝 붙어 따라오고 있었다.

나는 뒷좌석에서 밥에게 길을 안내해 주었다. 눈앞에 펼쳐진 모든 풍경이 특별할 것 하나 없이 평범했고 어젯밤에 본 광경과도 사뭇 달랐다. 나와 나란히 앉은 에번에게 눈짓을 보내면서 내가 가리킨 방향이 맞는다거나 틀린다거나 하는 반응을 보여 주기를 기다렸지만 에번은 아무 말 없이 창밖만 내다볼 뿐이었다.

밥도 말이 없었다. 내가 무슨 말을 하면 귀 기울여 듣기는 했지만 우리가 캠프로 돌아간 후부터 부쩍 말수가 줄어든 상태였다. 레이밴 선글라스에 가려진 얼굴은 부러 감정을 배제한 표정을 짓고 있는 듯했다. 그저 은행에서 예금을 하고 자동차에 기름을 채우는 등 토요일에 해야 할 볼일을 보는 사람처럼 밥은 자연스럽고 침착한 태도로 운전을 했다. 고속도로로 진입해, 라고 내가 말하면 밥은 고속도로로 진입했다. 여기서 좌회전, 이라고 내가 말하면 밥은 좌회전을 했다.

조던우드 표지판이 시야에 들어오기 시작했다.

고속도로 출구 경사로가 나오면 오른쪽 차선으로 가야 해, 내가 말했다.

밥이 고개를 끄덕였다.

차 안에서 아무 말 없이 앉아 있다 보니 에번과 내 몸에서 스멀스멀 악취가 올라오는 게 느껴졌다. 우리 몸이 스트레스에 반응하는 과정에서 더 심해졌을 것이 분명한 시큼하고도 자극적인 악취였다.

미안해, 냄새가 심하네, 내가 말했다.

이거 말고도 미안해야 할 일이 많지, 밥이 말했다. 밥은 고속도로 출구로 빠져나간 후 곧 몇 차례 방향을 틀었고, 천천히 속도를 늦추며 정차한 후에는 시동을 끄지 않고 대기했다. 여기야? 밥이 물었다.

애슐리의 집을 알아보는 데까지는 시간이 조금 걸렸다. 단 몇 분 만에, 너무나도 빨리 도착한 터였다. 애슐리의 집은 푸른색이 아니었다. 회색이었다. 외벽에는 녹슨 자국들이 퍼져 있었다. 그래도 여전히 알아볼 수는 있었다. 현관문은 살짝 열려 있었다. 우리가 급히 달아나느라 제대로 닫지 못한 탓이었다.

집은 전날 밤에 비해 훨씬 작아 보였다.

맞아, 에번이 처음으로 입을 열어 대답했다. 여기가 거기야.

알겠어, 기다려 봐, 밥은 그렇게 말하더니 내가 평생 본 것 중에 가장 인상적인 평행주차를 하기 시작했다. 녹슨 세단 두 대 사이에 있는 말도 안 되게 좁은 공간에 단 세 번의 방향 전환만으로 주차를 한 것이다. 우리 뒤를 따르던 토드는 도로 한가운데에 차를 세우고 시동을 껐다.

주차 실력 굉장하다, 내가 말했다. 그러고는 차 문을 열려고 손잡이를 당겼더니 철거덕 소리가 났다. 모든 문이 잠긴 채 철거덕 소리만 냈다.

나오지 마, 밥이 말했다. 여기서 기다려. 몸 따뜻하게 하고. 물도 좀 마셔. 그러면서 내 손 안쪽을 가리켰다.

고개를 숙여 보니 내 손에 폴란드 스프링 물병 하나가 들려 있었다. 손아귀에 잔뜩 힘이 들어가 있던 터라 주름진 플라스틱병이 조금 찌그러져 있었다. 내 무릎에는 묵직한 양모 담요 하나가 놓여 있었다. 재질이 까끌까끌해서 양다리에 마찰이 일었다.

고개를 돌려 에번을 보았다. 에번의 무릎에도 담요 하나가 놓여 있었다. 에번의 옆에도 물이 꽉 채워진 폴란드 스프링 물병이 있었다. 우리가 충격받았다고 생각했나 보구나, 나는 그제야 상황을 파악했다. 그들은 우리를 충격에 휩싸인 사람으로 대하고 있었다. 그러고 보니 우리는 충격받은 상태가 맞았다. 그런 것 같았다. 이런 게 바로 정신적 충격일 터였다.

나는 병뚜껑을 열고 물을 한 모금 마셨다.

자동차 뒤편으로 걸어간 밥은 트렁크 문을 연 다음 M1 소총을 꺼내고 문을 닫았다. 트렁크 문이 쾅 닫히면서 휘이익 바람 소리가 났다.

기분 좀 어때? 나는 밥이 내 목소리를 듣지 못할 만큼 멀리 떨어지자마자 에번에게 물었다.

안 좋아, 에번이 말했다. 걱정돼. 너는?

우린 지금 충격받은 상태야, 내가 에번에게 말했다.

난 내가 지금 어떤 상황에 처해 있는지 정확히 알아. 난 이제 큰일 났어. 그러자 에번이 내 말을 바로잡았다. 우리가 큰일 난 거지.

물 좀 마셔, 나는 내 물병을 흔들며 에번에게 건넸다.

에번은 고개를 가로저었다.

우리 밤새 한숨도 못 잤어, 나는 마치 그 사실이 모든 것을 설명해 주기라도 하는 것처럼 말했다.

사실 내가 갖고 있는 게 있어, 에번이 말했다. 그러면서 재킷에서 지퍼백 하나를 꺼냈다. 그 안에는 헛웃음이 나올 만큼 많은 흰색 알약이 들어 있었다.

그거 뭐야?

자낙스*. 한 알 먹어야겠어. 너도 먹을래?

---

* 불안장애, 불면증, 공황장애 등에 쓰이는 향정신성의약품.

아니, 괜찮아.

확실해? 이거 습격 때마다 모아 둔 거야. 최소 예순 알은 돼. 이거 여섯 알만 먹어도 과다 복용이라더라.

그렇게 많이 먹지 마, 에번. 나는 병뚜껑을 열고 물을 한 모금 더 마셨다. 그리고 또 한 모금 마셨다. 나는 충격에 빠진 상태에서 느껴지는 감정과 그 감정의 특징을 잘 관찰해 보려 했지만 로드 트립을 하는 동안 희미해진 지난날들과 비교했을 때 어떤 차이가 있는 건지 사실상 전혀 파악할 수 없었다. 내가 매일매일 느끼던 일상적인 감정, 그러니까 무감각에 가까운 평상시의 감정에 어떤 변화가 생긴 건지도 알 수 없었다. 아무 감정도 느껴지지 않았다.

애슐리는 왜 열병에 걸린 걸까? 내가 물었다.

캔디스. 지금은 그 얘기 하지 말자, 에번이 말했다. 하지만 그러면서도 내가 던진 미끼를 물고 대답했다. 아마 그전에 이미 걸린 상태였을 거야, 에번이 머릿속에 떠오른 혼자만의 생각을 내뱉듯이 천천히 말했다. 지난 몇 주 동안 바이러스가 잠복해 있었던 거지.

유년기를 보낸 집에서 열병에 걸렸다는 게 좀 이상하지 않아? 마치 향수와 열병에 어떤 연관성이 있는 것 같잖아.

선 열병은 곰팡이 포자를 흡입해야 걸리는 병이야. 기억 때문에 발병하는 건 확실히 아니라고 봐.

그게 원인이라는 말은 아니야. 내 말은, 향수가 어떤 자극제가 되는 건 아닐까?

에번이 고개를 저었다. 자낙스 정말 안 먹을 거야? 너 지금 몸 떨고 있어.

아이에게 어떤 영향을 주는 약인지도 모르는데 그냥 먹을 수는 없지.

에번이 멈칫했다. 그게 무슨 소리야?

나 임신했어.

잠깐, 뭐라고? 정말이야?

그동안 비밀로 했어.

에번이 망설였다. 이런 질문 괜찮을지 모르겠는데, 네 남자 친구 아이야? 존?

조너선, 나는 이름을 바로잡아 주었다. 맞아.

그래서 우리랑 술을 안 마셨던 거구나, 에번이 그동안의 일을 하나하나 맞춰 보았다. 계속 토를 한 것도 그거 때문이었고. 다른 사람들도 알아?

저넬만.

그렇구나, 축하해. 에번이 아무 감정 없이 말했다. 우리가, 아니 내가 너무 눈치 없이 굴어서 미안해.

축하 고마워. 그리고 그건 네 잘못이 아니야.

창밖을 내다보니 밥, 토드, 애덤 세 사람이 기름기로 번들거리는 무기를 들고 앞마당에 서서 대화를 나누고 있었다. 나는 눈을 가늘게 뜨고 곁눈질을 했다. 살짝 열려 있는 현관문이 흡사 히죽히죽 웃고 있는 듯했다. 밥은 늘 그랬던 것처럼 열려 있는 현관문에 대고 건성으로 노크를 했다. 그러고는 반응을 기다리지도 않고 애슐리의 집 안으로 들어가 문을 닫아 버렸다.

이런 세상에서 아이가 계속 살아갈 수 있게 하려면 어떻게 해야 하는 걸까? 내가 에번에게 물었다.

솔직히 나라면 그냥 밥한테 말할 거 같아. 밥이 가진 선한 면에 기대는 거지. 어쩌면 그 아이에게서 어떤 상징적인 의미를 읽어 내고 우리 앞날에 좋은 일이 생길 거라는 길조로 여길지도 몰라. 밥은 너를 도와줄 거고 너는 필요한 걸 얻어 낼 수 있을 거야.

하지만 나는 밥이 이 사실을 아는 걸 원치 않아. 나는 떠나고 싶어. 너랑 저넬이랑 애슐리랑 떠나고 싶어. 너희가 맺은 서약에 나도 함께하고 싶어.

무슨 서약?

그, 너랑 애슐리랑 저넬이 다 같이 떠나자고 맺은 서약 있잖아. 나도 데려가 주라.

그 서약이 지금도 유효할지 잘 모르겠어, 캔디스.

나는 창문으로 고개를 돌리고 차창 밖에 보이는 무언가의 정체를 파악하려고 온 신경을 집중했다. 그림자, 어떤 그림자가 어른거리고 있었다. 그러나 그저 그림자일 뿐이었다. 그렇게 몇 분이 흘렀다. 고개를 돌려 에번을 보았다. 에번은 두 눈에 잔뜩 힘을 주고 꽉 감고 있었다.

에번? 나는 에번을 건드려 보았다.

에번이 양손을 자기 귀에다 갖다 댔다.

지금 뭐?

그 순간 돌풍이 불어와 허공을 휩쓸었다. 이내 한바탕 더 불었다. 그러더니 또, 다시 또 한 번 불었다.

나는 고개를 푹 숙이고 눈을 꽉 감았다. 그 상태로 시간이 조금 흘렀을 때 내 배와 가랑이와 양다리로 어떤 액체가 줄줄 흐르는 느낌이 났다.

총에 맞았구나, 나는 그렇게 생각했다. 나 몸에서 피가 나.

괜찮아? 에번이 물었다.

나 총 맞았어, 내가 말했다. 피가 나.

나는 몸 아래쪽을 살펴보았다. 알고 보니 손아귀에 힘을 너무 세게 준 바람에 물병이 터진 것이었다. 덮고 있던 담요와 셔츠 곳곳에 물이 스며들고 있었다. 갈라진 플라스틱 표면 때문에 손가락에는 깊은 상처가 나 있었다.

이거 봐. 에번이 손을 뻗어 내 손에 있던 물병을 가져갔다. 피 나는 거 아니야. 괜찮을 거야. 몸을 따뜻하게 해야 해. 지금은 너 자신에 대해서만 생각해.

나는 고개를 끄덕였다. 온몸에 한기가 느껴졌다. 계기판이며 잘못 맞춰진 시계며 시야에 들어오는 온갖 것이 내게 메시지라도 전달하려는 듯 털털대며 움직였다. 내가 몸을 바들바들 떨고 있어서였다. 물 좀 줄래? 내가 에번에게 물었다.

에번은 자기 담요를 내 어깨에 둘러 주었다. 자기 물병도 따서 내게 건넸다. 나는 그 물을 한 모금 마셨다.

트렁크 문이 열렸다. 밥이 소총을 트렁크에 도로 넣고 있었다. 푸르스름한 보랏빛이 도는 손 혈관이 볼록볼록 튀어나와 있었다. 밥이 트렁크 문을 닫고 차 앞으로 이동했다. 목 혈관도 울퉁불퉁하게 도드라져 있어서 마치 혈액 순환을 위해 몸 전체에 힘을 주고 있는 듯했다.

뒤쪽에서는 토드와 애덤이 자동차에 시동을 걸고 빠져나가고 있었다.

밥이 차 문을 열고 운전석에 앉았다. 그러고는 느긋하게 여유를 부렸다. 침착하게 핸들의 10시 방향과 2시 방향에 손을 얹고 자동차 앞 유리를 똑바로 응시했다. 그리고 입을 열었다.

지금 무슨 일이 일어나고 있는 건지 너희는 아마 제대로 이해하지 못할 거야, 밥이 느리고 신중한 목소리로 말했다. 분명 극심한 수면 부족 상태일 거고. 하지만 이 말만큼은 하고 싶어. 너희들이 오늘 아침에 무슨 짓을 했고 어젯밤에 무슨 일이 있었는지 말해 줘서 고맙다는 말. 실토를 하거나 자기 잘못을 전부 인정하는 건 쉬운 일이 아니니까.

천만……

캔디스, 에번이 내 말을 자르며 말했다. 밥이 하고 싶은 말 다 할 수 있게 그냥 가만히 있어.

고마워, 에번. 내가 하려던 말은, 지금 너희가 겪고 있는 일에 내가 공감하지 못할 거라는 생각은 하지 말라는 거야. 그리고 여기, 밥이 갑자기 상체를 휙 틀고 뒷좌석에 앉아 있는 우리를 보며 말을 이었다. 여기서 있었던 일과 우리가 해야만 했던 일이 어젯밤 너희가 한 일의 직접적인 결과가 아닐 거라는 생각도 하지 마.

그런데 저 안에서 뭘 한 거야? 내가 물었다. 내 물음에 밥이 다시 상체를 틀며 고개를 돌리려 하자 나는 목소리를 높였다. 밥, 뭐 했어?

밥이 대답하기를 주저하면서 벨트에 걸어 둔 열쇠 꾸러미를 풀었다. 그리고 다시 상체를 틀어 나를 쳐다보면서 선글라스를 확 벗었다. 붉게 충혈된 그의 회색 눈동자를 보자마자 나는 움찔하고 말았다. 정말 알고 싶어, 캔디스?

그 둘은 내 친구였어, 나는 물러서지 않았다. 우리 모두의 친구.

그래, 밥이 무표정으로 대답했다. 먼저, 애슐리는 열병에 걸려 있었어. 집 안으로 들어갔을 때 이미 그런 상태였어. 열병에 걸린 사람을 우리가 어떻게 처리하는지는 너도 알잖아. 똑같은 행동을 무한정 반복하게 내버려 두는 것보다 그렇게 하는 게 자비로운 거야.

저넬도 열병에 걸린 거야?

아니. 아니야, 저넬은 아니었어, 밥이 말했다.

그럼 저넬은 어떻게 된 건데? 내가 물었다. 나는 에번이 내 팔에 손을 갖다 댔을 때에야 내가 언성을 높이고 있었다는 사실을 인식했다.

에번이 밥에게 말했다. 아마 저넬은 네가 애슐리를 쏘지 못하게 막으려 했겠지.

애슐리 앞으로 몸을 던졌어, 밥이 에번의 말에 수긍했다. 나는 그저 방아쇠를 당겼을 뿐이고. 시간이 충분하지 않았어.

미쳤어. 완전 미친 짓이잖아! 내가 분노를 표출하자 에번이 다시 한번 내 팔을 건드렸다. 입 다물라고, 그냥 닥치고 있으라고 말하는 것이었다.

다신 이 일을 거론하고 싶지 않아, 밥이 단호하게 말했다. 그리고 고개를 돌렸다. 밥은 열쇠를 꽂고 시동을 건 다음 잠시 동안 가만히 있다가 백미러로 우리를 쳐다보았다. 한 가지 더, 캔디스. 에번 너도. 너희가 한 행동에 아무 대가도 치르지 않을 거라는 생각은 마. 캔디스, 특히 너한테 실망이 커.

밥이 한 말이 정확히 그건 아니었을 수도 있지만 내 생각엔 그런 말을 들은 것 같았다.

밥이 예상했던 대로 우리는 며칠 후 시설에 도착했다.

13장

선 열병 관련 자주 묻는 질문

선 열병은 어떤 병인가?

선 열병은 새로 발견된 진균 감염의 일종이다. 이 '열병'은 미세한 곰팡이 포자를 흡입할 때 감염된다. 흡입한 곰팡이 포자는 곧장 폐와 비강에서부터 다른 장기로 확산하며 뇌로 퍼지는 경우가 가장 흔하다. 진균병은 오래전부터 미국 곳곳에서 발생했지만 대체로 면역 체계를 통해 통제되는 가벼운 유형의 병이다. 선 열병은 곰팡이 포자가 온몸에 급속히 퍼진다는 점에서 그러한 진균병에 비해 확실히 공격적인 유형에 속한다.

선 열병 감염의 첫 사례는 2011년 5월 중국 선전에서 보고되었다. 현재 미국 내 확진 사례는 174건이며 이 중 41건은 뉴욕에서 발생한 것으로 보고되었다.

증상

선 열병은 조기 발견이 어렵다. 초기 증상으로는 기억력 감퇴, 두통, 방향 감각 상실, 호흡 곤란, 피로 등이 있다. 이러한 증상은 흔히 일반 감기로 오인되므로 환자가 자신이 선 열병에 걸렸다는 사실을 인지하지 못하는 경우가 많다. 선 열병에 걸렸다 하더라도 정상적인 직무 수행이 가능하고 반복적인 일상 업무를 평소와 다를 바 없이 해내는 것처럼 보일 수 있다. 그러나 이러한 초기 증상은 시간이 흐를수록 악화한다.

후기 증상으로는 영양실조 징후, 위생 저하, 타박상, 운동협응상의 문제 등이 있다. 환자의 신체 움직임은 부자연스럽고 서툴러 보일 수 있다. 궁극적으로 선 열병이 초래하는 결과는 치명적인 의식 상실이다. 증상은 발병 시점부터 1~4주에 걸쳐 환자가 가진 면역 체계의 강도에 따라 다르게 나타날 수 있다.

전염

선 열병은 공기 중에 떠다니는 미세한 포자를 흡입함으로써 감염되는 질병이다. 이 미세한 포자는 눈으로 식별할 수 없기 때문에 포자가 있는 환경에서는 노출을 막는 것이 어렵다. 그러나 선 열병은 사람 간에 전염되는 병이 아니다. 체액을 통한 감염도 흔치 않다.

전염을 막기 위한 몇 가지 예방 조치들이 있다. 질병통제예방센터에서 권장하는 예방 조치는 다음과 같다. 먼지가 많은 공간에 머물거나 다량의 먼지를 흡입하는 것을 피해야 한다. 실내 공기 정화를 위한 조치를 취해야 한다. N95 마스크를 착용하면 감염 위험을 줄일 수 있다. 그 밖에 더 자세한 정보는 cdc.gov에서 확인할 수 있다.

14장

똑같은 회사에서 5년을 보냈다. 새로운 직함을 달고 연봉도 인상되었으나 내 직업 자체에는 변함이 없었다.

나는 잠에서 깨어났다. 아침에 일터로 출근했다. 저녁에 집으로 퇴근했다. 그 루틴을 반복했다. 사는 곳도 부시윅의 원룸으로 변함없었다. 여전히 그린포인트의 아파트에 살고 있는 조너선과도 여전히 연애 중이었다. 조너선의 집에서 프로젝터를 켜고 같이 영화를 보는 것도 여전했다. 우리는 「맨해튼」을 보았다. 우디 앨런이 분한 주인공이 사랑을 잃고 우울한 심정으로 소파에 누워서 여전히 삶의 가치를 느끼게 해 주는 것들의 목록을, 이를테면 루이 암스트롱, 세잔이 그린 배와 사과 그림, 스웨덴 영화 등을 적는 장면이 나왔다.

스펙트라 건물 밖 노점에서 산 모닝커피 한잔. 여름날 머리를 감고 외출해 산책할 때의 느낌. 비스킷 위에 하얀색과 분홍색의 작은 마시멜로들이 있는 스폰치(Sponch) 마시멜로 쿠키 따위의 보데가 과자들. 조너선과 영화를 보면서 밤새도록 수다를 떠는 일.

조너선을 따라 계단을 통해 지하로 내려가면 그가 사는 공간이 나왔다. 바닥에 달랑 매트리스 하나만 깔린 방이었다. 방 한가운데에는 배수구가 있었다. 나는 그곳에서 몇 년을 보냈다. 오며 가며 하면서. 우리는 천장 위 인도에서 나는 발소리를 들으며 안토니오니, 히치콕, 알모도바르 감독의 영화를 감상했다. 밤이면 밖으로 나가 편의점 주변을 돌아다니고 푸젠 식품 공장들을 지나 여기저기 떠돌았다. 그 공장들은 부두의 하역장에서 출하와 입하를 끊임없이 반복했고, 만두와 완탄을 생산하는 과정에서 나오는 긴 연기를 굴뚝으로 배출했다. 내가 가장 가난했던 시절, 그러니까 뉴욕으로 이사 온 지 얼마 되지 않았던 시절에는 매일 밤 그런 음식을 먹었다. 중국인인 나의 엄마가 요리해 주곤 했던 뜨끈하고 영양가 있는 국물 같은 마실 것을 홀짝이면서.

뉴욕에 있으면 내 존재가 쉽게 잊혔다.

내 말 들어 봐, 조너선이 말했다. 나 봐 봐. 할 말이 있어.

그날 밤 이후로 나는 조너선을 만나지 않았다. 조너선과 대화하는 것도, 조너선의 전화를 받거나 문자에 답장하는 것도 그만두었다. 나는 조너선을 따라 떠날 생각이 없었다. 그와의 관계를 말끔히 끊어 버리고 싶었다. 나는 나 자신을 텅 비워 내고 일에만 몰두했다. 잠에서 깨어났다. 아침에 일터로 출근했다. 저녁에 집으로 퇴근했다. 그 루틴을 반복했다.

회사 일도 기존과 똑같은 방식으로 흘러갔다. 홍콩 지부는 젬스톤 성경 제작을 위해 약간의 편법을 써서 기존과 다른 소규모 젬스톤 공급업체를 섭외했다. 인쇄된 성경은 눈물방울 모양의 자수정과 오팔과 장미 석영으로 장식된 은색 체인과 함께 수축포장 과정을 거쳤다. 크리스마스 시즌에 맞추어 상자 포장까지 완료한 제품들은 팰릿으로 운반되었고, 모든 제품은 다른 수출품들과 한꺼번에 홍콩 부두에 있는 배에 실렸다. 그런데 운송이 시작되자마자 해당 업체가 문을 닫는 사태가 발생했다. 젬스톤 공급업체 내 노동자들 사이에서 진폐증 관련 건강 문제가 집단 발병한 것이었다.

나는 그저 내 일을 할 따름이었다.

나는 잠에서 깨어났다. 아침에 일터로 출근했다. 책상에 앉으면 일단 뉴스부터 확인했다. 죽은 갈매기 떼가 해초에 휘감긴 채 브링턴 해변가로 떠밀려 왔다는 소식이 있었다. 초콜릿 칩 쿠키처럼 달큼하고 기분 좋은 정체불명의 향기가 어퍼웨스트사이드와 모닝사이드하이츠를 뒤덮었다는 보도도 여럿 있었다. 어느 저명한 레스토랑 비평가가 뉴욕에서 최고의 샤오룽바오를 맛볼 수 있는 곳이라며 플러싱의 한 작은 식당을 소개한 일도 있었으나 비위생적인 환경에서 만두를 빚는 광경을 포착한 주방 사진이 공개되면서 논란이 잇따랐다. 선 열병 감염자 추이는 상승세를 이어 갔다. 윌리엄스버그에 위치한 아메리칸 어패럴 매장 앞 계단에 버려진 한 아기를 아침에 출근한 직원이 발견한 일도 있었다. 그 아기는 해당 지역 기반의 어느 블로그를 통해 삽시간에 힙스터 베이비로 불리면서 하나의 인터넷 밈으로 등극한 상황이었다.

계절은 아직도 여름이었다. 나는 파티를 즐기고 싶었다.

퇴근 후면 나는 '예술 소녀'들과 함께 여러 술집을 돌아다녔고, 타파스 라운지에서 음식을 조금만 시켜 놓고 깨작깨작 먹기도 했다. 그렇게 놀던 어느 날 밤에는 레인이 사는 소호 고층 아파트까지 방문했다. 나는 손에 와인잔을 들고 창가에 서서 이마에 닿는 창유리의 찬기를 느꼈다. 그리고 밤새도록 모르는 사람들한테 내 이마를 들이댔다. 여기 손대 봐요, 나는 바처럼 생긴 조리대에 몸을 기대면서 혀 꼬인 소리를 냈다. 저 아파요? 열나요? 나는 그 사람들이 당신 진짜 아픈 상태라고, 오늘은 그냥 집에 있었어야 했다고 입 모아 말해 주기를 바랐다. 몸이 좋지도 않았고 제정신도 아니었던 데다가 구역질도 났기 때문이다. 그러나 그들은 하나같이 웃기만 했다. 멀쩡해요, 어떤 남자는 그렇게 장담했다. 수백만 개의 손바닥이 만지고 간 이마는 어느새 내 몸에서 가장 더럽고 세균이 우글거리는 부위가 되어 있었다.

머잖아 레인의 아파트로 다른 사람들도 찾아왔다. '파티 참석자를 위한 선물'이 준비되어 있었기에 나는 곧 선물 증정식이 시작되리라고 생각했다. 내 뒤에서는 레인과 블라이드가 소란스럽게 대화를 나누고 있었지만 그 소음은 그들이 장난을 친답시고 낀 마스크에 막혀 뭉개졌고 깔깔거리는 웃음소리만

괴상하게 증폭되었다. 밤새 몇 잔밖에 마시지 않은 상태였음에도 스테레오에서 흘러나오는 정체불명의 힙합 음악 소리, 한쪽 구석에서 평온한 분위기를 자아내는 선종(禪宗) 분수의 물소리, 어느 먼 곳에서 열쇠들이 짤랑짤랑대는 소리를 비롯한 온갖 소리가 점점 내 귓가에서 희미해졌다.

건물 아래를 내려다보니 택시 한 대가 전조등을 최대한 밝게 켠 채 자갈이 깔린 거리로 접어들고 있었다.

고층 아파트 5층에 위치한 레인의 집에 방문한 것은 그때가 처음이었다. 레인이 부유한 집안 출신이라—아버지가 마이애미에서 최고급 부동산을 다루는 일인지 뭔지를 한다고 했다—스펙트라에서 받은 급여를 신탁 기금으로 불릴 수 있었던 것이기에 우리는 그렇게 하지 못한 처지를 스스로 위안했다. 우리가 이 방에서 저 방으로 옮겨 다니는 동안 레인은 벽돌이 노출된 형태의 중세 가구들이 잘 보이도록 조명을 탁탁 켜고 다녔다. 대리석 조리대와 크롬 도금된 각종 설비가 누드화처럼 노골적인 아름다움을 뽐냈다. 레인은 히스 레저가 사망한 건물이 자기 아파트에서 단 몇 블록 떨어져 있다는 사실을 대단한 자랑거리라도 되는 양 짚고 넘어갔다. 천장이 높은 거실에는 임스 브랜드의 의자들과 하얀 섀그 카펫이 구비되어 있었고 어딜 봐도 보이지 않는 반려묘가 흘린 화장실용 모래로 곳곳이 지저분했다.

수키! 이따금씩 레인이 외쳤다. 수키! 그러고는 우리 중 한 사람에게 고개를 돌리고 이렇게 말했다. 수키가 수줍음이 많아. 그래서 설키*라고 부르지.

수키! 나는 한바탕 폭소를 터뜨리며 고양이 이름을 불렀다. 그렇게 하면 고양이의 목소리를, 적어도 금속 이름표가 딸랑거리는 소리 정도는 들을 수 있을 거라고 생각했다.

나는 어디에라도 가 있어야 했다. 혼자 있을 수가 없었다. 온종일 내 핸드폰은 조너선이 보내온 문자와 조너선이 폴더폰을 붙들고 한참 시간을 들여 작성한 메시지로 가득 차 있었다. 일부러 읽지 않은 상태였지만 집으로 돌아가면 그 메시지들을 확인하고, 안절부절못하며 왔다 갔다 하고, 고민에 고민을 거듭하다가 조너선에게 전화를 걸 것이 뻔했다. 그러면 조너선이 나를 찾아올 수도 있었고 아니면 내가 그의 집으로 가는 일이, 또다시 계단을 따라 지하실로 내려가 무한 반복되는 루프에 갇히는 최악의 상황으로 접어들 수도 있었다. 우리가 헤어지는 것이 처음 있는 일은 아니었지만 이렇게 돌이킬 수 없다는 느낌이 든 적은 처음이었다.

레인과 블라이드가 마스크를 벗어 버렸다. 그리고 블라이드가 레인에게 물었다. 쟤한테 그냥 말해 줄까?

나는 고개를 돌렸다. 뭘 말해?

좋은 소식이니까 걱정 마, 레인이 말했다.

* 설키(sulky)라는 형용사는 주로 침울하거나 시무룩하거나 부루퉁한 상태를 묘사할 때 쓰인다.

블라이드가 새 와인 병을 개봉하면서 레인의 시선을 피했다. 곧 직원 충원 공고가 뜰 거야. 예술 부서에 말이야.

그렇구나. 나는 고개를 끄덕이고 블라이드가 따라 준 내 몫의 와인을 고분고분 한 모금 마셨다.

선임 상품 코디네이터 자리야, 레인이 덧붙였다. 공고는 다음 주에 게시될 거고. 그냥 네가 관심 있어 할 것 같아서 알려 주는 거야.

블라이드가 맞장구를 쳤다. 네가 지금 하고 있는 일이랑 거의 비슷하고 부서만 다른 정도야. 게다가 너 성경 부서에서 나오고 싶잖아. 블라이드가 잠깐 멈칫했다가 말을 이었다. 뭐, 누구나 그렇지 않아?

우와, 내가 와인을 꿀꺽 삼키면서 말했다. 재밌겠는데.

그러니까 너도 지원해 봐, 블라이드가 나를 쿡쿡 찔렀다.

레인이 나를 보면서 의미심장한 미소를 지었다. 예술 부서에 있으면 적어도 모험적인 프로젝트를 맡아볼 수 있어. 완전히 똑같은 일만 주야장천 반복하는 성경 부서 업무랑은 달라. 그때 레인의 핸드폰에서 문자 알림음이 울렸다. 델리아가 오고 있대, 레인이 모두에게 알렸다.

불현듯 블라이드가 나를 파티에 초대한 이유가 납득되었다. 내가 자기들 무리에 끼워 줘도 될 만한 사람인지를 시험해 보려고 일종의 심사를 한 것이었다. 나는 내 몰골을 한번 살펴보았다. 출근 복장의 내 모습은 몸에 딱 달라붙고 화려한 데다가 어느 시간대에나 다 잘 어울리는 드레스를 갖춰 입은 두 사람 앞에서 초라하게만 느껴졌다.

네가 뽑히면, 블라이드가 말했다. 먼저 증쇄 업무부터 하게 해 줄게. 업무에 익숙해질 때까지만 말이야. 뭐, 너야 완벽하게 해내겠지만.

그래. 나는 와인을 한 모금 더 마셨다. 피 맛이 났다. 나는 너희가 실수한 거라고 말하고 싶었다. 나는 그들과 다른 사람이었다. 나는 그들과 똑같은 것을 원하는 사람이 아니었고 그들은 그 사실을 알아야 했다. 내가 가진 이 다름을 알고, 도저히 헤아릴 수 없을 만큼 지독하게도 깊고 깊은 내 바닥을 이해해야 했다. 물론 나라는 사람이 가진 모든 특성을 고려하면 모순적인 일이었지만, 나는 예술 부서에서 일하고 싶은 마음이 굴뚝같았다. 예술 소녀가 되고 싶었다.

아니, 적어도 나는 성경 부서에서 영원히 일할 수는 없는 사람이었다. 그랬다가는 미쳐 버리고 말 테니까. 얇은 성경 종이가 윤전기에서 찢어져 나가는 악몽을 계속해서 꿀 수도, 나조차도 제대로 이해하지 못하는 중국 노동자의 작업 환경을 의뢰인에게 계속해서 설명할 수도, 수영을 하다 허우적대는 사람처럼 몹시 불규칙하고도 심하게 요동치는 환율에 따라 위안화를 달러로 바꾸는 짓을 지속할 수도 없었다.

예술 부서에서는 상황이 달랐다. 의뢰인이 지나치게 경비에만 신경 쓰지도 않았다. 그들은 상품을 아름답게 제작하고 싶어 했다. 그들은 인쇄물의 품질, 색상 구현, 품질 좋은 사철 제본의 내구성에 신경을 썼고 그런 결과물을 위해서라면 기꺼이 비용을 치르고 출간 일정까지 변경하려 했다. 또한 남아시아 국가에서 가동되는 저임금 공장을 이용하면서도 그런 공장에 반대하는 비영리기구에 기부를 했고 그런 식으로 세계 경제에 교묘하게 관여했다.

어느 분한테 말씀드려야 해? 내가 치마 주름을 펴면서 물었다.

두 사람이 서로를 마주 보더니 곧 블라이드가 입을 열었다. 월요일에 출근하면 일단 인사부로 가 봐. 마이클이 결정권을 갖고 있는 것 같지만 일단 인사부를 거쳐야 하긴 하니까.

우리가 너에 대해 잘 말해 놓을게, 레인이 덧붙였다.

고마워, 나는 그렇게 대답하면서 조금 더 과장된 방식으로 고마움을 표현해야 할지 고민했다.

레인이 자기 옆자리를 손바닥으로 가볍게 두드리며 말했다. 여기 앉아!

나는 치맛자락이 복부까지 말려 올라간 상태로 순순히 레인 옆에 앉았다. 그러고 보니 어느 시점부터 음악 소리가 들리지 않았다. 새 음반으로 교체할 생각을 가진 사람이 아무도 없었다. 블라이드와 레인이 사람을 더 불러 모으려고 핸드폰을 들여다보고 있던 터라 알림음과 진동음만이 정적을 가득 메웠다. 그때 누군가가 열쇠를 짤랑대는 소리가 났다.

어디서 나는 소리지? 내가 물었다. 누구 열쇠야?

이웃집 사람이야, 레인이 말했다. 나이가 좀 있는 아주머니인데 맨날 현관문 앞에서 열쇠를 찾느라 쩔쩔매서. 나가서 도와 드리려고도 했었는데 도움을 일절 안 받으시더라고.

나는 현관문을 열어 보았다. 복도 맞은편에 체구가 작은 중년 여자가 있었다. 빠짐없이 단추를 채운 양모 카디건에 리넨 바지를 입은 이상한 차림새여서 상체와 하체가 서로 다른 계절을 살고 있는 듯했다. 그 아주머니는 계속 똑같은 행동을 반복하고 있었다. 손잡이를 어설프게 만지작거리면서 열쇠를 끼워 넣으려다가 열쇠 꾸러미를 바닥에 떨어뜨렸다. 그러면 그 꾸러미를 주워 들고 처음부터 다시 문 열기를 시도했다. 어딘가 기계적이고 발작적인 느낌이 나는 움직임이었다.

복도 맞은편으로 걸어간 나는 아주머니 손에서 열쇠 꾸러미를 빼내며 말을 걸었다. 저기, 제가 도와 드릴게요, 나는 친절한 말투로 제안했다. 꾸러미에는 최소 열두 개가량의 열쇠가 달려 있었다. 열쇠 구멍에 거의 모든 열쇠를 넣어 보았지만 전부 들어맞질 않았다. 마지막으로 레인의 현관문 열쇠와 비슷하게 생긴 열쇠로 시도해 보고서야 큰 힘을 들이지 않고 손쉽게 문을 열 수 있었다.

됐네요, 나는 아주머니가 집 안으로 들어갈 수 있도록 문을 붙잡아 주면서 말했다. 그리고 아주머니의 얼굴을 쳐다보았다. 시체처럼 폭삭 늙은 몰골이었다. 립스틱은 턱 주변까지 마구잡이로 칠해져 있고 아이섀도는 눈썹에까지 발려 있었다. 멍 자국과 긁힌 상처들을 비롯해 금방이라도 부러질 듯 가냘픈 목도 눈에 띄었다. 샴푸질을 한 뒤 물로 제대로 헹구지도 않았는지 머리칼은 서로 엉겨 붙어 있었고 모발 관리 제품도 말라 비틀어진 상태였다. 카디건 단추도 미스매치 패션을 구현한 양 잘못 채운 모양새였다. 리넨 바지는 안팎이 뒤집혀 있었다. 아주머니는 내게 눈길 한번 주지 않고 곧장 안으로 들어가더니 요란한 소리를 내는 텔레비전 앞 소파에 풀썩 주저앉았다.

얼결에 나도 아주머니를 따라 집 안으로 들어갔다. 밖에서 블라이드가 내 이름을 부르는 소리가 들렸다. 집 안은 너무나도 밝고 시끄러웠다. 모든 조명과 모든 전자제품이 켜져 있었다. 불쾌한 신 냄새가 나서 살펴보니 며칠 내내 끓인 듯한 커피가 있었다. 창가에 한 줄로 늘어선 화분들은 과습으로 죽은 후였고 화분 주변에는 고리 모양의 얼룩이 남아 있었다. 시간이 조금 지난 후에야 나는 현관문 쪽 바닥이 젖은 상태였고 내가 신은 사무실용 플랫슈즈에도 물이 스며들고 있던 데다가, 거무스름한 카펫과 도어매트도 흠뻑 젖어 있고 전선 주변에도 물이 고여 있었다는 사실을 깨달았다. 나는 산산조각 난 더러운 접시들과 썩은 음식들이 쌓인 부엌 싱크대로 가서 수도꼭지를 잠갔다.

아주머니는 소파에 앉아서 폭소를 터뜨렸다. 시트콤에서나 들을 법한 녹음된 웃음소리와 흡사했다. 가까이 다가가 보니

10시 뉴스가 방영 중이었고 소득 격차가 심해지고 있다는 소식이 흘러나오고 있었다. 아주머니가 웃었다. 아주머니는 한 손에 리모컨을 쥐고 주기적으로 채널을 바꾸었다. T-모바일은 아무 조건도 붙지 않은 요금제를 제공하고 있습니다. 아주머니가 웃었다. 뉴트로지나 블랙헤드 일리미네이팅 클렌저는 여러분의 피부에 난 모든 블랙헤드를 제거해 줍니다. 아주머니가 웃었다. 신형 링컨 타운카. 프렌치스 머스타드. 최신형 맥북. 아주머니가 웃었다. 그러다 다른 뉴스 방송으로 채널을 전환했다. 컬럼비아 대학교 의료원 신경과 과장과의 인터뷰가 진행되고 있었다. 과장은 바이러스에 대해 말하면서 1인 가구 수가 많기 때문에 선 열병 확진 사례 수가 분명 과소 보고되고 있을 것이라고 설명했다. 아주머니가 웃었다.

나는 살금살금 현관문으로 이동했다. 온몸이 화끈거리면서 소름이 돋았다. 현관문을 열고 뒷걸음질을 치며 복도로 나갔다.

구급차가 도착한 후 레인은 구급대원이 던지는 질문에 답했고 블라이드와 나는 속수무책으로 가만히 서 있었다.

열병에 걸린 지 얼마나 된 거죠? 구급대원이 물었다.

모릅니다, 레인이 대답했다. 그냥 같은 아파트에 사는 사이였을 뿐인걸요.

어떤 이상한 행동을 본 적은 없으신가요? 구급대원이 몰아붙이듯 질문을 퍼부었다. 아니면 인지 능력이 감퇴하고 있다고 볼 만한 신호도 없었습니까? 한여름에 겨울 코트를 입고 있었다거나 한 적은요?

뭔가 낌새가 보였으면 진작 신고했을 거예요.

가족이나 친척들 연락처를 알 방법은 없을까요?

레인이 고개를 가로저었다. 이미 말씀드렸지만 저는 그분에 대해 잘 몰라요. 이웃과 어울리지 않는 분이었어요.

월요일 내내 정신이 사납고 일도 잘 풀리지 않은 탓에 나는 늦게까지 사무실에 머물렀다. 더 이상 조너선을 보러 갈 수도 없었고, 먹을 것도 없이 쓸쓸하기만 한 텅 빈 집으로 돌아가고 싶지도 않았다.

이렇게 밤늦게까지 남아 있는 날이면 여성 청소부들이 올 때가 돼서야 사무실을 나섰다. 그들은 쓰레기통을 비우고 탁상용 휴지와 화장실용 휴지를 새로 채워 넣었다. 나를 보면 상냥한 미소를 지어 보였다. 내 존재가 거슬리지는 않는지를 표정만 봐서는 알 수 없었다. 그런 다음에는 드릴 소리 같은 굉음을 내는 고성능의 무거운 업소용 청소기를 끌고 곳곳을 누비며 바닥 청소를 했다. 그 소리가 내게는 떠날 때가 됐다는 신호였다.

사무실을 나서기 전에 나는 예술 부서로의 이동을 신청하는 서류를 출력해 작성한 다음 캐럴의 텅 빈 사무실 문 아래에 끼워 두었다. 선 열병과 관련된 사건을 접하고 나니 부서 이동이란 게 근시안적이고 우습고 별것 아닌 일처럼 느껴졌지만 그에 대해 충분히 생각할 수도 없을 만큼 피로가 극심했다. 나는 소지품을 챙겨서 엘리베이터를 타고 내려갔다.

로비 층에 도착해 엘리베이터에서 내리자 매니가 깜짝 놀라며 나를 쳐다보았다. 드디어 풀어 줬나 보네요! 매니가 말했다.

네. 온종일 저를 책상에 꽁꽁 묶어 놓는답니다.

매니가 웃었다. 오늘 밤엔 뭐 신나는 계획 없어요?

아시면서 뭘 물으세요, 나는 그렇게 대답한 뒤 회전문을 빠져나갔다.

타임스스퀘어에 모인 군중이 나를 맞이했다. 뉴욕은 정말 대도시였다. 뉴욕은 사람들이 자기 앞에 어마어마하게 많은 선택지가 놓여 있다는 착각을 하도록 만들었지만 실제로 대부분의 선택지는 저녁 식사 자리의 앙트레와 칵테일, 나이트클럽에서 내는 봉사료처럼 무언가를 소비하는 행위와 연관되어 있었다. 길거리 곳곳의 대형 체인 매장들도 묵직하게 울리는 베이스 소리와 화려한 조명으로 쇼핑을 부추겼다. 의류제조업체가 해외로 이전하면서 몇 블록 정도 되는 크기로 규모가 줄어든 가먼트 지구에서는 도매상점들이 중국, 인도, 파키스탄 등지에서 수입한 직물과 장신구들을 판매했다.

조너선의 집에 머물 때 우리는 뉴욕 관련 영화의 하위 장르에 속하는 '맨해튼에 사는 싱글 여자' 영화들을 보곤 했었다. 「웨딩 소나타」, 「독신녀 에리카」, 「섹스 앤드 더 시티」 같은 영화들. 싱글인 여자 주인공은 보통 백인이었고, 고독했으며, 연애를 했다. 그런 영화들은 열이면 열 힘찬 발걸음으로 맨해튼 거리를 걷는 주인공을 보여 주었는데, 자동차 경적 소리가 사방에 울려 퍼지고 고층 건물이 에워싼 교통 혼잡 지역에서 해질 녘이 되어 퇴근을 하는 장면인 듯했다. 영화 속 도시는 주인공에게 힘을 불어넣어 주는 장소였다. 주인공이 가진 것이 아무것도 없다 해도 영화는 그래도 이 도시가 있잖아, 라고 말하는 것 같았다. 도시는 궁극적인 위안을 주는 무언가의 위치를 점하고 있었다.

그날 밤 타임스스퀘어에는 어두침침한 분위기가 감돌았다.

나는 몇 블록을 지나 듀앤 리드에 갔다. 이상하게도 문이 닫혀 있었다. 조금 더 먼 곳으로 가 보니 CVS가 보였지만 역시나 닫혀 있었다. 운영 시간을 조정해 마감 시각이 앞당겨졌다는 안내문이 보였다. 결국 코리아타운의 잡화점까지 찾아간 나는 그곳에서 어느 알 수 없는 브랜드의 임신 테스트기를 샀다. 혹시나 하는 마음에 두 개를 샀다.

지하철 N선을 타고 가다가 커낼가 역에서 내려 J선으로 환승했다. J선에서 다시 지하철을 탄 다음 부시윅까지 쭉 이동했다. 정신을 차리고 보니 집에 도착한 후였다. 나는 화장실에 들어가서 임신 테스트기 설명서를 읽어 보았다. 설명문은 한국어로 되어 있었지만 그림만 봐도 상당 부분 이해할 수 있었다. 두 줄이 나오면 임신이고 한 줄이 나오면 임신이 아니었다. 나는 결과가 나올 때까지 테스트기당 3분씩 기다렸다. 기다리는 동안 세면대에 기대어 거울 속 내 모습을 쳐다보았다. 확실한 결과를 얻으려고 5분을 기다렸다. 그러다가 7분을 기다렸다. 이제는 결과를 봐야 할 때였다.

두 줄, 두 줄이었다.

젠장, 혼잣말이 나왔다. 거울 속의 나는 임신한 사람처럼 보이지 않았다. 임신한 사람처럼 보이지 않는다는 것이 어떤 의미든 간에 여하간 그랬다. 평소와 달라 보이지도 않았다. 그렇지만 예정일이 지났음에도 생리 소식이 없었다. 게다가 화가 났다가도 금세 우울해지는 등 감정 기복이 심했다. 전형적인 증상이었다. 나는 울음을 터뜨렸다. 세면대 양옆을 붙잡고 몸을 웅크린 채로 거의 환희에 찬 사람처럼, 탄산수 첫 모금을 마실 때 느껴지는 따끔한 공기 방울 같은 눈물을 쏟아 냈다. 몸을 얼마나 웅크린 건지 얼굴이 세면대 바닥까지 닿았다. 배수구로 빨려 들어가 사라져 버리고 싶었다.

어떻게 해야 할지 도무지 알 수 없었던 나는 그에 관한 생각을 내 머릿속 가장 구석진 곳에 처박아 버렸다. 그리고 잠에 들었다. 그런 다음 잠에서 깼다. 아침에 일터로 출근했다. 저녁에 집으로 돌아갔다. 그 루틴을 반복했다.

15장

기억은 기억을 낳는다. 기억의 병인 선 열병에 걸린 사람들은 각자가 지닌 기억에 무한히 갇히고 만다. 그런데 열병에 걸린 사람과 그렇지 않은 사람의 차이는 무엇일까? 나에게도 기억이, 완벽한 기억이 있는데. 내 기억은 자발적으로, 반복적으로 재생된다. 게다가 선 열병에 걸린 사람들의 일상과 마찬가지로 우리의 일상도 무한한 루프 속에서 흘러간다. 우리는 운전을 하고, 잠을 자고, 조금 더 운전을 한다.

이틀을 더 운전하고 나서야 하나의 루프가 종결되었다. 시설에 도착한 것이다.

토드가 차를 몰고 주차장으로 들어서자 뱀처럼 구불구불 주차된 한 무더기의 자동차와 각종 지저분한 잔해로 무질서한 공간이 펼쳐졌다. 에번과 나는 뒷좌석에서 가만히 상황을 주시했다. 다들 그 어느 때보다 주차가 까다로운 공간에서 최대한의 실력을 신중히 발휘하며 힘겹게 주차 중이었다. 각자 그 상황에서 할 수 있는 최선을 다했다. 토드가 장애인 주차 구역에 주차를 마친 후 우리는 신중을 기하며 차에서 내렸다.

눈앞에 보이는 베이지 색상의 대형 복합물 디어 오크스 몰에는 메이시스, 시어스, 여덟 개 상영관을 갖춘 AMC 영화관 등을 내세운 광고판이 게시되어 있었다. 여기가 그 시설인 걸까?

음, 굉장히 크네. 적어도 거짓말은 아니었던 거야, 에번이 말했다.

그날 오후 내내 우리는 올리브 가든, IHOP, 케이마트를 비롯해, 터진 김치통이 널브러진 H마트 같은 정체 구간에서 거의 기듯이 서행을 해 가며 시카고랜드 외곽의 황량한 협곡들을 통과했다. 그렇게 해서 도착한 곳이 여기였다. 로드 트립을 하는 동안 수도 없이 본 건물들과 매한가지인 공간. 그 많고 많은 건물 중에 한 곳을 골랐어도 될 터였다. 그런데 왜 굳이 여기까지 온 걸까.

나는 곁눈질로 다른 이들을 보면서 반응을 살폈다.

밥이 우리를 쇼핑몰로 데려온 거야? 제너비브가 믿을 수 없다는 듯 레이철에게 물었다.

이상하지, 내가 맞장구를 쳤다.

다들 내 말을 못 들은 척하면서 고개를 돌리고 목소리를 낮추었다. 애슐리 집에서 벌어진 사건 이후로 아무도 우리—에번과 나—에게 말을 걸지 않았다. 우리와 그들 사이의 상호작용은 피상적이고, 형식적이고, 목적 지향적이었다.

차에서 가장 마지막에 내린 사람은 밥이었다. 밥은 장애인 전용 주차 구역 가까이에 SUV를 대고 혼자 내렸다. 그러더니 믿기지 않는다는 듯 잠시 시설을 빤히 응시했다. 마침내 건물에서 시선을 뗀 후에는 우리를 한 명씩 차례로 훑어보았다. 그러다가 나에게 시선이 닿자 나를 없는 사람 취급하며 곧장 옆 사람에게 시선을 옮겼다. 사실 그와 나는 이틀 전 애슐리의 집을 떠난 후로 대화를 나눈 적이 없었다.

자, 우리가 해냈어, 밥이 활짝 웃어 보이며 말했다.

무리에서 환호성이 터져 나왔다. 나는 미심쩍은 기분이 들어 에번을 흘끗 쳐다보았지만 에번은 다른 사람들을 따라 미소를 지으며 진심을 담아 박수를 치고 있었다.

먼저, 다들 축하해. 밥이 말을 이었다. 여기에 도착했으니 말이야. 드디어. 오는 동안 문제가 조금 있기는 했지만, 밥은 그 말을 내뱉으면서 에번과 나를 쏘아보았다. 여하간 멀리 보면 우린 가야 할 곳에 갔던 거야.

또 한 번 박수의 물결이 일었다. 나는 에번을 쳐다보았다. 에번은 눈 한번 깜빡 않고 앞만 응시하면서 계속 박수를 쳤다.

밥의 얼굴에서 웃음기가 싹 가셨다. 조금 있으면 날이 어두워질 거야. 그러니 어서 시작하자. 너무 늦기 전에 여기 습격을 마쳐야 해.

우리는 일제히 제자리에 얼어붙었다. 잠깐만, 여기서도 습격을 해야 하는 거야? 토드가 물었다. 여기는 거기, 그러니까, 안전한 공간 아니었어?

만일에 대비하는 거야, 밥이 대답했다.

그럼 여기서 머무는 건 맞지, 그렇지? 토드가 다급하게 물었다.

물론이지.

어느덧 이미 늦은 오후가 되어 하늘의 해가 낮게 떠 있었다. 앞으로 짐을 풀고 옮기고 청소를 하는 기나긴 과정을 겪어야 한다고 생각하니 하기 싫은 마음뿐이었다.

밥이 기대에 찬 눈빛으로 우리를 쳐다보았다. 이제 둥글게 모여 봐, 밥이 말했다.

나는 곁눈질로 다른 사람들을 죽 살펴보았다. 다들 현 상황에 대해 회의적인 생각을 품고 있을 것이 분명했지만 그 누구도 먼저 나서서 의구심을 드러내려 하지 않았다. 여긴 그냥 쇼핑몰이잖아, 고작 이거 때문에 그 먼 길을 거쳐서 이 중서부 지역까지 와야 했던 거야? 그렇게 물었다가는 분위기가 엉망이 될 터였다.

애덤이 먼저 신발을 벗었다. 우리는 약간 긴가민가하며 서로를 쳐다보았다. 토드가 애덤을 따라 신발을 벗기 시작하자 레이철과 제너비브도 뒤따랐다. 그다음은 에번이었다. 그제야 나는 임신으로 볼록해진 배가 헐렁한 운동복 위로 부각되어 보이진 않을지 걱정하며 신발을 벗었다.

우리는 둥그렇게 모여서 손을 잡았다. 밥이 낮은 목소리로 의식을 시작했다. 우리는 돌아가며 각자의 이름을 말했다. 나는 머릿속으로 계속 애슐리 마틴 피커, 저넬 사샤 스미스를 생각했다.

늘 그랬듯 토드와 애덤이 먼저 건물 안으로 들어갔고, 밥이 뒤따르면서 문을 닫았다. 회전문은 쓰레기로 막혀 있었지만 토드와 애덤이 이중유리문의 잠금장치를 여러 번 세게 흔들자 부러져 버렸다. 우리는 시설로 들어가는 세 사람이 차례차례 어둠에 삼켜지는 뒷모습을 지켜보았다.

5분이 흐르고 10분이 흘렀다. 그러다 15분이 지났다.

언젠가 밥은 이런 말을 했었다. 습격을 제대로 하려면 기억을 적극적으로 활용해야 해. 내부로 들어가기 전에 시각화 작업을 해야 하거든. 안에 무엇이 있을지를 머릿속에 그려 봐야 한다는 거야. 문을 열고 걸어 들어가는 장면, 타일 바닥을 밟을 때 나는 또각또각 소리나 두꺼운 카펫을 밟을 때 나는 둔탁한 소리도 떠올려 봐야 해. 이 방에서 저 방으로, 이 가게에서 저 가게로 움직이는 장면도. 뭐가 있을지는 다들 이미 알고 있잖아. 이미 가 본 곳이니까. 정확히 그 공간은 아니더라도 비슷한 공간은 가 봤을 테니까. 수직으로 세워진 밝은 광고판 위에 보이는 쇼핑몰 안내도, 푸드코트의 플라스틱 쟁반, 새 시즌을 맞이해 나온 신상 오피스용 바지를 한 벌씩 걸친 익스프레스 매장의 마네킹들. 어머니가 탤벗 매장에서 카디건 트윈세트를 입어 보는 동안 여기저기 배회하던 시간. 여성용과 남성용 향수가 벽면을 채우고 샘플 향수병과 긴 종이가 진열된 세포라 매장에서 나는 화학 약품 냄새. 핸드폰 케이스나 사해에서

채취한 진흙으로 만든 화장품 따위를 파는 키오스크. 오렌지 줄리어스와 맞붙어 있는 앤티앤스. 쇼핑몰로 들어선 후 돈을 쓸 때의 느낌, 하나같이 똑같은 매장들에 들어가 똑같은 제품들을 보다 보면 어김없이 점점 시들해지고 마는 다짐.

새로운 지식을 쌓으라는 게 아니야. 10대 시절 이후로 한 번도 방문한 적이 없다 해도 예전에 봤던 쇼핑몰 내부 풍경을 떠올려 보라는 거야. 그리고 기억의 원천이 (영화, 책, 잡지, 블로그, 쇼핑 카탈로그에 고이 모셔진) 어떤 집단적인 기억이든 아니면 개인적인 기억이든 간에 머릿속에 가능한 한 많은 것을 그려 봐야 해. 가능한 한 많은 것을 기억해 내야 한다고. 게다가 기억은 더 많은 기억을 낳기 때문에 늘 너희가 갖고 있는지도 몰랐던 기억까지 떠올리게 될 거야. 우리 내면에 감춰진 기억은 가장 많은 것을 품고 있는, 가장 많은 정보를 알려 주는 기억이니까. 감정은 그냥 사라지게 내버려 둬. 습격을 사적인 경험으로 삼는 건 절대 안 돼. 이건 상상을 발휘하는 일인 거야.

족히 30분은 흘렀을 때였다.

이중 유리문이 다시 활짝 열렸다. 밥과 토드와 애덤 모두가 모습을 드러내자 다들 안도했다. 애덤이 자신의 목에다 엄지를 갖다 대면서 죽어 있는 습격임을 알렸다.

좋았어! 애덤이 소리쳤다. 이제 다 들어와도 돼!

우리는 출입문 바닥에 깔린 조각난 베이지색 타일을 조심조심 밟으며 내부로 들어갔다. 쇼핑몰은 2층짜리 건물이었다. 천장에는 커다란 천창이 뚫려 있었지만 창유리가 지저분해서 열은 회색빛을 띠었고 비 오는 날이 내내 지속되는 듯한 분위기를 자아냈다. 공기 중에는 동물원이나 비닐하우스가 연상되는 습한 냄새가 감돌았다. 곳곳에 아직까지 푸름을 간직한 나무 화분이 있길래 가까이 다가가 살펴보니 무화과와 단풍나무를 본뜬 매끄러운 한낱 인조 식물이었다.

토드와 애덤이 손전등을 켜고 앞장섰다. 우리는 각자 가지고 있는 열쇠 고리형 손전등을 켰다.

시설에 온 걸 환영해, 밥이 말했다.

우리는 물기 하나 없는 분수를 지나쳐 걸어갔다. 분수 밑바닥에는 소원과 함께 던져진 동전들의 구리 껍데기가 말라비틀어져 있었다. 타일 바닥에 발을 내딛는 소리가 사방에 울려 퍼졌다. 우리는 두리번거리면서 더없이 낯익은 매장들을 살펴보았다. 알도, 배스 앤드 바디웍스, 저니스 매장들이 일제히 종말에 걸맞은 절박한 세일 문구를 내걸고 있었다. 모든 제품이 '50퍼센트 할인, 1+1, 재고 떨이' 대상이었다. 이 쇼핑몰은 확실히 종말 직전까지 운영한 것 같았다. 텅 빈 간이 매장들도 있기는 했지만 그렇지 않은 매장 내부는 먼지로 뒤덮인 제품들로 여전히 꽉 채워져 있었다.

우리가 원하는 모든 것이 여기 이 매장들 안에 다 있어, 밥은 매장이 자기 소유이기라도 한 것처럼 손으로 가리키며 말했다. 무한한 보급품을 갖게 된 거야.

밥, 이런 쇼핑몰 인수하는 데는 얼마나 들어? 내가 물었다.

수조 달러 정도, 밥이 익살을 떨며 대답했다. 나는 공동 소유주야.

그럼 너는 어느 정도 부담한 거야?

밥이 어깨를 으쓱해 보였다. 내 친구가 개발업자여서 조건이 좋았어. 일종의 사업 기회였던 거지.

걷다 보니 문득 밥이 이 공간을 부분 소유하고 있다는 사실이 우리가 그 먼 길을 거쳐 여기까지 온 유일한 이유가 아니었을까 하는 생각이 스쳤다. 밥은 자기가 여기 소유주라는 사실이 여전히 중요하다고 생각한 걸까?

1층은 타코벨, 칙필레, 웬디스, 팔라펠 그릴, 도쿄 플레이스 같은 음식점 간판들이 휘황찬란하게 번쩍거렸을 푸드코트로 이어졌다. 작동을 멈춘 냉장고 밑으로 갈색 액체가 새어 나와 있었다. 나중에 청소해야 할 부분 중 하나였다. 푸드코트에는 포마이카 브랜드의 식탁이 여러 개 남아 있었지만 의자는 온데간데없었다. 우연히 발견한 2단 선반에는 여전히 갖가지 사탕과 파티 선물용 소형 장난감들이 가득한 풍선껌 뽑기 기계들이 있었다.

우리 무리에는 동전은 물론이고 사실상 돈을 가지고 있는 사람이 한 명도 없었지만 토드가 방금 막 지나친 소원 비는 분수로 달려가더니 석회화된 은화를 한 움큼 집어 왔다. 그러고는 첫 번째 기계에 동전을 넣자 파란색 풍선껌이 나왔다. 그는 그 껌을 입 안에 넣고 질겅질겅 씹었다.

우엑. 제너비브가 얼굴을 찌푸렸다. 그거 얼마나 오래된 건지 알아? 내용물 교체한 지가 적어도 6개월은 넘었을 텐데.

아직 괜찮아. 토드가 껌을 씹으면서 히죽히죽 웃었다. 껌은 상온에 오래 보관해도 안 상하니까.

분위기가 반전된 것은 그때부터였다. 팽팽한 긴장감이 해소된 순간이었다. 우리는 기계 주변으로 우르르 모여들었다. 대리석 무늬의 눈깔사탕과 바나나라마 사탕, 스키틀스, 앰앤드엠스, 위키드 워터멜론 풍선껌, 핫 츄스, 핫 타말레스, 리스 피스, 굿 앤드 플렌티의 사탕까지 선택지가 무궁무진했다. 게다가 장난감도 있었다. 작은 외계인 피규어에서부터 일회용 타투, 손바닥 모양의 끈적이, 형광빛 탱탱볼까지. 무엇보다 좋은 점은 무얼 뽑을지 선택하고 결정하는 행위에 있었다. 우리는 토드에게 동전을 더 많이 가져와 달라고 했다. 당분을 섭취한 덕분에 기운이 살아나자 분위기도 한층 밝아졌다. 모두가, 심지어 나까지도 그런 변화를 느낄 수 있었다. 그런 사탕을 먹는 것 자체가 내겐 평생 처음 해 보는 경험이기도 했다.

토드가 탱탱볼 여러 개를 한 주먹에 쥐고서 주변 기둥과 벽에 거칠게 내던졌고 우리는 사방에서 튀어 다니는 탱탱볼에 맞지 않으려고 잽싸게 몸을 피하면서 웃어 댔다.

자, 이제 할 일을 계속하자, 밥이 말했다. 점점 늦어지고 있어. 이 공간을 어떻게 나눌지 생각해 봐야 해.

우리는 목소리를 낮추었고, 밥의 뒤를 따라 움직이지 않는 에스컬레이터를 오르면서 맞는 말이긴 하다고 낮게 중얼거렸다.

내가 대강 생각해 봤는데, 밥이 말을 이었다. 1층의 백화점 구역은 공용 공간으로 쓰자. 그리고 여기 2층의 작은 명품 매장들을 개인 방으로 쓰는 거야. 각자 자기 방 골라보지 그래?

여기 찜! 내가 찜했어! 2층에 다다르자마자 제너비브가 큰 소리로 외쳤다. 제너비브가 가리킨 매장은 오른쪽 구석에 자리한 제이크루였다. 표백된 나무 바닥재와 신발과 핸드백이 진열된 빌트인 선반이 눈에 띄는 공간이었다. 진열대 조명은 더 이상 작동하지 않았다.

그때부터는 모두가 자제력을 잃고 행동했다. 정신없이 2층 곳곳을 뛰어다니면서 각자가 머물 매장에서 찜을 외쳤다. 레이철은 갭을 택했다. 매장의 흰색 벽면과 너도밤나무 바닥재가 해안가 별장을 연상시킨 것이었다. 토드는 어둑한 클럽 분위기가 나는 애버크롬비 앤드 피치로 갔다. 애덤은 깔끔하고 모던한 인테리어에 유리문이 특징인 애플 매장을 택했다. 에번은 저니스를 골랐다. 밥의 선택은 실내가 동굴 내부처럼 어둡고 모조 철문이 달린 핫 토픽이었다.

나는 매장 크기가 작은 편에 속하는 록시땅을 골랐다. 벽면에 모조 목재가 세로로 덧대어 있고 바닥재가 붉은색 타일이어서 다른 매장보다 더 아늑해 보였다. 광고가 붙은 진열창의 배경은 프로방스에 위치한 라벤더 밭이었다. 어쩌면 그런 광고가 스킨케어 제품 판매에 도움이 되었을지도 모를 일이었다. 나는 내가 그곳에 오래 머물지 않으리라는 것을 알고 있었다. 에번과 함께든 아니든 머지않아 그곳을 떠날 방법을 찾을 생각이었다.

우리는 주차장으로 나가서 짐이 담긴 상자들을 들여왔다. 널찍한 디어 오크스 몰에서 보니 우리가 좀도둑질로 모은 소지품들은 하찮고 저급하고 천박해 보였다. 발전기와 실내용 난방기와 LED 조명 등 우리는 그날 밤에 당장 쓸 물건만 꺼냈다. 토드와 애덤이 수동 자전거 공기주입기를 들고 매장을 돌아다니면서 각자의 에어매트리스에 공기를 주입해 주었고, 우리는 베개와 침대 시트와 이불을 하나씩 풀었다.

내가 개인 물건을 둘 공간을 마련하려고 선반 위에 진열된 제품을 치우고 있던 차에 밥이 록시땅으로 들어왔다. 안녕, 캔디스, 밥이 평소처럼 말했다.

안녕, 밥. 나도 최대한 평소처럼 대답했다.

밥이 소총을 내려놓고 선반에 기댔다. 너랑 잠깐 시간을 갖고 싶어서, 밥이 말했다. 이제 시설에 도착했으니 앞으로 어떻게 해야 이 새로운 공간이 서로에게 잘 맞을 수 있을지 얘기를 나누고 싶어.

그게 무슨 말이야?

밥의 시선은 침착했다. 에번이 그러더라고, 너 임신했다고.

에번이? 나는 믿을 수 없다는 듯 되물었다.

얼마나 된 거야?

확실한 건지 나도 잘 모르겠어서 아무 말도 못 하고 있었어, 나는 거짓말을 했다. 아마 5개월 정도?

그 정도 됐으면 확실한 거겠지, 밥이 단호한 말투로 말했다. 그러더니 말투를 누그러뜨리고 말을 이었다. 먼저, 임신 축하해. 좀 더 일찍 알았으면 해서 한 말이야. 이건 축복이니까.

그런 일들을 겪고서도 괜찮을 줄은 몰랐는데.

내 말이 그 말이야. 그러니 기적 같은 일이지. 네가 임신했다는 사실은 우리 모두에게 의미가 있어. 넌 모를 수도 있지만 하여간 그래. 희망을 품게 해 주거든. 다들 이 소식을 들으면 분명 기뻐할 거야.

고마워, 나는 밥의 말에 잠자코 대답했다.

매장 출입문 쪽을 힐끗 보니 난데없이 토드와 애덤이 와 있었다. 언제부터 저기에 서 있었던 걸까? 밥이 몸을 틀고 토드와 애덤을 향해 말했다. 잠깐만 거기서 기다려, 알겠지?

그러고는 다시 나를 향해 몸을 틀었다. 그런데 내가 널 찾아온 용건은 그 일 때문이 아니야. 내가 빠져 있는 딜레마에 대해 얘기하려고 온 거야. 그게 뭐냐면, 난 네가 떠나게 내버려 둘 수 없다는 거야.

나는 억지웃음을 지어 보였다. 나 안 떠나, 밥. 이런 상황에 내가 어딜 가겠어?

밥이 엄하고 심각한 표정을 지었다. 하지만 넌 떠날 생각이 잖아. 에번에게 그렇게 말했다며. 게다가 이제 넌 홀몸도 아니니…… 밥이 말끝을 흐리다가 이내 다시 말을 이었다. 그러니까 중요한 건 지금 당장은 내가 널 믿을 수 없다는 거야. 그리고 캔디스, 솔직히 우리가 널 여기에 붙잡아 두는 건 다 널 위해서야. 밖은 굉장히 위험해.

순간 숨이 턱 막혔다. 나를 여기에 붙잡아 둔다고? 내가 밥에게 되물었다.

오늘 밤부터야, 밥이 단호하게 말했다. 그리고 아무 걱정 마. 우리가 널 보살피고 먹여 살려 줄 거니까. 너는 무사히 출산하게 될 거고.

나를 얼마나 오랫동안 가둬 둘 생각인 건데? 내가 물었다. 그리고 그렇게 묻자마자 정말 그런 일이 벌어지리라는 사실을, 내가 꼼짝없이 갇혀 버리고 말리라는 사실을 깨달았다. 그렇게 묻는 것 자체가 밥이 내게 이런 짓을 할 권한을 갖고 있음을 인정하는 꼴이었다.

이미 말했듯이 네가 출산할 때까지. 그리고 오늘 밤부터 우리가 널 지켜보고 있을 거야.

그래, 내가 말했다. 그런 다음 터질 듯 뛰는 심장을 안고 록시땅 매장 밖으로 나가려고 출입문으로 걸어갔다. 그러자 토드와 애덤이 강경한 의지가 드러나는 몸짓으로 내 팔을 붙잡았다.

다치지 않게 해, 토드와 애덤이 나를 데리고 다시 매장 안으로 들어서자 밥이 명령했다.

그러니까 지금 나한테는 아무 선택권도 없다는 거구나, 나는 최대한 평정심을 유지하면서 순순히 따를 생각인 척했다.

그때 밥이 언성을 높이면서 처음으로 분노를 표출했다. 우리 모두 선택권을 가지고 있어, 캔디스. 애슐리한테도 선택권이 있었어. 저넬도 마찬가지고. 그날 밤 너희가 그 어리석은 로드 트립을 떠나기로 결정했을 때도 선택권은 있었어. 아무한테도 말하지 않고 너희끼리만 습격을 나간 다른 수많은 밤에도 그랬고. 밥이 숨을 골랐다. 생각해 봐, 너희는 그동안 조금의 거리낌도 없이 집단의 규칙을 어긴 거야.

나는 잠시 고민한 끝에 내가 취할 노선을 결정했다. 언쟁을 벌여 봤자 밥의 화만 더 돋우게 될 것 같았다. 온순하고 겁먹은 상태인 것처럼 보이는 편이, 밥의 권력을 인정해 주는 편이 더 나았다. 그렇게 하기로 결정했다. 미안해, 내가……

그럼 오늘 밤부터, 밥이 내 말을 끊었다. 넌 여기서 머물게 될 거야. 임신 기간 동안 네가 규칙을 따를 수 있는 사람이라는 걸 내게 증명해 보이도록 해.

애덤과 토드가 출입문에서 뭔가를 끄르고 있었다. 그러더니 문틀 맨 위에서 아래로 당기는 방식의 철제 셔터를 힘껏 잡아 당겼다.

나를 감금하는 거구나, 나는 믿을 수 없다는 듯 말했다.

되도록이면 그런 식으로 생각하지 마, 밥이 말했다. 너는 안

전해. 건강하고. 너는 엄마가 될 거야. 아이가 태어나면 우리가 축하해 줄 거고.

밥이 그 말을 남기고 출입문으로 걸어가더니 토드와 애덤을 지나쳐 밖으로 나갔다. 토드와 애덤은 문틀 맨 위에 올라가 있던 철제 셔터를 바닥까지 끌어 내렸다. 그런 다음 다이얼 자물쇠를 걸고 철컥 채워 버렸다.

그들은 그렇게 나를 가두어 버렸다.

밥이 문에 대고 말했다. 네가 생각한 것만큼 나쁘지는 않을 거야, 캔디스. 곧 알게 되겠지.

시설에서의 내 첫날 밤은 그렇게 흘러갔다.

16장

1846년 2월 예수 그리스도 후기 성도 교회 신자들이 집단 이주를 시작했다. 종교적 박해의 일환으로 비신자들 무리가 신자들의 자택을 불태우고 지도자 조지프 스미스를 살해하자 일리노이주 노부에 위치한 거주지를 떠난 것이었다. 떠나는 것 말고는 달리 방도가 없었다. 600여 명의 신도는 새로운 지도자 브리검 영의 주도하에 손수레에 소지품을 싣고 서쪽으로 이동했다. 아직 머릿속에 그려 볼 수도 없었던 새로운 미래를 찾아 발밑의 얼음이 갈라지는 소리를 들으며 얼어붙은 미시시피강을 횡단했다.

목적지가 불분명했기에 집단 이주는 방랑으로 바뀌었다. 방랑은 수개월간 지속되었다. 미지의 장소로 떠나는 여느 모험과 마찬가지로 그들의 여정도 종교에 대한 맹목적 믿음과 서사에 대한 믿음을 필요로 했다. 그들은 이집트를 떠난 후 사막을 떠돈 유대인들처럼 스스로를 이스라엘 진영이라 칭했고 브리검 영을 미국의 모세라고 불렀다. 아이오와주 슈거크리크를 임시 피난처 삼아 머무르는 동안 브리검 영은 전방 지역을 파악하기 위해 사절단을 보냈다. 그리고 밤낮없이 모닥불을 피웠다. 임시 피난처로 돌아온 사절단은 서부로 향하는 길이 열려 있다고 보고했다. 그들은 모든 짐을 꾸려 디모인강의 얕은 곳을 따라 이동했다. 봄이 오자 심한 폭풍우가 불었고 강둑은 진흙투성이가 되었다. 그들은 더 먼 서부를 향해 착실히 이동했다.

솔트레이크밸리에 도착했을 때는 여름이었다. 브리검 영은 광활한 산맥과 소나무와 강으로 둘러싸인 땅의 아름다움에 매료되었다. 대성당을 연상시키는 협곡 바위에는 한때 물이 흘렀음을 보여 주는 흔적이 흰 줄기 모양으로 남아 있었다. 미서부 지역의 초기 개척자들이 남긴 사진 속 — 강물, 시냇물, 폭포수 등 — 모든 물의 흔적은 우유와 흡사했다. 물이 흐르는 속도와 초창기 카메라의 긴 노출 시간은 서부 땅이 젖을 분비하고 있는 듯한 효과를 만들어 냈다.

브리검 영은 솔트레이크밸리를 처음 마주한 순간 이렇게 선언했다. 바로 이곳이다.

즈강 첸과 그의 아내 루이팡 양이 솔트레이크시티에 다다랐을 때 멀찌감치 비행기 창밖 너머로 보인 산맥은 고동색을 띠었고 볼품없었다. 1988년 겨울이었다. 하늘은 우중충했다. 인도와 주차장은 녹아내린 눈덩이로 지저분했다. 푸저우에서부터 이어진 긴 여정이었지만 두 사람은 목적지에 가까워지고 있다는 생각에 피로보다 더 큰 설렘을 느꼈다. 착륙하는 비행기 창밖을 내다보는 동안 미국이라는 나라는 하나의 추상적인 관념(선데이 아이스크림, 디즈니 만화, 금발)에서 현실(눈으로 뒤덮인 산, 고속도로, 각종 시립 건물들)로 구체화되었다.

여기가 바로 그곳일 거야, 비행기 바퀴가 내려와 차디찬 아스팔트에 미끄러지기도 전에 즈강이 말했다.

즈강은 유타 대학교에서 경제학 박사 과정을 밟을 수 있도록 전액 장학금을 지원해 주겠다는 제안을 받고 미국 유학 기회를 거머쥔 사람이었다. 중국인 대학원생으로서는 최초로 유타 대학교 경제학과에 받아들여진 사람이기도 했다. 흔치 않은 기회였던 터라 — 중국과 미국 사이의 문호가 학술 교류를 통해 임시 개방된 시기였다 — 중국 정부는 즈강의 항공비를 지원하기로 했고 출국을 앞둔 몇 달 동안 두 사람은 열심히 돈을 모아 루이팡의 비행기 표도 마련했다.

유타 대학교 대표로 마중을 나온 한 러시아인 교환 학생이 부부를 새 거처로 데려다주었다. 그 교환 학생은 솔트레이크를 통과하는 경치 좋은 도로를 따라 차를 몰면서 강한 슬라브 억양으로 번화가 관광지에 대해 설명했다. 대성당처럼 생긴 사원이라든가 방문자 센터, 브리검 영과 그의 여러 배우자가 묵었던 유서 깊은 자택 같은 역사적 건축물이 보이면 때마다 속도를 늦추었다. 두 남자가 각자의 억양이 두드러진 뚝뚝 끊기는 영어로 대화를 나누는 동안 루이팡은 차창 밖의 어둡고 텅 빈 거리를 가만히 응시했다. 크리스마스가 지난 지 한참이었음에도 가로등에는 여전히 꽃장식과 알전구 들이 달려 있었다.

러시아인 교환 학생은 영화감독 안드레이 타르코프스키에 관한 일화 하나를 들려주었다. 타르코프스키 감독이 유타를 두 눈으로 처음 보게 되었을 때, 신에 관한 영화의 배경으로만 삼았어야 할 공간에서 서부극을 촬영한 미국인들이 상스러운 족속임을 알게 되었다고 말했다는 일화였다.

키 큰 나무들이 그림자를 드리우는 중산층 거주 지역에 마련된 그들의 새로운 보금자리는 새하얀 아파트였고 희망찬 앞날을 떠올리게 하는 첫인상을 갖고 있었다. 부부가 현관문을 두드리자 그 집의 주인이자 정신이 반쯤 나간 듯한 영문학 교수인 나이 든 남자가 나와서 부부가 머물 지하층으로 안내했다. 베이지색 카펫에서 담배 냄새와 달큼하고 시큼한 곰팡이 냄새가 진동했다. 그 공간은 특이하고 묵직한 원목 가구로 채워져 있었다. 의자에는 게놈이 연상되는 조각이 새겨져 있었고, 소파에는 금잔화가 그려진 무명 벨벳이 씌워져 있었으며, 플라스틱으로 된 애디론댁 의자 두 개도 실내용 가구인 양 자리하고 있었다.

그 집에서의 첫날 밤 부부는 먹을 것을 구하려고 1.5킬로미터가량 떨어진 인근 슈퍼마켓까지 걸어갔다. 날씨가 추워서 숨을 내쉴 때마다 안개 같은 입김이 시야를 흐렸고, 그래서 스포츠 경기장처럼 거대하고 환한 조명을 밝힌 채 광활한 주차장으로 둘러싸인 슈퍼마켓이 시야에 들어오기 시작했을 때는 마치 신기루를 보는 듯한 착각이 일 정도였다. 미국에 와 있다는 사실을 확인시켜 줄 무언가가 필요했던 그들에게 바로 그 슈퍼마켓이 증거가 되어 주었다. 푸저우에서는 결코 찾아볼 수 없는 종류의 슈퍼마켓이었다. 두 사람이 조명이 밝혀진 쪽을 향해 걸어가니 매장 유리문이 자동으로 스르륵 열렸다. 그들은 형광등 아래에 길게 늘어선 제품 진열대 사이를 돌아다니면서 머리가 어질어질해질 정도로 새로운 경험을 했다. 냉동식품 코너에서는 온몸에 닭살이 돋기도 했다. 그런 식품을 취급한다는 것 자체가 그들로서는 생각조차 해 보지 못한 일이었다. 그들은 다른 손님들의 행동을 관찰하다가, 점원이 물건을 집어오고 손님은 계산대에서 기다리는 시스템이 아님을 깨달았다. 푸저우에서처럼 물건값을 먼저 지불할 필요도 없었다.

슈퍼마켓의 명칭은 스미스였다.

무얼 사야 할지 감을 잡을 수 없었던 그들은 브랜드도 종류도 다양한 제품 사이에서 4리터 정도 되는 우유 한 통을 아무거나 골라서 구입했다. 푸저우에서는 우유가 귀해 아이들을 위한 식품으로 여겨졌기 때문에 우유 한 통을 산다는 것이 어마어마하게 사치스럽고 어마어마하게 미국인스러운 행동처럼 느껴졌다. 아파트 지하에 자리한 보금자리로 돌아온 후에는 각자 우유를 한 잔씩 마시고 잠에 들었다.

미국에서의 첫날 밤은 그렇게 지나갔다.

정착 초기에 두 사람은 사교활동도 하면서 사람들과 어울렸다. 대학원 파티에도 참석했다. 남편 즈강이 어느 외따로 떨어진 안락의자에 앉아 아주 신중히 펩시콜라를 홀짝거리는 동안 루이팡은 새 친구를 사귀려고 노력했다. 불완전하고 서투른 영어로 말을 하려고 입을 열면 목구멍이 죄어드는 것 같았다. 그러면 입을 앙다물고 새로 산 레브론 체리 인 더 스노 립스틱의 밀랍 맛을 느꼈다. 30대였던 두 사람은 파티에 모인 대부분의 사람보다 나이가 많았다. 루이팡이 입은 남색 셔츠 드레스는 푸저우에서라면 세련돼 보였을 옷이었지만, 데님 미니스커트와 어깨끈이 가느다란 드레스를 입은 무리 속에 있으니 지극히도 보수적인 차림새로 보였다.

영어가 유창했더라면, 수줍어하며 머뭇거리는 태도를 극복할 수 있었더라면 루이팡은 그동안 자신이 어떻게 살아왔는지를 기꺼이 털어놓았을 터였다. 푸저우에 살 때 공인 회계사로 일했다는 얘기도, 담당 고객 중에 다양한 지자체 공무원들이 있었다는 얘기도 했을 것이었다. 여동생들을 비롯한 젊은이들이 시골로 쫓겨나 수년간 단순 노동을 해야 했던 문화대혁명 기간에도 자신은 푸저우에 남았을 정도로 중요한 일을 했다는 얘기도.

문화대혁명으로 인해 대학들은 수년 동안 교문을 닫아야 했다. 루이팡의 남편은 대학이 다시 교문을 열면서 소수의 학생만 받기 시작했던 때에야 입학 허가를 받았다. 당시 25세였던 그는 자동차 부품 공장에서 현장 주임으로 일하고 있었다.

문학을 가르치는 교수가 되고 싶다는 포부를 품고 있었으나 안타깝게도 입학시험을 치를 때 수학 과목에서 최고점을 받는 바람에 통계학을 전공으로 택했다. 대학 시절 내내 너무나도 열심히 공부를 한 탓에 몸에 궤양이 생겨 며칠간 병상 신세를 지기도 했었다. 병상에서 몸을 일으킨 후에는 오후마다 편두통에 시달렸는데, 그 편두통은 그의 남은 생애 동안 말끔히 사라진 적이 한 번도 없었다.

양가 친척들이 임신 때문에 서두르는 것 아니냐고 의심할 정도로 신속하고도 비밀스럽게 도피 결혼을 감행한 루이팡과 즈강은 미국 생활을 시작했을 때에도 신혼에 가까웠다. 그리고 루이팡이 누구에게도 인정한 적은 없었지만 친척들의 의심은 사실이었다. 도피 결혼을 할 당시에 이미 임신 중이었던 것이다. 그들은 미국으로 이민을 갈 때 딸을 푸저우에 남겨 두었고, 딸이 조부모와 지내는 동안 미국에서 생활하며 딸을 데려올 비행기 푯값을 벌었다.

그들은 어느 파티에 가든 일찍 자리를 떴고 머지않아 그런 모임에 참석하는 일 자체를 일체 관두었다.

루이팡은 새로운 친구를 사귀기 위해 노력하는 대신 자신의 외로움을 외면했다. 일자리를 구하는 일에만 전력을 다했다. 영어가 유창하지 않고 취업 비자 관련 제약이 있어서 선택지는 한정적이었지만 그래도 선택권이 있기는 했었다.

미국에서의 첫해에는 가발 회사에 소속되어 가발을 만들었다. 월요일이면 사무실로 출근해서 동물 갈기처럼 윤기 있고 숱이 많은 밤색 머리칼, 촌스러운 단발머리, 파라 포셋 스타일의 볼륨 있는 금발 머리 등으로 제작할 모조 두피와 사람 모발이 든 가방 하나를 수령했다. 집으로 돌아오면 「원 라이프 투 리브」가 방영되는 텔레비전 앞 금잔화 무늬 소파에 앉아서 모발 한 가닥 한 가닥을 모조 두피에 끼워 넣었다. 가발 하나를 완성하는 데에는 30시간에서 40시간가량 소요되었다. 루이팡은 가발 하나당 세금을 제하지 않고 80달러를 받았다.

루이팡은 매일 아침 가발을 만들며 활기차게 하루를 시작했다. 한 가닥 한 가닥 엮을 때마다 딸을 미국으로 데려오는 데 필요한 비행기 푯값에 가까워졌다. 그러나 오후가 되면 눈이 침침해지고 손에 통증이 느껴졌다. 오후는 우울이 자리 잡고 그 우울과 더불어 분노가 차오르는 시간이었다. 제대로 정신 차리지 않으면 남편을 향해 내면의 모든 불만을 쏟아 내고 자기를 미국으로 데려온 것에 대한 책임을 묻게 되기 십상이었다. 푸저우에 있는 여동생들은 루이팡이 보내 주는 크리니크 제품들을 받아 쓰면서도 루이팡이 불행해하면 은근히 기뻐했다. 음침한 지하 아파트는 루이팡이 아무리 애써도 청소한 것처럼 보이질 않았다. 수시로 진공청소기로 밀어도 카펫 섬유 사이사이에 인조 머리칼들이 박혀 있었다.

루이팡의 잡다한 생각을 뚝 끊어 주는 것은 현관문 노크 소리였다. 모르몬교 선교사들일 터였다. 그들은 한 달에 한 번 꼴로 찾아와서 열성적으로 소책자를 들이밀며 이것도 저것도 주의 뜻이라고 했다. 생큐, 루이팡은 형식적으로 대답했다. 루이팡이 실내로 들어오기 전에 신발을 벗어 달라고 요청하면 그들은 중국어 억양 때문에 루이팡의 영어를 제대로 알아듣지 못했다. 그 후로 오랫동안 루이팡은 노크 소리에 응답하지 않았다.

루이팡은 텔레비전 소리를 줄이고 집에 아무도 없는 것처럼 행동했다. 노크 소리는 점점 집요해지다 못해 무례하다고 느껴질 정도로 커졌다.

루이팡! 누군가가 소리를 질렀다. 다름 아닌 남편이었다.

열쇠는 어디다 두고? 루이팡이 문을 열어 주면서 물었다.

깜빡하고 차에 두고 내렸어, 즈강이 숨을 헐떡거리며 대답했다. 즈강은 흥분해 있었고 눈빛에서 조바심이 느껴졌다. 지금 그게 중요한 게 아니야. 뉴스 봤어?

즈강은 루이팡이 뭐라 대답하기도 전에 황급히 먼저 들어가 버렸다. 신발 벗어야지! 루이팡이 소리쳤지만 즈강은 듣지도 못한 듯했다. 즈강은 맹렬하게 리모컨을 누르면서 재빨리 채널을 돌려 뉴스 채널을 틀었다.

야간 시위처럼 보이는 장면이 거친 화질로 송출되고 있었다. 불안하게 흔들리는 카메라가 기록한 광경 속에는 시민들, 군용 탱크, 연기가 있었다. 발포 소리가 울려 퍼졌다. 시위대가 외쳤다. 파시스트, 파시스트! 순간 루이팡은 그것이 중국에서 벌어지고 있는 시위임을 알아차렸다.

저기 어디야? 루이팡이 물었다.

천안문 광장, 즈강이 대답했다.

시위 현장을 보여 주던 화면은 아수라장 같은 병원 내부 현장으로 전환되었다. 피투성이가 된 머리에 수건을 갖다 대고 있는 한 나이 든 여자를 구경꾼들이 병원 복도로 밀쳐 내고 있었다. 루이팡은 시민들의 외침은 알아들을 수 있었지만 내레이터가 하는 말은 이해하지 못했다. 뉴스 앵커가 근심 어린 표정을 지으며 영어로 보도를 이어 갔다.

뭐라고 하는 거야? 무슨 일이래?

어젯밤 천안문 광장에서 대규모 시위가 있었대, 즈강이 말했다. 최대 인원이 100만 명에 육박했고, 시위 참석자 중에 학생이랑 중장년층이 많았대.

뭐 때문에 시위하는 거래? 루이팡이 대답을 재촉했다.

즈강이 루이팡을 보며 대답했다. 민주주의.

루이팡은 즈강의 대학 기숙사에서 보냈던 늦은 밤들을, 남편과 함께 참석했던 모임들을 떠올렸다. 다 같이 맥주를 마시고, 땅콩 껍데기를 까고, 귤껍질을 벗기고, 정치에 대해 의견을 나누며 보낸 시간이었다. 일부는 공산주의 정권을 신랄하게 비판했는데 그들은 나중에 바로 그 정권을 위해 일하는 직업을 얻었다. 즈강은 자신의 견해를 드러내는 사람이 아니었지만 어느 날 밤에는 민주주의에 대해 열정적으로 목소리를 높였다.

어떤 체제든 다 저마다의 문제를 갖고 있어, 라고 즈강은 주장했다. 하지만 표현의 자유와 시위의 자유를 인정한 모든 정권은 시민들을 존중했지. 그것이 루이팡이 본 즈강의 가장 이상주의자 같은 모습이었다.

즈강은 꼼짝 않고 뉴스만 보았고 입도 벙긋하지 않았다.

또 무슨 일이 일어나고 있는 건데? 루이팡이 다시 즈강에게 재촉했다.

즈강이 화면에 시선을 고정한 채로 대답했다. 군부가 시위대를 향해 발포를 하고 있대. 평화 시위인데. 즈강이 할 말을 잃은 표정으로 루이팡을 쳐다보았다.

확실한 거야? 이거 미국 뉴스잖아.

즈강이 두 눈이 번뜩였다. 봐 봐! 그가 믿을 수 없다는 듯 화면을 가리켰다. 죄다 학생이랑 나이 많은 시민들이잖아. 시민들한테 무작위 사격을 가하고 있는 거야.

루이팡의 눈에는 연기와 시위대만 보였다. 이따금 발포 소리도 들리기는 했다. 병원 응급실에 있는 여자의 머리에서는 계속 피가 흘렀다. 앞서 나왔던 것과 똑같은 영상이 다시, 무한으로 반복 재생되었다.

글쎄, 우리가 모든 진실을 아는 건 아니잖아, 루이팡은 입장을 굽히지 않았다.

화면에 진실이 있잖아, 즈강이 코웃음을 쳤다. 즈강은 다시 텔레비전을 보면서 숨죽인 목소리로 중얼거렸다.

나를 비난하려는 거면 적어도 들리게 말해, 루이팡이 흥분하며 대꾸했다.

당신 비난한 게 아니야, 즈강이 시선을 회피하며 말했다.

그럼 방금 뭐라고 한 건데?

즈강이 다시 중얼거렸다. 이번에는 조금 전보다 목소리를 높였지만 여전히 알아듣기가 힘들었다.

뭐라고? 루이팡이 언성을 높였다.

마침내 즈강은 루이팡을 쳐다보면서 조금 전까지 혼자 중얼거렸던 말을 크게 반복했다. 목소리가 얼마나 컸던지, 크랜베리 향신료가 든 단지와 프레셔스 모먼트 피규어, 뉴잉글랜드의 가을 풍경을 그린 그림, 유타 재즈의 경기를 보도한 신문기사들, 마이클 크라이튼의 소설들, 조개껍데기 모양으로 조각된 파스텔 색상의 손님용 비누와 집주인 소유인 자질구레한 물건들 등 두 사람으로서는 대체 어떤 문화적 맥락을 고려한 장식인지 이해도 안 되고 아름답다는 생각도 들지 않는 방식으로 집주인이 꾸며 놓은 지하 아파트 전체가 쩌렁쩌렁 울릴 정도였다.

우린 절대 안 돌아가, 즈강이 말했다. 그러고는 루이팡이 못 들었을까 봐 더 큰 목소리로 다시 한번 말했다. 우린 절대 안 돌아가.

날 여기에 가둬 두려는 생각이었던 거구나, 루이팡이 즈강에게 말했다.

그로부터 몇 달간 루이팡은 남편에게 항의하는 듯한 방식으로 생활했다. 분풀이를 하려는 것처럼 영어를 진지하게 배우려는 노력도 하지 않고 가벼운 농담을 나누는 수준에 안주했다. 친구도 사귀지 않았고 심지어 대학 내 다른 교환학생들과도 교류하지 않았다. 아침에는 찬물로 샤워를 하고 매 끼니마다 야채와 쌀밥만 먹으면서 금욕주의적인 생활을 했다.

즈강은 이런 상황이 계속되었다간 루이팡을 잃게 될지도 모르겠다는 두려움을 느꼈다. 루이팡이 언제든 푸저우로 돌아갈 수도, 좋은 평판을 유지했던 회계사무소에 다시 취직할 수도 있었다. 루이팡이 새로운 터전에 적응하지 못한다면 그에 대한 해결책은 미국 생활이 선사하는 장점을 부각하는 것이겠다고 즈강은 생각했다. 그는 미국에서 누릴 수 있는 편리함, 편의 시설, 안락함, 풍족함을 전부 동원해 루이팡의 마음을 달래 줘야겠다고 결심했다.

그리하여 두 사람은 평상시에 하지 않았던 미국적인 것들을 하기 시작했다. 먼저 운전면허를 취득했다. 베이지 색상의 현대 엑셀 중고차도 구매했다. 관광 같은 여가 활동도 꾸준히 했다. 차를 몰고 자이언 국립 공원과 거울 호수와 요세미티에도 갔다. 솔트레이크 성전의 방문자 센터도 둘러보았고, 스피커에서 예수의 목소리가 끊임없이 흘러나오는 가운데 사람들을 안아 주려는 듯 눈부시게 빛나는 양팔을 벌린 백인 예수 조각상의 의미를 애써 고민해 보기도 했다. 개척기를 테마로 한 식당인 처카라마에서 점심을 먹으며 뷔페가 어떤 곳인지를 배우기도 했다. ZCMI 백화점에 갔을 때 루이팡은 한 간이 매장에서 귀도 뚫었다. 이 모든 것을 루이팡은 자기 자신뿐만 아니라 친족들까지 염두에 두고 했고 모든 순간을 사진으로 남겨 푸저우로 보냈다. 화장품 샘플 몇 가지가 든 메이크업 가방을 사은품으로 받으려고 크리니크 스킨 크림을 사기도 했다.

백화점, 슈퍼마켓, 창고형 할인 매장, 대형 마트 등 유례없는 풍요를 자랑하는 장소에 있으면 루이팡의 향수가 누그러졌다. 쇼핑이 해결책이었노라고 즈강은 판단했다. 문제를 축소해서 억지로 이끌어 낸 결론은 아니었다.

두 사람은 일주일 내내 하루도 거르지 않고 목욕을 했다. 그렇게 하다 보면 푸저우에 거주하는 대부분의 가정에는 욕실 하나 없다는 사실을 거의 까맣게 잊게 되었다. 푸저우 시민들은 밤마다 주전자로 끓인 뜨거운 물로 수건을 적신 다음 저녁 뉴스를 보면서 민감한 신체 부위들을 닦았다.

즈강은 루이팡이 과거에 살았던 삶을 재현해 주기 위한 방법들도 모색했다. 솔트레이크 내에 중국인 커뮤니티가 있는지를 대학에서 수소문해 본 끝에 중국인들이 모이는 중화기독교회를 발견했다. 루이팡도 즈강도 종교인은 아니었지만 중국인 커뮤니티가 모이는 장소가 교회라면 그곳으로 가야 했다.

그 주 일요일에 즈강과 루이팡은 차를 타고 20분을 달려 솔트레이크 외곽을 통과한 후 베이지색 벽돌로 지어진 첨탑 모양의 교회에 도착했다. 교회는 주차장과 잡초가 무성한 잔디밭으로 둘러싸여 있었고 두 사람은 수줍어하며 뒤쪽 신도석에 자리를 잡았다. 그리고 신도들을 따라 찬송가집을 펴고 자리에서 일어나 가사를 입 모양으로 따라 했다. 전통 찬송가는 영어로 진행되었다. 설교가 시작되자 다들 다시 착석했다. 다행히도 설교는 중국어로 진행되었다. 머리칼이 잔뜩 헝클어진 중년의 남성 목사가 홍콩 스타일의 격식 있는 정장 차림으로 마이크를 잡았다.

왜 우리가 이런 일을 겪어야 할까요? 목사가 완벽한 북경 억양으로 외쳤다. 우리가 무얼 위해 이런 일을 겪고 있는 걸까요?

그날 설교의 주제는 두 번째 기회 그리고 그런 기회에 뒤따르는 책임이었다. 이집트에서 탈출한 후 몇 년이 지나자 이스라엘 자손들은 자신들이 목적 없이 떠돌고 있다는 느낌을 받기 시작했다. 그러다 각자 나름의 방식으로 신앙심을 잃었다. 모세가 시나이 산에서 여호와로부터 십계명을 받느라 자리를 비운 사이, 이스라엘 자손들은 귀고리를 녹여 금송아지를 만든 다음 그 송아지를 숭배했다. 그들은 모닥불을 피우고 잔치를 벌였다. 문명으로부터 수백 킬로미터 떨어진 사막에서는 그것이 옳은 일처럼 느껴졌다. 안도감을 주는 일이었다. 금송아지가, 그 유형의 물건이, 빛을 받아 번득였다.

곧 이 죄를, 금송아지 우상숭배라는 죄를 목격한 여호와는 분개했다. 여호와는 모세에게 일렀다. 그런즉 내가 하는 대로 두라 내가 그들에게 진노하여 그들을 진멸하고 너를 큰 나라가 되게 하리라.* 그러나 모세는 애원했고 여호와는 이를 받아들여 벌을 내림에 있어 자비를 베풀었다.

우리가 알고 있는 여호와가 바로 두 번째 기회를 주시는 여호와입니다, 라고 목사가 말했다. 그런데 여호와께서 주시는 두 번째 기회를 받아들이고 짊어지는 것은 하나의 책임이기도 합니다. 두 번째 기회는 여러분이 결백함을 의미하지 않습니다. 여러 면에서 두 번째 기회에는 많은 고난이 뒤따릅니다. 두 번째 기회는 여러분이 더 부단히 노력해야 함을 의미하기 때문입니다. 여러분은 무지라는 맹목적인 낙관일랑 없이 고난에 맞서야만 합니다.

목사가 신도석을 살펴보았다. 여기 신도석에 모인 우리는 전부 1세대, 2세대 이민자들입니다. 다른 분들에 비해 더 오랫동안 미국에 머문 분들도 있지만 우리는 우리가 어디에서 왔는지 기억하고 있으며 분명 우리가 떠나온 곳을 그리워하고 있습니다. 목사가 잠시 말을 멈추었다. 하지만 여러분은 새로운 나라로의 이민이 일종의 두 번째 기회임을 이해해야 합니다. 또한 이 기회에 고난이 뒤따른다는 사실도 알아야 합니다. 이곳에 머무는 일은 늘 쉽지만은 않습니다. 너무나도 자주 우리는 이곳에 속해 있지 않다는 느낌을 받습니다. 이곳에서 살아

* 「출애굽기」 32장 10절.

가는 동안 우리는 너무나도 자주 그저 목적 없이 떠돌고 있는 것은 아닐까 하는 걱정을 품게 될지도 모릅니다. 그러나 이는 우리에게 주어진 두 번째 기회입니다. 여러분은 그걸 믿으셔야 합니다.

신도들이 자리에서 일어나 박수를 보냈다.

예배가 끝난 후 즈강과 루이팡은 다른 신도들을 따라 곰팡이 냄새가 나는 목제 패널이 덧대어진 지하 공간으로 점심을 먹으러 갔다. 감사하게도 메뉴는 중국 음식이었다. 두 사람은 다른 신도들과 어우러져 식전 기도를 올렸다. 중화기독교회 신도는 대부분 중국 남부 출신의 이민자들이었다. 의사, 부동산 중개인, 레스토랑 주인도 있었다. 한 신도는 솔트레이크 지역 내 모든 타코벨 가맹점을 소유하고 있었다.

즈강과 루이팡은 바로 다음 주에도 교회에 갔고 그다음 주에도 갔다.

부인들 사이에서 루이팡은 크게 활약했다. 루이팡은 부인회에 가입했고 매주 주일 점심 식사 준비를 도왔다. 매주 금요일 밤에는 성경 공부 모임을 진행했다. 중국 명절이 다가오면 부녀회에서 대규모의 사치스러운 기념행사를 준비했고 교회라는 공간을 활용해 예배와 행사를 동시에 진행했다. 아이들에게 중국어 독해와 글쓰기를 가르치기 위해 예배 후 중국어 공부 프로그램을 구상하기도 했고, 주일에 기부금을 거두어 병음 가이드북과 교재도 구입했다. 루이팡은 딸이 미국으로 오면 주일 학교에 보내면 되겠다고 생각했다. 그렇게 하면 중국어를 잊어버리지 않을 테니까.

신앙심이 뿌리를 내려 깊어지는 일과 필요가 믿음으로 변모하는 일에는 신비로운 측면이 있었다. 간단히 말해, 즈강과 루이팡은 개신교의 관습과 전통에 대해서도 알게 되었다. 두 사람은 성서의 이야기와 성경 구절을 배웠다. 찬송가도 암기했다. 그런데 종교와 관련해 루이팡에게 가장 큰 위안을 준 것은 기도였다. 처음에는 다른 신도들이 기도하는 모습을 보며 따라 했고, 그러다가 나중에는 스스로, 지하 아파트에서 홀로 기도를 올렸다. 가발을 만들다가 눈이 침침해지고 손가락은 뻣뻣해지고 피로가 몰려오는 오후 시간이 되면 루이팡은 부엌 식탁에 앉아 두 손을 모았다. 기도 시간은 곧 중요한 의식이자 루이팡에게 통제감을 안겨 주는 하나의 루틴이 되었다. 루이팡은 사실상 기도를 통해 미국에서 자기만의 삶을 일구게 되었다고 말하곤 했다.

루이팡의 기도는 간청으로, 때로는 흥정으로 시작되었다. 루이팡은 이른 시일 내에 딸과 재회할 수 있게 해 달라고 기도했다. 여동생들과 어머니와 시도 때도 없이 통화하며 버틴 유달리 버거웠던 달에는 전화 요금이 너무 많이 나오지 않게 해 달라고 기도했다. 남편이 대학을 졸업하면 돈을 많이 버는 직업을 가질 수 있게 해 달라고 기도했다. 요리용 청주와 조미료용 말린 새우 같은 중국 식재료를 파는 식료품점을 위해서도 기도했다. 마지막에는 자신과 가족이 전부 푸저우로 돌아가는 것이 바람직한 일이라는 말씀을 해 달라고 기도했다. 이 마지막 기도는 실제 형편이 나아졌든 그렇지 않든, 루이팡이 루프를 따르듯 반복하는 오후 기도에서 무슨 일이 있어도 빠뜨리지 않는 간절한 요청이었다.

신이 당신을 극도로 싫어하면 당신이 품은 가장 간절한 소원을 들어주신다고 사람들은 말했다. 그러나 신이라는 존재가 대부분의 경우에 그렇듯 그런 신도 대체로는 공정한 존재였다. 푸저우로 완전히 돌아갈 수 있게 해 달라는 루이팡의 소원은 평생 실현되지 않았다. 그러나 신은 푸저우를 방문할 기회를 여러 차례 선사했다. 고향을 얼마나 자주 방문하든 루이팡은 결코 여동생들 사이에서 동등한 힘을 얻지도, 동등한 경외심을 불러일으키지도 못했다. 루이팡의 여동생들은 산업혁명 당시보다 이를테면 100배는 더 큰 규모로, 열 배는 더 빠른 속도로 성장하고 있던 1990년대와 2000년대 중국의 급속한 경제성장에 힘입어 고위직에 올라 있었다. 둘째는 은행 지점장, 막내는 한 핸드폰 회사의 영업부 임원이었다.

신은 푸저우로의 완전한 귀향 대신 루이팡의 다른 소원들을 들어주었다.

신은 루이팡의 남편이 졸업을 한 시점으로부터 몇 달 후, 솔트레이크 지역 연방주택대출을 담당하는 부서에서 위험 분석을 하는 요직을 맡게 해 주었다. 신은 루이팡의 딸이 안전하게 미국으로 건너와 신속하고 순조롭게 새로운 국가와 새로운 언어에 적응할 수 있게 해 주었다. 신은 루이팡의 가족에게 녹슨 현대 엑셀을 대체할 샴페인 색상의 도요타 렉서스를 선사했다. 또한 15년 주택담보대출을 받아 잉어 연못과 과실수 몇 그루를 조성해 둘 수 있을 만큼 큰 뒷마당이 딸린 아름다운 청색 3층 집도 주었다.

그 집에서 루이팡은 중화기독교회의 공부 모임과 디너파티를 수없이 열었고, 여동생들과 다른 중국 친척들이 미국을 방문하면 접대를 했고, 매일매일 식탁에서 기도를 했고, 남편의 목숨을 앗아 간 교통사고 소식을 들었으며, 남편의 죽음 직후 급격한 건강 악화를 겪었다.

내가 엄마의 생전 마지막 몇 달 동안 간병을 한 곳도 그 집이었다. 엄마가 이런저런 이야기를 들려주면 나는 그게 사실상 다른 사람에게 하는 이야기일 때조차도 녹음을 해 두려고 했다. 나는 엄마 침대 옆에 앉아서 엄마의 이야기를 들었고, 대체로는 듣기보다는 만다린어, 푸젠어, 칭글리시를 오가며 이리저리 뒤얽히는 횡설수설한 이야기를 해독했다.

엄마의 침대는 1층 거실로 옮겨 두었다. 엄마는 그곳에 스며드는 아침 햇살을 좋아했다. 뒷마당의 나무들이 홀로 고립될 마련해 주어서였다. 오리털 베개에 짓눌린 엄마의 얼굴은 강제로 끊임없이 이어진 휴식으로 인해 비대하고 통통해져 있었다. 내가 옆에 있든 없든, 손님이 있든 없든, 그 얼굴에서는 이야기가 꼬리의 꼬리를 물며 물 흐르듯, 대동맥에서 피가 분출되듯 뿜어져 나왔다. 이야기가 줄어들기 시작하면 어떤 일이 벌어질지 나는 두려웠다. 그런 사태에 대비해 마음을 다잡기도 했지만 결국에는 엄마의 이야기에 푹 빠져 버렸다.

그리고 엄마의 기억은 내 기억을 자극했다.

나는 엄마와 아빠가 미국으로 떠나기 전 내가 두 살, 세 살, 네 살이었던 시절에 엄마와 함께 보낸 유년기를 떠올렸다. 사람들은 그렇게까지 먼 과거는 기억할 수 없다고, 그렇게 어릴 때는 기억이라는 것이 형성되지 않는다고들 말한다. 하지만 나는 기억했다. 우리는 푸저우에 살았다. 매일 아침 잠에서 깨면 엄마는 그날 할 일을, 대체로 전날과 똑같은 일정을 내게 알려 주었다. 첫 일과는 아침 식사를 하는 것이었다. 그다음 일과는 마트에 가는 것이었다. 내가 엄마에게 대답할 만한 어휘력을 갖추지 못한 상태였음에도 엄마는 내게 그 정도의 지능이 있다고 생각하는 것처럼 말을 걸었다. 우리는 절인 겨자를 넣은 죽에다가 길게 반죽한 튀김 빵을 곁들여 아침을 먹었다. 나는 거기다가 따뜻한 우유도 한 잔 마셔야 했다. 우리는 자전거를 타고 길거리 시장에 가서 조가비와 줄콩과 청경채를 샀다. 그 시장 거리엔 자전거가 가득했다. 나는 엄마가 모는 자전거 핸들에 앉아서 다녔다. 군중 속에서 어떤 두 남자가 기다란 막대 끝을 한쪽씩 잡고 이동하기도 했는데, 그 막대에는 이미 죽은 거대한 돼지 한 마리가 발이 묶인 채로 매달려 있었다.

우리 가족이 살았던 아파트에는 다른 대학생들과 학생들의 가족들도 살았다. 그들은 저녁마다 안뜰에서 배드민턴과 발리볼을 했다. 맥주를 마시고 껍질이 벗겨지지 않은 땅콩을 먹으면서. 엄마는 무엇이든 내가 스스로 하게끔 했고 내가 요청할 때만 도움을 주었다. 엄마가 누워 있는 침대 옆자리로 기어 올라갈 수 있었던 밤도, 그럴 수 없었던 밤도 있었다. 엄마가 내 몸을 살짝 들어올려 주기는 했지만 내가 버둥대며 힘을 써야 끝까지 올라갈 수 있을 만큼만 도와주었기 때문이다. 엄마가 자라고 하면 나는 잠에 빠져들 때까지 가만히 누워 있었다.

어린 시절의 나는 조용하고 유순했다. 엄마도 인정할 정도였다. 혼자서 책장을 넘기고 또 넘기며 한 시간 내내 독서를 할 줄도 알았다. 신경증이나 불안의 기색도 전혀 없었다. 잘 울지도 않았다. 엄마는 내가 그런 차분한 성정을 아빠로부터 물려받았나 보다고 생각했지만 사실 나는 그건 전적으로 엄마에게서 받은 특성이라고 말하고 싶었다. 그 특성은 엄마가 무척이나 착실하고 꾸준하고 정돈되게 하루하루를 꾸려 나가는 방식과 맞닿아 있었다. 어디를 가든 나는 늘 그렇게 변함없이 유지되는 상태를 원했다.

그 후 엄마가 미국으로 떠나면서 나는 푸저우 내 다른 지역으로 보내져 할머니, 할아버지와 살았다. 두 분은 최대한 나에게 잘해 주려고는 했지만 오냐오냐 품어 주었다가 무심하게 방치했다가를 반복했다. 조부모와 나는 다른 대부분의 집처럼 배관 설비가 없는 3층짜리 콘크리트 아파트 건물의 2층에 살았다. 두 분은 나를 먹이고 씻겨 주었고 드라마를 보게 해 주었다. 그런 시간을 제외한 나머지 시간에는 내가 하고 싶은 것을 하도록 내버려 두었다. 질서도 의미도 없는 나날이었다. 나는 바깥바람을 쐴 수 있는 거의 유일한 공간이었던 콘크리트 발코니에서 플라스틱 검을 들고 닌자 놀이를 했다. 머리 위로 드리워진 버드나무 가지들은 내 머리카락을 빗겨 주는 엄마의 손길 같았다.

다섯 살이었던 시절의 어느 날에는 어찌저찌하여 혼자 밖에 나가서 돌아다녔다. 그러던 중 열차 차장으로 일하는 이웃집 아저씨의 아내이자 날마다 쓰레기통 옆에서 담배를 피우는 젊고 아리따운 아주머니와 친구가 되어 보려 했다. 그러나 다정하고 사려 깊은 사람 같았던 그 아주머니는 이내 내 손목을 잡아채더니 자신의 길고 더러운 손톱으로 내 팔뚝을 확 긁어 버렸다. 피부가 벗겨지고 붉게 달아올랐다. 내 비명을 들은 이웃들이 현관과 발코니로 나와 상황을 살피더니 곧 동네가 떠나가라 그 아주머니를 향해 어마어마한 분노를 표출했다. 폭발적으로 터져 나온 모욕과 비난은 점점 사적인 인신공격으로 바뀌었다. 술을 엄청나게 마신다는 둥 남편이 도박 중독자라는 둥 옷과 화장품에는 돈을 물 쓰듯이 쓰면서 집 안을 가꾸는 데는 한 푼도 안 쓰려고 한다는 식의 공격이었다. 흡사 단체 돌팔매질 같았다.

괜찮아요, 괜찮아! 할머니가 이웃들을 만류하면서 상황을 잠재우려 했다. 그러나 이웃들은 남편이 귀가해 아주머니를 질질 끌고 집 안으로 들어갈 때까지 계속 고래고래 소리를 질렀다.

발코니 너머의 세상은 히스테릭하고 통제 불가능했다. 그 일이 있은 후 할머니와 할아버지는 나를 더욱더 집 안에 가둬두려 했다. 할머니는 아동 납치 사건을 조심하라는 기사가 신문에 대서특필됐다는 말을 지어냈고 그런 이야기를 내가 잠들기 전에 들려주었다. 아동 납치 사건의 줄거리는 이러했다. 한 아이가 조부모 없이 방황하다가 낯선 사람들에게 잡혀간 후 영영 돌아오지 못했다는 것. 교훈은 이러했다. 가족의 품에서 떠나지 마라. 낯선 사람에게 말을 걸지 마라. 집 안에 있어라. 착하게 행동해라.

나의 잠투정은 그 시기에 시작되었다. 나는 한밤중에 어떤 미지의 힘에 의해 가위에 눌리기라도 한 것처럼 숨을 헐떡이며 잠에서 깼고 발길질을 하면서 비명을 질렀다. 이런 잠투정은 몇 분 안에 끝날 때도 있었고 한 시간 내내 지속할 때도 있었다. 일주일에 한 번 꼴로 그런 상황이 발생할 때마다 할머니와 할아버지는 내 다리를 붙잡고 감언이설로 설득을 시도하거나 그만두면 뭔가를 해 주겠다며 구슬리려 했다. 그러나 잠투정이 시작되면 내가 아무리 그만두고 싶어도 그만둘 수 없었다. 분노가 너무나도 압도적이었기 때문이다. 한 살 두 살 나이를 먹으면서 잠투정의 빈도는 조금씩 줄어들었지만, 참 난처하게도 완전히 중단된 것은 10대 후반에 이르렀을 때였다.

여섯 살에 미국으로 건너갔을 때 나는 엄마가 알고 있던 아이가 아니었다. 나는 분노에 차 있고, 만성적으로 불만을 표출하고, 버릇없이 구는 아이였다. 미국에 도착한 후 이튿날에는 색연필 한 통을 사달라며 화를 내서 엄마가 눈물을 흘리며 방에서 뛰쳐나가기도 했었다. 넌 내 아이가 아니야! 엄마가 흐느끼며 내뱉은 그 말에 나는 하던 행동을 멈추었다. 엄마는 나를 알아보지 못했다. 그때는 그랬다고, 당신이 마지막으로 봤던 딸의 모습이 아니었다고 엄마는 나중에야 말해 주었다. 당시 너무 어렸던 나는 차마 이렇게 물어보지도 못했다. 어떤 모습을 기대한 건데요? 내가 엄마한테 어떻게 해야 하는 건데요?

그러나 엄마가 나를 알아볼 수 없었던 거라면 나 역시 엄마를 알아볼 수 없는 건 마찬가지였다. 새로운 나라에서 만난 엄마는 혼을 잘 냈고, 엄격했고, 쉽게 분노를 표출하고 짜증을 냈으며, 여섯 살짜리에게는 한없이 부당한 규칙을 마음대로 정하면서 독재자처럼 굴었다. 유년기와 청소년기 대부분의 시간 동안 엄마와 나는 원수지간이었다.

엄마는 화가 날 때면 검지를 치켜들고 내 이마를 쿡쿡 찔렀다. 너 너 너 너 너, 엄마는 내가 나인 것을 비난하듯이 말했다. 컵을 엎지르는 행동이라든가, 식탁에 앉아 밥을 먹을 때의 자세라든가, 장래 희망(농부 아니면 선생님)이라든가, 옷 입는 방식이라든가, 먹는 음식은 물론 심지어는 차 안에서 영어를 공부하는 방식('감사합니다!'라고 큰 소리로 외치고, '가위!'라고 비명을 지르듯 말했다.)과 관련해서도 조금이라도 마음에 안 드는 구석이 있으면 한 치의 망설임도 없이 나를 비난했다. 엄마는 내게 야박한 사람이었다. 용돈을 1달러 올려 주는 것도, 통금 시간을 한 시간 늘려 주는 것도 용납하지 않았고, 친구 생일 선물을 살 돈도 주지 않아서 나는 사시사철 핼러윈 때 남은 사탕만 선물해야 했다. 이민 초창기에 우리 가족은 허리띠를 잔뜩 졸라매며 살았다. 이미 사용한 랩까지 재사용을 하려고 다른 설거짓거리와 함께 세척할 정도였다.

엄마는 나를 벌주는 사람이었다. 어두운 욕실 안 욕조에서 무릎을 꿇게 만든 다음 시간을 정확히 재려고 아빠의 카시오 시계를 가져와 알람을 맞춰 두기까지 했다. 그렇지만 나는 알람이 울려도 정해진 시간보다 훨씬 더 오랫동안 무릎을 꿇고 있는 사람, 엄마의 행동이 아무 의미도 없다는 것을 보여 주고 그저 엄마를 괴롭히겠다는 일념 하나로 더한 처벌을 기꺼이 감내하는 사람이었다. 더한 것도 참아 낼 수 있었다. 내가 그러고 있는 동안 햇살은 화장실 바닥을 가로지르며 창문에서 문가로 이동했다.

처음으로 무릎 꿇기 체벌을 당한 것은 소꿉놀이 대신 노숙자 놀이를 하다 들킨 일곱 살 때였다. 노숙자 놀이는 말 그대로 노숙자 흉내를 내는 놀이였다. 나는 집 없는 사람인 척했다. 부모님이 들여온 새 냉장고의 포장 상자를 버리지 않고 두었다가 그 안을 봉제 동물 인형으로 가득 채운 다음 어느 대도시 길거리에 놓인 상자 안에서 인형들과 함께 살고 있는 것처럼 굴었다. 탬버린을 흔들면서 가상의 행인에게 돈을 구걸했다.

엄마는 내 팔을 붙잡고 좁은 현관을 지나 화장실로 데려갔다. 그런 다음 옷을 입은 상태 그대로 배수구가 다리 사이에 오도록 욕조 끄트머리에 무릎을 꿇고 앉으라고 했다. 노숙자인 척하는 그런 자기 폄하적인 행동은 또 다른 자기 폄하적인 행동으로만 처벌할 수 있다고 엄마는 말했다. 두 번의 자기폄하를 겪어야 한다는 것이었다. 엄마는 아빠 시계로 15분 후에 알람이 울리게 설정한 다음 화장실 불을 끄고 나가 버렸다. 나는 혼자였다.

무해하고 미약한 울음소리 같은 알람이 울리자 화장실 문이 열렸다. 화장실로 들어온 엄마는 좌변기 위에 앉았다.

나는 고개를 돌려 엄마를 쳐다보았다. 엄마가 울고 있었다.

고개 돌려, 엄마가 말했다. 넌 날 쳐다볼 자격이 없어.

내가 시선을 돌리자 엄마가 다시 말을 이었다. 우린 널 노숙자로 만들려고 미국에 온 게 아니야. 더 나은 기회, 더 많은 기회를 위해서 온 거라고. 너를 위해서, 네 아빠를 위해서.

그리고 엄마를 위해서, 나는 엄마의 말을 끝맺어 주려는 생각으로 그렇게 덧붙였다.

그러자 엄마는 고개를 가로저었다. 아니, 나를 위해서는 아니야. 너를 위해서야. 네가 공부 열심히 하고, 잘 성장하고, 직업을 가질 수 있게 해 주려고 데려온 거야, 엄마가 계속 말했다. 그러니까 네가 노숙자가 될 일은 없어. 알겠니?

나는 고개를 끄덕였다.

안 들려.

하오.

넌 푸저우에 있는 게 아니야. 영어로 말해, 엄마가 중국어로 말했다.

네, 내가 영어로 대답했다. 알겠어요.

그런데 몇 년 후 몇몇 대학에서 합격 통보를 받았을 때, 내가 1지망으로 쓴 대학에 등록금을 대주고 싶어 하지 않은 사람은 바로 엄마였다. 장학금으로 등록금의 상당 부분을 충당할 수 있었음에도 엄마는 내켜 하지 않았다. 결국에는 아빠가 나서야 했다. 당신의 유일한 자식이잖아, 라고 아빠가 엄마에게 호소했다. 아빠는 내게 관대한 사람이었다. 내가 무얼 하든 하지 말라고 막아 세우는 일이 없었다. 그리고 내가 고등학교 졸업반이었던 해의 어느 여름날에 발생한 교통사고 전에 아빠가 엄마와 대화를 나눈 덕에 엄마는 내 선택을 받아들여 주었다. 내가 느끼기에 엄마는 아빠가 떠나고 당신도 사망하기 전까지의 4년이라는 시간 동안 그 일에 대해 못마땅한 마음을 품고 있었던 것 같았다.

엄마가 돌아가시기 전 며칠 동안 병상을 지키면서도 나는 그 일에 대해서는 일절 언급하지 않았다. 한편으로는 엄마에게 불만을 터뜨리고 엄마가 저지른 모든 사소한 잘못을 총결산하고 싶었지만 임종을 앞둔 사람에게 마지막 며칠은 진실이 아닌 위안을 위한 시간이었다. 더군다나 진실을 말한다 한들, 엉터리 중국어로 끊임없이 몰아세운다 한들, 엄마가 알아듣기는 했을까? 가끔 엄마는 내가 누구인지조차 알아보지 못했고 나를 이모들이나 할머니 혹은 내가 생전 이름도 못 들어본 먼 친척과 혼동하기도 했다. 엄마는 그분들의 중국어 이름으로 나를 불렀는데 그럴 때조차도 늘 횡설수설했다.

간혹가다 엄마는 영어로 혼잣말을 했다. 사실 그리 이상한 일은 아니었다. 엄마와 아빠 모두 일상적으로 영어로 혼잣말을 했고, 아무 생각 없이 설거지를 하거나 청소기를 돌리거나 화장실에서 세수를 하는 동안 친한 미국인들이나 세차장 직원, 식료품점 계산원과 나눴던 대화를 다시 되새기기도 했다. 중국인으로서의 내적 자아를 가릴 수 있을 정도로 단단하고 반짝이는 가면을 갖기 위해 미국인스러움을 연기하고 연마했던 것이다. 플리즈 앤드 생큐.

엄마는 이따금씩 나를 중화기독교회 부녀회에서 만난 사람처럼 대하면서 당신과 함께 기도를 해 달라고 했다. 나는 고등학생 시절 아빠가 돌아가신 이후로 기도도 관두고 그 어떤 종교적 전통도 따르지 않았지만 양손을 모으고 고개를 숙였다. 엄마의 요청을 받들어 엄마가 기도해 달라는 것을 위해 기도했다.

하나님, 나는 영어로 기도를 시작했다. 사랑하는 아빠이자 사랑하는 남편인 즈강이 병원에서 돌아올 수 있게 해 주십시오. 하루빨리 회복해서 집으로 돌아올 수 있게 도와주십시오. 아멘.

계속, 엄마가 다그쳤다.

알았어요, 마음이 약해진 나는 다시 양손을 모았다. 그런 말도 안 되는 교통사고가 즈강의 목숨을 앗아 가지 않게 해 주십시오. 즈강은 제대로 길을 건넜을 뿐입니다. 「고린도전서」 10장 13절은 오직 하나님은 미쁘사 너희가 감당하지 못할 시험 당함을 허락하지 아니하시고라고 말하지 않습니까, 나는 기억에 의지해 성경 구절을 읊었다. 저희는 하나님께서 무엇을 명하시든, 저희가 감당할 수 없는 것은 명하지 않으시리라 믿습니다. 그렇기에 저희는 즈강이 돌아올 수 있게 해 달라고 빌고 있습니다. 즈강을 잃는 것은 견딜 수 없기 때문입니다, 나는 떨리는 숨을 내쉬었다. 예수님의 이름으로 기도합니다, 아멘.

아멘, 엄마가 복창을 하고 나를 보며 미소를 지었다. 또 하자꾸나.

아뇨, 이제 충분해요, 내가 말했다.

아빠는 평생 회사에서 늦게까지 야근을 하고 퇴근 후에는 냉장고에 있는 차가운 잔반을 먹는 삶을 살았다. 승진에 승진을 거듭했으나 그건 주말도 없이 매일 출근한 결과물이기도 했다. 아빠는 다른 많은 이민자처럼 근면함을 중시했고 자신을 받아들여 준 나라에 쓸모를 증명하기 위해 애썼다. 인생을 즐기는 것과는 거리가 먼 삶이었다. 그러나 내 기억 속에 한 가지 예외는 있었다. 아빠와 내가 미국 시민권 시험을 통과했던 어느 날 오후, 아빠는 나를 길 건너편의 KFC로 데려가 치킨 디럭스 콤보와 그에 딸린 사이드 메뉴를 주문했다. 나는 딱히 배고픈 상태가 아니었지만 아빠가 그렇게 자기 자신에게 뭔가를 대접하는 순간을 한 번도 본 적이 없었기 때문에 아빠와 함께 몇 조각 집어 먹으면서 축제 같은 분위기에 젖어 한껏 식욕이 도는 척했다. 창가 자리에 앉아 트럭들이 느릿느릿 고속도로를 달리는 광경을 바라보는 동안 아빠는 추억에 잠긴 듯했다. 아빠는 당신이 어린아이였을 때 푸젠의 시골 지역에서 유년기를 보냈는데 고기와 달걀이 너무 귀해서 춘절 기간에만 먹을 수 있었다는 이야기를 들려주었다. 그리고 소작농이었던 조부모 손에 자랐다고 했다. 춘절이 되면 할머니께서 달걀 한쪽 면에 간장으로 간을 하고 테두리가 바삭해지도록 튀겨서 한 사람당 두 개씩 먹을 수 있게 해 주었다고도 했다. 그게 어린 시절 아빠가 가장 좋아한 음식이었다. 그보다 더 맛있는 음식을 상상하는 것조차 힘들었던 때였다.

그런데 솔트레이크로 오고 나서 네 엄마랑 같이 처카라마라는 뷔페 레스토랑에 갔더니, 라며 아빠가 말을 이었다. 그전까지 치킨을 먹어 본 적이 없었거든. 그래서 그때 생각했지, 이게 더 낫네. 치킨이 달걀프라이보다 낫네.

과거를 언급하는 일이 거의 없었던 아빠는 어쩌면 중국으로

부터 분리되었다는 사실이 공식화된 후에야 그곳에서의 삶에 대해 자유롭게 말할 수 있는 해방감을 얻은 것일지도 몰랐다. 나는 아빠의 감흥을 깨뜨릴까 봐 걱정하면서, 아빠가 더 많은 이야기를 들려주기를 바라면서 조용히 듣고만 있었다. 그리고 아빠는 이야기를 계속 이어 갔다. 푸젠의 시골 지역에서 살던 시절에는 아침 일찍부터 일어나 산을 돌아다니면서 행운의 동물인 염소와 함께 장작을 모았다고 했다. 하교 후 오후에는 프랑스 소설 『적과 흑』의 영어 번역서를 보면서 영어 공부를 했다고 했다. 모르는 단어가 나오면 중영 사전을 뒤지며 하나하나 다 찾아보았다고도 했다.

그건 무슨 소설이에요? 내가 물었다.

가난한 집안 출신인 한 남자가 더 나은 삶을 살고 싶어 하는 소설이란다.

더 나은 삶을 살게 되나요?

아빠가 미소를 지었다. 그래, 하지만 그만한 대가를 치르지. 해피엔딩 같은 건 없단다.

그즈음 되자 해는 낮아지고 하늘은 어둑해져 있었다. 고속도로 너머의 연방 이민서비스국 건물도 닫히고 우리에게 미국 시민권 허가를 내준 바로 그 직원들이 주차장에서 빠져나오는 중이었다. 우리 테이블에는 닭 뼈가 한 무더기 쌓여 있었다. 식욕이 완전히 가신 상태라 혹시라도 엄마가 이미 저녁을 준비해 두었다면 화를 돋우게 될 것이 뻔했다. 하지만 KFC는 아빠가 우승을 기념하며 도는 마지막 랩이었고 나는 그런 아빠를 저지할 수 없었다.

희한하게도 춘절에 달걀을 먹었다는 아빠의 기억은 나중에 엄마가 들려준 기억과 겹쳤는데 다만 엄마의 이야기 속에서 푸젠 시골 지역에서 자란 사람은 아빠가 아닌 엄마, 실제로는 어느 모로 보나 도시임이 분명한 푸저우에서 자란 엄마였다. 엄마는 남편의 기억을 본인의 기억 속에 완전히 흡수시킨 듯했다. 아니, 어쩌면 엄마는 아빠를 대신해 이야기를 들려주고 싶었던 것일 수도, 아빠의 추억이 계속해서 입에 오르내리게 하고 싶었던 것일 수도 있었다.

이랬다저랬다 하는 엄마의 생각을 이해해 보려는 노력은 물줄기를 손으로 움켜잡아 보려는 노력과 흡사했다. 그러나 임종을 앞둔 마지막 며칠 동안에도 나는 엄마의 생각을 어렴풋하게나마 이해하고 엄마의 생각이 명료해지는 순간들을 포착할 수 있었다. 우린 정말 가까운 사이였었는데, 라고 엄마는 때때로 말했다. 그러나 그 우리가 누구인지는 말하지 않았다. 그 말에서 일말의 회한이 느껴지기는 했지만, 그게 다였다.

맞아요, 나는 엄마가 내가 아닌 다른 사람에 대해 말하는 것일 수 있었음에도 그렇게 대답했다. 우리도 정말 가까운 사이였었으니까.

중국에 살았을 때, 엄마가 힘주어 말했다. 그리고 네가 어렸을 때.

네, 기억나요, 나는 엄마의 손을 꽉 쥐면서 대답했다. 엄마 손은 아이의 살결보다도 더 부드러웠다.

엄마는 언젠가부터 먹기를 중단했고 간호사는 이제 기다리는 일만 남았다고 말했다. 그 마지막 며칠 동안에는 죽음이 늘 지척에 도사리고 있는 것 같았지만 막상 최후의 순간이 코앞에까지 닥쳐왔을 때는 엄마를 감싸고 있던 짙은 막이 완전히 걷힌 듯했다. 엄마는 나를 알아보았고 엄숙한 말투로, 중국어로 내게 말했다.

네 아빠는 야심이 많은 사람이란다. 너에게 더 나은 삶을 주고 싶어 했지. 그런 삶이 가능한 곳은 미국뿐이었고. 너는 우리의 유일한 자식이야. 그러니 넌 아빠보다, 적어도 아빠만큼은 잘해야 해.

그런데 제가 어떻게 하길 바라시는 거예요? 나는 그동안 내가 얼마나 무지했었는지를 인정하기가 두려운 마음에 엄마에게 되물었다.

엄마는 두 눈을 감았다. 순간 엄마가 잠들어 버린 건가 생각했다. 그러나 곧 엄마가 몸을 바르르 떨면서 떨리는 날숨을 길게 내뱉는 소리가 들렸다.

내가 너에게 바라는 건 네 아빠가 바랐던 것과 같단다. 네가 가진 역량을 최대한 발휘하는 거, 엄마는 마침내 그렇게 말했다. 무슨 일이 있어도 우린 네가 쓸모 있는 사람이 되기를 바란단다.

17장

나는 잠에서 깨어났다. 아침에 일터로 출근했다. 윌리엄스버그 다리를 건너는 J선 열차 안에서 차창 밖을 내다보니 하늘이 평소와 달라 보였다. 내가 한 번도 본 적 없는 종류의 노란색으로 뒤덮여 누리끼리했고 회복 중인 멍 자국처럼 흔치 않은 누르스름한 연둣빛을 띠었다. 시간이 흘러 종말이 시작된 시점을 뒤늦게야 정확히 되짚어 보려고 했을 때 나는 그날 하늘이 어떤 모습이었던가를 떠올렸다.

그 전날 밤에는 잠을 제대로 자지 못했다. 부시윅 원룸의 싸구려 침대에서 내 숨소리를 들으며 누워만 있었다. 누워서 내일 사무실에서는 어떤 일이 벌어질지, 또 그다음 날에는 어떤 일이 벌어질지를 생각했다. 잠이 오지 않는 밤이면 성경 제작에 문제가 생겨 그걸 해결하는 내용의 완전한 가상 시나리오를 구상하며 나 자신을 괴롭혔다. 의뢰인이 고집한 중국 제지가 너무 얇아서 잉크가 뒷면까지 번져 버리면 어쩌나, 시편이 잠언을 덮어 버리고 마태복음과 마가복음이 모순을 이루고 베드로전서가 요한복음보다 먼저 나오면 어쩌나 걱정하며 스위스 성경 제지를 사용할 때의 비용을 계산했다. 이런 이론상의 문제로 인해 성경 제작 일정은 물론 뒤이은 배송 일정은 또 얼마나 미뤄질지도 계산했다. 그러다 문득 내가 혼자임을 깨닫는 식이었다.

열차가 지하로 내려가기 전 토트백에 넣어 둔 핸드폰이 징징 울려 확인해 보니 조너선이 보낸 또 다른 문자 메시지가 와 있었다. 화요일에 떠나. 제발 얘기 좀 하자.

그때 내가 이렇게 답장했다면 어땠을까. 나 임신했어! 네 아이야 ㅎㅎ

그 소식을 전할 방법을 찾아야 했다. 조너선이 뉴욕을 떠날 거라고 말한 날 이후로 나는 한 달째 만남을 회피하고 있었다. 그동안 조너선은 내게 무수히 많은 문자를 보내고, 전화를 걸고, 이메일을 보냈다. 잠수를 타려던 의도는 아니었다. 다만 내게는 아이 문제를 꺼내지 않는 것이 더 마음 편한 일이었다. 더군다나 아이를 낳을지 말지 나조차도 알 수 없었다.

나는 핸드폰 설정을 무음 모드로 바꾸었다.

J선을 타고 커낼역으로 가서 Q선으로 환승한 후 타임스스퀘어역에서 내렸다. 아침 출근길에 오른 인파는 많지 않았다. 거리로 나가 보니 하늘의 누런빛이 더 진해져 있었다. 그 빛이 온 사방을 물들였다. 심지어 타임스스퀘어에도 소수의 관광객만 드문드문 보였다. 텅 빈 회사 건물 로비에는 매니뿐이었다.

여기서 뭐 하는 거예요? 매니가 물었다.

출근하죠.

잠깐만요. 혹시 그거 확인……

죄송해요! 나는 엘리베이터 문이 닫히는 것을 보고 황급히 소리쳤다. 평소답지 않게 제때 출근을 했다는 실없는 농담 따위를 들을 기분이 아니었다. 화요일 오전 8시 44분이었으니 확실히 내겐 좀 이른 출근이기는 했다.

별안간 엘리베이터가 끼익 소리를 내며 멈춰 섰다. 그러더니 우르릉우르릉 기계음을 내면서 허공에 정지했다. 사소한 기술적 결함 때문인지 26층에서 27층으로 갈 때마다 항상 그랬다. 기다리고 있으니 뭔가가 딸깍거리는 소리가 났고 그제야 엘리베이터는 매끄럽게 32층을 향해 올라갔다. 나는 문이 열리기를 기다리면서 잠깐 숨을 멈추었다.

문이 열리자 어둠이 내려앉은 사무실이 보였다. 천장부터 바닥까지 통유리로 된 창문마다 블라인드가 내려와 있었고, 칸막이가 쳐진 자리들은 작고 고요한 석관(石棺)처럼 보였으며, 스펙트라 전체가 무덤에 매장된 듯했다. 왼쪽에 늘어선 칸막이들 사이에서 쓸쓸한 한 줄기 빛이 새어 나왔다.

나는 출입 카드를 긋고 사무실 문을 열었다. 안녕하세요, 내가 큰 소리로 외쳤다.

빛이 새어 나온 곳은 블라이드의 칸막이였다. 복잡하게 뒤얽힌 회색 칸막이 미로를 통과해 가까이 가 보니 블라이드가 칸막이 안에서 컴퓨터 키보드를 치고 있었다. 컴퓨터 화면이 발하는 눈 부신 빛이 말꼬리처럼 낮게 묶은 블라이드의 긴 금발과 말처럼 단정한 이목구비에 닿아 반사되었다.

안녕, 블라이드가 나를 향해 고개를 돌리지도 않고 말했다. 넌 이 헛소리가 믿겨?

무슨 헛소리.

오늘 아침에 온 이메일 말이야. 6시쯤에. 사무실 폐쇄한다잖아. 허리케인 경보가 내려졌대. 너 이메일 확인 안 했어?

응, 나는 켕기는 기분을 느끼며 대답했다. 넌 왜 여기 있는 거야?

다 내가 핸드폰을 망가뜨린 대가지, 블라이드가 혼잣말을 하듯 대답했다. 그러고는 고개를 들었다. 허리케인이 올 거야. 여기에. 블라이드가 컴퓨터 화면을 내 쪽으로 휙 돌리더니 구글에 뉴욕 날씨를 검색했다. 3개 주 전체에 대형 허리케인 경보가 내려져 있었다. 3단계 허리케인 마틸드가 접근 중이었던 것이다. 일부 지하철 노선은 오후에 폐쇄될 예정이었다. 브루클린과 맨해튼 저지대에는 돌발 홍수 발생 가능성도 있었다.

그날 아침 일찍 주지사가 기자회견도 한 상황이었다. 블라이드는 그 영상도 재생했다. 뉴욕 시민 여러분, 주지사가 마이크 더미를 앞에 두고 말했다. 주 정부 청사에 있는 저희가 할 일은 시민 여러분을 불안에 떨게 만드는 것이 아니라 최악의 상황에 대비하는 겁니다. 사실을 전달해 드리자면, 저희는 긴급 사태 대비 서비스를 마련해 두었지만 오늘 밤에는 저희의 역량을 벗어나는 일이 발생할 수도 있습니다. 그러니 부디……

어쨌든, 블라이드가 컴퓨터 화면을 다시 자기 쪽으로 돌리면서 말했다. 나는 서류 좀 챙겨서 집에 갈 거야. 그러고는 나를 빤히 쳐다보았다. 너도 한번 생각해 봐.

블라이드가 교정지를 찾으려고 서류함을 열고 안을 뒤적거렸다. 프로젝트 서류철을 찾은 후에는 책상 위에 교정지를 펼쳐 놓았다. 뉴욕 사진가 작품 모음집인 『뉴욕 미러』의 교정지였다.

블라이드의 책상에 펼쳐진 작품은 낸 골딘의 사진 「뉴욕 아파트 침대에서 그리어와 로버트」였다. 보자마자 단박에 알아볼 수 있는 사진이었다.

나 낸 골딘 좋아해, 내가 칸막이 근처에서 꾸물거리며 말했다. 10대 때 제일 좋아한 아티스트였어.

블라이드가 흘끗 나를 올려다보았다. 그럼 네가 이 교정지 보고 의견 좀 줄래?

물론이지, 나는 블라이드가 예의상 한번 물어나 본 것인지 아니면 정말로 다른 사람의 의견을 얻고 싶어서 부탁한 것인지 확신할 수 없었지만 일단 그러겠다고 대답했다. 블라이드에게는 와스프*계의 코트니 카다시안처럼 속내를 파악하기가 어려운 구석이 있었다.

* 와스프(WASP)는 백인 앵글로색슨 개신교도(White Anglo-Saxon Protestant)를 가리키는 약어다.

색상이 잘못 인쇄된 것 같지는 않아? 블라이드가 물었다. 그러고는 색상 보정 조명을 켰다. 남자 옆에 누워 있는 여자가 언뜻 굵기를 재려는 듯 자기 손목을 감싸 쥐고 있었다. 남자는 프레임 바깥으로 시선을 돌리고 있었다. 두 사람은 따스한 노란빛이 감도는 방 안 불빛에 감싸여 있었다. 여자는 남자를 사랑하는데 남자는 무관심한 듯했다.

잘 모르겠어, 내가 고민 끝에 대답했다. 따뜻함이 느껴져야 하는 거 맞지?

봐 봐, 블라이드가 여자의 팔과 목을 가리켰다. 여기 좀 이상해 보이지 않아?

나는 잠시 고민해 본 후에야 블라이드의 말을 이해할 수 있었다. 피부색이 날아가 버렸네, 라며 나는 동의를 표했다. CMYK에서 옐로가 너무 많이 들어간 것 같아.

좋았어, 블라이드가 교정용 연필을 꺼내 자신감 있게 선을 그어 표시를 남겼다. 그리고 한 장 한 장 교정지를 넘겼다. 블라이드는 다른 예술 소녀들보다 날카롭고 엄격한 관찰력을 갖고 있었다.

앉아 봐, 블라이드가 교정지에 시선을 고정한 채 말했다.

내가 다른 직원의 의자를 끌고 와서 옆에 앉자 블라이드가 다른 교정용 연필을 내게 건넸다. 우리는 피터 후자, 데이비드 암스트롱, 래리 클라그의 사진들을 천천히 넘겨 가며 인쇄 과정에서 생긴 결함들을 표시했다.

냰 골딘이 70년대와 80년대에 찍은 다른 초기 작품들도 있었다. 전부 골딘이 자기 친구들을 찍은 사진들이었다. 골딘의 친구들은 자동차 안과 해변가에서 어울리고, 좋고 나쁜 온갖 파티에서 포즈를 취하고, 무질서하게 피크닉을 즐기고, 우윳빛 욕조에서 몸을 씻고, 섹스를 하고 자위를 하고 서로의 병문안을 가고, 카메라 플래시의 노골적인 빛을 받아 환히 빛나면서 보는 사람의 감정을 극도로 자극했다. 웃을 때는 머리를 뒤로 젖히면서 누렇게 변색한 비뚤어진 치아를 훤히 드러냈다. 뉴욕이라는 도시가 파산 위기에 처해 있던 시절이었다. 낮과 밤은 얇은 막 하나만 사이에 둔 것처럼 구별이 불가능해 보였다. 눈길을 사로잡는 파티 장면들은 어느새 병원 풍경에, 병원 풍경은 장례식 장면에 자리를 내주었다. 하룻밤 새에 에이즈 감염이 확산한 듯했다.

10대 시절에 낸 골딘의 사진을 처음 접한 나는 『성적 종속의 발라드』 한 권을 침대 매트리스 밑에 감춰 두기도 했었다. 그 사진집에 실린 사람들 상당수는 어딘지 모르게 기괴해 보였다. 조화로운 모습이 아니었다. 그러나 그런 건 중요하지 않다고 사진들은 말하는 듯했다. 중요한 건 그 사람들이 본인이 원하는 방식대로 치장하고 탈바꿈했다는 사실이었다. 그들은 온전히 자기 자신으로 존재했다. 내가 뉴욕으로 향한 건 그들 때문이었다. 정말로 언젠가는 나 자신으로 존재하게 될 거라고, 그때는 그렇게 생각했다.

블라이드와 나는 교정지를 훑으면서 모든 장의 색 교정을 마무리했다.

도와줘서 고마워, 블라이드가 말했다.

천만에. 그런데 난 레인이 이 책 맡고 있는 줄 알았어.

레인은 휴가 갔어.

아. 나는 블라이드가 무슨 말이든 더 하기를 기다리면서 가만히 얼굴을 쳐다보았다.

블라이드가 머뭇거리면서 신중히 말을 골랐다. 레인이 좀 아파. 그러니까, 열병에 걸렸어.

설마, 정말? 나는 블라이드의 얼굴을 보며 반응을 살폈다.

그래, 꽤 충격적이지. 블라이드는 애써 아무렇지 않은 척했다. 그러나 잠긴 목소리로 시선을 돌렸다.

정말 안됐다. 이런 일이 주변 사람한테 일어나리라는 생각은 보통 안 하잖아.

이건 정말 많은 사람에게 일어나고 있는 일이야, 캔디스, 블라이드가 내 말을 바로잡았다. 하지만 레인한테 그런 일이 생길 줄은 정말 꿈에도 몰랐어. 레인은 어딜 가든 마스크를 쓰고 다녔거든. 이웃이 열병에 걸렸다는 사실을 알고 난 후부터는 집에도 늘 항진균제를 뿌렸어. 그렇게 각별히 조심했는데, 그랬는데도……. 블라이드가 침을 삼키며 말끝을 흐렸다. 그러고는 매끄럽고 윤기 나는 머리를 풀어 헤치고 다시 하나로 묶었다. 그리고 핸드폰을 확인했다. 이제 가야겠다. 허리케인 오기 전에 집에 가야겠어.

그래, 나도 가야겠다, 나는 블라이드의 말을 메아리처럼 따라 말했다. 같이 택시 타고 택시비 나눌까?

블라이드가 머뭇거렸다. 그냥 지하철 타고 갈 생각이었어. 앞으로 몇 시간 동안은 폐쇄 안 한다고 그러더라고.

사무실 어딘가에서 전화벨이 울렸다.

저쪽 전화 좀 받아 줄래? 블라이드가 교정지를 가방에 챙기면서 말했다.

나는 블라이드의 자리에서 빠져나와 칸막이 미로를 헤매다가 전화벨이 울리는 곳을 찾아갔다. 소리를 따라가다 보니 맞은편 끝에 자리한 내 자리로 되돌아가게 되었다. 전화벨은 다름 아닌 내 자리에서 울리고 있었다. 누군가가 내게 전화를 걸고 있었다.

스펙트라 뉴욕 지부의 캔디스입니다.

드디어 받네, 조너선이 말했다.

나는 멈칫하다 입을 열었다. 나한테 어지간히 연락하고 싶었나 보네.

스펙트라 전화번호부에서 네 성 입력하고 번호 찾았어. 걱정돼서.

블라이드의 자리가 소등돼 있었다. 트렌치코트를 걸치고 유리문으로 빠져나간 블라이드가 엘리베이터로 향하는 모습이 보였다. 창문에 빗방울이 떨어지는 소리가 들렸다. 그러다 갑자기 비가 몹시 격렬하게 몰아치면서 창문이 흔들렸다. 건물 밑 인도에서는 흰색 스니커즈와 크록스를 신은 관광객들이 뿔뿔이 흩어지고 있었다.

허리케인이 올 거래, 조너선이 말했다.

나도 들었어. 나가려던 참이야.

오늘 네 집에서 자도 될까? 내 집이 지하에 있다 보니 집주인이 홍수가 날지도 모른다면서 대피하라고 그러더라고.

저 멀리서 엘리베이터가 땡 하고 울리며 블라이드가 사라지는 소리가 들렸다. 블라이드의 여가 시간과 아무 근심 걱정 없이 보내는 저녁이 부러웠다. 조너선에게 소식을 전할 때였다. 기약 없이 무작정 미룰 수는 없는 노릇이었다.

그래, 집으로 와, 라고 나는 끝내 대답했다.

조너선이 도착했을 때는 이른 저녁 즈음이었다. 온종일 비가 오다 말기를 반복했다. 나는 버저를 눌러 대문을 연 다음 계단과 복도에 울리는 그의 발소리를, 무너져 내릴 것 같은 다리 위에 발을 내딛듯 무겁고도 조심스러운 발소리를 들었다.

발소리가 몇 번 더 울릴 때까지 기다린 후 나는 현관문을 열었다.

안녕, 조너선이 말했다. 조너선은 곳곳이 바늘 같은 빗방울에 찔린, 단정한 격자무늬의 버튼다운 셔츠 차림이었다. 그리고 난 어찌할 줄을 몰라 했다. 사랑으로 인한 혼란에 휩싸인 심장이 쾅쾅 울려 댔다.

예의를 차린 형식적인 몸짓으로 조너선이 내 양 볼에 수염을 맞대며 산뜻하게 입을 맞추자 낯선 시트러스 계열의 면도 크림 향이 맴돌았다.

안녕, 나는 조너선이 한 말을 되풀이했다. 어쩐지 남성 잡지랑 어울리는 향이 나네.

이거 어디에 둘까? 조너선이 손에 들고 있던 흰색 머그잔을 넌지시 보여 주며 물었다. 녹색 구강 세정제에 담가 둔 취침용 교정 유지 장치였다. 조너선은 머그잔 손잡이를 쥐고 수평을 유지하면서 손바닥으로 위쪽을 가리고 있었다. 아파트에서 역까지 걸어가 지하철을 타고 오는 내내 그 자세로 머그잔을 들고 있던 것이었다.

나는 어깨를 으쓱했다. 네가 원하는 곳에 둬.

조너선이 화장실의 약품 수납장을 열어 조심조심 머그잔을 넣는 모습을 나는 가만히 지켜보았다. 조너선은 늘 그걸 거기에 보관했다. 어디에 둘지를 물은 건 그냥 예의상 한 말이었다.

이삿짐 다 쌌어?

거의, 조너선이 대답했다. 그러고는 그동안 어떻게 지냈는지를 미주알고주알 말하기 시작했다. 크레이그리스트 사이트에서 매트리스도 팔고 레코드플레이어도 팔았다고 했다. 남은 짐은 허리케인에 대비한답시고 반려견에게 입마개만 채워 둔 중년의 비혼 남자인 윗집 이웃에게 맡겼다고 했다.

집에서 네 물건도 몇 개 찾았어, 조너선이 말을 이었다. 칫솔이랑 책 몇 권. 가져오는 걸 깜빡했네, 미안해. 그것도 이웃집에 맡겨 뒀어. 내일 가져다줄까?

내가 가지러 갈게, 나는 실제로 그러지 않을 것 같았지만 일단 그렇게 대답한 뒤 화제를 전환했다. 배 안 고파? 난 좀 고픈데. 엘 파라디소 갈까?

조너선이 대답을 망설였다. 음. 허리케인이 심해지고 있을 때 나가는 건 좀 내키지 않는데.

가자, 나 우산 있어. 그리고 지금은 상황이 그렇게 나쁘지 않아.

우리는 우산 챙기는 것은 까맣게 잊은 채 계단을 내려가 뛰어박질하다시피 밖으로 나갔다. 그러고는 전철 선로 아래로 난 길을 따라 걸었다. 비는 더 거세질 예정이었지만 아직은 하늘이 꽤 맑아서 다들 야외에 나와 있었다. 세상이 삽시간에 파티장으로 변모하는 중이었다. '#마틸드 드링크 스페셜: 다크 앤드 스토미 5달러' 광고를 내건 곳곳의 바에서 술꾼들이 쏟아져 나왔다. 옥상 위에 몇 명씩 소규모로 모인 힙스터들은 어마어마한 양의 맥주병에 둘러싸여 있었다. 생수와 배터리를 사재기하러 보데가와 편의점을 찾은 행인들은 순서를 기다리는 동안 서로 한담을 나누었다. 노년의 남자들은 플라스틱 우유 상자에 앉아서 쇼를 구경했다. 초대형 라디오 카세트와 음향 시스템들이 서로 경합을 벌이듯 요란한 음악 소리를 발산했다.

닫히지 않은 트렁크에 통조림 수프와 박스 포장된 와인을 잔뜩 실은 검은색 스포츠카 한 대는 지뉴와인의 음악을 크게 틀고 교차로를 향해 쏜살같이 이동했다. 한창 인기몰이 중인 어느 저급한 바의 개방된 입구를 지날 때는 다소 철 지난 노래가 내 귓가에 스쳤다. 커다란 주전자에 담긴 물을 한가득 흘려보내는 듯한 목소리로 부르는 웨일런 제닝스의 「크라잉」이었다.

마침내 우리는 푸에르토리코식 닭요리를 파는 엘 파라디소에 도착했다. 가게 안으로 들어서니 종이 딸랑딸랑 울렸고 마약처럼 강력한 기운을 뿜어내는 에어컨 바람이 우리를 맞이했다. 형광등 불빛, 붉은 타일 바닥, 그리고 산업용 세제 냄새가 특징적인 꽤 격의 없는 공간이었다. 주문 방식은 구내식당과 유사해서 카운터로 가서 원하는 음식을 말하면 직원이 바로 접시에 담아 주었다.

우리는 쟁반을 들고 카운터로 갔다. 조너선은 평소처럼 닭요리와 쌀밥을 시켰고 나는 쇠꼬리 수프를 주문했다.

드시고 가시겠어요, 포장하시겠어요? 로자가 물었다. 가게 주인이었다.

먹고 갈게요, 내가 대답했다.

우리는 단단한 포마이카 테이블에 자리를 잡았다. 가게 안은 텅 비어 있다시피 했다. 익숙지 않은 광경이었다. 조너선과 자주 찾곤 했던 그 식당은 일요일 오후면 주일을 맞아 화려한 옷차림을 한 신자들이 예배가 끝나기가 무섭게 우르르 몰려오는 곳이기도 했다.

왜 이렇게 축제 분위기인 건지 이해가 안 되네, 조너선이 창밖을 가리키며 말했다.

뭐, 저 사람들은 내일 출근을 안 해도 되잖아, 내가 설명했다.

그게 어떻다는 거야? 조너선이 플라스틱 칼로 플랜틴을 자르면서 물었다.

나도 저 사람들이랑 똑같았어. 허리케인이 모든 걸 쑥대밭으로 만들어 놓으면 좋겠다고, 하지만 아주 심하지 않은 정도로만 망가뜨려 놓으면 좋겠다고 생각했지. 다음 날 아침에 출근을 못 할 만큼 피해가 심각했으면 싶지만 브런치를 먹으러 갈 수도 없을 만큼 심각하지는 않기를 바랐던 거야.

브런치라고? 조너선이 회의적인 말투로 되물었다.

아니 뭐, 꼭 브런치일 필요는 없고, 나는 한발 물러섰다. 브런치가 아닌 다른 게 될 수도 있지.

우리에게 휴일은 그동안 줄곧 하고 싶었던 걸 할 수 있는 날을 의미했어. 식물원이나 프릭 컬렉션* 같은 곳에 갈 수도 있고 소설을 읽을 수도 있는 날. 아니면 그냥 느긋하게 쉬어도 되고. 느긋함이 결핍돼 있다는 게 현대 사회의 문제이니까. 결국 우린 자연의 힘을 빌리지 않고서는 일상을 멈추지도 못했던 거야. 우리가 원했던 건 그냥 초기화 버튼을 누르는 거였어. 측정할 수 있는 가치라곤 하나도 없는 것들을 하면서 시간이 남아

* 뉴욕 맨해튼에 위치한 미술관.

도는 기분을 만끽하고 싶어 했고, 또 한편으로는 희망에 찬 마음으로 글쓰기든 그림 그리기든 뭐가 됐든 돈이 목적이 아닌 것들을 좇고 싶어 했지. 더 나은 사진작가가 되려고 사진을 배운다든가 하면서 말이야. 설령 그날, 그러니까 그 자유로운 휴일에 그런 걸 하지 못했다 해도, 원하기만 하면 그런 걸 할 수 있다는 가능성을 실감하는 것만으로도 충분했을 거야. 달리 말하면 우리가 원했던 게 실은 젊음을 실감하는 것이었을 수도 있다는 거지. 뭐 다른 건 몰라도 대부분 젊기는 했지만.

넌 이런 걸 이해하지 못할 수도 있겠네, 내가 말했다.

물론 이해해. 나도 회사에 다닌 적이 있으니까. 조너선이 플랜틴을 한입 먹었다.

우리는 한동안 아무 말 없이 먹기만 했다.

이삿날이 언제라고 했지? 내가 물었다.

일요일. 이제…… 사흘 남았네. 조너선이 나를 쳐다보았다. 난 계속 널 만나려고 노력했어. 넌 내가 보낸 문자에 답장 한 번 하지 않았고.

음, 우리 싸웠었잖아.

싸운 적 없어. 내가 뉴욕을 떠날 생각이라고 했더니 그때부터 네가 연락을 끊은 거지.

그래, 내가 대답했다. 우리 둘 다에게 영향을 미치는 결정을 네가 혼자서 내려놓고 나한테는 통보만 했으니까. 너한텐 그냥 그렇게 떠나는 게 굉장히 쉬운 일인가 봐.

내가 떠나는 건 너 때문이 아니라 뉴욕 때문이야. 넌 그걸 이해해야 해. 내가 왜 여기서 살기 싫어하는 건지는 너도 알잖아. 월세 하나 때문에 24시간 내내 버둥대면서 살고 싶지 않아. 조너선이 창밖으로 시선을 돌렸다. 게다가 지구온난화며 이런 계절성 허리케인도 견뎌야 하지. 도시 전체가 완전히 무너져 내리고 있어. 앞으로 무슨 일이 일어나든 여긴 마땅히 치러야 할 값을 치르게 될 거야.

평소보다 더 인정사정없이 말하네.

조너선이 나를 보며 미간을 찌푸렸다. 지금 돌고 있는 열병이라는 것도 앞으로 더 심해지기만 할 거라는 거 너도 알지? 중국 인구의 3분의 1이 감염됐다는 말도 있어. 조류독감보다 훨씬 심한 전염병이야.

나는 고개를 가로저었다. 그 말이 사실이라면 열병 관련 정보가 지금보다 훨씬 더 많이 돌았겠지.

중국 공영방송에서 이 사안과 관련된 여론을 통제하고 있기 때문에 우리로서는 실제 통계를 알 수 없어. 중국이 저러는 건 대국민 혼란을 불러일으키고 싶지 않아서일 수도 있지만, 내 생각엔 외국 투자자들이 자국 경제에서 철수하지 못하게 하려는 의도도 있는 것 같아. 체면을 세워야 하니까.

무슨 음모론 같네, 나는 조너선의 의견을 일축해 버렸다. 조너선이 시종일관 트집을 잡는 부분 중 하나는 내가 뉴스를 꾸준히 보지 않는다는 것이었지만 나로서는 조너선이 지나치게 많은 정보를 습득하고 있는 게 아닌지, 불분명한 기사와 게시물을 샅샅이 뒤지면서 보이지도 않는 연결고리를 보고 있는 게 아닌지 의아했다.

조너선이 뭔가를 기대하는 눈빛으로 나를 쳐다보며 말했다. 그리고 선 열병은 여기에도 퍼지고 있어. 무역량과 선박과 수입품이 많은 해안 지역에서 더 빠르게 확산하는 경향도 나타나고 있고. 3개 주 전체에 적색경보든 뭐든 내려야 할 거야.

음, 그럼 너는 딱 좋은 때에 이사를 가는 거네. 내가 물을 마시며 말했다.

조너선이 한결 온화한 말투로 좀 더 나를 달래듯이 말했다. 너도 같이 갈 수 있어. 그냥 나랑 같이 가면 돼, 조너선이 내 손을 향해 테이블 위로 팔을 뻗으며 말했다. 여기보다 물가도 저렴하고 새로운 곳으로 가서 정착하는 거야. 우린 할 수 있을 거야.

나는 조너선의 손길을 뿌리치며 말했다. 어디로 이사를 가든 내 생활은 지금과 똑같을 거야. 계속 일해야 할 거고 월세도 내야 할 거야. 의료 보험료도 내야 하고.

조너선이 나를 쏘아보았다. 네가 진심으로 가치 있다고 생각하지도 않는 일을 왜 하고 싶어 하는 거야? 그렇게 해서 결국 남는 게 뭔데? 네 삶은 그것보다 가치 있어.

나는 조너선을 도로 쏘아보았다. 네가 선택한 삶의 방식은 일종의 사치야. 너에게 의존하는 사람이 아무도 없을 때 잠깐 정도야 가능할진 몰라도, 지속할 순 없는 삶이야.

조너선이 내 말에 동의할 수 없다는 듯 몸을 돌렸다. 하지만 너에게 의존하는 사람도 없잖아. 너나 나나, 우리에겐 부양할 가족이 없어. 그런데도 넌 스스로 가치 있다고 생각하기는커녕 존중하지도 않는 직업에 얽매이는 삶을 선택하겠다는 거잖아.

그럼 너한테 아이가 생기기라도 하면 어떡할 건데? 당장 내일이라도 말이야, 나는 가급적 무덤덤하게 물었다. 그런 일이 생길 수도 있는 거잖아. 그럼 아이는 어떻게 키울 건데?

그런 일은 없을 거야, 적어도 당분간은 그럴 일 없어, 조너선이 말했다. 아무것도 모르면서 자신만만해하는 모습을 보니 소리 내어 웃고 싶은 심정이었다.

그러나 나는 웃는 대신 밥알을 하나하나 꼭꼭 씹는 일에 열중했다. 조너선에게 말하지 않으리라고, 바로 그때 그곳에서 나는 결심했다. 내 배 속에 있는 형체도 불분명한 세포 덩어리를 보호해야겠다는 마음이 그렇게 아무런 예고도 없이 불쑥 차올랐다. 그 순간 나는 알았던 것이다.

우리가 앉은 테이블로 로자가 다가왔다. 죄송하지만 오늘은 가게 문을 좀 일찍 닫기로 해서요, 로자가 말했다. 허리케인 때문에요. 그러면서 우리 앞에 놓인 접시를 가리켰다. 남은 음식은 포장해 드릴 수 있어요.

나는 고개를 숙여 내 접시를 보았다. 음식을 아예 건드리지도 않은 것 같은 상태였지만 더 이상 배가 고프지 않았다. 괜찮습니다, 내가 말했다. 신경 써 주셔서 감사해요.

물론 포장해 갈 겁니다, 조너선이 내 말을 정정했다.

그래. 그럼 네가 다 먹든가, 나는 조너선을 노려보았다.

로자가 망설이다 입을 열었다. 두 분 종종 여기 오셨었죠? 기억나요, 주말마다 오셨던 거.

네, 그랬어요, 내가 대답했다.

두 분 정말 잘 어울려요. 뭐 때문에 싸우고 계신 건지는 모르겠지만 다 부질없는 일일 거예요. 로자가 걱정스러운 표정으로 창밖을 내다보았다. 허리케인 같은 자연의 힘 앞에서는 정말 중요한 게 뭔지 정확히 볼 수 있게 되는 법이죠.

집까진 어떻게 가시려고요? 조너선이 로자에게 물었다.

조카딸이랑 남편이 데리러 오고 있어요. 곧 도착할 거예요.

일하시는 곳에서 언성 높여서 죄송합니다. 조너선이 남은 음식을 스티로폼 포장 용기에 담고 비닐봉지에 넣었다. 그리고 테이블에 팁을 올려 두었다. 우리는 자리에서 몸을 일으켰다.

좋은 밤 보내세요, 내가 나가기 전에 한마디 덧붙였다. 문을 나서려던 차에 뒤를 돌아보니 로자는 아직 팔지 못하고 남은 음식을 카운터 뒤에서 몽땅 포장하고 있었다. 조카딸과 남편에게 갖다주려는 것인가 보다고, 그날 남은 음식으로 끼니를 때우는 것인가 보다고 생각했다.

어서 와, 조너선이 내 손을 붙잡으며 말했다.

밖은 어둑해져 있었다. 비가 점점 빠른 속도로 더 거세고 끈

질기게 내린 탓에 곳곳에 무리 지어 모여 있던 사람들은 해산한 상태였고, 우리가 집으로 뛰어가는 동안에도 비는 줄기차게 쏟아졌다. 가지런하고 질서정연하게 늘어선 집들의 창문은 저마다 텔레비전 불빛을 받아 깜박거렸고 힘껏 들이닥치는 빗물 세례를 고분고분 맞으면서 깨끗해졌다. 얼마 지나지 않아 비는 한 치 앞도 내다보기 힘들 정도로 퍼붓기 시작했다. 조너선과 나는 서로를 놓치지 않으려고 손을 꼭 붙잡고 내달렸다. 집 앞에 도착했을 때는 둘 다 비에 흠뻑 젖은 상태였다. 나는 허겁지겁 열쇠를 찾았고, 조너선과 함께 한숨을 푹푹 내쉬며 계단을 올랐다.

내가 먼저 샤워를 하고 뒤따라 조너선도 샤워를 했다. 조너선이 샤워를 하는 동안 나는 노트북을 꺼내서 페이스북, 인스타그램, 트위터를 확인했다. 다들 허리케인에 대해 한마디씩 하고 있었다. 크레이그리스트 가벼운 만남* 카테고리에는 섹스 파트너를 급구한다는 글이 폭발적인 기세로 올라오고 있었다. 어떤 사람들은 허리케인이 보이는 창가에서 셀카를 찍은 다음 트위터 실시간 트렌드에 오른 '#마틸드' 해시태그를 달아서 게시했다. 실시간 트렌드에는 '#넷플릭스톰'도 있었다. 넷플릭스가 이용자들을 상대로 넷플릭스 시청하기 대회를 진행한 결과였다. 참가자들은 폭풍우가 몰아치는 동안 시청할 영상 목록

* 미국 최대 온라인 벼룩시장 사이트로 중고 물품 판매뿐만 아니라 일자리와 각종 생활 정보도 공유한다. '가벼운 만남' 카테고리는 크레이그리스트의 개인 광고 항목으로 운영되다가 2018년 미 하원에서 '온라인 성매매 퇴치법'이 통과되면서 폐지되었다.

을 트윗으로 올렸고, 넷플릭스는 그중 100명을 선정해 1년 이용권을 주겠다고 했다. 시청 중인 영상 화면을 캡처해서 트윗에 같이 올리면 가산점이 부여됐다.

난 단순한 사람이라 #넷플릭스톰 동안 「트위스터」 봄

#마틸드는 「저지 쇼어」를 내보내는 세상에 어머니 자연이 내리는 천벌임 #넷플릭스톰

「쇼걸스」 #넷플릭스톰 #라이프초이스

창밖의 #마틸드 보기 > #넷플릭스톰 참가용 영화 감상 중

조너선이 다가와 내 옆에 놓여 있던 방석을 깔고 앉았다. 지난번에 왔을 때 두고 간 깨끗한 티셔츠와 트렁크 차림이었다.

뭐 보고 있어? 조너선이 약간 혀 짧은 소리를 내며 물었다. 막 교정 유지 장치를 끼운 탓이었다.

이거 봐 봐, 내가 화면을 조너선 쪽으로 돌려서 누군가가 트위터에 올린 사진을 보여 주었다. 이스트빌리지의 일부 지역이 침수되어 노점상들 차양만 간신히 알아볼 수 있는 사진이었다. 타이드 세제와 핫도그 상자들이 사방에서 너저분하게 떠다녔다. 끊어진 전깃줄은 타닥타닥 튀고 있었다.

조너선이 고개를 저었다. 이거 가짜야.

그걸 어떻게 알아?

이 사진 속 조명이 일반 자연광이니까. 오후의 햇빛. 그런데

허리케인은 해가 지고 나서야 시작됐잖아.

나는 사진을 면밀히 살펴보았다. 하늘에 누런빛이 없었다. 스크롤을 내려 댓글을 읽어 보니 다른 사람들도 똑같은 부분을 지적하면서 그 사진을 '#거짓허리케인'이라고 칭했다. 어떤 사람은 그 사진이 아포칼립스 영화 세트장에서 찍은 후에 현실처럼 각색한 결과물이라는 의견을 남겼다.

사람들은 시간이 아주 남아도나 봐, 내가 말했다.

보아하니 이제 기상 뉴스도 포화 상태에 도달한 것 같네, 조너선이 노트북을 닫으려고 손을 뻗으면서 말했다. 이제 다른 걸 하자.

기다려 봐, 나는 계속 마우스 커서를 클릭했다. 진짜 뉴스도 좀 읽어 보자. 《뉴욕 타임스》 홈페이지에 '맨해튼 시 100만 가구에 정전 사태'라는 기사 제목이 보였다. 마틸드가 점점 북상 중이었다. 배터리 파크와 월스트리트 등 로어맨해튼 지역의 일부는 정전을 겪고 있었다. 완전한 암흑에 갇힌 맨해튼 섬을 공중에서 찍은 위성사진들도 보였다. 조너선과 나는 다른 언론사 홈페이지에 들어가 '중부 대서양을 쏜살처럼 관통 중인 허리케인, 경보 연장'이라는 기사도 읽었다. 오전 6시까지였던 허리케인 경보가 익일 오후 2시로 연장되었다는 소식이었다. 허리케인 풍속은 약 290킬로미터에 이르렀다. 허리케인 등급도 '극심한 피해'를 가리키는 3등급에서 '대재앙에 가까운 피해'를 의미하는 5등급으로 격상된 상태였다.

바로 그때, 실내조명이 깜박깜박하더니 전기가 나가 버렸다.

젠장, 내가 말했다.

창밖을 내다보니 사방이 어두컴컴했다. 노트북 불빛이 유일하게 남은 빛이었지만 배터리 잔량은 17퍼센트뿐이었다. 아직 오후 10시 13분밖에 되지 않은 때였다. 내가 몰래 빌붙어 쓰고 있던 이웃집 와이파이와 쿠시앤캐시도 연결이 끊어졌고 스포티파이 스트리밍도 멈추고 말았다.

조너선은 내가 뭐라 불평을 하기도 전에 노트북을 닫아 버렸다.

그냥 자자, 조너선이 말했다. 이리 와.

우리는 침대에 깔린 이불 위에 누웠다. 조너선의 얼굴을 나는 차마 쳐다볼 수 없었다. 조너선이 내게 팔을 둘렀다. 나는 그 익숙하고 편안한 포옹을 느끼며 우리 둘의 숨소리를 들었다. 그러던 중 모종의 악의마저 느껴지는 빗줄기가 날쌔고도 격렬하게 휘몰아치면서 유리창을 사납게 갈겨 댔다. 멀찍이서 자동차 경보음이 울리더니 곧 다른 차에서도 경보음이 울렸다. 그리고 곧 조너선이 내게 키스를 하기 시작했다. 조너선의 입술은 바싹 마른 채 갈라져 있었다. 그는 챕스틱처럼 사소한 물건도 절대 돈 주고 살 생각을 하지 않는 사람이었다. 조너선의 몸짓에 내 마음속에서 다시 그를 향한 애정이 차올랐고 처음 만났던 때와 같은 두근거림도 느껴졌다. 조너선은 내가 언제든 자기 행동을 저지할 수 있게끔 천천히 움직이면서 내가 입고 있던 티셔츠와 브래지어를, 신축성 있는 물결 모양의 검은 레이스가 달려 있고 고무 끈이 갈비뼈를 죄는 브래지어를 벗겼다. 내가 가진 것 중 가장 좋은 속옷이었다.

캔디스, 조너선이 말했다.

나는 조너선의 눈을 쳐다볼 수 없었다. 조너선이 입고 있던 티셔츠를 벗었다. 마르고 털이 많고 미끈하면서 말랑한 몸이 드러났다. 솔직히 말하면 내가 가장 선호하는 유형의 몸이었고, 혈관이 곳곳에 튀어나온 하찮고 보기 흉한 갈색 해삼 같은 페니스도 좋았다. 조너선이 내 몸을 만지는 방식은 달걀흰자와 노른자를 분리하는 동작을 연상케 했다. 그런 식으로 그는 내 가슴에 키스를 하고 허벅지 안쪽을 쓰다듬으면서 내 밑으로 손을 뻗었다. 나는 그의 페니스를 입으로 애무한 뒤 내 안에 넣었다. 처음에는 내가 위에서 하다가 나중에는 아래에서 했고 그런 다음 내가 양손과 무릎을 대고 엎드리자 조너선이 뒤에서 내 머리칼을 세게 당겼다. 머리칼을 당기는 건 처음 있는 일이었다. 어쩌면 조너선이 보는 포르노 영상이 바뀌었거나, 내가 만남을 회피한 기간 동안 다른 사람과, 철로처럼 가느다란 몸으로 높고 날카로운 신음을 내는 금발의 누군가와 관계를 맺은 것일 수도 있었다. 나는 조너선의 목덜미를 깨물었고 조너선은 내 가슴을 깨물었다. 누가 됐든 그 누군가는 나처럼 깨물리는 것을 좋아하긴 하지만 나만큼 세게 깨물리는 건 좋아하지는 않고 신음과 헐떡임이 잦은 사람이었을 터였다.

나는 신음을 내고 있었다. 숨이 차 헐떡거렸다.

아아, 조너선이 혀 짧은 소리를 내면서 내 머리칼을 잡아당겼다.

평소와 달리 조너선은 사정할 때가 왔다는 신호를 주지 않았다. 아악, 씨, 조너선은 끙끙거렸다. 그리고 사방에 정액을 흘리며 사정했다. 내 안에다가도 한 바람에 순간 나는 본능적으로 소리쳤다. 잠깐. 그만해.

이불에 등을 대고 나란히 누운 우리는 서로를 어루만지지 않고 천장만 올려다보았다. 조너선의 호흡은 쉴 새 없이 창문을 갈기는 무자비한 빗소리에 대비되는 저음의 선율처럼 느리고 안정적이었다.

무슨 일 있어? 조너선이 물었다. 나한테 뭔가 하고 싶은 말이 있는 것 같은데.

너랑 같이 안 갈 거라는 말을 대체 얼마나 더 해야 하는 거니.

그게 네 진심은 아닌 것 같아서. 꼭 푸젯 사운드로 갈 필요는 없어. 여기만 아니라면 그 어디로든 갈 수 있어. 난 단지 네가 나랑 같이 갔으면 하는 거야.

난 너 같은 사람이 아니야, 내가 말했다.

단, 이런 말은 하지 않았다. 난 널 너무 잘 알아. 넌 이상주의자처럼 사는 사람이지. 시스템에서 이탈하는 게 가능하다고 생각하잖아. 일정한 수입도, 의료보험도 없으면서. 툭하면 일도 그만두고. 넌 그걸 자유라고 생각하지만 내가 볼 때 넌 철두철미하게 자린고비처럼 아끼고 아껴가며 볼품없고 값싼 삶을 살고 있을 뿐이고 그런 삶 역시 자유는 아니야. 넌 외접원을 그리면서 움직이고 있어. 불법 복제 영화를 보고 1달러짜리 조각 피자를 먹으면서 모든 것의 가장자리, 그 변두리만 돌고 도는 거지. 예전에는 열정적으로 자기 신념을 붙들고 사는 너를—고결하다고 생각했고—동경했었지만, 그런 네 삶의 방식을 5년간 지켜보면서 난 조금 바뀌었어. 이 세상에서는 돈이 자유야. 이탈하는 건 현실적인 선택이 아니야.

나는 그런 말은 하지 않았다. 전에도 이 문제에 대해, 조금씩 다르긴 해도 사실상 같은 문제에 대해 다툰 적이 있어서였다. 마지막 밤까지 싸우면서 보내고 싶지는 않았다. 상처를 주고 싶지도 않았다. 조너선은 이런 내 마음을 눈치챈 건지 한동안 아무 말이 없었다.

조너선이 말했다. 넌 늘 이렇게 내가 비집고 들어갈 틈도 주지 않고 완강하게 벽을 치지.

난 아직 너 사랑해, 내가 말했다.

네가 날 사랑한다고 말할 때마다 범인의 자백을 듣는 것 같아.

나는 피로에 지쳐 갈라진 목소리로 서글프게 웃었다. 그러자 곧 조너선도 엉겁결에 웃기 시작했다. 묵직한 구름 덩어리가 마침내 빗방울을 흩뿌리듯 지난 몇 주간의 다툼이 웃음소리와 함께 누그러졌고, 그 순간만큼은 어떤 일이든 그리 심각하게 받아들이지 않던 연애 초창기로 돌아간 기분이었다.

부탁이 하나 있어, 조너선이 느닷없이 말했다.

말해 봐. 여기에 있는 네 물건 보관해 줘?

아니, 내가 떠난 후에 뭘 좀 해줬으면 좋겠어. 그, 네가 운영하던 사진 블로그 있잖아.

나는 순간 멈칫했다. NY 고스트?

어. 한동안 그거 잘 운영했었잖아. 그래서 말인데, 그 블로그 다시 시작해 줬으면 좋겠어. 이사 가면 블로그 들어가서 구경할게. 뉴욕 풍경 보고 싶거든.

마지막 글을 올린 게 언제였는지 기억도 안 나는데, 나는 깜짝 놀라며 대답했다. 그건 그냥…… 그렇게 대단한 사진이 아니야. 칭찬받으려고 올린 것도 아니고. 별거 아닌 사진이라는 거 나도 알아.

처음엔 그리 대단하지 않았지, 조너선이 내 말에 동의했다. 하지만 점점 나아졌어. 그리고 내가 기억하기로 넌 우리가 처음 만난 여름에 그 블로그를 시작했어. 샤스핀 파티 후에 내가 너한테 반해서 온라인 스토킹 같은 짓을 좀 했었거든. 그때 그 블로그에 있던 사진들이 나를 끌어당겼었고. 아무튼 난 네가 그걸 계속해야 한다고 생각해.

고마워.

우리는 한동안 말없이 누워 있었다. 이렇게 어둠 속에 나란히 누워서 밤을 새운 날이 그간 얼마나 많았던가. 나는 무슨 말이든 더 하고 싶었다. 머릿속에서 부지런히 할 말을—그럼에도 우리를 하나로 결합해 줄 말을, 여하간 우리를 엮어 줄 말을—찾아보았지만 입 밖으로 나오는 것은 침묵뿐이었다.

머지않아 조너선의 호흡이 느려지고 깊어졌다. 잠에 빠져들고 있었다.

그에 반해 나는 잠들 수가 없었다. 계속 눈을 뜬 상태로 집 안에 있는 모든 물건을, 조너선이 떠난 후에도 남아 있을 모든 것을 살펴보았다. 가구 몇 점을 처분해서 공간을 마련한 뒤 새로운 물건을 들여야겠다고 생각했다. 나는 아이를 낳을 생각이었다.

18장

허리케인 마틸드가 지나간 후 회사는 그 주 주말까지 폐쇄되었다. 다음 주 월요일이 되어 출근을 했을 때는 선물·고급제품 부서의 선임 상품 코디네이터 세스가 선 열병에 걸렸다는 사실을 접했다. 보안 카메라를 확인해 보니 세스는 허리케인이 지나간 다음 날 아침 가까스로 출근을 했고 그때부터 주말까지 줄곧 사무실에 틀어박혀서 커피잔들에 둘러싸인 채 컴퓨터 앞에만 앉아 있었다. 이메일 기록에는 몇 년 전 인쇄까지 마친 과거 프로젝트와 관련해 홍콩 지부와 싱가포르 지부에 여러 차례 보낸 이메일의 발송 실패 내역이 남아 있었다. 세스를 발견한 사람은 한 여성 청소부였다.

그 일로 인해 사무실은 월요일에도 폐쇄되었다. 항진균 서비스 업체 사람들이 찾아와 스프레이 같은 것으로 사무실을 소독했다. 그들은 벽에도, 모퉁이의 갈라진 틈에도 항진균액을 분사했다. 카펫에는 어떤 가루를 도포한 다음 진공청소기로 빨아들였다. 나를 포함한 회사 직원들은 세스의 사무실이 위치한 구석 자리를 강박적으로 피해 다녔고 심지어는 세스와 가까운 자리에서 일한 선물·고급 제품 부서 직원들까지 기피했다.

이메일로 온 공지 사항에는 이제 회사 방침에 따라 모든 직원이 (그전까지는 권장 사항이었지만) 사내에서 N95 마스크를 써야 한다는 내용이 담겨 있었다. 회사는 모든 직원에게 N95 마스크를 두 장씩 지급하겠다고 했다. 마스크가 더 필요한 사람은 회사에서 비용을 일부 지원하는 보다 저렴한 마스크를 인사부를 통해 구입할 수 있었다.

일주일 내내 우리는 아침에 엘리베이터를 탈 때도, 끼리끼리 모여 점심을 먹을 때도, 그리고 늦은 오후에도 마스크에 막혀 뭉개진 목소리로 세스에 대해 이야기를 나누었다. 과일과 견과류와 살라미와 치즈가 든 자바스의 선물 바구니를 사내 하계 야유회 기념품인 것처럼 세스에게 — 실제로는 그의 가족에게 — 보내기도 했다. 애도의 바구니지, 라고 블라이드는 말했다. 사내에 조문 편지가 돌자 모든 직원이 공들인 서체로 '쾌유를 빌어요.'라고 적었는데 선 열병에 걸린 사람에게 할 만한 말은 아닌 듯했다. 열병 환자가 회복되었다는 소식은 어디서도 들을 수 없었다. 적어도 우리가 아는 지인들, 친구의 친구들 중에는 없었다.

오후에 에스프레소 기계 근처에 모여서 세스에 대해 이야기를 나누고 있으면 요리책 부서의 프랜시스가 나무랄 데 없이 맛있는 아메리카노를 모두에게 한 잔씩 내려 주었다. 마스크로 인해 웅웅 울리는 우리의 목소리는 더 깊고 더 비통하게 들렸다.

나 세스가 있는 병원에 병문안을 갔었어, 라고 프랜시스가 말했다. 뉴욕 장로교회 병원에 있더라고.

상태가 어때? 누군가가 물었다.

프랜시스는 고개를 가로저었다. 면회 시간을 몇 분밖에 안 줬어. 세스는 손목 밴드 같은 걸로 침대에 묶여 있었고. 일어나고 싶어 하는 것처럼 보이더라.

다들 자기 자신이 선 열병 확진자가 될지도 모른다는 두려움을 억누른 채 불분명하고도 모호한 속마음을 낮게 중얼거렸다.

그래도 우리 사무실에는 아직 확진자가 한 명밖에 없잖아, 누군가가 말했다. 랜덤하우스에서는 마케팅부 직원 전체가 확진됐대. 정말 안 믿기지 않아?

그 말을 듣자마자 나는 블라이드를 쳐다보았다. 블라이드는 나를 향해 고개를 저으면서 레인에 대해 언급하지 말라는 경고를 보냈다. 사람들은 레인이 휴가를 간 줄로만 알고 있었다.

우리는 신중한 몸짓으로 아메리카노를 홀짝였다.

나는 내 자리로 돌아가서 최신 뉴스를 확인했다. 《뉴욕 타임스》 홈페이지에 처음으로 보이시에서 토피카에 이르는 미국 선 열병 확진자 수가 게시되어 있었다. 질병통제예방센터 관계자는 허리케인이 지나간 후 확진자 수가 급증했다고 발표했다.

변두리에서 벌어지는 현상처럼 보이던 것이 이제는 보다 심각한 무언가로 조명받고 있었다.

나는 구글에 '선 열병'을 검색했다.

'선이디오이데스'라는 균이 선전 지역에서 생겨난 이후 중국 인근 지역으로 퍼져 나갔다는 글이 보였다. 어느 저명한 의사가 《허핑턴 포스트》를 통해 처음 퍼뜨린 한 유력한 이론에 따르면, 선 열병은 중국 내 경제특구인 제조업 밀집 지역의 공장에서 우연히 변종을 일으킨 진균 포자가 온갖 화학 물질이 과하게 뒤섞인 혼합물을 통해 증식한 결과였다. 그 이론을 제시한 의사 블로거는 선 열병의 전염 추이를 예측하려면 풍향 패턴을 분석해 보아야 할 것이라고 주장했다. 그뿐만 아니라 중국의 춘절처럼 공장 이주노동자들이 대규모로 귀향하는 명절에 교통을 통제해야 한다고 지적했다. 차량을 통해 포자가 이동하기 때문이었다.

그 블로거는 미국이 중국과 같은 상황에 처하지 않으려면 특히 추수감사절과 크리스마스처럼 대규모 이동을 촉진하는 명절 동안 전 지역에서 검역을 실시해야 한다고 단언했다.

구글 검색을 좀 더 해 보니 아시아 지역 시민들이 미국을 방문하지 못하도록 막는 입국 금지 관련법이 국회에서 통과되었다는 《뉴욕 타임스》 보도가 보였다. 입국 금지국 명단의 상단에는 중국이 적혀 있었다.

조너선이 떠난 달부터 뉴욕은 내가 더 이상 살아갈 수 없는 장소로 변해 갔다. 그런 변화는 점진적으로 진행되는 듯하더니 이윽고 삽시간에 이루어졌다. 나는 잠에서 깨어났다. 아침에 일터로 출근했다. 사무실 창밖으로 보이는 도시는 한산했다.

타임스스퀘어 곳곳에 산재한 관광객 무리는 'I♥NY' 문구가 인쇄된 아무 효과 없는 마스크를 끼고 다녔다. 아직도 관광을 온다는 사실이 내겐 놀라울 따름이었다. 목에 카메라를 걸고 스니커즈 안에 양말을 신은 그들의 옷차림은 1980년대 일본인 관광객을 연상케 했지만 사실 일본인 관광객은 아니었다. 대부분 몰타와 에스토니아처럼 비교적 덜 알려진 유럽 출신 관광객이었고, 극적으로 인하된 호텔 숙박비는 물론이고 모든 곳에서 할인이 진행되는 시기의 이점을 톡톡히 누리고 있었다. 그들은 여섯 대 정도 남은 푸드 트럭에서 핫도그와 밥을 곁들인 닭 요리와 프레첼을 사 먹었다. 전부 마블 히어로로 변장한 채 아직 길거리에 남아 일하고 있는 한 줌의 사람들과 '치즈'를 외치며 사진도 찍었다. 그들이 고개를 들어 카메라 셔터를 누르면 반쯤 비어 있는 회사 건물의 창문들, 공연이 중단된 브로드웨이 쇼와 더 이상 뉴욕에 입고되지 않는 탄산음료와 피트니스 워터 브랜드를 홍보하는 광고판을 향해 플래시가 터졌다. 도시 기능이 약화된 상황에서도 뉴욕이 계속 굴러갈 수 있는 건 관광객의 유입 덕분인 듯했다. 적어도 그때의 뉴욕은 뉴욕 시민보다는 뉴욕 관광객의 도시에 가까웠다.

나는 잠에서 깨어났다. 아침에 일터로 출근했다. 뉴욕 패션 위크는 평소보다 규모가 작아지긴 했어도 변함없이 진행되고 있었다. 디자이너들은 모델에게 디자이너 로고가 박힌 마스크와 글러브, 심지어는 수술복까지 입혀서 런웨이로 내보냈다. 여러모로 액세서리 업계의 활약이 돋보였다. 패션 위크의 마지막 쇼를 장식한 마크 제이컵스는 선 열병을 의식했다는 사실이 노골적으로 드러나지 않도록 보다 미묘한 방식으로 녹여낸 봄 컬렉션을 선보였다. 렉싱턴가 아모리에서 열린 그 쇼는 1920년대 젊은 여자들을 연상시키는 드롭 웨이스트 스타일의 펑퍼짐한 드레스를 내세웠고, 옅은 회색, 검은색, 밝고 부드러운 파란색 계열의 색상을 곱디고운 바다 거품처럼 옅게 표현한 것이 특징적이었다. 파티 의상이라고 친다면 세상에서 가장 칙칙하고 음침한 파티에 적합한 의상이었다.

무엇보다 셀로판 오간자 천으로 제작한 티어드 스커트에서부터 속이 훤히 보이는 플라스틱 소재의 부츠와 펌프스에 이르기까지, 옷감에 반투명 재료를 결합함으로써 모델의 여러 신체 부위를 부조화스럽고 불편한 방식으로 노출한 의상들이 이목을 끌었다. 평론가들은 그런 투명성이라는 특징이 선 열병을 감지해 내겠다는 헛된 시도의 일환으로 사람들이 서로의 몸을 보고 평가하는 현상을 조명한다고 해석했다. 패션은 논의의 대상이 아니었다. 우리가 어떤 여자를 보는 목적은 그 여자의 의상을 감상하는 것이 아닌 그 여자의 잠재적 질병을 판단하는 데 있었다.

하루가 유난히 무탈하게 흘러가던 어느 날 오후(스펙트라의 제작 업무량이 서서히 바닥을 치고 있었다.), 나는 사무실 내 자리에서 마크 제이컵스의 백스테이지 인터뷰 영상을 보았다. 마스 제이컵스는 특유의 느릿느릿하고 낮은 어조로 이렇게 말했다. 현실처럼 느껴지는 걸 원치 않았습니다.

어느 일요일에는 교회 종소리가 곳곳에서 한꺼번에 울려 대는 통에 잠에서 깨 버렸다. 처음엔 경보음인가 보다고 생각했지만 인터넷 뉴스를 훑어보고 나서야 추모의 종소리였음을 깨달았다. 9월 11일 아침이었다. 타종은 첫 번째 항공기가 노스 타워에 충돌한 오전 8시 46분에 시작되었다.

공들여 준비된 행사가 그라운드 제로에서 진행되었고 사망자 이름이 차례차례 언급되었다. 오바마 대통령은 대중 연설 자리에서 「시편」 46편을 인용했다. 와서 여호와의 행적을 볼지어다 그가 땅을 황무지로 만드셨도다 / 그가 땅끝까지 전쟁을 쉬게 하심이여 활을 꺾고 창을 끊으며 수레를 불사르시는도다.

나는 산책을 나섰다. 그 일이 있은 후 부시 전 대통령이 국민들에게 쇼핑을 하러 가라고 했던 것이 떠올랐다. 그날 오전 내내, 항공기가 충돌하면서 건물이 붕괴한 시간마다 추모의 종소리가 울렸다. 노스 타워, 사우스 타워, 펜타곤, 그리고 펜실베이니아 충돌 시각을 알리는 종소리. 길거리는 고요했다.

그날 밤에는 중국에 있는 친척들에게 연락을 해 볼까 하는 생각이 들었다. 엄마가 돌아가신 후로 연락한 적이 없었다. 크리스마스마다 선물을 보내기는 했지만 친척들은 크리스마스를 세속적인 의미로만 기념했다. 크리니크 화장품과 고디바 초콜릿 등 엄마가 중국에 갈 때마다 챙겨 갔던 선물들을 똑같이 포장해서 이모 한 분에게 소포를 보내면 그분은 다른 가족들에게 적당해 보이는 선물을 하나씩 골라서 나눠 주었다. 중국 춘절이 되면 이모는 그에 대한 보답으로 모두의 글귀가 담긴 카드 한 장과 미국 달러 몇 장을 빨간색 봉투에 넣어 보내 주었다.

나는 그 이모에게 전화를 걸어 보려고 10시가 될 때까지 기다렸다. 큰이모의 핸드폰 번호가 내가 쉽게 찾을 수 있는 유일한 번호였다. 큰이모는 영어도 어느 정도 할 줄 알았다. 통화 연결음이 울리고 또 울렸다. 다시 시차를 확인해 보았다. 중국은 오전 10시였다. 통화 연결음이 또다시 여섯 번 정도 울렸다. 그러다가 음성 메시지로 넘어갔지만 음성 메시지함은 이미 꽉 차 있었다. 아니, 정확히 말하자면 중국어로 된 자동 안내 메시지가 그러하다고 말한 것 같았다. 나는 전화기를 내려놓았다.

나에게 남은 가족들, 족보상으로도 먼 그들의 존재가 희미해져 갔다.

큰이모 외에 내가 연락처를 아는 사람은 빙빙이었다. 연락처래 봐야 위챗 아이디였다. 단지 빙빙과 대화를 나누려는 목적으로 가입했던 메신저. 나는 중국어 말하기는 유창한 편이었지만 한자를 읽고 독해하는 데에는 한계가 있었다. 그러나 과학기술의 놀라운 힘을 빌려 그럭저럭 메시지를 주고받을 수는 있었다. 구글 번역기로 영어를 중국어로 옮긴 다음 그 결과를 복사해서 위챗에 그대로 붙여 넣는 식이었다. 그렇게 복잡한 방법을 써야 하다 보니 우리의 대화는 경직된 기초 회화 수준에 머무를 때가 많았고 결국 번역기를 쓰는 것에 지쳐 버리면 되는 대로 이모티콘을 남발했다.

나는 그 방법을 활용해서 어설픈 중국어로 빙빙에게 메시지를 보냈다. 가족은 괜찮아? 걱정돼. 선 열병 걸린 사람 있어?

나는 창을 닫고 답장을 기다렸다.

그 주가 끝날 무렵 월스트리트 인근에서 대대적인 시위가 발생했다. 주코티 공원에 텐트를 설치한 수백 명의 시위대는 '월가를 점령하라'라는 구호를 외쳤고 서브프라임 모기지 사태 이후 오바마 정부가 추진한 은행 구제금융에 항의했다. 밤낮으로 '은행은 구제받고! 우리는 파산했다!'라는 구호도 외쳤다. 대중의 기운을 북돋는 시위의 영향으로 며칠간 뉴욕에는 희망적이면서도 격앙된 이상한 분위기가 감돌았다. 나는 어느새가 조너선을 생각하며 그가 뉴욕에 있기를 바라고 있었다. 뉴욕에 머물렀다면 그 시위 현장에 함께 있을 사람이었다.

그런데 '월가를 점령하라' 시위의 열기는 꽤 단기간에 사그라들었다. 처음에는 언론에서 눈독을 들이는 귀한 소재였고 신문 사설과 케이블 뉴스 방송들이 상당한 반향을 불러일으키는 토론 주제로 삼기도 했었다. 그러다 선 열병이 급속히 퍼져 나가자 현실에서 동떨어진 사치스러운 일로 간주되기 시작했다. 목소리가 더 크게 들리게 하려고 마스크도 쓰지 않은 채 구호를 외치는 젊고 혈기 왕성한 젊은이들의 이미지는 대중의 공분만 사는 행동으로 보이기도 했다.

주코티 공원에 모인 시위대 규모는 일주일도 채 지나기 전에 축소되었다. 시위대 중 일부는 선 열병에 감염된 상태였다. 뉴욕시는 대부분 의료 보험 비가입자였던 남은 시위대를 상대로 시위를 접으면 무상 의료 서비스를 제공해 주겠다며 거래를 했다.

주코티 공원은 흡사 황폐한 난민 수용소 같았다. 그런 상태로 며칠 동안 방치된 후, 인원이 감축된 유지 관리 담당 직원들이 가서 청소를 했다. 청소 전에 찍힌 보도 사진에는 버려진 텐트와 방수포와 옷가지들이 땅바닥에 나뒹굴고 있었다. 버려진 시위 피켓에는 적혀 있던 문구는 이것이었다. '이윤보다 사람이다. 민주주의를 탈사유화하라. 우리가 99%다. 부자를 잡아먹자.'

사람들이 '죽음의 종소리'라고 부른 《뉴욕 타임스》 홈페이지의 희생자 수 추이는 결국 그것이 대대적인 혼란을 야기할 가능성이 있다고 판단한 정부 관계자의 요청에 의해 끌어내려졌다. 8월 말 무렵부터는 정확한 희생자 수를 확인하는 것도 어려웠다. 어려웠다는 말인즉슨 더 이상 구글링으로도 알아낼 수 없었다는 의미다. 마지막으로 공식 집계된 희생자 수는 23만 7561명이었다. 공식 집계 수치가 매우 불분명하고 각종 논란이 일기 시작하자 언론인들은 정보 공개를 청구했다. 사람들이 인식하는 전염병의 심각성은 각자가 신뢰하는 소식통이 무엇이냐에 따라 달라졌다. 한쪽에서는 선 열병 감염자 수가 기하급수적으로 급증하고 있다고 주장했지만, 다른 쪽에서는 웨스트 나일 바이러스에 비하면 별문제도 아니고 심각하다고 해도 흑사병 수준이라고 말했다.

《뉴욕 타임스》 홈페이지는 이런 문구가 있었다. '아시아 국가에 대한 입국 금지 조치가 통과되었다. 해당 조치는 즉시 발효된다.'

'죽음의 종소리'가 철수당하고 10월 초에 접어들었을 때 스펙트라 직원들은 집단적으로 휴가 신청을 내야만 했다. 사내 선 열병 감염자는 레인과 세스뿐이었지만 일종의 선제 예방 조치였다. 다들 그나마 안전할 것으로 예상되는 집에 머무르거나, 고향으로 돌아가거나, 재택근무를 하고 싶어 했다. 그러자 사측은 직원들로부터 유사한 요청을 받은 다른 회사들의 대응을 참고하여 재택근무 프로그램을 도입했다. 재택근무 자격을 얻고자 하는 직원은 27가지 질문으로 구성된 설문지를 작성해야 했는데 불길하게도 그 질문들은 작성자가 회사에서 불필요한 존재임을 암시했다.

— 귀하가 스펙트라에서 수행하는 역할을 100단어 이내로 기술해 주십시오.

— 귀하의 작업 품질은 1~10점 중 몇 점에 해당한다고 생각하십니까?

— 귀하의 업무 효율성은 어느 정도라고 생각하십니까? 매우 효율적, 효율적, 보통, 비효율적, 매우 비효율적.

설문지를 작성하면 CEO 마이클 라이트만, 그리고 인사부 부장 캐럴과의 면담 일정이 잡혔다. 마이클과 캐럴은 해당 직원이 재택근무에 적합한지 아닌지를 이튿날까지 결정해 통보했다.

사무실에 있던 어느 날 누군가가 내 의자 등받이를 톡톡 두드렸다. 캐럴이었다. CEO께서 지금 좀 보자고 하시네요, 캐럴이 말했다.

무슨 일 때문이시죠? 내가 물었다. 저는 재택근무 신청 안 했는데요.

캔디스 씨가 앞으로 스펙트라에서 맞이하게 될 미래에 대해 논의하고 싶은 부분이 있으시대요. 캐럴이 미소를 지었다.

나는 캐럴을 따라 복도를 지나서 마이클이 있는 CEO실로 향했다. 나를 예술 부서로 옮겨 주려는 생각인 건지 궁금했다. 신청서를 낸 지 한 달이 훌쩍 지났음에도 아무 연락을 듣지 못한 터였다. 좀 더 단정한 옷을 입고 왔으면 좋았을 텐데 후회스러웠다.

CEO실을 마지막으로 방문한 것도 한참 전의 일이었다. 종종 지나갈 일이 있을 때면 유리벽 사이로 보이는 검은 가죽 소재의 긴 안락의자를 흘끗거리면서 다들 일을 하느라 바쁜 와중에 나만 그 의자에서 낮잠을 자는 공상을 하곤 했었다. 혹시라도 예술 부서로 이동하겠냐는 제안을 받게 되면 내가 배정받을 새 자리에 그런 안락의자 하나 놓아 달라고 해도 되려나?

내가 들어서자 마이클이 자리에서 일어났다. 눈가에 다크서클이 짙게 내려와 있었고 지쳐 보였다.

앉아요, 캔디스 씨, 마이클이 말했다. 얼굴 보니 반갑군요.

나는 마이클의 책상 앞 의자에 앉았다.

앞으로 캔디스 씨가 스펙트라에서 맞이하게 될 미래에 대해 논의 좀 하고 싶어서요, 마이클이 캐럴의 말을 메아리처럼 되풀이했다. 캔디스 씨는 그동안 굉장한, 정말 굉장한 성과를 내줬어요. 이제 5년차죠? 저희 모두 캔디스 씨에게 굉장히 좋은 인상을 받았어요. 젬스톤 성경 제작에 필요한 업체를 막판에 가까스로 찾아냈던 것도 그렇고요.

감사합니다, 내가 말했다.

자 그래서 용건은, 마이클이 대본을 낭독하듯이 말했다. 상황이 상황인 만큼 우리도 부득이 사무실을 비울 수밖에 없게 됐어요.

사무실을 폐쇄하는 건가요? 내가 물었다.

아뇨, 폐쇄는 아니에요, 마이클 옆에 있던 캐럴이 끼어들었다. 잠깐 운영을 보류하는 거예요. 지금 전사 차원에서 재택근무를 독려하고 있어요. 경영팀도 곧 재택근무로 빠질 거고요. 선 열병에 대응하면서도 계속 전진해 나가기 위한 조치죠.

하지만 사무실은 계속 개방해 둘 계획이에요. 우리가 선발한 일부 직원들만 남아서 매일 회사 운영 상황을 살피고 다른 직원들은 휴가를 가게 될 거예요, 마이클이 말했다. 그러고는 넥타이를 바로잡았다. 우리는 캔디스 씨가 그 임시 운영팀에 들어가 줬으면 해요.

나는 자세를 바로 했다. 어떤 일을 하게 되는 거죠?

그냥 캔디스 씨가 지금까지 하던 일을 계속하면 됩니다, 마이클이 말했다. 제작 업무를 감독한다거나 뭐 잘 알고 있듯이 일이 차질 없이 진행되게 하는 거죠. 그리고 원래 하던 업무에 더해서 부서 내 직원들이 도움을 청하면 다른 업무도 일부 인수인계 받아서 맡아 줬으면 좋겠어요. 마이클이 동의를 구하듯 캐럴을 쳐다보았다.

캐럴이 끼어들어 말하기 시작했다. 캔디스 씨는 여기 스펙트라 뉴욕 지부 사무실에서 일하게 될 거예요. 본사는 계속 개방해 두려고 하거든요. 이건 어느 정도 멀리 내다보고 내린 결정이에요. 다른 경쟁사들이 사무실을 폐쇄할 때 우리 사무실은 개방되어 있다는 걸 보여 주면서 고객들에게 신뢰를 심어 주는 거죠. 앞으로는 모든 서류와 시제품이 여기 본사로 올 거예요. 캔디스 씨랑 다른 직원들은 원격으로 근무하는 직원들을 위해서 일종의 중앙 연락 담당팀으로 일하게 될 거고요. 가령 특정 샘플을 보내 달라거나 하는 요청을 받게 될 거예요.

나는 고개를 끄덕였다. 저, 먼저 이 일을 저에게 제안해 주셔서 감사합니다, 내가 말했다. 그런데 솔직히 말씀드리면 저는 저를 부르신 이유가 예술 부서로 이동하는 문제 때문일 거라고 예상하고 있었거든요.

지금은 모든 부서 이동이 보류된 상태예요. 지금 당장은 직원 충원 계획도 없고요. 하지만 상황이 다시 정상으로 돌아가면 이 문제도 다시 검토해 볼 겁니다. 이 모든 상황이 마무리 후에 말이죠, 마이클이 말했다.

예술 부서로 이동하는 문제는 나중에 논의해 보도록 하죠, 캐럴이 다시 끼어들며 말했다. 일단 지금은 다가올 미래에 대비한 임시 대책에 집중하도록 하고요. 우리가 캔디스 씨를 부른 용건은 캔디스 씨한테 이 일을 맡기고 싶다는 거예요. 캐럴이 내 쪽으로 서류 뭉치를 슥 밀었다. 거기에 요약돼 있어요.

계약서였다.

당사는 본 계약이 종료된 이후 2011년 11월 30일 자에 상호 합의한 금액을 송금한다. 합의한 금액은 해당 일자에 귀하의 은행 계좌로 직접 송금하는 것으로 한다. 당사는 필요할 경우 계약을 연장할 권리를 갖는다.

기쁨에 겨워 날뛰고 싶을 정도의 제안이었다. 금액란에 적힌 숫자를 머릿속에서 이리저리 굴려 보았다. 그리고 수건을 짜듯 꽉 쥐어짜 보았다. 크렘 드 라 메르 수분크림, 펜디 핸드백, 보테가 베네타 샌들 등 엄마가 그렇게 갖고 싶어 했지만 차마 살 엄두는 못 냈던 명품들이 빗물처럼 쏟아져 내렸다.

뚜껑에 새하얀 작은 별이 달린 에메랄드그린 몽블랑 펜을 캐럴이 내게 건넸다. 내가 받게 될 금액은 그런 몽블랑 펜으로 서랍 한 칸을 가득 채울 수 있을 정도의 돈이었다. 좀 더 현실적으로 생각해 본다면 더러운 지하철에서 사람들 사이에 끼어 있을 필요 없이 매일매일 택시를 탈 수 있는 돈이었다. 모든 방에 창문형 에어컨을 설치할 수 있는 돈. 더 큰 아파트로 이사 갈 수 있는 돈. 아이를 좀 더 여유 있게 키울 수 있는 돈. 궁극적으로는 얼마간 휴식기를 가지면서 다른 일을 시작해 볼 수 있는 돈. 출산 휴가를 연장할 수 있는 돈. 더 많은 소설을 읽을 수 있는 돈. 다시 사진을 시작할 수 있는 돈.

나는 펜을 들고 서류를 마지막 페이지까지 휙휙 넘겨 서명란을 찾았다.

잠깐만요, 마이클이 몸을 숙이고 계약서에 손을 갖다 댔다. 나는 고개를 들었고, 그 혼란스러운 찰나의 시간 동안 마이클의 얼굴에서 그의 남동생 얼굴을 보았다. 마이클이 나를 딱하게 여기는 듯한 표정을, 보고 있기 힘들 만큼 스티븐의 표정과 너무나도 흡사한 거들먹거리는 표정을 지었다. 내가 자기 동생과 그렇고 그런 사이였다는 사실을 알고 있는 건지 궁금했다. 어쩌면 알고 있을지도 모를 일이었다.

잘 생각해 보는 게 좋을 거예요, 마이클이 말했다. 서명하기 전에 잘 읽어 보세요.

괜찮습니다, 내가 말했다. 모든 직원이 회사를 떠나서 고향으로 가고 있어요. 가족 곁에 있고 싶어 하죠. 하지만 저에겐 살아 있는 가족이 없어요. 아, 그러니까 미국에 말이죠. 그래서 저는 상황이 어떻게 되든 뉴욕에 머물 생각입니다. 저는 여기서 5년 넘게 살았고 지금으로서는 여기가 제 고향이거든요. 이 계약은 — 나는 내 앞에 놓인 계약서를 넌지시 눈짓으로 가리켰다 — 제 시간을 좀 더 가치 있게 만들어 줄 뿐이고요.

나는 내가 그런 말을 했다는 사실이 놀라웠다. 소름 끼칠 정도의 확신이 담겨 있었기 때문이다.

내 말이 끝나자 마이클의 표정은 거들먹거리는 듯한 표정에서 스티븐의 얼굴이 연상되는 모종의 가부장적 우려가 담긴 독특한 표정으로 바뀌었다. 가정적인 남자의 표정.

그래도, 마이클이 부드러운 어조로 말했다. 시간을 갖고 생각해 보세요.

죄송합니다. 그럼 제 자리로 가져가서 살펴보겠습니다, 나는 마지못해 마이클의 설득을 받아들이고 화제를 바꾸었다. 동생

분은 잘 지내나요?

마이클은 내 질문에 화들짝 놀란 듯했다. 스티븐은 지금 아파요, 마이클이 망설이다가 말을 이었다. 열병에 걸렸거든요.

이번에는 내가 놀라지 않을 수 없었다. 아, 정말 유감입니다.

고마워요, 마이클이 대답했다. 다들 쾌유를 바라며 기도하고 있어요, 하지만 뭐 이미 알고 있겠지만.

확률이 희박하죠. 나도 모르게 튀어나온 말이었다.

마이클이 무표정으로 고개를 끄덕였다. 맞아요. 확률이 희박하다 못해 거의 없다시피 하죠.

정말 유감입니다, 나는 조금 전에 했던 말을 반복했고, 뭐라도 괜찮은 말을 떠올리려고 애쓰다가 이렇게 덧붙였다. 스티븐은 저에게 좋은 사람이었어요.

뭐, 지금 이게 우리가 살고 있는 세상인 거죠, 마이클이 떨리는 목소리로 말했다. 어쨌든 이 제안에 대해 잘 생각해 봐요. 저는 당연히 캔디스 씨가 수락해 주기를 바라지만, 본인을 위해 옳은 결정을 내려야 해요.

나는 서류 다발을 손에 쥐고 자리에서 일어나 혼자 기나긴 복도를 따라서 내 자리로 돌아갔고, 굳이 회전의자에 앉지도, 계약서를 처음부터 끝까지 제대로 읽어 볼 생각도 하지 않고 곧장 책상에 펼친 다음 내용을—사무실 근무시간, 계좌로 입금되는 금액, 선 열병에 걸릴 경우에 적용되는 책임 면책 조항 등을—대충 훑어보고 서명했다. 손이 떨리는 통에 지진의 진동 같은 떨림이 서명에도 고스란히 담겼다.

9월 말 무렵 사무실은 거의 텅 비고 말았다.

19장

하루하루가 시작되는 방식은 이렇다. 먼저 아침이 되면 다들 일어난다. 그다음에는 씻고 옷을 갈아입고 1층 중앙 아트리움으로 내려간다. 테이블 근처에 모여서 조식 모임을 준비한 후 밥이 올 때까지 기다린다. 밥이 도착하면 목소리를 높였다 낮췄다 하며 기도를 올리고 시리얼과 통조림 과일로 구성된 아침을 먹는다. 2층까지 메아리처럼 울려 퍼지는 그들의 목소리는 록시땅 철문 뒤 높은 의자에 앉아 있는 내 귀에까지 닿는다.

아침 식사가 시작되면 밥이 그날의 지시를 내린다. 시설을 좀 더 살 만한 공간으로 만들기 위한 계획들이 추진되고 있다. 그들은 푸드코트 창문 근처에 텃밭을 조성하고 올드 네이비 매장을 공동 오락실로 개조하고 있다. 인근 샴버그에 있는 이케아 매장을 습격해 새 가구도 몇 점 들여올 계획이다. 추위 때문에 서리가 낀 천창을 당장 위험을 감수하면서까지 청소할 가치가 있을지, 날이 풀릴 때까지 기다리는 것이 좋을지를 두고 토론도 한다. 면적이 넓은 시카고랜드 지역에 위치한 철물

점 목록도 작성한다. 전력이 바닥나면 곧바로 발전기를 더 구해 오기 위해서다.

아침 식사 후에 시설 밖으로 나가는 사람은 보통 애덤과 토드다. 그날 업무의 난이도에 따라 제너비브나 레이철이 동행할 때도 있다. 그러나 에번은 늘 실내에 남아서 온갖 잡일을 처리한다. 밥의 비위를 맞추자고 내 비밀을 누설해 놓고 그 대가로 무얼 받은 건지 나로서는 잘 모르겠다. 에번은 다른 사람들과 똑같은 수준으로 일한다. 심지어 더 고생하기도 하는데 그렇다고 별도의 특권을 누리는 것도 아니다. 에번은 설거지를 하고 시어스 세탁기와 건조기를 돌린다. 요리도 하고 청소도 한다.

매일 아침 모임이 끝나면 에번은 2층으로 돌아가는 길에 내 독방을 지나간다. 지나갈 때마다 내 쪽으로는 절대 눈길 한 번 주지 않는다. 에번의 두 눈은 계속 나를 회피한다. 한번은 내가 철문을 쾅쾅 두드렸더니 발걸음을 더 재촉하기만 했다. 또 언제는 내가 헤이, 라고 말했더니 에번도 헤이, 라고 되받아쳤지만 발걸음을 늦추지도 않고 내 시선을 회피했다. 이렇게 매번 마치 처음 있는 일처럼 에번에게 수치심을 줄 수 있는 내 존재감이 마음에 든다. 이것이 내게 모종의 비뚤어진 권력 의식을 안겨 주는 터다.

에번이 내게 뭔가 빚진 것 같은 기분을 느끼길 바란다.

간혹가다 감정이 바닥을 치면 에번에게 자낙스 좀 달라고 해 볼까 싶은 생각이 든다. 에번이 레이철이나 제너비브와 함께 잡일을 하면서 하루를 보내는 모습을 보면 몹시도 차분하고 평온한 상태인 듯해서 아직 자낙스가 남아 있을 것이라는 확신이 든다. 최소 여섯 알, 좀 확실히 하자면 일곱 알 정도 받고 싶다. 진지한 생각은 아니지만, 그런 선택지가 저 바깥에 있다.

결국 우리는 일을 하러 시설에 온 것이나 다름없는 형편이다. 주중에는 일을 하고 주말에는 쉰다. 참으로 터무니없기는 하지만 주 5일 일하는 평범한 일상을 착실히 따르다 보면 이상하게 마음이 편안해진다. 심지어 일에서 제외된 나조차도.

하루가 가고 또 하루가 가도 나는 록시땅 매장에 앉아 있을 따름이다. 더러운 천창을 통해 스며든 빛이 온종일 쇼핑몰 구석구석을 훑는다. 그 빛은 시간의 흐름을 짐작하게 해 주는 몇 안 되는 지표 중 하나다.

사람은 일을 하지 않으면 미쳐 버린다. 밥은 그 사실을 이해하고 있다. 몇 시간이 흐르고 흐르고 또 흐른다. 판에 박힌 일상에 묶여 있지 않은 정신은 무한히 낙하한다. 시간이 구부러진다. 그러면 기억들이 떠오르기 시작한다. 과거와 현재가 불가분의 상태가 된다.

날이 저물고 밤이 된다.

아직 부시윅 원룸에 살고 있던 시절의 어느 날 밤 나는 약품 수납장을 열고 크리니크 각질 제거제를 찾다가 조너선의 머그잔을 보았다. 머그잔 속 교정 유지 장치가 오래 묵은 녹색 구강 세정제에 푹 잠겨 있었다. 심장이 심하게 요동치고 뭐라 설명할 수 없는 격정이 휘몰아치던 그 찰나의 시간 동안 나는 조너선이 분명 뉴욕을 떠나지 않았을 거라고 생각했다.

나는 세면대에 몸을 기대고 서서 조너선의 유지 장치를 내 입속에 살살 밀어 넣었다. 내 입에는 너무 컸다. 그건 조너선의 것이지 내 것이 아니었다. 나는 나 자신을, 괴상하고 엽기적인 나의 일면을, 입 밖으로 툭 튀어나온 금속과 플라스틱을 입 안 가득 물고 있는 내 모습을 보았고 내가 혼자임을 깨달았다.

이내 유지 장치를 뱉어 버렸다. 그런 다음 그걸 물로 닦고 새 구강 세정제를 채운 머그잔에 담가서 약품 수납장에 도로 넣어 두었다. 어처구니없게도 조너선이 돌아올 때를 대비해 그 유지 장치를 깨끗하게 보관해야겠다는 생각이 들었다. 그건 아직 거기에 있다. 내가 살던 예전 아파트에.

조너선은 지금 어디에 있는 걸까. 어딘가에서 요트를 타고 있을지도 모른다. 푸젯 사운드까지 가서 다른 생존자 무리에 합류했을지도 모른다. 열병에 걸린 상태일 수도 있지만 지금쯤이면 죽었을 가능성이 더 크다.

모두가 잠들고 한참이 지났을 무렵, 기억 되새기기에 여념이 없던 내 시간을 누군가의 울음소리가 방해한다. 미약하고 억눌린 훌쩍임으로 시작된 소리가 이내 어마어마한 고통에 휘둘리고 있기라도 한 듯 느닷없는 신음을, 혹은 보다 원시적인 곡성 같은 절규를 터뜨린다. 다양한 소리의 형태를 취하는 절망과 짜증이 일정한 주기를 따라 반복된다. 그러다가 다시 침묵이 내려앉는다.

나는 에번에게 연민을 느끼지 않는다. 비통함과 굴욕감이 들어찬 그의 절망조차 내 연민을 자극하지 못한다. 그 대신 나는 내 마음속에 단단히 틀어박힌 작지만 속이 꽉 찬 분노의 싹 같은 것을 느낀다. 에번과 내가 그냥 훌쩍 떠나 도망갈 수도 있었다는 생각은, 다른 생존자들을 찾고 어쩌면 새로운 무리에 합류할 수도 있었다는 생각은 이제 터무니없게 느껴진다.

밤이 깊어지면 나도 에번처럼 정신 이상에 사로잡힌다. 내 경우엔 똑같은 꿈을 되풀이하며 꾸는 증상으로 나타난다. 똑같은 새하얀 머그잔에 녹색 구강 세정제와 교정 유지 장치가 들어 있는 꿈. 그 꿈에서 나는 머그잔 안을, 교정 유지 장치가 제멋대로 움직이며 덜거덕덜거덕 부딪히는 모습을 지켜본다. 그러다가 곧 그 유지 장치가 말을 하고 있다는 사실을 깨닫는다. 나는 조개껍데기로 바닷가의 소리를 듣는 양 머그잔 가장자리에 내 귀를 갖다 댄다. 조너선이 내게 비밀 메시지를 보내고 있을지도 모른다. 어쩌면 여기로 와서 나를 구해 주고 싶어 할지도 모른다.

소리의 정체는 파도 소리가 아닌 엄마의 목소리다.

엄마가 말한다. 넌 지금 멀쩡한 상태가 아니야. 거의 먹지도 않고. 잠도 충분히 안 자고. 정신을 똑바로 유지하기 위한 뭔가를 하는 것도 아니고. 책도 안 읽잖니.

엄마가 말한다. 네가 우울이라는 사치를 누릴 수 있는 곳은 미국이 유일해.

엄마가 말한다. 옷 갈아입어. 양치질하고. 세수하렴. 수분크림 바르고. 운동해야지. 정신 다잡아.

엄마가 말한다. 지금은 포기할 때가 아니란다. 앞으론 더 힘들어지기만 할 거야. 어떻게 된 일인지 알아내야 해.

그러면 나는 이따금 맞받아친다. 뭘 알아내요? 내가 물어도 엄마는 대답하지 않는다. 뭘 알아내요? 나는 반복해 묻고, 그런 내 목소리가 내 귀에 거슬려서 잠에서 깨고 만다. 꿈을 꾸는 내내 혼잣말을 하고 있었던 것이다.

밤이 저물고 날이 밝는다.

시간을 소화할 수 있는 유일한 방법은 소화할 수 있게끔 시간을 잘게 조각내는 것이라고 나는 결론 내린다. 나는 아침에 잠에서 깨어난다. 침대에 누운 채로 몇 분간 명상을 한다. 기억에 의지해 머릿속에 유튜브 요가 영상을 재생해 놓고 아침 스트레칭을 한다. 물통에 담긴 물로 양치질을 하고 세수를 한다. 내가 갖고 있는 유일한 화장품인 임산부용 튼살 크림을 바르며 수분을 공급한다. 내 독방에는 한때 피부 관리 제품을 시연하는 데 쓰였던 세면대가 설치되어 있지만 더는 수도꼭지가 작동하지 않는다. 나는 배수구로 양칫물을 뱉어 낸다. 물이 세계방향으로 빙빙 돌다가 사라진다.

나는 독방 밖에서 벌어지는 일들을 지켜본다. 오늘은 에번과 밥이 건너편 핫 토픽 매장 앞에 서 있다. 에번이 농담을 던지고 있는 듯하다. 둘 다 가볍게 웃는다. 그러다가 에번이 뭔가 기다렸던 물건을 받으려는 것처럼 장난스럽게 손을 뻗는다. 밥은 미소를 지으면서 고개를 가로젓는다.

에번은 시종일관 밥의 환심을 얻으려 애쓴다. 그건 에번의 일과 중 하나다. 가끔 에번은 핫초콜릿처럼 보이는 뭔가가 담긴 머그잔을 들고 핫 토픽 안으로 들어간다. 또 가끔은 여분의 양말이라든가 펜이라든가, 밥이 요청한 물건을 갖다 준다. 에번의 행동은 하나같이 너무 빤하고 절실하다.

그런데 오늘은 평소와 달리 밥과 에번이 말을 주고받는 속도가 서서히 빨라진다. 둘 다 목소리를 낮추려고 신경을 쓰고 있기는 하나 언쟁은 점점 격해지는 듯하다. 밥이 고개를 가로젓는 모습이 보인다. 밥이 자리를 뜨려고 하자 에번이 그를 붙잡는다. 장난기 가득한 다툼처럼 보였던 몸짓이 실제 몸싸움이었음을 나는 곧 깨닫는다. 두 사람의 언성이 높아진다.

하지만 3주가 지났잖아! 에번이 말한다. 에번은 밥의 벨트 고리에 연결된 열쇠 꾸러미를 빼앗으려 하고 있다. 어설픈 필사의 몸짓으로 애쓰고 있다. 멱살잡이를 하는 듯한 소리, 서로 맞붙은 듯한 소리가 들린다.

결국에는 밥이 에번을 뿌리쳐 버린다. 에번은 장난이었다는 듯 웃어넘기려 하지만 밥은 동조하지 않는다.

다시는 그러지 마, 밥이 말한다.

3주라. 우리가 시설에 도착한 지 겨우 3주밖에 안 된 건가? 3주가 지났다면 12월에 접어든 지도 꽤 됐을 것이다. 날씨의 변화도 확연하다. 아직 눈은 오지 않았어도 강도가 더해진 추위는 여실히 체감할 수 있다.

노스페이스 외투 지퍼를 턱까지 올려 잠근 레이철이 내게 점심을 가져다준다. 메뉴는 과일 통조림 하나와 트레일 믹스바* 두 개, 소고기 육포 몇 가닥, 그리고 태아를 위한 보충제다. 매일 똑같은 식사다. 레이철과 나는 표정과 고갯짓으로 인사를 나눈다.

주변을 둘러보면서 아무도 없는지 확인한 레이철이 황급히 청바지 주머니에서 핫핸드 손난로 두 장을 꺼내어 내 침대 커버 아래에 집어넣는다. 온풍기에 의존해 지내고 있기는 하지만 그런 기계 몇 대로 허허벌판 같은 쇼핑몰을 따뜻하게 만든다

* 견과류와 말린 과일 등을 섞어 만든 에너지바의 일종.

는 건 불가능에 가깝다. 밥은 전력을 과소비하지 않으려고 신경을 곤두세우고 있다. 내가 온풍기를 가동할 수 있는 시간대는 밤뿐이다.

나는 고마움의 표시로 레이철을 보며 고개를 끄덕인다. 그러면 레이철은 입을 꾹 다문 채 미소를 지어 보이고, 철문을 바닥까지 내려 잠근 후 떠난다.

나를 돌보는 일을 맡게 된 레이철은 초반에는 규칙에 어긋나도 아랑곳 않고 꾸준히 나와 잡담을 나누다 가곤 했다. 레이철은 이 독방 감금이 의도가 빤한 장난질이라면서, 며칠 내에 흐지부지될 테니 그때까지 잘 협조하는 척이나 하자고 했다. 그러나 시간이 흐르자 나와 사적인 교류를 하지 말라는 명령을 비롯해 밥의 온갖 요구에 점점 순응하는 듯했다. 그러더니 매일 화장실까지 동행하거나 내게 음식을 가져다줄 때조차 대화를 피하기 시작했다. 그런 와중에도 갈아입을 깨끗한 옷을 가져다준다거나 토스터로 따뜻하게 데워 온 팝 타트를 챙겨 주는 등 비밀리에 베푸는 호의는 결코 덜해지지 않았다. 밥의 명령을 어느 정도 순순히 따르고 있을 뿐이었다. 그런 행동 변화에 나는 분노를 느꼈지만 전적으로 레이철을 비난할 수는 없는 노릇이었다.

레이철에 대해 내가 알고 있는 것은 이렇다. 레이철은 과거에 한 케이블 방송국 뉴스 채널의 광고부에서 일했다. 레이철의 업무는 여러 쇼 프로그램에서 온갖 논객들이 반동적인 정치 토론을 벌이는 동영상을 유튜브에 게시하고, 논쟁을 생성하고, 그로써 동영상이 더 널리 퍼져 나가게 하는 것이었다. '흡인력 있는' 동영상일수록 홍보 효과가 더 컸다. 어마어마한 스트레스를 유발하는 동시에 믿기지 않을 만큼 무의미한 일이었다고 언젠가 레이철은 말했다.

날이 저물고 밤이 된다.

겨울에는 어둠이 이르게 찾아온다. 머리 위 천창이 점점 어두침침해진다. 그 상태로 몇 시간이 더 지나면 각자의 방에서 손전등과 LED 랜턴이 하나둘 꺼지고, 쇼핑몰 전체가 다시 한 번 완전하고도 절대적인 어둠 속에 잠긴다. 이 어둠은 원시적인 어둠이다. 도시의 모든 불빛이 사라진 후에도 태양과 시간을 보내며 늘 제자리에 있는 어둠. 이 같은 공허 속에 몸을 누이고 있다 보면 내가 존재한다는 사실 자체가 기적처럼 느껴진다. 게다가 뉴욕이 몰락한 상황에서 이런 일이 있을 가능성을 생각해 보면, 내가 아직도 여기에 있다는 사실이 실로 기적 같은 일임을 깨닫게 된다. 나는 살아 있다, 라고 나는 생각한다. 그리고 내 아이가 살아 있다고.

나는 이불 속에서 핫핸드 손난로 한 장을 거칠게 주무른 다음 아이를 따뜻하게 해 주려고 배 위에 올려 둔다. 나는 내 아이가 딸일 거라고 생각한다. 내 딸은 낮에 자고 밤에 깨어난다. 달처럼. 그런 야행성 습관을 고려해 나는 내 딸을 루나라고 호명한다.

밥이 되면 밥은 자기 공간에서 나와 곳곳을 걸어 다닌다. 어둠에 가려 밥의 형체는 보이지 않지만 소리는 들을 수 있다. 시종일관 청바지 고리에 걸고 다니는 자동차 열쇠 꾸러미가 짤랑짤랑 흔들린다. 모든 자동차 열쇠를 관리하는 담당자인 밥은 다른 사람에게 임무를 맡길 때만 못마땅해하면서 열쇠를 빼 준다.

밥은 홀로 쇼핑몰을 거닌다. 나는 열쇠의 쨍그랑 소리로 밥의 위치를 추적한다. 2층을 한 바퀴 돌고 나면 막다른 곳에 미동 없이 자리를 지키고 있는 에스컬레이터를 걸어 내려가 1층을 한 바퀴 돈다. 그런 식으로 쇼핑몰 안을 수차례 돈다.

분노를 소화할 수 있는 유일한 방법은 가까이 있는 무언가에 정신을 집중하는 것이다. 이를테면 입김을 내뿜는 내 호흡 같은 것. 생성되자마자 내 독방 밖으로 빠져나가는 희미한 온기를 발하는 온풍기의 윙윙대는 소음 같은 것. 내 몸속에 자리 잡은 루나의 야행성 활동 같은 것. 때로 루나의 움직임은 한꺼번에 풀려난 나비들의 정신없는 날갯짓 같다. 또 어느 때는 분노가 치밀어 오르기라도 한 건지, 몹시 열광적으로 새된 소리를 쉭쉭 내뿜는 펄펄 끓는 주전자 같다. 오늘 밤 루나는 분노에 휩싸여 있다.

뱀처럼 사방을 훑고 다니는 밥의 인기척을 듣고 있으면 이상한 친밀감이 느껴진다. 누군가를 향한 경멸에는 기본적으로 친밀감이 뒤따른다. 밥이 엄청난 압박감에 시달리고 있으며 머릿속을 비워 내기 위한 단순한 행동 하나를 거듭 반복하는 것으로만 그 압박감을 누그러뜨릴 수 있다는 사실을 나는 이해하고 있다. 밥은 걷는 동안 불교의 만트라 같은 것을 혼자서 끊임없이 중얼거린다. 이따금 그 혼잣말이 내 귀에 들리기도 한다. 물건을 더 비축해 둬야 해.

때에 따라 밥의 혼잣말은 꼬리의 꼬리를 물고 이어진다. 밥은 하루가 멀다 하고 추워지는 날씨에 대해, 밤을 장악하는 매서운 한기에 대해 걱정한다. 그의 머릿속에는 물통에서 배터리에 이르기까지 우리가 비축해 둔 모든 물품 목록이 저장되어 있다. 다음 날 할 일에 대해, 이 쇼핑몰을 지속 가능한 집으로 만들겠다는 일념으로 각 구성원에게 할당할 업무에 대해 밥은 곰곰이 생각한다.

밥에게 이 시설은 단순한 삶의 터전이 아니라 그 이상의 의미를 지닌다. 시설은 그의 허울뿐인 이데올로기를 구현하는 장소다. 밥은 자기 자신만 온전히 알고 이해하는 규칙을 세우고 강요한다. 밥의 입장에서 우리는 포상 또는 처벌을 내릴 대상일 따름이다. 그는 나를 통제하고 싶을 때 칭찬을 한다. 그는 나를 이해하지 않는다. 그렇다고 해서 그가 사람이 아닌 것은 아니다. 취약하지 않은 것도 아니다. 어떤 순간에는 그도 연민을 불러일으키는 일개 취약한 존재일 뿐이다. 나는 종종 나 자신을 상대로 그를 위한 변명을 한다. 그냥 조금만 그에게 협조하면 결국엔 모든 것이 나아질 거라고 생각한다. 그가 나로 하여금 애걸복걸 빌게끔 만든다 해도, 그가 내 아이폰을 망가뜨린다 해도, 열병에 걸린 사람에게 총을 쏘라고 시킨다 해도. 나는 상황이 달라질 거라고, 시설에 도착하기만 하면 한층 편해질 거라고 생각한다. 그러나 그는 그런 사람이 아니다. 그가 그런 사람이었다면 독방에 갇혀 버리는 일은 없었을 것이다.

내게 무슨 일이 벌어진대도 루나를 이런 환경에 두고 싶지는 않다. 루나가 이런 곳에서, 밥 같은 사람이 통제하는 집단 속에서 자라게 하고 싶지 않다. 루나가 밥의 통제 범위 안에 머물게 하고 싶지도 않다. 지금 당장은 임박한 위협이 없는 듯해도 위협이 임박해 오면 그때는 이미 늦은 것일 테니까.

쇼핑몰 내부를 돌고 돌다가 내가 있는 곳에 가까워지면 밥은 조용해진다. 벨트 고리에 달린 자동차 열쇠 소리만 선명하다.

밥이 아무리 멀리 있어도 그 소리만큼은 들을 수 있다. 그 소리가 나를 부른다. 내게 필요한 건 자동차 한 대를 열 수 있는 열쇠 하나뿐이다. 그리고 가속페달을 밟는 것이다. 그렇게 사라지는 것이다. 다른 도시로 진입하는 데 성공하면 그 도시 안에서 사라져 버릴 수 있다.

밤이 저물고 날이 밝는다.

아침부터 눈이 내린다. 처음에는 가볍게 흩날리다가 시간이 흐를수록 눈발이 강해지더니 나중에는 맹렬한 눈보라가 휘몰아친다. 레이철이 독방으로 들어와 나를 깨운다.

밥이 내려와 보래, 레이철이 내 어깨를 어루만지며 말한다.

나는 어리둥절한 표정으로 레이철을 쳐다본다. 나…… 나 나가도 돼?

오늘 아침에만. 특별 허가야.

오늘 무슨 크리스마스 같은 날인가?

크리스마스는 이미 지났어, 레이철이 어쩔 수 없는 연민을 느끼며 상냥하게 말한다.

나는 무표정으로 레이철을 쳐다본다. 나를 제외하고 저들끼리 크리스마스를 기념했다는 것이 놀랍지는 않지만, 그 사실이 실제로 내 마음에 찌르는 듯한 아픔을 준다.

15분 후에 다시 올게, 내 반응을 기다리던 레이철이 말한다. 옷 갈아입고 씻어.

나는 하라는 대로 한다. 그리고 이번 기회를 망쳐 버리면 안 된다고 나 자신을 다그치며 정신을 가다듬는다. 어쩌면 밥이 시험 삼아 나를 풀어 주려는 것일지도 모른다. 나는 예전 습격에서 훔쳐다 놓은 옷들을 살펴본다. 임부복은 하나도 없고 복부를 가릴 수 있을 만한 큰 사이즈의 옷만 있다. 나는 라코스테 스웨터에 새 검정 바지를 입은 다음 너무 커서 축 늘어진 밑단을 말아 올린다. 그 위에 마모트 파카를 걸친다.

돌아온 레이철이 철문을 열어 준다. 그러고는 추수감사절을 맞이해 다락방에서 내려오는 미친 이모처럼 나를 데리고 에스컬레이터를 내려간다. 다들 평소보다 말쑥해 보이는 캐주얼 정장 차림이다. 내가 한 사람 한 사람 얼굴을 보면서 미소를 지으면 누군가는 시선을 피하고 누군가는 가볍게 고개를 끄덕여 준다. 에번을 제외한 모두가 모여 있다. 에번은 날이 갈수록 아침 모임에 늦고 있다.

식탁은 평소보다 좀 더 공들여 차린 모양새다. 앤트로폴로지 매장에서 훔쳐 온 보헤미안 스타일의 세련된 식탁보와 코바늘뜨기로 제작된 테이블매트만 봐도 제너비브가 장식한 결과물임을 알 수 있다. 식탁 중앙에는 물 주전자에 꽂은 조화까지 놓여 있다. 그러나 무엇보다 인상적인 것은 차려진 음식이다. 팬케이크 위에 팬케이크가 쌓여 있고 소스 그릇에 담긴 메이플 시럽은 넘쳐흐를 지경이다. 게다가 프라이팬에 구워 모서리 부분이 검게 탄 스팸 조각과 비엔나소시지도 있다. 넓은 그릇에는 신선한 과일을 대신하는 통조림 과일과 형형색색의 마시멜로가 채워져 있다.

오늘은 제너비브가 밥의 요청에 응해 기도를 시작한다.

주님, 저희에게 일용할 양식을 주셔서 감사합니다, 제너비브가 말한다. 그리고 시설에서 보낸 첫 달을 기념하는 오늘 저희에게 아낌없이 베풀어 주신 관대함에도 감사드립니다.

아멘, 모두의 목소리가 메아리처럼 울린다.

첫 달을 기념하며! 레이철이 말한다. 우리는 커피가 담긴 머그잔을 맞부딪힌다. 동결 건조된 커피 과립에 에비앙을 타서 만든 커피다.

상석에 앉은 밥이 주변을 둘러본다. 에번이 없네. 누가 좀 데려올래?

내가 가 볼게, 토드가 나선다. 그러고는 곧바로 에스컬레이터를 껑충껑충 뛰어 올라가 저니스 매장 안으로 사라진다.

다들 음식만 뚫어져라 쳐다보면서 기다린다.

식사를 시작하기 전에, 밥이 말한다. 오늘 이 자리에 함께한 귀한 손님에게 몇 마디 좀 하고 싶어.

모두가 고개를 돌려 나를 쳐다본다.

캔디스, 밥이 나를 호명하며 말을 잇는다. 감금 기간이 예상한 것보다 길었을 수도 있는데 정말 잘 견뎌 줬어. 하지만 나는 그 시간이 네가 반성을 하고, 네 잘못된 행실을 직시하고, 또 바라건대 이중적인 성격을 바로잡는 계기가 되었으리라고 믿어.

밥이 식탁을 한번 둘러본다. 캔디스, 너는 우리 무리에 다시 받아들여지는 지금 이 시점부터 그동안 박탈당했던 권리를 돌려받게 될 거야. 아이를 낳게 되는 날까지 하나씩. 오늘은 네가 식사 시간에 참석하는 걸 허락해 주기로 한 거고.

누가 신호를 보내기라도 한 듯 다들 박수를 치기 시작한다.

오늘은 네가 귀빈 자격으로 왔으니 먼저 먹는 거 어때? 밥이 말한다.

아냐, 에번 올 때까지 기다릴 수 있어. 나는 에번의 모습이 보이기를 기대하며 2층을 힐끗 올려다본다.

아니, 먼저 먹어. 너는…… 너는 아이가 있잖아, 밥이 말한다. 아이라는 단어가 외국어라도 되는 양 더듬거리면서.

주변을 둘러보니 몇 사람이 나의 순응도를 평가하는 기색으로 주시하고 있다. 그래, 그렇지, 내가 대답한다. 그리고 포크로 스팸 두 조각을 찍어 내 접시에 갖다 놓는다. 그런 행동이 실수였음을 곧 깨닫지만 그래 봐야 이미 엎질러진 물이다. 육류는 대체로 특별한 날을 위해 비축해 두는 식재료이고 그렇기에 모두가 먹고 싶어 하는 음식인데 내가 코앞에서 먼저 먹어 버리는 꼴이라니. 음, 맛있네.

밥! 2층 난간에서 아래를 내려다보는 토드의 얼굴로 우리의 시선이 쏠린다. 토드가 침통한 표정을 짓고 있다. 밥!

밥이 고개를 들고 묻는다. 무슨 일인데? 밥은 식사 중에 방해를 받았다는 사실에 성가셔하고 있다.

깨울 수가 없어, 토드가 1층을 향해 소리를 지른다. 에번이…… 에번이 숨을 안 쉬어.

밥이 애덤을 쳐다본다. 두 사람은 아무 말 없이 자리에서 일어나 에스컬레이터를 오른다. 그들이 에번의 방으로 들어가는 소리가 들린다. 그렇게 몇 분이 흐른다.

얼어붙은 듯 식탁에 남아 있는 제너비브와 레이철과 나는 불안한 눈빛으로 서로를 쳐다보면서 접시에 있는 음식을 괜히 들쑤신다. 이윽고 2층으로 올라간 그들이 무엇을 발견할지 이미 간파한 나는 아무것도 먹을 수가 없어서 포크를 내려놓는다.

식탁 앞에서 제너비브가 울기 시작한다.

20장

결국 사무실은 텅 비고 말았다. 어두운 실내는 평소보다 더 작고 더 휑해 보였다. 아래층 사무실은 아예 폐쇄된 상태였다. 우리, 그러니까 사무실에 남은 직원들은 아무도 출입하지 못하도록 잠가 둔 공간들에 몸을 부딪혀 가면서 한층 좁아진 한정된 업무 공간에 둘러앉아 일했다. 출입 금지된 공간은 외관이 유리로 된 고위 경영진들의 전용 집무실이었다. 자리를 왔다 갔다 하다가 그런 집무실을 지나칠 때면 우리는 황제의 사후 유물처럼 밀봉 처리된 상태로 유리 너머에 매장된 그들의 소지품을 힐끗 쳐다보았다. 사진 속 아내와 아이들이 우리를 향해 미소 짓고 있었다. 액자에 끼워 벽에 걸어 둔 동기 부여용 글귀에는 경력과 관련된 조언이 담겨 있었다. '당신의 위대함은 무엇을 가지고 있는가가 아니라 무엇을 주는가에 있다.'라든가 '어차피 생각할 바에는 대범하게 생각하라.' 같은 조언.

마지막에는 총인원 중 여섯 명만 남아서 일을 처리했다. 블라이드와 델리아를 포함해 젊은 직원들로 꾸려진 오합지졸이었는데 대부분은 야망에 차서 지금의 대재앙이 지나면 승진할 수 있으리라는 희망으로 남은 것이었다. 대놓고 말하는 사람은 없었지만 다들 스펙트라가 다시 정상 운영될 거라는 생각을 품고 있었다. 수요일이면 변함없이 항진균 서비스 업체가 왔고, 아주 미세한 진균 포자를 없애기 위해 사무실에 약을 살포하고 진공청소기를 돌렸다.

경영 부서에서 회사에 남은 직원들 사이의 위계를 명확히 해 두지 않고 떠난 터라 경쟁과 다툼은 불가피했다. 동지애는 위태로웠다. 다들 점수를 따느라 분주했다. 누가 주간 생산 보고서를 취합해 경영진에 보낼 건지, 누가 제때 출근하고 누가 지각을 했는지, 누가 그 추하디추한 N95 마스크를 써 가면서까지 사내 정책을 따랐는지, 누가 먼저 나서서 커피 필터를 채워 둠으로써 대의를 행했는지 같은 것들을 하나하나 따졌다. 우리는 전문직 종사자처럼 양모 바지 혹은 펜슬 스커트에다가 와이셔츠를 챙겨 입은 우스꽝스러운 차림으로 복도를 지나가다가 서로를 마주치면 본능적으로 입을 꾹 다문 채 미소를 지었는데 물론 미소랄 것도 마스크에 가려 보이지 않았다. 겉으로 보이는 건 경직된 광대뼈뿐이었다.

나는 혼자이기를 택했다. 내 자리에만 머물렀다. 경쟁과 다툼 모두 딱 질색이었다. 그런데 사실 그건 그런 일에 조금이라도 관여했다가는 나 역시 그렇게 남들보다 한발이라도 앞서려 하는 하찮은 게임에 삽시간에 빠져들 수 있어서이기도 했다.

홀로 고립되기를 택함으로써 그런 가능성을 애초부터 없애버린 것이었다. 나는 일을 하러 온 것이라고 나 자신을 타일렀고, 그래서 그냥 일만 했다.

그런데 할 일이 없었다. 둘째 주가 되니 일감이 바싹 말라 버렸다. 고객들은 견적을 요청하기는 하면서도 새 발주를 넣는 것은 자제했고 기존에 있던 제작 건들은 이미 해상 운송을 위해 팰릿으로 운반된 상태였다. 주시하고 있어야 할 유일한 일이라면 제품이 항구에서 반송되지 않도록 하는 것이었다. 출고된 수출품의 선적이 거부당하는 사례가 중국은 물론이고 아시아 대부분 지역에서도 점점 늘고 있었다. 스펙트라의 각국 지부가 사무실 근무 인원을 감축한 터라 홍콩 지부와의 소통도 지지부진하고 드문드문했다. 점점 모든 것이 지루해져만 갔다.

나는 홍콩 지부를 거쳐 소통하는 관행을 따르는 대신, 『데일리 그레이스 바이블』의 초판을 인쇄한 피닉스 선 앤드 문 인쇄업체에 직접 증쇄 견적 요청서를 보냈다.

이메일을 보내자마자 발타사르 씨로부터 답장이 왔다. 선전이 자정에 가까운 시각이었음을 고려하면 흔치 않은 일이었고, 발타사르 씨가 지극히 정중하면서도 약간은 영국식으로 이메일을 쓴다는 사실을 잊고 있었을 만큼 오랜만의 연락이었다.

캔디스 씨, 안녕하세요.

소식 듣게 되어 반갑습니다. 유감스럽지만 현재 피닉스 사는 새로운 인쇄 요청을 일체 받지 않고 있습니다. 죄송합니다. 고된 시기이지만 부디 잘 지내고 계셨으면 좋겠습니다. 캔디스 씨의 안녕을 기원합니다.

감사합니다.

발타사르 드림

전혀 예기치 못한 답변은 아니었지만 어쨌든 나는 내 일을 해야 했으므로 '답장'을 클릭했다. 신중히 표현을 고르면서 평상시의 회사원다운 문체로 답신을 작성했다.

발타사르 씨, 안녕하세요.

소식 듣게 되어 저도 반갑습니다. 다만 한 가지 명확히 할 부분이 있어서 설명드리려 합니다. 제가 이번에 요청한 견적서는 새로운 작업과 관련된 것이 아니라, 피닉스 사에서 예전에 작업한 적 있는 『데일리 그레이스 바이블』의 증쇄와 관련된 것입니다. 초판에 사용된 파일과 삽화는 이미 모두 갖고 계실 겁니다. 증쇄시에는 판권 면만 수정하면 됩니다. 초판이 상당히 성공적인 결과를 냈기 때문에 피닉스 사에 다시 인쇄를 요청드리는 것이 도리라고 생각합니다.

중요한 사실은 이번 프로젝트 규모가 상당하기 때문에 선생님께서 회사를 대표해 이번 작업을 거절하실 경우 기회를 놓치게 될 수도 있다는 것입니다. 말씀하신 것처럼 고되다는 표현도 지나치지 않을 만한 시기이지만, 저희는 지금도 사업을 진행 중이고 피닉스 사와 다시 협력할 수 있기를 바라고 있습니다.

감사합니다.

캔디스 드림

나는 헛된 일임을 알면서도 '보내기'를 클릭했다. 스펙트라 사와 협력 관계에 있는 중국 인쇄업체 두 곳과 싱가포르에 있는 한 곳이 이미 문을 닫은 상황이었다. 그 인쇄업체들처럼 피닉스 사도 이주노동자 유입 감소로 타격을 입고 있었다. 대대적인 혼란을 잠재우기 위해 연방 정부 차원에서 조치를 취하자 대부분의 언론사가 선 열병 보도를 자제하기로 공동 합의했지만 여전히 다른 국가에 비해 중국 내 선 열병 전염 상황이 심각하다는 여론이 우세했다. 상황이 얼마나 심각하느냐는 그 질문을 누구에게 던지느냐에 따라 달라졌다. 선전시 전체가 열병에 감염된 상황일 수도, 광둥성 전체가 감염된 상황일 수도 있었다.

여하간 나는 이메일을 보냈다. 고객사인 '세 개의 십자가' 출판사에도, 스펙트라 회사에도, 내가 서명한 계약서에도 책임을 다해야 했다. 그저 내 일을 할 뿐이었다. 서툴고 사려 깊지 않은 내 이메일에 발타사르 씨는 아마 정중하면서도 결정을 유보하는 답변을 보내올 터였다.

나는 창밖을 내다보면서 사무실을 크게 돌았다. 이렇게까지 일거리가 없으리라고는 생각지도 못했었다. 빅 브라더가 지켜보고 있다 할지라도 그냥 대낮에 퇴근을 해야 할 것 같은 기분마저 들었다. 출퇴근 시간은 직원 출입 카드를 통해 꾸준히 기록되고 있었다. 출퇴근 때마다 카드를 그으면 인사부의 캐럴 또는 누군가에게 자동으로 이메일이 전송되었고, 그렇게 어느 머나먼 곳에서 감시가 이루어졌다.

히 히 히.

어디선가 웃음소리가 들려왔고, 나는 정체를 파악하기 위해 주변을 둘러보았다. 누군가가 무릎을 굽힌 자세로 폴짝폴짝 뛸 때 나는 소리처럼 육체에서 분리된 채 전율하는 소리, 소녀의 웃음 같은 소리였다.

복도에는 아무도 없었다. 소리를 따라 발걸음을 옮겨 보았다. 걷다 보니 32층 그리고 지금은 텅 빈 31층을 연결해 주는 유리 계단에 닿았다. 계단 입구가 먼지 쌓인 버건디 색상의 벨벳 소재 줄로 가로막혀 있었다. 스펙트라 사는 에너지와 비용을 절감하기 위한 임시 대책의 일환으로 31층의 조명을 전부 소등하고 블라인드도 내려 둔 상태였다.

하하하하하하. 조금 전에 들린 소리와는 다른 목소리를 가진 사람이 낄낄대며 웃었다. 분명 아래층에서 나는 소리였다.

계단 밑을 가만히 내려다보았지만 아래쪽은 그림자에 가려 보이지 않았다. 먹다 남은 맥주의 쿰쿰한 냄새와 싸구려 마리화나 향이 느껴졌다. 노트북 아니면 아이폰에서 흘러나오는 듯한 거친 음향의 음악도 들렸다. 조금 전과 똑같은 웃음소리, 그리고 다른 누군가의 목소리가 들렸다. 어떤 두 사람이 아래서 소박한 파티를 즐기고 있었다.

나는 벨벳 줄을 풀고 계단을 내려갔다. 어둠 속에서 목소리를 길잡이 삼아 텅 빈 회계부와 IT부와 인사부를 지나자 자판기와 분리형 소파가 갖춰진 직원용 라운지가 나타났다. 몇 년 전까지만 해도 회의실로 쓰였으나 직원들의 사기를 진작시키고 단합을 북돋기 위해 사측에서 고용한 컨설턴트들의 조언에 따라 라운지로 개조한 공간이었다. 개조 후에 그 공간을 이용한 사람은 거의 없었다.

라운지 문을 열어 보았다.

분리형 소파에 대자로 널브러진 자세로 빨간색 솔로* 일회용 컵에 담긴 무언가를 마시고 있는 사람은 블라이드와 델리아였다. 바닥에 샴페인 얼음통과 짜그라진 암스텔 라이트 맥주 캔이 있는 꼴을 보니 파티용품을 보관해 두는 붙박이장을 샅샅이 뒤진 모양이었다. 평면 스크린 텔레비전에서는 「메리 타일러 무어 쇼」가 방영 중이었다. 정규 방송 편성이 그 주부터 중단된 터라 채널마다 「말콤네 좀 말려줘」, 「사인펠드」, 「프렌즈」, 「패밀리 매터스」, 「후즈 더 보스」, 「윌 앤 그레이스」, 「캐럴라인 인 더 시티」, 「보이 미츠 월드」, 「세이브드 바이 더 벨」, 「풀 하우스」, 「퍼펙트 스트레인저」, 「머피 브라운」, 「코스비 쇼」 등 모든 시즌과 시대를 아우르는 별의별 시트콤만 쉼 없이 내보내고 있었다.

* 일회용 제품을 생산하는 브랜드 명칭.

헤이, 나는 문을 붙잡은 상태로 말을 걸었다.

헤에에에에에에에이, 델리아가 흠칫 놀라며 나를 올려다보았다. 너 마스크는?

아, 책상에 두고 왔나 봐, 나는 실제로는 마스크를 자주 쓰지도 않았으면서 일단 그렇게 대답했다. 마스크를 쓸 때 느껴지는 더운 열기와 숨 막히는 갑갑함, 내 입이 박테리아 소굴이 되는 것 같은 느낌이 거북했다.

더 조심해야 해, 블라이드가 잔소리를 했다. 회사 정책이 괜히 있는 게 아니잖아.

마스크가 진짜 효과가 있는 거라면 이런 대유행은 안 왔을 거 같지 않아? 나는 부러 익살을 떨며 물었다.

들어와, 문 닫고. 델리아가 중재자 역할을 자처하며 말을 얹었다. 뭐 좀 마실래? 델리아는 내가 대답하기도 전에 바닥에 놓여 있던 얼음통에서 샴페인을 꺼내 빨간색 솔로 일회용 컵에 따르기 시작했다.

나는 소파에 앉아서 미지근한 샴페인을 한 모금 마셨다. 너희는 어떻게 지내고 있었어? 한동안 아무도 못 본 것 같아.

많이들 관뒀어. 우린 너도 이미 떠났을 거라고 생각했어, 블라이드가 조심스럽게 말을 이었다.

블라이드, 내가 떠나기로 마음먹었다면 적어도 작별 인사는 하고 갔을 거야, 내가 블라이드를 쳐다보며 말했다. 여기서 같이 일한 지도 오래됐잖아.

블라이드가 목소리를 누그러뜨리며 말했다. 그렇지.

그런데 많이들 관뒀다는 건 무슨 말이야? 내가 대답을 재촉하며 물었다. 우리 빼고 다 떠났다는 거야?

블라이드가 어깨를 으쓱했다. 일부는 자기 프로젝트 다 끝났다고 그러더라고. 어떤 사람들은 그냥 가 버리더니 다시 안 오고. 계약 기간 끝나면 회사에서 그 사람들 급여 삭감할 것 같아.

나는 샴페인을 한 모금 더 마셨다. 어딜 간다면서 떠난 거야?

대부분은 집으로 돌아가서 자기 가족이랑 시간 보낼 거라고 그랬어, 델리아가 말했다. 듣자 하니 암트랙은 폐쇄됐고 그레이하운드*는 아직 운영 중이래.

지금까지 한 게 있으니 아무래도 난 계속 일할 것 같아. 나는 샴페인을 또 한 모금 마셨다. 돈 제대로 받고 싶거든.

블라이드와 델리아가 눈빛을 주고받았다.

이런 상황에 그게 중요하기는 하니? 블라이드가 쏘아 대듯 말하면서 순간 짜증을 표출했는데 이상하게도 나는 그런 반응이 마음에 들었다. 아침에 출근하는 데만 꼬박 두 시간씩 걸려. 버스 회사들은 이렇다 할 대책도 안 내놓고.

허리케인 마틸드가 지나간 후로 뉴욕은 그보다 규모가 작은 폭풍우에 연달아 시달렸다. 그중 무엇도 마틸드만큼 가혹하지는 않았으나 마틸드보다 더 많은 피해를 낳았다는 점에는

---

* 암트랙은 미국의 준공영 철도 회사를, 그레이하운드는 버스 회사를 가리킨다.

논쟁의 여지가 없었다. 피골이 상접해진 기관사 한 명만 남아 있던 지하철은 순식간에 수압 펌프가 침수되는 피해를 겪었지만 폭풍우가 지나간 후에도 지하철 노선은 복구되지 않았다. 시 차원에서 지하철 대신 셔틀버스를 제공했지만 결코 지하철처럼 정시에 운영되는 법이 없었다.

캔디스, 문 닫은 가게도 정말 많아, 델리아가 덧붙였다. 식료품 구할 수 있는 곳도 보데가 아니면 시에서 여기저기 설치해 둔 자판기밖에 없어. 내 이웃들 집에는 전기도 끊겼대. 와이파이가 되는 곳도 거의 없고.

하지만 다른 곳이라고 상황이 다르겠어? 어떻게 뉴욕이 다른 곳보다 상황이 안 좋겠어?

델리아가 단호하게 자기 생각을 계속 피력했다. 요전날 행인들 위로 기중기 추락했다는 소식 못 들었어? 뉴욕은 지금 붕괴하고 있어. 인프라를 유지 관리할 인력이 하나도 남아 있지 않으니까.

블라이드가 다시 끼어들었다. 우리는 뉴욕을 떠나서 코네티컷으로 갈 계획이야. 우리랑 같이 갈지 말지 한번 생각해 봐.

생각해 볼게, 내가 말했다. 하지만 지금 당장은, 아직까지는 계약 기간을 다 채우고 싶어. 여기 말고 달리 갈 곳이 있는 것도 아니고.

그러다가 혼자 남게 되는 거야! 블라이드가 점점 언성을 높이며 쏘아붙였다. 그럼 누가 널 돌봐주겠어? 캔디스, 바보 같은 생각 하지 마.

뉴욕에서 어떻게 빠져나갈 생각인 건데? 내가 델리아에게 물었다.

자동차를 빌릴 거야, 델리아가 대답했다. 이미 엔터프라이즈에 연락해서 내일 자로 예약해 뒀어. 마지막 남은 차래. 링컨 타운카. 그러니 좀 뭔가 있어 보이는 꼴로 떠나게 되겠지. 밴이랑 유틸리티 자동차는 이미 다 예약됐대.

지금이 떠날 때라는 판단은 어떻게 내리게 된 거야? 상황이 나아지기 시작하면 어쩌려고? 지금 당장은 아닐지 몰라도, 몇 주 내에 괜찮아질지도 모르잖아?

블라이드가 냉담한 눈빛으로 나를 가만히 관찰했다. 캔디스, 이미 셔틀버스 기다리는 데만 한 시간씩 걸리고 있어. 병원에서 일하는 인력도 부족한 상태고. 마이클이라고 우리한테 뭐 어쩌겠어? 경영진도 이미 떠난 마당에, 우리더러 왜 떠났냐면서 책임지라고 하겠어? 우리가 떠나지 못하게 막는 건 아무것도 없어. 게다가 우리가 떠나도 아마 아무도 눈치 못 챌걸. 고위 경영진이 너한테 마지막으로 이메일 보내거나 전화한 게 언제였어? 나는 2주 동안 아무 연락도 못 받았어. 다들 우리 존재를 잊은 거야. 매니 씨마저 떠난 상황이야. 너도 알겠지만 매니 씨가 떠났다는 건 상황이 심각하다는 의미야. 병가 한 번을 안 쓰시는 분이잖아!

내 친구 하나가 시장 집무실에서 일하는데, 델리아가 끼어들었다. 시청 직원들이 죄다 떠나고 있어서 상황이 말도 아니래. 나아지지 않을 거라는 사실을 아는 거야. 그 친구도 떠나기로 했고.

나는 아무 대답도 하지 않았다. 샴페인을 한 모금 더 마셨다.

뭐, 어쨌든. 우린 내일 떠날 거야, 블라이드가 말했다. 생각해 봐. 진지하게.

알겠어, 내가 대답했다. 라운지 내부와 내 몸속에 있던 모든 공기가 빠져나간 기분이 들었다. 나는 블라이드와 델리아에게 다가가 악수를 청했다.

진심이야? 델리아가 내 손을 잡으면서 말했다. 뭐 그렇다면, 행운을 빌게.

정말 미쳤어, 블라이드가 말했다. 그러더니 평소답지 않게 양팔을 벌리고 나를 품 안에 꽉 끌어안았다. 그래도 조금만 더 생각해 봐, 캔디스.

그동안 일 가르쳐 줘서 고마워, 나는 블라이드에게 그 말을 남기고 자리에서 일어나 발걸음을 옮겼다. 목이 메어 왔다. 라운지에서 빠져나가 계단을 올라서 32층으로, 환하고 정돈된 내 자리로 돌아갔다. 책상 위 모든 물건이 일렬로 정리되어 있었다. 스윙라인 스테이플러, 책등 너비를 잴 때 쓰는 자, 돋보기, 무지 볼펜을 전부 모아 둔 머그컵, 겨울마다 손에 바르던 벨레다 스킨 푸드의 녹색 튜브형 크림. 하나밖에 없는 창문으로 햇살이 낮게 들어왔다. 나는 저녁으로 무얼 먹을지 생각했다. 냉장고에 먹다 남은 펜네가 있었다. 건조된 파스타 면이 갖고 다니기에 가볍고 간편해서 최근 들어 펜네를 많이 먹었다. 그 펜네에다가 실온 보관하는 크래프트 파마산 치즈 가루와 약간의 건조된 허브를 뿌린 요리가 내 주식이었다.

다시 책상 앞에 앉아 보니 발타사르 씨에게서 새 이메일이 와 있었다.

캔디스 씨, 안녕하세요.

답장 감사합니다. 캔디스 씨가 솔직한 분이신 만큼, 저도 캔디스 씨에게 솔직하게 말씀드리겠습니다. 현재 저희 회사 인력의 70퍼센트가 열병에 걸린 상황입니다. 아시다시피 치료법은 없고요. 그렇다 보니 불가피하게 관사를 폐쇄할 수밖에 없었습니다. 피닉스 선 앤드 문은 이번 주말 이후로 모든 생산을 중단할 계획입니다.

저는 내일을 기점으로 회사를 떠납니다. 말씀드리기 유감스럽지만 제 딸도 열병에 걸린 상황이라 가족과 함께 딸의 마지막 날을 지켜 주려 합니다. 저에게 조의를 표하실 필요는 없습니다. 여기에 있는 제 동료 거의 대부분이 비슷한 상황에 처해 있거든요.

그동안 함께 일해서 기뻤습니다. 캔디스 씨는 맡은 일을 잘 해내시는 분입니다. 하지만 이렇게 비통하고 불확실한 시기에는 사랑하는 사람들 곁에 있는 것이 중요하다고 생각합니다. 뉴욕 상황이 구체적으로 어떤지는 모르겠지만, 제가 캔디스 씨에게 하고 싶은 말은 가족과 시간을 보내시라는 겁니다.

그럼 안녕히.

발타사르 드림

21장

밥과 애덤과 토드가 에번의 시신을 발견한 아침, 쉴 새 없이 내리는 눈이 쇼핑몰 천창에 쌓이면서 태양의 한줄기 흔적마저 깡그리 없애버리고 있다. 눈이 계속 내리기를 나는 바라고 있다. 천창이 깨지고 유리 파편들이 빗발치듯 쏟아져 내릴 정도로 퍼붓기를, 눈덩이가 사방에 들이닥쳐 모든 것을 완전히 뒤덮어 버리기를 바라고 있다.

에번의 시신을 담요로 감싸 매장 밖으로 옮기고 있는 토드와 애덤을 나는 내 독방 안에서 지켜보고 있다. 토드가 에번의 머리와 어깨를 지탱하고 애덤이 담요 밖으로 튀어나온 양말 신은 두 발을 붙잡고 있다. 두 사람은 정지한 에스컬레이터 아래로 에번을 운반한 후 출구로 나간다.

내가 프로스티드 미니 위트 시리얼에 연유를 타서 반쯤 먹다 만 그릇을 치우러 레이철이 독방으로 다가온다.

에번한테 무슨 일이 있었던 거야? 나는 대화 금지 규칙을 어기고 레이철에게 묻는다.

망설임 끝에 레이철이 대답한다. 모른대. 숨을 안 쉬고 있었대. 근처에 약이 있었다 그러고.

그 약 자낙스였어?

난 몰라, 레이철이 혼잣말을 하듯 반복해 말한다. 난 정말 몰라.

그럼 시신은 어디로 가져가는 거야?

레이철이 망설인다. 밖으로 옮기고 있어.

묻으려는 거구나.

레이철이 초조하게 머리카락을 귀 뒤로 넘긴다. 주차장에 있는 자동차 트렁크에 넣을 거래. 계속 두는 건 아니고 일단 옮겨 둔대, 레이철이 서둘러 말을 덧붙인다. 추운 곳에 둬야 시신이 더 잘 보존될 거라고 생각해서.

나는 그 상황에 내 동조가 중요하기라도 한 것처럼 생각에 잠겨 고개를 끄덕인다. 합리적인 생각 같네.

제대로 된 장례를 치러 줄 거야. 눈보라가 잦아들 때까지만 기다렸다가. 내일 아니면 모레쯤. 레이철이 내 팔을 어루만진다. 미안해.

왜 나한테 사과하는 거야? 사과를 받아야 할 사람은 내가 아니라 에번이지. 죽은 사람은 에번이잖아, 나는 마지막 말을 내뱉으며 옅게 웃는다.

너랑 에번이 친한 사이였던 거 알아. 저넬이랑 애슐리도.

내 생각에 에번은 밥이랑 더 친했던 것 같은데.

둘은 친한 사이가 아니야, 레이철이 말한다. 밥은 에번이 쇼핑몰 밖에도 못 나가게 했어. 차를 몰고 나가는 것도, 습격을 가는 것도 금지하고 아무 데도 못 가게 했어. 에번도 여기에 갇혀 있었던 거야. 너처럼.

하루의 일정이 전부 취소된다. 밥은 그날 남은 시간 내내 핫토픽 매장에서만 머문다. 할 일 없이 자유 시간을 갖게 된 나머지는 1층 올드 네이비 공용 공간으로 모여든다. 그 모습을 본 나는 처음엔 추모를 하는가 보다고 생각하지만 머잖아 텔레비전 소리가 들린다. 다들 거대한 모놀리식 플라즈마 스크린으로 「프렌즈」 디브이디를 보고 있다. 도시 전체에 정전이 발생하자 모니카와 로스, 레이철, 피비, 조이가 어쩔 수 없이 한 공간에 모여 시간을 보낸다. 초에 불을 붙이고, 각자가 섹스를 해 본 장소 중 가장 괴상야릇한 곳이 어디였는지에 대해 이야기한다. 피비는 노래를 부른다. 나는 「프렌즈」를 싫어한다. 그렇지만 보지 않은 에피소드는 거의 없다.

대부분 텅 빈 쇼핑몰 내부에 녹음된 웃음소리가 울려 퍼지고 그 웃음소리에 잇따라 웃는 그들의 웃음소리가 메아리처럼 울린다.

어느새 나는 대낮부터 잠에 빠져든다. 한창 자다가 어느 시점이 되면 꿈이라고 하기에는 지나치게 선명한 방식으로 어떤 만남이 성사된다. 엄마가 다가와서 내 옆에 앉는 것이다. 엄마가 앉으면 체중 때문에 침대가 아래로 푹 꺼진다. 엄마는 매장

당시 입고 있던 남색 치마 정장세트 차림이다. 열이 나는지 확인해 보려고 내 이마를 짚는 엄마의 손에서 찬기가 느껴진다. 교회에 가지 않기 위해 꾀병을 부리던 일요일 아침 풍경 같다.

대낮부터 이렇게 누워서 뭐 하고 있는 거니? 엄마가 묻는다. 어디 아파?

안 아파요, 그냥 피곤해서요, 나는 엄마가 흔적도 없이 사라져 버릴까 봐 소곤소곤 수줍어하며 대답한다.

지금은 낮잠 잘 시간이 아니야. 일어나서 앉아 보렴. 어떻게 된 일인지 알아내야지.

뭘 알아내요?

엄마는 무기력한 내 앞에서 고개를 절레절레 흔든다. 네 친구 에번에게 어떤 일이 있었던 건지 말이다. 어쩌다 죽은 거니?

몰라요. 방에서 죽은 상태로 발견됐어요. 숨이 멎어 있었대요.

어휴. 너 정말 모르는 거니, 엄마는 나를 의심하고 있다. 정말 모르는 거니. 그렇다면 이제라도 알아야 해.

에번이 자낙스를 과다 복용했어요, 나는 끝내 그렇게 말한다. 자가 처방을 한다고 먹었다가 실수로 과다 복용하게 됐을 수도 있어요.

그게 아니라면 자살하려던 것일 수도 있지, 엄마가 날카로운 눈빛으로 나를 쳐다보며 말한다. 넌 이 문제 때문에 분명 심란할 거야. 이 일이 너에게는 어떤 의미인 것 같니?

몰라요.

네가 어울리던 친구들, 저넬, 애슐리, 에번, 모두 가 버렸잖니. 이게 너에게 뭘 의미하니? 엄마가 재차 묻는다.

하지만 제가 임신해 있는 동안에는 밥이 잘 보살펴 줄 거예요, 내가 멍하게 대꾸한다.

엄마가 혀를 끌끌 찬다. 네가 한 말을 잘 생각해 보렴. '임신해 있는 동안'이라고 말하고 있잖니. 네가 아이를 낳았다고 가정해 봐. 그러고 나면 도망갈 기회가 단 한 번이라도 생길 것 같니?

나는 엄마를 쳐다보며 잠자코 듣고만 있다.

네가 아이를 임신하고 있는 동안에는 너에게 아무 일도 일어나지 않도록 밥이 심혈을 기울이겠지. 그런데 그 후에는 어떻게 될 것 같니? 엄마가 내 마음을 읽고 있는 듯한 표정으로 쳐다본다. 엄마가 하는 말 알아듣고는 있는 거니?

제가 아이를 낳기 전에 도망가야 한다고 말씀하시는 거잖아요.

지금 당장 도망가야 해, 엄마가 말한다.

한쪽 면에 땅콩버터와 잼을 바르고 통조림 완두콩을 올린 샌드위치를 저녁으로 주려고 찾아온 레이철이 입을 꾹 다문 채 미소만 한번 지어 보이고 자리에서 일어난다.

잠깐만. 내가 너무 세게 팔을 낚아채는 바람에 레이철은 몸의 중심을 잃는다.

레이철이 나를 밀어내며 말한다. 캔디스, 그만 당겨.

미안해. 저기 혹시, 내가 할 말이 좀 있다고 밥한테 전해 줄 수 있어?

레이철이 머뭇거리다가 대답한다. 전해 줄게. 그런데 너도 알겠지만 밥이 널 찾아오는 일은 없을 거야. 자기가 원할 때만 나타나잖아.

나 몸이 좀 안 좋아서 그래. 내 건강 문제라고 말해 줘, 내가 말한다. 그리고 곧 말을 정정한다. 아이와 관련된 일이라고 말해 줘.

그날 밤 모두가 잠든 후 밥이 내 독방으로 찾아온다. 밥이 자기 방에서 나와 쇼핑몰을 가로질러 내 방으로 오는 동안 나는 열쇠 소리를 듣는다.

나는 메마르고 갈라진 입술을 혀로 축인다.

밥이 천천히 철문을 올리고 안으로 들어온다. 밥이 손전등을 켜자 얼굴만 간신히 알아볼 수 있을 정도로 희미한 불빛이 새어 나온다.

캔디스, 밥이 소곤거린다. 지금 안 자고 있는 거야?

응, 불 켜도 돼, 내가 몸을 일으키며 말한다.

밤중에 갑자기 찾아와서 미안. 잘 있었어? 밥이 의자 하나를 내 침대 옆에 끌어다 놓으면서 묻는다. 가까이에서 보니 10시

방향으로 난 수염과 부단히 움직이는 눈가의 다크서클이 눈에 들어온다. 신경이 예민하다 못해 금방이라도 무너질 듯 취약해 보이기까지 한다. 안절부절못하는 밥의 몸짓에서 초조함이 느껴진다. 그동안 규칙적인 수면을 취하지 못한 터다. 그러니 나는 신중을 기해 행동해야 한다.

좀 괜찮아졌어, 내가 몸을 마저 일으키면서 대답한다. 상황이 상황이니만큼 아주 괜찮은 건 아니지만.

에번에게 일어난 일은 비극이었어. 밥이 어쩔 줄 모르겠다는 듯 당황하며 고개를 숙인다. 어쨌든, 네가 나한테 할 말이 있다고 레이철이 그러던데. 그 일에 대해 얘기하고 싶은 거야? 에번에게 일어난 일에 관해서라면 난 할 말 없어.

내가 너를 부른 건 그 일 때문이 아니니……

에번은 너를 저버렸던 사람이잖아, 밥이 무표정으로 단호하게 말한다. 네 비밀을 나한테 말해 준 사람이 바로 에번이었어. 네가 그 일에 대해 그렇게나 신경 쓰고 있는 거라면 좀 놀랍……

밥, 나는 밥이 말하는 도중에 끼어든다. 에번에 대해 말하려고 널 부른 게 아니야. 그보다 더 중요한 문제가 있어서 그래.

책망하는 내 말투에 밥이 멈칫하며 숨을 고른다. 허를 찔린 듯한 표정이다. 복잡한 그의 표정에 담긴 의미를 해석할 수는 없지만, 이 약간의 망설임 덕분에 자신감이 생긴다.

나와 내 아이의 건강 관련 문제야, 나는 재빨리 화제를 돌리며 말을 잇는다. 내가 널 부른 건 그거 때문이야.

밥이 나를 유심히 살펴본다. 그래서, 건강이 어떤 상태인데?

그게, 지금 몸에서 열이 나.

밤새 핫핸드 손난로로 꾹꾹 눌러 따뜻하게 덥혀 둔 내 이마에 밥이 자신의 두툼한 손을 올린다. 열감이 좀 있는 것 같네, 이마를 짚어 본 밥이 말한다. 레이철한테도 얘기했어?

저번에 말했어. 그런데 단순히 열만 나는 게 아니야. 현기증도 나. 요통도 있고. 저넬과 애슐리에 이어 최근 에번의 죽음까지 겪으면서 정말 고통스러웠거든. 스트레스 때문에 몸이 아파 오는 것 같아.

그래서 뭐가 필요한데? 밥이 무덤덤한 목소리로 묻는다.

어떻게 하면 네가 나를 풀어 줄 수 있을지 얘기를 나눠 보고 싶어, 내가 말한다.

음, 여긴 감방 같은 데가 아니야, 밥이 조금의 동요도 없이 말한다. 레이철이 매일 너 데리고 산책 나가 주잖아. 음식은 물론 너한테 필요한 임산부용 비타민도 우리가 다 챙겨 주고. 내 생각엔 네가 지내는 환경이 지금보다 더 좋아질 순 없을 것 같은데.

넌 날 이 좁은 공간에 가둬 두고 있잖아, 나는 힘주어 말한다. 너는 이게 감금이 아니라고 말할지 몰라도 난 죄수가 된 심정이야. 이렇게 감금된 상황에서는, 특히 임신한 상태에서는 건강하게 지내기가 어려워.

밥은 아무 말도 하지 않는다. 침묵에 자극받은 나는 다시 말을 꺼낸다.

나도 모두와 똑같은 권리를 누리고 싶어, 내가 말한다. 시설 안에서 자유롭게 돌아다닐 수 있으면 좋겠어.

밥이 시선을 회피하는 동안 지독하게 기나긴 시간이 흐른다. 캔디스, 마침내 밥이 천천히, 머릿속 생각을 입 밖에 내는 것처럼 말한다. 네가 이 시설에 대해 진짜로 아는 게 뭐야? 내가 억지로 데려와서 살게 한 장소라는 걸 제외하고 말이야. 다른 곳에 정착할 수도 있었을 텐데 하고많은 곳 중에 내가 여기를 택한 이유가 뭐라고 생각해?

그거야 네가 여기 공동 소유주니까 그렇지.

맞아. 하지만 그게 다는 아니야. 여기는—밥이 어두컴컴하니 아무것도 보이지 않는 주변을 둘러보면서 말한다—내가 상당한 애착을 품고 있는 장소야. 어렸을 때 종종 왔던 곳이거든.

나는 밥이 한 말을 잠시 곱씹어 본 후에야 그 뜻을 이해한다. 그러니까, 어렸을 때 이 근처에서 살았다는 거야? 니들링에서?

밥이 고개를 끄덕인다. 부모님이 나를 여기에 데려다주면 몇 시간 동안 여기저기 돌아다녔어. 아마 어렸을 때 내가 가장 많은 시간을 보낸 곳이 바로 여기일 거야.

네가 살았던 집은?

부모님이 이혼하신 뒤에 팔았고 그 후엔 허물어졌다가 양로원으로 바뀌었어. 그러니 거기엔 아무것도 남아 있지 않지. 하지만 집에서 보낸 시간 자체가 많은 것도 아니었어. 부부싸움이 잦아서 난 여기에 와 있을 때가 많았거든. 그냥 여기서 돌아다니면서 시간을 때운 거야. 배가 고파지면 푸드코트에 가서 시식용 음식을 먹었고. 돌아다니는 게 지겨워지면 오락실에 가서 게임을 했지. 직원들도 나를 알아봤어. 게임용 토큰을 추가로 더 주기도 했고.

불빛 아래에서 가까이 마주 보고 있으니 밥의 표정에 담긴 의미를 좀 더 해석할 수 있을 것 같다. 밥에게도 취약한 부분이 있고, 눈꺼풀이 종잇장처럼 얇은 예민한 회색 눈동자에 그런 취약함이 훤히 드러난다.

그래서 내가 하려던 말은, 밥이 말을 잇는다. 이 공간이 너에겐 그저 그런 쇼핑몰에 불과할지 몰라도 나에겐 특별하고 중요한 장소라는 거야.

나는 그렇게 말하지……

네가 이 공간을 어떻게 생각하는지 알아. 넌 여길 존중하지 않지. 나도 존중하지 않고. 너, 그리고 너와 어울리던 애들은 우리 무리의 규칙도 존중하지 않잖아. 너는 너 자신을 위험에 빠뜨렸고 그와 동시에 우리 전체를 위험에 빠뜨렸어. 그리고 난 그걸 적당히 눈감아 줄 수 없어.

애슐리의 집까지 찾아간 건 우리 실수였어, 나는 잘못을 인정한다. 하지만 이제 남은 사람은 나뿐이야. 난 어떻게든 살아가고 있는 거고.

밥이 나를 유심히 살펴본다. 그런데 네가 도망가지 않을 거라는 말을 내가 어떻게 믿어?

나는 망설이면서 신중히 할 말을 고른다. 밥, 나를 봐 봐. 내가 어디 갈 사람처럼 보여? 사람들이 나를 돌봐주고 먹여 주고 빨래도 해 주는데. 내가 떠날 이유가 하나도 없잖아.

밥은 또다시 말없이 시선을 돌린다. 난 모르겠어, 밥이 침묵 끝에 말한다.

부탁할게, 내가 말한다.

22장

나는 잠에서 깨어났다. 아침에 일터로 출근했다. 셔틀버스에 올라타 차창 밖의 텅 빈 거리와 윌리엄스버그 다리 위에 방치된 지하철 선로를 바라보았다. 첫 번째 셔틀버스는 커낼 역까지 운행했고 거기서 나는 타임스스퀘어가 있는 북쪽으로 향하는 다른 셔틀버스로 환승했다. 셔틀버스마다 검정색 마스크, 표범 무늬 마스크, 슈프림 로고가 새겨진 마스크 등 각양각색의 패션 마스크를 착용한 대여섯 명의 사람들이 출근길에 오르고 있을 터였다. 그런 마스크가 일체의 대화를 불가능하게 하는 것 같았다. 창가 쪽에 앉은 나는 조너선이 뉴욕을 떠나기 전에 보내 준 감미롭고도 슬픈 음악 90곡을 아이폰으로 들었다. 페이브먼트, 이노센트 미션, 스매싱 펌킨스의 노래도 있었다. 나는 고요한 길거리를 걷다가 브로드웨이의 노점상에서 커피를 한 잔 샀다.

아무도 없는 로비가 나를 맞이했다.

나는 버튼을 누르고 이젠 홀로 전층 운행을 하고 있는 엘리베이터가 오기를 기다렸다. 커피를 한 모금 홀짝이다가 반사적으로 안내 데스크를 슬쩍 훔쳐보았다. 매니가 떠난 지도 오래였다. 그의 빈자리는 로비 천장의 모서리마다 추가 설치된 보안 카메라가 지켰다. 누군가가 여전히 건물을 감시하고 있었다.

그날따라 엘리베이터가 내려오는 데 평소보다 더 오랜 시간이 걸리는 것 같았지만 가만 생각해 보니 모든 것이 평소보다 더 오래 걸린 듯했다. 도시 전체가 평소와 다른 시간대에서 굴러가고 있었다. 셔틀버스 시간도 들쑥날쑥했으나 어떻게든 오기나 하면 그나마 다행이었다. 생활용품은 전부 아마존에서 주문하고 있었는데 배터리든 데오드란트든 무엇을 주문하건, 페덱스, 유피에스, 디에이치엘 중 어느 업체가 배송을 맡건, 택배 상자가 도착하기까지 최소 2주씩 걸렸다. 영업 중인 가장 가까운 보데가로 가서 식료품을 사 오려면 약 3킬로미터를 걸어야 했다. 모든 매장이 하나둘 문을 닫고 있었다.

엘리베이터가 로비에 도착한 후 나는 안으로 들어가 32층 버튼을 눌렀다. 문이 닫히고 엘리베이터가 서서히 움직이기 시작했다. 나는 신고 있던 운동화를 벗고 굽 없는 사무실용 구두로 재빨리 갈아 신었다.

그때 갑자기 엘리베이터가 난기류를 만난 비행기처럼 덜커덩 흔들렸다. 전등도 꺼져 버렸다. 내 두 발은 공중으로 떠올랐다. 들고 있던 컵에서 뜨거운 커피가 사방으로 튀는 바람에 손에는 화상을 입었고 결국 컵은 바닥에 내팽개쳐졌다.

그리고 침묵만 맴돌았다. 아무 일도 일어나지 않았다.

내부 모니터에는 26층이 표시되어 있었다. 나는 숨을 골랐다. 26층에서 27층으로 넘어갈 때마다 늘 있는 일이었다. 오래된 기계 결함이었다. 나는 다시 한번 숨을 골랐다. 그런데 이렇게까지 격렬하게 흔들린 적은, 이렇게까지 오랫동안 멈춰 서 있던 적은 지금껏 한 번도 없었다. 어떻게 할지 결단을 내리지 못하기라도 한 양 엘리베이터가 우물쭈물 망설이는 게 느껴졌다.

나는 다시 32층을 눌렀다. 다른 층 버튼도 눌렀다. 열림 버튼도 눌러 보았다. 비상호출 버튼도 눌렀다. 소음 공해 같은 통화 연결음 소리가 어둠을 가득 채웠다. 통화 연결음이 몇 번 울리더니 음성 사서함으로 연결되었다.

뉴욕 서비스 센터입니다. 현재 모든 상담원이 통화 중입니다. 주소와 용건을 메시지로 남겨 주시기 바랍니다. 전화 주신 순서대로 연락드리겠습니다.

저기, 저기요! 나는 내 목소리가 들리지 않을까 봐 두려운 마음에 소리를 질렀다. 저 엘리베이터에 갇혔어요. 나는 주소를 말했다. 이름도 말했다. 무슨 일이 일어났는지를 설명했다. 그리고 왜 그랬는지 모르겠지만 돈을 갖고 있다는 말도 했다. 그러자 아무 예고도 없이 내가 말을 끝내기도 전에 음성 사서함 연결이 뚝 끊어졌다.

나는 한쪽 구석에 새로 설치된 보안 카메라를 힐끗 올려다보았다. 어쩌면 누군가가, 뉴저지 또는 어딘가에서 경비원이 나를 지켜보고 있을지도 모를 일이었다. 나는 토트백에서 노트를 꽉 꺼내서 최대한 크게, 컴퓨터 작성해 출력한 것처럼 최대한 알아보기 쉬운 서체로 '갇혔어요! 엘리베이터 고장'이라고 썼다. 그런 다음 노트를 카메라 렌즈 쪽으로 들이대고 이리저리 흔들었다.

갑자기 엘리베이터가 요동쳤다.

그로 인해 나는 노트와 펜과 토트백을 바닥에 떨어뜨렸다. 설상가상으로 바닥에 고인 커피 위로 떨어지는 바람에 커피가 다리에까지 튀고 말았다. 나는 몸을 웅크린 채 손잡이를 꽉 부여잡았고 심한 메스꺼움을 느끼며 추락을 예감했다. 제발 떨어지지 마라, 제발 떨어지지 마, 제발 떨어지지 마. 그렇게 몇 분이 지나갔다. 귓가에 펑 하는 소리가 들렸다. 제발 떨어지지 마, 제발……

그때 불현듯 엘리베이터 조명이 깜박깜박하더니 엘리베이터가 다시 부드러운 움직임으로 32층을 향해 올라갔다.

32층에서 문이 열렸다. 나는 토트백을 바닥에 질질 끌면서 엘리베이터에서 내렸다.

안도감이 물밀듯 밀려오면서 신경질과 식은땀이 났다. 나는 직원 출입 카드를 긋고 사무실로 들어갔다. 플러시 천으로 된 익숙한 카펫을 밟을 때마다 신발이 푹푹 꺼졌고, 외관이 유리로 된 집무실들과 어두침침한 칸막이의 행렬을 지나쳐 내 자리로 갔다.

자리에 앉자마자 수화기를 들고 911에 전화를 걸었다. 통화 연결음이 아홉 번 울린 후에야 누군가가 응답했다.

911입니다, 무슨 일이십니까? 피곤한 기색이 역력한 여자 목소리였다.

안녕하세요, 엘리베이터 고장 신고를 하고 싶어서요. 제가, 어, 안에 갇혔었어요.

지금 부상을 입었거나 위험한 상황에 처한 사람이 있나요? 지금 전화 주신 분이 부상을 입었거나 위험한 상황인가요?

아뇨, 내가 대답했다. 저는 간신히 빠져나왔어요. 전 괜찮아요, 그냥 조금, 어, 걱정돼서요.

알겠습니다. 사고지가 어디죠?

타임스스퀘어요. 나는 회사 주소를 알려 주었다.

상담원이 키보드를 딸가닥딸가닥 치면서 정보를 입력하는 소리가 들렸다. 잠시만요, 상담원이 말했다. 거기 회사 건물인가요?

네, 제가 일하는 곳이에요.

그쪽으로 사람 보내서 확인해 보겠습니다, 상담원이 상황을 정리하며 말했다. 그런데 이런 질문 실례일지도 모르겠지만, 아직까지 거기 남아서 뭐 하고 계시는 거죠?

일하고 있는데요, 나는 당연한 일이라는 듯 대답했다.

아, 지금 뉴욕 중심부에 있는 사람들은 대부분 떠난 상황이라서요. 저희가 구조 중인 열병 환자들만 빼고요.

저는 계약상 정해진 날짜까지 사무실에서 근무해야 해요, 나는 딱딱하고 방어적인 말투로 설명했다.

예, 압니다. 그렇게 하는 회사들이 있다고 들었습니다. 하지만 질문 하나만 드리고 싶은데요. 혹시 건물 관리인은 어디에 있죠?

무슨 말씀이세요?

그 건물에 근무 중인 건물 관리인이 남아 있나요? 혹시라도 건물 관리인이 없는 거라면, 정말로 거기 계시면 안 됩니다. 안전하지 않아요.

그건 한번 확인해 볼게요, 나는 건물에 남아 있는 관리인이 없다는 사실을 알면서도 그렇게 대답했다. 그럼 엘리베이터는 수리가 안 되는 건가요?

상담원이 한숨을 내쉬었다. 엘리베이터 점검할 분은 보내 드릴 거예요. 하지만 예상 시간은 말씀드리기가 어렵네요. 지금 인력이 부족한 상황이라서요. 사실 지금 뉴욕에 남아 있는 사람보다 떠나는 사람이 더 많거든요. 시 차원에서도 모든 서비스를 축소하고 있고요. 그러니 말씀하신 계약을 끝까지 이행할 생각인지 한번 고려해 보시는 게 좋을 거예요.

시에서 당연히 해야 할 일인데 해 주셔야죠, 나는 느닷없이 분노와 짜증을 느끼며 대답했다.

저기요, 상담원이 조금 더 날카롭고 날이 선 말투로 말했다. 지금 시에서 처리 중인 사건 수를 말씀드리면 엘리베이터 고장 건은 아무것도 아니라는 사실을 알게 되실 거예요. 일단 지금은 이 엘리베이터 고장 건을 대기 목록에 올려 드릴게요. 제가 해 드릴 수 있는 건 정말 그게 다입니다. 혹시 성함은 어떻게 되시죠?

캔디스요. 캔디스 첸.

감사합니다, 첸 씨. 그쪽으로 사람이 갈 겁니다. 하지만 제가 드린 말씀에 대해서도 생각해 보세요.

나는 전화를 끊은 다음 다시 수화기를 들고 마이클 라이트만이 알려 주고 간 핸드폰 번호로 전화를 걸었다. 911 상담원이 한 말을, 건물 안에서 일하는 게 더 이상 안전하지 않다는 말을 전할 생각이었다. 전화를 한 김에 사무실 내 모든 직원이 떠나 버렸다는 사실도 겸사겸사 알리는 게 좋을 것 같았다.

통화 연결음이 대여섯 번 울리다가 음성 사서함으로 연결되었다. 메시지를 남기고 싶었지만 음성 사서함이 꽉 찼다는 자동 안내 메시지가 흘러나왔다. 나는 수화기를 내려놓았다.

컴퓨터 화면에 비친 내가 멍한 눈빛으로 나 자신을 응시하고 있었다. 아웃룩을 켜 보니 새로 온 이메일이 없었다. 나는 수신인을 마이클 라이트만과 캐럴로 설정하고 제목 칸에 '엘리베이터 고장'이라고 쓴 다음 오늘 아침에 겪은 고생스러운 일과 내가 문제를 해결하기 위해 취한 조치를 소상히 보고했다. 새로 보고할 내용이 생기면 다시 연락하겠다는 말도 남겼다. 마침내 일을 하나 끝내고 나니 만족스러웠지만 그 만족감은 삽시간에 증발하고 말았다. 나에겐 뭔가 더 할 일이 필요했다.

창밖을 내다보았다. 그제야 처음으로 타임스스퀘어가 완전히 비어 있음을 알아차렸다. 관광객도, 노점상도, 순찰차도 없었다. 아무도 없었다. 크리스마스 아침도 아닌데 오싹하리만치 조용했다. 나만 의식하지 못하고 있던 사이에 이렇게 되어 버린 건가? 나는 사무실의 가장자리를 따라 크게 돌면서 밖에 정차되어 있을지도 모를 소방차나 경찰차를 찾아보려고, 어느 먼 곳에서 울려 퍼지고 있을지도 모를 경적 소리를 포착해 보려고 했다.

도시는 단지 텅 비어 버리기만 한 것이 아니었다. 도시 관리인들이 사라진 자리를 이미 식물들이 장악하고 있었다. 그중에서도 콘크리트며 지붕이며 주차장이며 보도의 갈라진 틈바구니며, 그야말로 사방에서 생명력을 과시하며 도시 전역을 거대한 파도처럼 폭발적으로 뒤덮는다는 점에서 게토 야자나무라고도 불리는 양치식물이 엄청나게 자라 있었다. 한번은 어디를 봐도 그 식물이 보이길래 구글에 '게토 야자나무'를 검색해 본 적이 있었다. 귀화식물이라는 학명으로 알려진 그 식물은 '가죽나무(tree of heaven)'로 불려야 했지만 사람들의 입에는 '지옥의 나무'로 오르내렸다. 중국이 원산지이고 흡근을 가진 낙엽 활엽교목으로, 가죽나무에서 고약한 악취가 난다는 사실을 정원사들이 알아차리기 전까지는 중국식 원예가 유행한 시절에 유럽 정원에서 재배되었고 미국에는 1700년대 후반에 전해졌다고 했다. 가죽나무는 미국이라는 나라가 형성된 시기부터 이 땅에서 살아온 것이나 마찬가지였다.

나는 창밖을 내다보면서 게토 야자나무와 습지 식물과 야생 생물이 타임스스퀘어를 뒤덮을 때까지 걸릴 수년의 세월과 그런 미래를 저속 촬영된 영상처럼 머릿속에 그려 보았다. 아니, 어쩌면 나는 사실상 과거를, 네덜란드인들이 미국 땅을 밟았을 때 처음 일별한 소나무와 히코리 나무가 울창한 숲을 이루던 과거, 흑곰과 늑대와 여우와 족제비와 보브캣과 퓨마가 서식하던 과거, 하천마다 오리와 거위가 있던 시절의 과거를 떠올리고 있었을지도 모른다. 초기 유럽 탐험가들의 눈에 맨해튼은 낙원이었다. 여기에 말을 끌고 와서 술을 마시면 되겠군. 저기에다가는 불을 피우고. 또 저기에서는 햇볕을 피해 그늘에서 휴식을 취할 수 있겠어.

이렇게 한창 상상의 나래를 펼치고 있을 때 미지의 어딘가, 어느 먼 곳에서부터 울리는 썰매 방울 소리가 불현듯 내 귓전을 때렸다. 나는 미쳐 가고 있었다.

그런데 거기에, 내 눈 바로 앞에, 길 건너편에, 흰색 얼룩을 가진 밤나무색 말 한 마리가 속보로 거리를 내달리고 있었다. 결연하고 명랑하고 유유한 자태로 브로드웨이를 힘차게 달리고 있었다. 나는 숨죽인 채 핸드폰을 꺼내어 말이 다른 건물들에 가려 시야에서 사라지기 직전에 간신히 사진 한 장을 찍었다.

내가 저걸 진짜 본 게 맞나?

핸드폰으로 찍은 사진을 확인해 보았다. 수레를 끌던 말이었다. 눈에는 아직까지 눈가리개가 씌워져 있었고 마구에는 말이 한 발 한 발 내디딜 때마다 딸랑딸랑 울리도록 달아 둔 종 여러 개가 남아 있었다. 관광객을 태운 수레를 끌며 센트럴 파크를 도는 일에 동원되었던 말이 이제는 자유로이 배회하고 있었다. 나와 함께 이 광경에 감탄해 줄 누군가에게 사진을 보여 주고 싶었지만 사무실에 남은 사람은 아무도 없었다. 내 눈이 닿는 그 어디에도 사람은 보이지 않았다.

책상에 앉아서 컴퓨터를 켰다. 그러고는 NY 고스트 사진 블로그를 구글에 검색했다. URL 주소를 잊은 탓이었다. 사이트는 여전히 살아 있었고 내가 게시했던 칙칙한 옛 사진들도 아직 볼 수 있었다. 워드프레스 사이트에 로그인을 하려 했지만 접속한 지 너무 오래돼서 비밀번호가 기억나지 않는 바람에 결국 비밀번호 재설정을 요청했다. 그리고 비밀번호 재설정 양식이 이메일로 올 때까지 기다렸다. 사무실이 빈 이후로 인터넷 연결이 느려지고 불안정했지만 어쨌거나 이메일이 오기는 해서 나는 비밀번호를 새로 생성한 뒤 내 블로그에 들어가 새 게시글을 작성했다.

조금 전에 찍은 사진을 업로드하고 짤막한 설명을 추가했다.

말 한 마리가 타임스스퀘어를 내달리는데 그 광경을 본 사람이 한 명도 없다면, 그건 실제로 일어난 일인 걸까? 뉴욕이 무너져 내리고 있는데 그 광경을 기록하고 있는 사람이 한 명도 없다면, 그건 실제로 일어나고 있는 일인 걸까?

그리고 '발행하기' 버튼을 눌렀다.

나는 잠에서 깨어났다. 아침에 일터로 출근했다. 출근하는 데까지 한없이 오랜 시간이 걸렸다. 셔틀버스를 타고 오는 내내 도보로 출근할 수 있을 만한 어딘가로, 회사와 조금이라도 가까운 곳으로 이사를 갈까 하는 생각도 들었다. 내가 가진 돈으로도 맨해튼에서 방 하나 정도 구할 수 있을 만큼 임대료가 폭락한 상황이었다.

로비에 도착해 엘리베이터를 기다렸지만 끝내 아래층으로 내려오지를 않았다. 수리가 아직도 진행되지 않은 것이었다. 궁여지책으로 31층까지 한 계단 한 계단 올랐다. 콘크리트 계단에 지저분하게 널려 있는 담배꽁초와 씹다 뱉은 껌을 피해 거친 숨을 내뱉고 헐떡이며 계단을 오르는 동안 나는 이게 내 아침 유산소 운동이라고 합리화했고 한두 번 정도 멈춰 서서 휴식을 취했다. 사람들은 이 계단을 스모크 던전이라고 부르곤 했었다. 혹독한 추위가 찾아오는 겨울에 예술 소녀들처럼 몰래몰래 담배를 피우는 직원들이 실외로 나가지 않고 그 계단에서 담배를 피우면서부터 생긴 명칭이었다. 그 소녀들이 담배꽁초를 콘크리트 벽에 비벼 끄기 전에 바닥으로 떨어진 팔리아먼트의 담뱃재가 여태 남아 있었다.

텅 빈 사무실이 나를 맞이했다. 나는 출입 카드를 그었다. 녹색 불빛이 번쩍인 후 나는 유리문을 열고 안으로 들어갔다.

스펙트라 사무실은 사실상 NY 고스트 주식회사의 본사였다. 그렇다고 나는 판단했다. 이제 중요한 건 그거였다. 그래서 블로그 운영에 전력을 기울였다. 그게 내 새로운 직업이었다. 일거리가 없으면 직접 일거리를 만들 생각이었다. 어차피 주변에 아무도 없었기 때문에 발각될까 봐 두려운 마음도 없었다. 항진균 서비스 업체가 사무실 전체에 소독약을 분무한 마지막 날이 언제였는지 기억조차 나지 않았다. 경영진에서 비용 지급을 중단했거나 어쩌면 서비스 업체 직원들이 열병의 희생자가 된 것일 수도 있었다.

나는 사무실에 도착한 오전에 한 번 그리고 저녁에 한 번 더 해서 총 두 번씩 NY 고스트에 글을 게시했다. 점심시간에는 황폐해진 도시를 사진으로 더 많이 기록해 두려고 밖으로 나갔다.

점심시간에 산책을 하다 보면 매일 몇 시간씩 배회하던 뉴욕에서의 첫 여름이 떠오르기도 했다. 그때에 비해 날이 더 추워서 나는 깊은 주머니가 달린 재킷을 입고 아이폰, 배터리 충전기, 챕스틱을 넣고 다녔다. 물건을 살 수 있는 장소가 거의 남아 있지 않았지만 지갑도 계속 들고 다녔다. 걷고 있으면 블로그에 대한 이런저런 생각들이 눈덩이 불어나듯 쌓였다. 수레를 끌던 말들이 한데 모여 풀을 뜯는 풀밭 사진도 찍었다. 모마, 록펠러 센터, 카네기 홀, 링컨 센터 등 확실한 존재감을 갖고 있지만 이제는 무기한 폐쇄 상태에 놓인 랜드마크도 전부 사진으로 담았다.

그런 장소들은 하나같이 유령이 나올 것 같은 분위기를 풍겼다. 도시 중심부를 느릿느릿 걷다 보면 원자력발전소 노동자들의 거주지였다가 유령 마을로 변해 버린 체르노빌과 프리피야트를 담은 로버트 폴리도리의 사진이 떠올랐다. 디트로이트의 풍경, 버려진 자동차 공장, 한때 위용을 떨쳤던 극장을 담은 이브 마르샹과 로망 메프르의 사진도. 2008년 충돌 사건 이후 문을 닫은 쇼핑몰들의 허허하고 노후한 모습을 담은 세프 롤리스의 사진도.

그런 노후한 장소들을 담은 사진과 실제 뉴욕 풍경의 주요한 차이는 뉴욕이 아직 포기하지 않았다는 데 있었다. 뉴욕은 비어 있었지만 버려진 것은 아니었다. 결국 모두가 돌아오리라는 기대를 누군가가 품고 있기라도 하듯, 여전히 유지 관리되는 기관들이 있었다. 그런 기관들은 경비견 실루엣과 '센티널' 로고가 새겨진 검정색 민소매 티셔츠에 검정색 바지를 맞춰 입은 보안 요원들이 지키고 있었다. 권총집에 조심스레 꽂힌 총만 없다면 식당 종업원으로 보일 법한 차림이었다. 센티널 보안 요원들은 내가 연일 마주칠 수 있는, 열병에 걸리지 않은 유일한 사람들이었다. 그들의 존재는 섬뜩함과 안도감을 동시에 자아냈다.

예전엔 민간군사 기업으로서 주로 아프가니스탄과 이라크에서 활동했던 보안회사 센티널에 대해 나는 글 한 편을 작성해 블로그에 게시했다. 뉴욕시는 약탈자들로부터 공공 기관들을 보호하기 위해 센티널과 계약을 체결한 상황이었다. 건물을 소유한 개인들도 피난차 집을 비우면서 보안 업체와 계약을 맺었다. 한번은 54번가를 따라 내가 제일 좋아하는 주거 지역을 지나가던 도중 위를 힐끔 올려다보았다가 맨 위쪽 창문에 있던 센티널 보안 요원과 눈이 마주치기도 했다. 그럴싸해 보이는 집 지킴이였다. 그는 필시 창가에 있는 흰 난초에 물을 주고, 100만수 원단으로 제작한 깃털 같은 침구에서 잠을 자고, 아침에 일어나면 곧장 에스프레소를 조금 내려서 금테가 둘린 앙증맞고 세련된 에스프레소 커피잔으로 커피를 마시는 생활을 하고 있을 터였다.

내가 손을 흔들자 그도 손을 흔들었다. 나는 그의 모습도 사진으로 담았다.

거리가 조금 떨어진 곳에서 나를 내려다본 그 보안 요원의 입장에서 내가 열병에 걸리지 않았음을 판단할 수 있게 해 준 유일한 근거는 내가 쓰고 있던 마스크였다. 센티널 보안 요원들은 마스크를 쓰지 않았지만(전염병 확산 범위를 고려했을 때 마스크로는 열병을 예방할 수 없다고 판단한 터였다.), 마스크를 썼다는 것 자체가 어떤 의미를 담고 있었다. 내 인지 능력이 온전하고, 마스크를 쓰는 것과 쓰지 않는 것의 차이를 이해한다는 사실을 시각적으로 보여주는 간단명료한 방법이었던 것이다. 그런 이유로 나는 실외에서 늘 마스크를 씀으로써 내가 열병 환자가 아님을 보여 주었다.

어느 날에는 다양한 지하철역의 모습을 담은 연작 사진을 찍었다. 또 어느 날 오후에는 타임스스퀘어역 계단을 막고 있는 경고 테이프를 풀어 헤치고 내려갈 수 있는 곳까지 내려갔다가 물에 잠긴 구간을 마주했고, 아이폰으로 사진을 몇 장 찍었다. 카메라 플래시가 터지자 물에 흥건히 젖은 바 모양의 초콜릿 과자, 잡지, 익사한 쥐들, 수면에 어지러이 흩어져 있는 온갖 쓰레기들이 번쩍였다. 물 자체도 제대로 보이지 않을 만큼 쓰레기가 사방을 뒤덮고 있었지만 계단에 가만히 서 있으면 어떤 목마른 거대한 동물이 허겁지겁 물을 핥는 소리를 들을 수 있었다. 터널을 파듯 더 깊이 들어갈수록 소리는 더 커졌고, 밀폐된 공간 안에서 메아리처럼 울리며 증폭되는 소리를 듣고 있다 보면 그런 원시적인 홀짝임만이 그곳에 존재하는 유일한 무언가처럼 느껴졌다.

그 일을 기록해 올린 게시글 제목은 더는 아무도 MTA*를 타지 않는다였다.

10월 말 무렵이 되자 《뉴욕 타임스》를 포함한 모든 주요 신

* 뉴욕의 지하철과 버스 등 대중교통을 운영하는 기관으로 뉴욕 시내 대중교통을 통칭하는 의미로도 쓰인다.

문사가 신문 발행을 중단했다. NY 고스트에는 드문드문 방문자가 유입되었다. 방문자들의 접속 국가 중에는 키흐누, 아이슬란드, 보른홀름을 비롯해 내가 한 번도 들어 본 적 없는 한랭기후 섬나라 등 아직 열병 감염 사례가 없는 국가가 압도적으로 많았다. 방문자들은 각자가 보고 싶은 장소의 사진과 소식을 올려 달라고 요청했다. 뉴욕이 붕괴하고 있다는 사실을 아직 믿을 수 없어서 확증을 얻고 싶은 듯했다. 세상 모든 도시가 무너져도 뉴욕만큼은 그럴 수 없었다. 광택이 흐르는 반사판 같은 건물 외관과 상당한 액수의 돈으로 구축한 환경을 가진 뉴욕은 난공불락의 도시 같았다. 심지어는 9·11 사건 후에도, 수차례의 테러 미수 후에도, 정전과 허리케인과 지구온난화로 인한 수면 상승을 겪은 후에도 그랬다.

나는 언제나 뉴욕의 현실보다 뉴욕의 신화 속에서 더 많은 시간을 보내며 살아온 사람이었다. 뉴욕에 그렇게나 오래 살 수 있었던 이유도 어떤 것의 본질보다는 그 어떤 것에 대한 생각을 더 사랑해서였다. 그러나 끝을 향해 가는 몇 주 동안 곳곳을 거닐고 사진을 찍다 보니 어느새 어떤 것 그 자체를 알고 사랑하게 되었다. 어쩌면 그건 어느 정도 내가 기록하는 일 자체를 좋아해서였을 수도 있었다. 몰락해 가는 도시를 사진으로 담는다는 것이 — 뉴욕은 지나치게 방대하고 나는 지나치게 작은 데다가 내가 가닿을 수 없을 만큼 너무나도 멀고 너무나도 위험한 장소들이 있었기에 — 결코 달성할 수 없는 과업이라 할지라도 나는 멈추고 싶지 않았다.

블로그 독자들이 남긴 요청을 나는 내게 주어진 임무로 삼았다. 임무를 완수할 때마다 그 결과를 블로그에 게시했다. 요청 사항을 지역별로 분류한 다음 임무 수행 일정을 계획했다. 그런 일을 하는 것 자체가, 매일 아침 눈을 뜨자마자 그날 해야 할 일이 머릿속에 입력되어 있다는 것 자체가 내게는 기쁨이었다.

한번은 스트랜드 서점을 찾아가 손전등을 들고 전복된 책장 사이사이를 돌아다니면서 내가 읽은 책 제목을 보고하듯 사진으로 남겼다. 또 한번은 베멀먼즈 바* 안의 구석진 자리에 앉아 촛불을 조명 삼아 점심을 먹었다. 벽화도 찍고 목가적인 분위기의 공원 그림들도 가급적 많이 사진으로 담아 두려 했다. 그 후에는 말과 쥐 군단이 점령한 센트럴파크를 가로질러 브로드웨이의 대형 페어웨이 매장으로 가서 건조식품과 임산부용 비타민 '쇼핑'을 했다.

한번은 난관을 무릅쓰고 소호의 한 천장 높은 건물 2층에 자리한 월터 드 마리아의 '어스 룸' 전시 공간에 들어갔다가 거대한 실내 공간이 흙으로 뒤덮인 장면과 한 안내원이 죽은 채로 접수처에 가만히 앉아 있는 모습을 발견하고는 허겁지겁 자리를 뜬 일도 있었다. 안내원은 분명 열병에 걸린 채 죽는

* 뉴욕시 칼라일 호텔 안에 위치해 있으며 미국의 화가이자 아동 도서 작가인 루드비히 베멀먼즈(Ludwig Bemelmans)의 작품이 벽화로 장식되어 있다.

순간까지 일을 했을 터였다.

점점 수가 줄어들고 있던 열병 환자들은 비틀대는 걸음걸이로 뉴욕을 돌아다녔다. 그라운드 제로 근처에서는 한 과일 장수가 알아들을 수 없는 언어를 신음하듯 발화하면서 갈변한 바나나를 팔았다. 그리스테데스 앞에서는 잠옷 차림의 한 노부인이 푸드 카트를 계속 앞뒤로 밀었다. 톰킨스스퀘어 공원에서는 10대 노숙인 커플 한 쌍이 있지도 않은 행인들에게 돈을 구걸하면서 커피잔을 좌우로 열심히 흔들었다. NY 고스트에 게시하려는 목적으로 열병에 걸린 사람들을 찍는 경우는 거의 없었다. 동의도 구하지 않고 사진을 찍는 것이 무례하다고 느껴지기도 했고 그 사람들이 동의를 해 주고 말고 할 처지도 아니어서였다.

그렇지만 한 번의 예외는 있었다. 날이 어두워지기 전에 서둘러 5번가를 따라 사무실로 돌아가고 있던 때였다. 쥬시 꾸뛰르 플래그십 매장을 지나치는데 어쩐지 새 건물처럼 말끔해 보였고 실제로 잠깐 동안이나마 영업 중인가 보다고 생각했다. 많은 소매점이 약탈당한 상황이었기 때문에 전혀 훼손되지 않은 듯한 모습이 이상해 보이는 것도 당연했다. 게다가 훼손되지 않은 정도가 아니라 티 없이 깨끗했다. 벨루어와 테리 직물로 제작된 그 브랜드 특유의 운동복이 선반마다 무지개 색상으로 진열돼 있어서 마치 거대한 유리 타임캡슐처럼 밀봉된 공간 같았다.

그 매장 안에서 뭔가가 움직였다. 한 여성 점원이 파스텔 색상의 폴로셔츠를 개고 또 개고 있었다. 열병에 걸린 상태임에도 한 치의 오차도 없이 능숙히 일을 처리했다. 한쪽 벽에 진열된 매혹적인 선글라스들이 반짝반짝 빛났다. 다른 쪽 벽에 진열된 핸드백들은 제품과 색상별로 세련되게 정돈되어 있었다.

그 후에 블로그에 게시한 것은 그 점원이 티셔츠를 개는 32초짜리 영상이었다. 나는 그 장면을 가급적 멀리서 담으려고 했다. 영상이 너무 생생하게 느껴지지 않았으면 했다. 점원의 턱이 카메라에 절반만 담길 정도로 멀리서 찍었지만 경제적인 움직임으로 속도가 어그러지는 일 없이 옷을 한 장 한 장 개는 모습에서 차분함과 평온함이 고스란히 전해졌다.

그 게시물은 NY 고스트에서 가장 많은 인기를 얻은 동시에 가장 많은 논란을 불러일으켰다. 논란에 직면하자 내 마음속에서도 갈등이 일었다. 어떤 독자들은 슬픔을 표하면서 내 안전을 걱정했다. 그러면서 열병 확산을 저지하기 위해 대부분의 수입을 중단하고 해외여행도 대부분 금지하는 등 각자가 속한 국가에서 벌어지는 일들을 댓글로 남겼다. 나를 본인의 집으로 초대해 머물게 해 주고 싶은데 그럴 수 없어서 유감스럽다고도 했다.

다른 독자들은 내가 재난 포르노를 게시하고 있다고 비난했다. 내가 뉴욕을 떠나지 않은 이유, 블로그 활동을 계속해야만 한다고 느끼는 이유도 문제 삼았다.

한 의심 많은 독자는 이런 댓글을 남겼다. 당신이 열병에 걸린 게 아니라는 걸 우리가 어떻게 믿죠?

어느 날 아침에는 아무리 기다려도 셔틀버스가 오지 않아서 결국 옐로캡의 배차 담당자 번호로 전화를 걸었다. 곧 자동 응답기로 연결되더니 아직 택시를 운행 중인 10여 명의 택시기사 번호가 안내되었다. 나는 여성 택시기사가 있기를 바라며 택시기사 이름을 처음부터 끝까지 들어 보았지만 남성 택시기사뿐이었다. 결국 나는 마지막에 안내된 번호를 택했다. 한 시간을 기다린 후에야 마침내 택시 한 대가 아파트 앞에 정차했다.

나는 택시기사와 눈을 마주치지 않으려고 시선을 회피하며 뒷좌석에 스르르 들어가 앉았다. 법 집행이 최소한으로 이루어지고 있었던 상황이라 가급적이면 남자와 단둘이 있는 상황을 피하려 했다. 택시는 판자로 막혀 버린 노점상들, 내가 야채를 구하려고 들렀었던 풀이 무성한 공동 텃밭, 건조식품을 보관하기 위해 브루클린 자치구 차원에서 설치한 잡다한 자판기들, 내가 대출 후 깜빡하고 반납하지 못한 책 꾸러미를 떠올리게 하는 도서관을 지나 침묵 속에서 운행했다. 그러다가 사방에 흩뿌려진 비둘기 배설물과 깃털로 새하얘진 지하철 선로 밑을 지나갔다.

날씨가 좋네요, 택시기사가 마침내 침묵을 깨고 말을 걸었다.

백미러를 힐끗 쳐다봤다가 택시기사와 눈이 마주치고 말았다. 중년의 히스패닉계 남자였고, 우스꽝스러운 심슨 판박이 그림이 새겨진 마스크를 쓰고 있었다. 그 마스크를 보니 긴장이 풀어졌다.

기사처럼 나도 마스크를 턱으로 내리고 대답했다. 네, 날이 좋네요. 나는 경계를 늦추지 않으면서 기사가 한 말을 되풀이했다. 계절은 황갈색과 진홍색과 짙은 황색으로 물든 나무들이 보이는 가을이었지만 햇살이 팔에 내리쬐어 체감 기온만큼은 따듯하고 온화했다.

브루클린 다리로 가도 괜찮을까요? 윌리엄스버그 다리가 더 가깝긴 한데 시에서 폐쇄했다는 얘기를 들었거든요. 이제 그 다리는 관리를 안 한다네요.

나는 고개를 끄덕였다. 그렇게 해 주세요. 어디든 더 안전하다고 생각하시는 방향으로 가 주세요.

다리를 단 하나만 지킬 수 있다면 브루클린을 지켜야겠죠, 기사는 혼잣말에 가까운 말을 했다.

브루클린 쪽에서 타는 손님이 아직도 많은가요? 나는 NY 고스트에 택시 운행 상황에 대한 글을 올릴 수 있을지도 모르겠다고 생각하며 정중하게 물었다.

솔직히 말씀드리면 그렇게 많지는 않아요. 손님이 오늘 제 첫 손님이고요. 하지만 가끔은, 특히 오늘 같은 날에는 손님이 없어도 그냥 택시를 몰고 다닌답니다. 이렇게 아름다운데 즐기지 않을 도리가 있나요. 그냥 창문을 다 내리고 도시 구경하면서 드라이브하는 걸 좋아하거든요. 주유비가 비싸기는 하지만 택시기사들은 보조금을 받기도 하고, 아시겠지만 나쁠 거 없잖아요. 뭐라도 해야 하지 않겠어요? 그렇죠?

저는 도시를 돌아다니면서 사진 찍는 걸 좋아해요, 이번에는 내가 대화를 이었다. 사진을 찍어서 블로그에 올리고요.

오, 그렇군요, 블로그 이름이 뭐예요? 언제 한번 시간 되면 찾아볼게요.

NY 고스트예요. 대체로 그냥……

차가 크게 회전했다. 정말요? 저 그 블로그 들어가 본 적 있어요. 기사가 뒷좌석으로 고개를 돌렸다. 정말 멋진 일 하고 계시던데요. 사람들한테 정보도 계속 알려 주고요. 그리고 사진 찍어 올린 장소들은 제가 생각도 못 해 본 곳들이었어요. 그러니까 지하철 내부 같은 곳 말이에요. 거기까지 어떻게 내려갔는지는 알고 싶지 않지만요.

택시가 햇살을 받아 웅장하고 찬란한 아름다움을 뽐내는 브루클린 다리를 건넜다. 그때 문득 뉴욕에서 산 지난 수년 동안 이 다리를 걸어 본 적도, 자전거를 타고 건너 본 적도, 심지어는 차를 타고 지나가 본 적도 없었다는 데 생각이 미쳤다. 어떻게 그런 일이 가능했던 걸까?

그 블로그 덕분에 뉴욕의 진가를 더 잘 알게 되었답니다, 기사가 말을 이어 갔다. 아, 저도 얘기 하나 들려 드릴게요. 전 매

사추세츠주에 있다가 지난주에 여기로 돌아온 거예요. 사촌이 거기에 있거든요. 그런데 그 사촌이 어떤 무리에 들어가 있는데 — 자기들을 콜로니라고 부르던데, 뭐 저는 그게 무슨 뜻인지 모르겠지만 — 방치된 낡은 부잣집 한 채를 불법 점유해서 같이 살고 있더라고요. 채소도 기르고 예술도 하고 모닥불 근처에서 노래도 부르면서. 그래서 저도 거기로 들어갈까 했었어요.

아하, 그런데 왜 돌아오신 거예요?

거기 사람들이 저를 안 좋아하더라고요! 기사가 웃음을 터뜨렸다. 아니, 농담입니다. 그게, 전 평생을 뉴욕에서 살았거든요. 스패니시 할렘에도 있다가, 모닝사이드에도 있다가, 브롱크스에도 있었죠. 여기가 제 집이에요. 지금 이 시점에 제가 뭘 하겠어요? 마서즈 빈야드로 항해라도 떠나야 하려나요? 기사가 다시 웃음을 터뜨렸지만 이번에는 약간의 불안이 느껴졌다. 게다가 이제 드디어 백인들이 전부 뉴욕을 떠났는데, 제가 뭐 하러 떠나겠습니까?

나는 미소를 지어 보였다.

뉴욕이 왜 이민자들의 도시인지, 어째서 한때 뉴욕이 외국인들이 찾는 첫 도시였는지에 대해서 블로그에 뭐라도 써 보세요. 뉴욕의 역사 말이에요, 무슨 말인지 이해하죠?

엘리스 섬*에 대한 글을 써 볼까 생각했었는데 지금은 그쪽을 오가는 여객선이 하나도 없더라고요.

---

* 1892년부터 1943년까지 미국 이민자들이 입국 수속을 받던 뉴욕 허드슨강 하구의 섬.

뭐, 놀랄 일은 아닌 것 같네요. 더는 관광 산업이랄 것도 없으니까요. 아직까지 여기에 남아 있는 사람은 굉장히 늙었거나, 열병에 걸렸거나, 그것도 아니면 우리처럼 이도 저도 아닌 혼자 남은 사람뿐이죠. 뭐, 이건 그냥 제 생각입니다. 방금 말이 좀 주제넘었다면—기사가 백미러로 나를 흘끗거렸다—사과할게요.

혼자 있는 걸 견딜 수만 있다면 여기도 그리 나쁘진 않죠, 나는 기사의 말에 맞장구를 쳤다.

그 후 한동안 우리는 아무 말 없이 이동했다. 중심부에 다다르자 기사가 말했다. 제가 맨해튼 중심부에 있는 걸 좋아하는 이유가 하나 있어요. 가끔은 저 자신에게 상기시키려고 여기로 차를 몰고 오기도 해요.

무얼 상기시킨다는……?

여기엔 아직 문명이 존재한다는 사실이요. 인프라가 존재하는 곳은 바로 도시의 중심부예요. 센티널 보안 요원들이 귀한 시설들을 지키고 있잖아요. 범죄 발생률도 적죠. 전기도 계속 들어오고요. 아직 와이파이도 쓸 수 있어요. 핸드폰 신호도 아직 잡히고요. 모든 게 산산조각 나고 있다는 생각이 들 때 여기에 와 있으면 안정감이 느껴지죠.

그러게요, 여기엔 마음을 안정시켜 주는 뭔가가 있네요.

그럼 손님은 타임스스퀘어로 가는 건가요? 오늘 밤에 뮤지컬 보러 가요? 기사는 자기가 던진 농담에 낄낄거리며 웃었다.

네, 「위키드」 볼 거예요. 저녁 먹고 공연 볼 거예요.

정말 제대로군요, 기사가 말했다. 내 일정에 대해 더 깊은 질문은 하지 않았다. 자, 다 왔습니다. 바로 앞에 세워 드릴게요.

기사는 스펙트라 건물 앞에 차를 세우고 더듬더듬 말했다. 72달러 50센트네요. 원하시면 20달러 정도 깎아 드릴게요. 사실 회사에서 요금을 엄청 올렸거든요.

괜찮습니다. 나는 지갑을 꺼내 100달러 지폐를 건넸다. 잔돈은 안 받을게요.

저기요, 제 이름은 에디예요.

운전석과 뒷좌석 사이에 놓인 분리대 위로 택시기사와 나는 악수를 나누었다. 저는 캔디스라고 합니다. 만나서 반가웠어요, 에디 씨. 택시가 필요할 때 제가 다시 호출 드릴 수도 있겠네요.

꼭 그래 주세요. 다음에 봐요, 캔디스 씨. 그 말과 함께 택시가 떠났다.

11월 무렵 나는 스펙트라 사무실로 거처를 옮겼다. 블라이드와 델리아가 떠나고 사무실이 온통 내 차지가 되었을 때부터 일찌감치 들어가 살았으면 편했겠지만 내가 습관의 노예인 탓에 그렇게나 늦어진 것이었다. 습관에 매여 있던 나를 추동한 것은 다름 아닌 — 공지도 경고도 없이 진행된 — 셔틀버스 운영 중단이었다. 어느 월요일 아침 나는 옷가지와 세면도구와 엄마의 유품과 그 외에 여행 가방에 쑤셔 넣을 수 있는 잡다한 것들을 챙겼다. 그런 다음 에디를 호출했지만 아무 응답이 없었다. 결국 옐로캡 배차 담당자 번호로 다시 전화를 걸어 다른 택시기사를 배정받았다. 그동안 살던 아파트 문을 마지막으로 잠갔을 때 택시기사가 도착했다.

여행 가방을 들고 뒷좌석에 미끄러지듯 들어가 앉은 나는 택시기사에게 물었다. 저기요, 혹시 에디라는 택시기사 아세요? 그분 괜찮은 건가요?

그런 이름은 못 들어 본 것 같은데요, 택시기사가 지저분한 마스크로 인해 뭉개진 목소리로 대답하며 차를 돌렸다. 다 같은 택시기사라고 해서 서로를 알고 있는 건 아니라서요. 뭐 아시겠지만요.

죄송합니다, 내가 대답했다. 이동하는 내내 택시에는 침묵만 감돌았다.

텅 빈 사무실이 나를 맞이했다. 그 이삿날의 남은 시간은 재고 파악을 하면서 보냈다.

창고에는 커피와 냉수기 리필용 물통을 비롯해 물을 섞으면 우유 대용으로 마실 수 있는 커피 크림 상자들이 넉넉히 채워져 있었다. 청소용품과 다이슨 청소기 두 대, 화장실용 휴지, 밤에 샤워할 때 쓸 수 있을 만한 분홍색 비누 리필통도 있었다.

직원들을 위해 마련된 다용도실에는 구운 꿀 땅콩, 말린 과일 혼합 제품, 에너지바, 요거트 딜맛 케틀 감자칩, 렌틸 크래커 등 각종 건강 스낵으로 꽉 찬 자판기가 있었다. 복사실에서 3공 펀치 하나를 가져와 자판기 유리를 거듭 내리치니 천천히 금이 가더니 쩍 소리와 함께 산산조각 났다. 앞 유리가 마침내 떨어져 나갔을 때 나는 닭이 낳은 달걀을 훔쳐 가는 여우처럼 먹을 수 있는 것들을 모조리 휩쓸었다. 방치된 책상들을 샅샅이 뒤져 가며 초콜릿 바, 전자레인지로 가열해 먹을 수 있는 크래프트 맥앤치즈, 마루찬 새우맛 인스턴트 런치 컵라면, 짭짤한 크래커, 소포장된 하인즈 케첩, 그리고 마니슈비츠 마초 볼 믹스가 들어 있는 상자까지 되는 대로 챙겼다. 그렇게 얻은 식료품은 유통기한별로 분류해서 다용도실 수납장에 보관했다. 블라이드의 책상에서 찾은 반쯤 남은 키엘 울트라 페이셜 클렌저와 울트라 페이셜 모이스처라이저, 마리오 바데스쿠 페이셜 스프레이는 매일의 피부 관리를 위해 화장실 선반에 줄지어 세워 두었다.

이삿짐을 정리하며 보내는 하루는 길고도 고됐다. 저녁 무렵의 나는 녹초 상태였다.

제대로 된 침실을 마련해야겠다는 생각에 단단히 잠겨 있던 마이클 라이트만의 사무실 유리벽에도 3공 펀치를 힘껏 던졌고 서너 번의 시도 끝에 산산조각 내 버렸다. 그런 다음 카펫 위에서 반짝반짝 빛을 내면서 내가 발을 내디딜 때마다 와그작거리는 유리 파편들을 진공청소기로 빨아들였다. 라이트만이 쓰던 널찍한 책상은 유리판에 붙은 먼지를 닦아 낸 후 내 소유의 널찍한 책상이 되었고, 라이트만이 쓰던 아름다운 긴 안락의자는 내 소유의 아름다운 침대 의자가 되었다. 구글링을 해 보니 그건 미스 반 데어 로에가 디자인한 '바르셀로나 소파'였다. 책상을 뒤적거리다가 발견한 휴대용 브라운 시계는 알람 시계로 삼기로 했다.

의식하지도 못한 새에 날이 어두워져 있었다. 나는 실내조명을 껐다.

사무실 출근용 옷을 벗고 잠옷을 걸쳤다. 잠자리에 들려는 생각은 없었고 다만 새로운 방에 누워 있는 느낌이 어떨는지 확인해 보고 싶었다.

머리 위 천장에 천창이 나 있었다. 수년간 일한 곳이었음에도 한 번도 본 적 없는 창이었다. 도시 전체를 휘감던 휘황찬란한 전깃불이 더는 들어오지 않자 별까지 시야에 들어왔다. 별들이 어찌나 밝고 선명했던지, 그걸 보고 있으니 피로에 찌든 눈이 시린 느낌마저 들었다. 그래서 이내 눈을 감았다. 그리고 잠에 빠져들기 전에 처음으로 태동을 느꼈다.

23장

나는 새로운 보금자리가 된 세포라 매장에서 뉴욕에서의 마지막 날들에 관한 이야기를 밥에게 들려준다. 밥과 나는 다사다난했던 시절을 함께 한 오랜 친구 사이처럼 작은 테이블을 가운데 두고 마주 앉아 받침 접시가 딸린 찻잔으로 차를 마신다. 배터리로 작동하는 LED 조명이 어둠 속에서 서늘하고 침침한 빛을 발하고 있다. 새 가구들을 절반 정도만 들여다 놓은 새 공간이다 보니 소리가 잘 울려서 우리는 소곤소곤 대화를 나눈다.

그러니까 결국엔 사무실에서 살았다는 거네, 밥이 내 이야기를 요약한다.

그러면서 거기서 일도 한 거지.

그렇네. NY 고스트. 그것도 일이긴 하지. 그런데, 밥이 찻잔을 내려놓으면서 말을 잇는다. 뉴욕에 산다는 것 자체가 불가능한 상황이 됐는데도 왜 그렇게까지 오래 머무른 건지 난 이해가 안 돼.

나한테는 그때도 살 만한 곳이었어.

하지만 계단도 오르내려야 했던 거잖아. 대체 얼마나, 하루에 30층씩이랬나? 그건 아침마다 마라톤 뛰는 거나 마찬가지잖아. 밥이 이해할 수 없다는 듯 피식 웃는다.

어, 그러면서 유산소 운동을 한 거지, 나는 빈정거리며 대답한다. 문제가 그 계단 하나뿐이었어도 결국엔 떠나야 했을 거야. 그런데 거기에 더해 독자도 떨어져 나간 거지. 뭐, 다들 열병에 걸렸을 때 말이야.

그게 네가 떠난 이유야? 네 블로그를 찾는 독자가 없어져서? 밥이 묻는다. 이제 그의 목소리에서 의심할 여지없이 선명한 조롱, 그리고 냉담한 경멸과 적의가 느껴진다.

임신해서 떠난 거야, 내가 대답한다. 엄밀히 말하면 그건 진실이 아니지만 화제를 아이로 돌려야 밥의 언짢은 기분을 누그러뜨릴 수 있을 듯하다.

떠난 거 후회해? 밥이 묻는다. 그러고는 곧장 말을 덧붙인다. 일부러 대답할 필요는 없어. 내가 보기엔 후회하는 것 같지만.

뉴욕에 계속 머무르는 건 불가능한 일이었어, 나는 내가 밥의 무리에 합류한 이후에 벌어진 사건을 조금도 연상시키지 않을 만한 말을 골라서 대답한다. 남은 이야기도 마저 들려줄까? 별로 안 남았어.

아니, 나머지는 내일 들려줘. 그럼 나를 초조하게 만들 수 있잖아. 밥이 차를 한 모금 마신다.

밥, 내가 머뭇거리며 말을 꺼낸다. 돌아오니까 기분이 어때?

돌아왔다라, 밥이 내가 한 말을 되풀이한다. 유년기를 보낸 곳에 오니까 어떠냐는 말인가? 아니면 구체적으로 이 쇼핑몰에 온 소감을 묻는 건가?

글쎄 잘 모르겠네. 아마 둘 다. 아니, 네가 유년기의 상당 부분을 보낸 이 쇼핑몰로 한정하자. 그때랑 여전히 똑같은 것 같아? 돌아온 가치가 있는 것 같아?

밥이 나를 쳐다본다. 네가 못 믿을 수도 있겠지만, 그래 똑같아. 심지어 냄새도 익숙해. 내가 어렸을 때 맡았던 냄새가 나.

혹시 밤마다 쇼핑몰을 돌아다니는 이유가 뭔지 알려 줄 수 있어? 매일 밤 네가 돌아다니는 소리가 들리거든.

무슨 말 하는 건지 모르겠는데, 밥이 차갑게 식은 차를 한 모금에 비우며 말한다.

밥에게 캐물어 보려던 찰나에 토드가 불쑥 얼굴을 들이민다. 안녕, 밥도 있었네?

밥이 토드를 노려본다. 내가 뭐라고 했었지? 노크 먼저 해야지.

미안, 토드가 낮게 중얼거리더니 어느새 애덤까지 와서 서 있는 출입문으로 돌아가 한쪽 벽을 손가락 관절로 톡톡 두드린다. 밥이 나를 쳐다본다.

들어와, 내가 소리 높여 말한다.

이번에는 애덤이 먼저 들어와서 곧장 밥에게 말을 건다. 자동차 열쇠 하나만 줘. 배터리 구해 오려고.

그래. 밥이 고개를 끄덕인다. 큰 차가 필요하진 않으니까 닛산을 몰게 해 줄게. 밥이 청바지에 매달아 둔 열쇠 꾸러미에서 열쇠 하나를 빼낸다. 다음번에 물건 구하러 갈 땐 한 번에 다 가져오도록 해.

그게 가능하면 그렇게 하겠지, 애덤이 말한다. 좀 늦을지도 몰라. 복귀하면 열쇠는 어떻게 돌려줄까?

난 잠들어 있을 거야. 돌아오면 그냥 내 방 앞에 둬.

그럴게. 애덤이 밥을 향해 고개를 살짝 끄덕인 다음 나에게도 고갯짓을 한다. 잘 자.

토드와 애덤의 방문 때문인지 밥은 다시 내게 무뚝뚝하고 고압적으로 군다. 오늘 치 엽산은 먹었어? 밥이 묻는다. 그리고 이내 눈살을 찌푸린다. 레이철한테 네가 꼭 엽산 챙겨 먹게 하라고 했었는데. 콕 집어서 하라고 시켰는데.

아까 나한테 먹으라고 말해 줬었어.

아니, 그냥 먹으라고 말만 하는 게 아니라 먹는 거 제대로 확인하라고 했어. 엽산이 기형을 막아주고 네 몸에서 새로운 세포가 생성되는 데도 도움이 된단 말이야.

맞는 말이다. 그런 것까지 알고 있다니 참 놀라운 일이다. 너도 『임신 101』 읽어 봤나 보네, 라고 밥에게 말하고 싶지만 하지 않는다. 밥과 언쟁을 벌이는 불필요하고 위험한 행동을 하는 대신 나는 자리에서 일어나 엽산통, 기저귀 묶음, 물티슈, 분유통, 아기 옷 따위를 보관해 둔 서랍장으로 향한다.

세포라 매장은 토드와 애덤이 급히 조립한 새 이케아 가구로 가득하다. 두 사람이 카탈로그를 가져왔을 때 내가 원하는 제품을 몽땅 고른 결과다. 템퍼페딕 매트리스가 깔린 퀸 사이즈 침대도 있고, 아직 출산이 임박한 상황은 아니지만 음악이 흘러나오는 모빌이 달린 노란색 유아용 침대와 그와 어울리는 기저귀 갈이용 탁자, 작은 흔들 침대 등 아기용 가구도 전부 설치되어 있다. 그러나 무엇보다 마음에 드는 가구는 내가 읽고 싶은 책이 죄다 꽂혀 있는 대형 책장이다. 게다가 마음에 드는 책이 한 권도 없으면 이제 쇼핑몰 내 다른 매장이나 오락실(올드 네이비)이나 서점(습격 때 훔친 책들을 보관해 둔 반스 앤드 노블)을 자유롭게 돌아다닐 수도 있다.

최근에 읽고 있는 책은 화자 셰에라자드가 밤마다 샤흐리아르 왕에게 이야기를 들려주되 이야기의 결말은 다음 날 밤으로 미루면서 목숨을 유지하는 이야기 『아라비안 나이트』다.

나는 다시 테이블에 앉아 밥이 보는 앞에서 입에 알약을 넣고 찻잔 속 식은 차와 함께 꿀꺽 삼킨다. 잊지 않고 먹을 수 있게 알려 줘서 고마워, 내가 밥에게 말한다.

밥이 고개를 끄덕인다. 가기 전에 기도 올릴까? 내가 널 위해 기도해 줄게.

나도 고개를 끄덕인다. 내가 주일학교에 다니던 시절에 했던 것처럼 우리는 각자의 의자에 앉아 고개를 숙이고 양손을 맞잡는다.

주님, 밥이 기도를 시작한다. 겸허하게 주님께 기도를 올립니다. 주님께 은혜를 구하는 저희는 저희가 가진 힘의 한계를 잘 알고 있습니다. 그러니 저희가 이 아이를 안전하고 건강하게 보살필 수 있도록 도와주십시오. 아이 어머니가 저지른 잘못이 있지만 저희는 이 아이를 세상에 내보내는 기회를 꼭 얻고 싶습니다. 부디 캔디스가 자신이 살아온 방식의 과오를 계속해서 직시하고, 다시 얻은 자유가 특권임을 이해할 수 있게 도와주십시오. 부디 저희가 캔디스를 잘 이끌어 일탈을 뒤로하고 무리에 적응하도록 할 수 있게 도와주십시오. 아멘.

아멘, 나는 멍하니 밥의 말을 따라 한다.

밥이 떠난 후 나는 잠시 기다렸다가 불을 끄고 침대에 눕는다. 그리고 오랫동안 가만히 누워만 있는다. 손톱 끝까지 진동이 전해질 정도로 심장이 빠르게 뛰고 있다.

얼마 지나지 않아 엄마가 찾아온다. 침대 시트 위에 앉을 때의 무게감이 느껴진다. 엄마가 아무 말도 하지 않는다.

무슨 말씀 하시려는 건지 알아요, 내가 엄마에게 말한다. 하지만 먼저 생각 좀 해 볼게요.

열쇠를 가져와야 해, 엄마가 나를 다그친다. 열쇠를 손에 넣고 차를 타러 가서 여길 빠져나가는 거야.

엄마는 그게 쉬울 거라고 생각하시는 거예요?

엄만 이게 기회라고, 너에게 주어진 흔치 않은 기회라고 생각해.

오늘 밤에 해요? 적당한 때가 맞을까요?

엄마가 코웃음을 친다. 어휴. 어제도 적당한 때였단다. 지난 주도, 지난달도. 출산을 하고 나면 상황이 달라질 거야.

엄마가 상세히 설명해 주는 탈출 방법은 이렇다. 먼저 잠들지 말고 깨어 있어야 한다. 토드와 애덤이 돌아올 때까지 기다려야 한다. 토드가 핫 토픽 입구 앞에 자동차 열쇠를 갖다 놓으면 그걸 가로채야 한다. 시간을 잘 맞추는 게 중요하다. 무작정 서둘렀다간 밥이 밤중 산책을 하다가 나를 목격하거나 열쇠가 사라졌다는 사실을 알게 될지도 모른다. 열쇠를 손에 넣더라도 긴장을 늦춰선 안 된다. 열쇠를 가지고 차가 세워진 곳까지 간다 해도, 쇼핑몰 입구까지 나가려면 전조등을 켜야 할 만큼 날이 아직 어두울 가능성이 높다. 누군가가 내가 사라졌다는 사실을 알아차리면 삽시간에 도로에서 붙잡히고 말 것이다.

기다리는 편이, 전조등을 켜지 않고도 운전할 수 있게 동이 틀 무렵까지 기다리는 편이 낫다. 해가 지평선 위로 보일락 말락 할 때까지. 그즈음이면 다들 잠들어 있을 테니 시동을 켜고 조용히 주차장에서 빠져나가면 된다. 빠져나가면 다른 생존자들이 있을 것이다.

그런데 붙잡히기라도 어떡해요? 내가 묻는다.

엄마의 목소리가 냉정하게 가라앉는다. 그냥 쇼핑몰에서 산책을 하고 있었다고 하면 되지 않겠니. 가끔가다 밥이 밤에 그러는 것처럼. 아이가 자꾸 이리저리 움직여서 가만히 있을 수가 없었고 다리를 좀 풀어 줘야 했다고 하면 되지. 그럴듯한 대꾸잖아. 왜 그래?

그냥 엄마가 생전에 '그럴듯한 대꾸'라는 말을 쓰는 걸 들어 본 적이 없어서요.

네가 아주 오래오래 살아서 네 자식들이 얼마나 네 생각을 안 하는지 한번 경험해 보면 좋겠구나.

그런 뜻으로 말한 게 아니에요. 그냥 지금 좀 이상해요. 영어를 완벽하게 구사하는 것도.

그건, 네 중국어가 형편없어서 중국어로는 대화를 할 수 없어서잖니, 엄마가 무표정한 얼굴로 말한다. 어쨌든. 엄마가 침대에서 일어난다. 조심하렴.

엄마가 자리를 뜨려다 말고 뒤돌아보며 말한다. 탈출하는 데 성공하면 엄마가 다시 널 보러 올 때까지는 시간이 꽤 걸릴 거란다.

그냥 이렇게 가시는 거예요? 내가 묻는다.

그냥 이렇게 가는 거란다, 엄마가 그 말을 남기고 사라진다.

나는 잠에서 깨어난다. 사방이 쥐 죽은 듯이 조용하다. 자칫하면 이 침묵 속으로 풍덩 빠져 버릴 것만 같다. 기다리는 것 말고는 할 수 있는 게 없다. 그러니 기다린다. 또 기다린다.

달리 무얼 해야 할지 알 수 없어서 나는 두 눈을 감는다. 그리고 기도를 시작한다.

24장

어느 날 아침 나는 평소와 같은 시간에 사진을 더 찍으려고 사무실을 나섰다. 그리고 문이 닫히려던 찰나, 출입 카드를 두고 왔다는 사실을 깨달았다. 문손잡이를 잡으려고 손을 뻗었지만 이미 늦은 후였다. 찰칵 소리와 함께 닫혀 버린 것이다.

젠장, 나는 투덜댔다. 카드를 정말 두고 온 건지 확인하려고 코트 주머니를 재차 뒤적였다. 되도록 나 자신에게 화를 내지 않으려 했다. 지갑이나 아이폰을 두고 온 적이 무수히 많았음을 감안하면 그간 이런 일이 벌어지지 않았다는 것 자체가 가히 기적이었다. 그렇다 해도 충격은 여전했다.

사무실 출입구에 가만히 서서 상황 파악을 해 보았다. 한참 전에 해야 할 일 목록에 올려 둔 문 고정 받침대 설치를 진작 해 뒀어야 했다.

출입구의 측벽과 문은 유리 소재로 되어 있었다. 건물 밖으로 나가서 지렛대로 쓸 법한 큼직한 바윗돌이라든가 콘크리트 벽돌이라든가 문에다 던질 만한 물건을 찾아오는 것도 한 가지 방법이었다. 그리 말끔한 해결책은 아니었지만 효과는 있을 터였다. 그러나 고생길이 훤했다. 다른 층으로 가서 묵직한 무언가를 슬쩍 가져올까 하는 생각도 해 보았지만 전부 스펙트라 사무실처럼 텅 비어 있거나 닫혀 있었다.

별수 없이 나는 계단을 내려갔다. 그러다 어느 시점에, 17층 부근에 다다랐을 즈음에 머리가 핑 돌아서 바닥에 주저앉고 말았다. 갑작스러운 현기증이 왔다 갔다 해서 임신 증상인가 보다고 생각했다. 층계참에 앉아 있으니 조명에서 윙윙 소리가 났고, 이 짓을 계속한다는 게 가능할까 싶은 생각이 들었다. 임신 주수가 길어질수록 이렇게 무수히 많은 계단을 매일같이 오르내린다는 짓은 더 이상 못 하겠다는 생각이 들 만큼 힘에 부쳤다.

나는 다시 일어나서 계단을 내려갔다.

밖에서는 태양이 익숙한 각도로 낮게 내리쬐고 있었다. 예상했던 것보다 날이 추워서 발걸음을 재촉했다. 해야 할 일이 많았다.

먼저 던질 만한 돌을 찾을 작정으로 센트럴파크가 있는 북쪽으로 향했다. 걸어가는 길에 예전엔 자주 들렀으나 지금은 폐쇄된 장소를 하나둘 지나쳤다. 진절머리 나는 여름 내내 들러 날마다 프라푸치노를 한 잔씩 사 마셨던 스타벅스도 지나쳤다. 로티세리 치킨, 꼬투리 강낭콩, 달콤한 글레이즈드 번 같은 요리에다가 정교하게 깎은 당근 꽃과 애호박 꽃을 고명으로 올린 일일 연회 음식이 특징인 단골 점심 뷔페 식당도 지나쳤다. 기억을 되새기고 있으니 굶주린 배가 꼬르륵 소리를 냈다.

바로 그때 일대에서 보기 힘든 포장마차 하나가 번득 떠올랐다. 커피와 페이스트리를 팔고 센티널 보안 요원들이 휴게 시간에 자주 들르는 평범한 가게였다. 내가 있는 곳에서는 두 블록 떨어져 있었다. 현금이 하나도 없었지만 모퉁이에 체이스 은행이 보였다. 로비에 놓인 현금지급기 다섯 대를 전부 눌러 보고 나서야 유일하게 제대로 작동하는 기계를 발견했다.

나는 총 100달러를 20달러 지폐로 인출했다. 명세표를 받으시겠냐는 문구가 떠서 본능적으로 '네'를 꾹 눌렀다. 한참 기다린 후에 명세표가 나왔다. 나는 그걸 접어서 지갑 안 지폐 뒤에 넣었다.

은행에서 나가려던 차에 뭔가가 내 발걸음을 붙잡았다. 나는 다시 지갑을 열어 명세표를 펴고, 흐릿해서 제대로 보이지도 않는 숫자를 실눈으로 꾸역꾸역 읽었다. 예금 계좌에 보관된 돈이 말도 안 되게 불어나 있었다. 평생 한 번도 가져 본 적 없는 액수였다. 분명 어떤 오류일 거라고, 시스템 결함일 거라고 생각했다. 그런데 입금 일자를 죽 훑던 내 눈길을 사로잡는 뭔가가 있었다. 2011년 11월 30일. 2011년 11월 30일. 나는 그 날짜를 거듭 머릿속에서 되새겨 보았다. 머리보다 몸이 먼저 반응하면서 심장박동이 빨라졌다.

2011년 11월 30일. 계약이 종료되는 날이었다.

젠장, 나는 낮은 목소리로 중얼거렸다.

잠깐만, 이거 진짜가? 나는 아이폰을 꺼냈다. 그리고 인사부 캐럴이 PDF 파일로 보냈던 계약서를 다시 열어 보았다.

당사는 본 계약이 종료된 이후 2011년 11월 30일 자에 X달러를 송금한다. 본 금액은 해당 일자에 귀하가 기재한 은행 계좌로 직접 송금하는 것으로 한다.

진짜였다. 오늘이 계약 마지막 날이었다.

나는 별똥별에 맞을까 봐 두려움에 떠는 사람처럼 조심조심 체이스 은행을 빠져나가 텅 빈 거리로 발을 내디뎠다. 도시 중심부에 펼쳐진 광대한 도로가 나를 감쌌다. 고층 건물의 깨진 창문에 바람이 스치면서 휘이이 휘파람 소리가 났다. 그때 처음으로 나는 공포를 느꼈다. 계약이 종료되면 무얼 할지에 대해 한 번도 생각해 본 적이 없었다. 그렇게까지 멀리 앞날을 내다본 적이 없었다. 현금은 왜 또 인출했던 거지? 맞다, 포장마차. 포장마차가 눈앞에 있었다. 나는 본능적으로 포장마차로 다가갔다. 커피와 페이스트리. 내 계획은 커피와 페이스트리를 사는 것이었다.

어쩌면 오늘이 계약 마지막 날이라는 사실을 알고 있던 잠재의식이 나를 밖으로 끌어낸 것이었을지도 모른다. 어쩌면 이제 그만할 때가 되었다고 내가 나 자신에게 말하고 있던 것이었을지도 모른다. 그런데 내가 더 이상 스펙트라와 맺은 계약에 묶여 있지 않다는 게 과연 중요하기는 한 걸까? 아빠는 이렇게 말하곤 했었다. '일은 그 자체가 보상이란다.' 일은 그 자체로 위안이기도 했다.

나는 포장마차로 다가가면서 물었다. 커피 한 잔이랑 페이스트리 살 수 있나요? 페이스트리는 아무거나 괜찮으니 가장 따끈한 걸로 주세요.

20달러 지폐를 꺼내 선반에 올려놓은 후에야 나는 깨달았다. 음식 진열장에 놓인 바나나가 완전히 갈변한 채 바싹 말라 있었다는 사실을. 사방에 파리가 꼬여 있었다. 머핀이며 크루아상이며 대니시며 모든 페이스트리에 곰팡이가 핀 상태였고 비닐봉지에 담긴 채 부패하며 녹아내리고 있었다. 포장마차 안을 들여다보니 아무도 보이지 않았다.

젠장, 나는 낮게 투덜거렸다.

결국 나는 발길을 돌렸다. 센트럴파크로 가려던 계획은 까맣게 잊고 망연히 배회했다. 쇼크를 막으려면 레몬이나 라임을 베어 물어야 한다던데. 게다가 내겐 바윗돌도 필요했다. 그게 여기까지 걸어 나온 목적이었다. 바윗돌, 레몬, 라임. 바윗돌과 레몬과 라임이 필요했다.

나는 큰 소리로 중얼거리다가 의식적으로 말을 멈추었다. 그리고 계속 배회했다.

걷다가 어느 시점에 고개를 들자 눈앞에 헨리 벤델 건물이 보였다. 창문을 통해 내부를 들여다보니 화장품 진열대, 아닉 구딸 향수 진열장, 핸드백이 모조리 뒤집혀 있는 등 온 사방이

파헤쳐지고 약탈당한 상태였다.

헨리 벤델 매장에 처음이자 마지막으로 들어가 본 건 스펙트라에서 퇴사를 할 생각을 품었던 시절의 일이었다. 1년 남짓 다녔을 무렵이었으나 진심으로 퇴사를 고민했다. 상품 코디네이터로서 뉴욕 사무실에 앉아 성경이며 면도날, 나이키 운동화 같은 온갖 것을 동남아시아 각지 공장에 요청하는 일을 평생 한다니, 그런 내 모습을 도무지 상상할 수 없었다. 무언가에 충분히 능숙하다고 해서 반드시 그 일을 해야만 하는 건 아니다.

그날 퇴근 전 나는 마이클 라이트만에게 2주 후에 퇴사하겠다는 의사를 전달했다. 마이클은 내 통보에 당황한 기색이 역력했다. 퇴사를 의논한 적도, 퇴사 계획이 있다는 생각을 내비친 적도 없던 터였다.

퇴사 후에 뭘 할지는 생각해 봤어요? 마이클이 물었다.

아뇨, 내가 대답했다. 그냥 이 일을 오랫동안 할 수는 없을 것 같습니다.

퇴사 결정은 언제 내린 거죠? 마이클이 내 사직서를 일종의 단서라도 되는 양 면밀히 살펴보면서 물었다.

어젯밤에요, 내가 대답했다. 그리고 덧붙였다. 죄송합니다.

저한테 사과할 필요는 없어요, 마이클이 말했다. 말투가 어찌나 차분했던지 실제 속은 부글부글 끓고 있는 거 아닐까 싶을 정도였다. 하지만 캔디스 씨를 떠나보내야 한다니 유감이네요. 그동안 상품 코디네이터 일을 정말 잘해 주셨는데.

결정은 어제 내렸지만, 고민은 꽤 오래 했습니다.

캔디스 씨는 배우는 속도가 빨랐어요, 마이클이 말을 이었다. 새 프로젝트가 점점 까다로워져도 끝까지 잘 맡아 주었고요. 홍콩 지부에 있는 팀에서도 캔디스 씨 칭찬이 자자했죠. 캔디스 씨가 수많은 성경 제작 프로젝트를 맡으면서 보여 준 문제 해결 능력, 파급력과 규모가 큰 생산 작업을 이끄는 능력은 저희 회사의 중요한 자산이었습니다.

감사합니다.

마이클이 좀 더 신중한 태도로 말을 이었다. 하지만 캔디스 씨는 젊어요. 이제 일한 지 1년 정도밖에 안 됐잖아요.

약 1년 3개월 정도 됐습니다, 내가 대답했다.

캔디스 씨는 젊어요, 마이클이 했던 말을 반복했다. 어쩌면 캔디스 씨는 하고 싶은 일을 하면서 살아야 한다는 생각을 갖고 있는 건지도 모르겠네요.

저는 단지…… 나는 당황한 나머지 쩔쩔매며 적절한 말을 떠올려 보려 했다. 저는 단지 제 삶의 폭이 이렇게 순식간에 좁아 드는 게 내키지 않아서요. 일 자체는 괜찮습니다만, 여기에 평생 몸담을 수는 없을 것 같습니다.

마이클이 사직서를 접더니 봉투에 도로 넣었다. 캔디스 씨가 선택해야 할 문제이지만 확신을 갖고 결정하면 좋겠어요. 본인이 능숙하게 잘하고 사람들도 인정해 주는 일을 찾는 행운이 따르면 그걸 하찮게 여기지 마세요. 연봉이나 수당 관련 문제라면 언제든 나한테 얘기해도 돼요. 마이클이 사직서 봉투를 내게 다시 내밀었다. 월요일까지 생각해 보고 다시 결정하는 걸로 하죠. 금요일엔 하루 쉬세요. 주말 동안 생각해 보고요. 확신이 서야죠.

전 확신합니다, 나는 다급하게 대답했다.

굳건한 확신이 있어야 해요, 마이클이 말했다.

나는 서둘러 회사 밖으로 나간 다음 도시 중심부를 거닐며 머리를 식혔다. 쌀쌀한 목요일 저녁이었다. 마이클의 반론에 부딪히고 나니 내 결정에 대한 확신이 흔들렸다. 내가 나에게 일을 관두라고 설득하는 일이 마치 사실상 감당할 능력도 없는 사치스러운 소비를 정당화하는 일처럼 느껴졌다. 불쾌하게도 마이클이 내 확신을 실로 삽시간에, 단 몇 분 만에 꺾어 버린 것이었다.

얼마간 걷다가 나는 헨리 벤델 매장으로 들어섰고 왜 그랬는지는 모르겠지만 굽이진 나선 계단을 올라간 다음 테디*, 잠옷, 브래지어, 팬티가 진열된 란제리 구역으로 도망치듯 들어갔다. 한마디로 실업자 신세가 되고 났더니 도움이 필요한지를 물으며 다가오는 점원에게 경계심이 생겼다. 그럼에도 나는 값비싼 소재로 된 얇디얇은 옷감과 비정상적으로 풍성한 레이스, 술 장식이 달린 솔기, 바느질된 단단한 가죽 등 이질적인 섬세함과 정교함을 품은 제품들에 감탄하면서 서서히 발

* 슬립과 팬티가 결합한 여자 속옷.

걸음을 늦추었다. 제조 과정을 곰곰 생각해 보기도 했다. 그렇게 아름다우면서도 난잡하리만치 하늘하늘한 옷을 제작할 수 있는 건 이탈리아 산기슭에서 보드랍고 물컹물컹한 치즈와 야생화꿀을 먹고 사는 특수 장인들뿐이리라. 어쩌면 수녀님들일 수도.

나는 빅토리아 시대 스타일의 라벤더색 테디를 만져 보고 등 부분에 박음질 된 라벨을 슬쩍 훔쳐보았다. 메이드 인 차이나. 아니나 다를까였다. 초롱꽃이 날염된 담청색 캐미솔도 확인해 봤다. 메이드 인 방글라데시. 팬티 세트도 확인했다. 메이드 인 파키스탄.

어디로 가든, 이 세상의 현실에서 벗어날 방도는 없다.

월요일이 되었을 때 나는 다시 스펙트라로 출근했다.

어느덧 하늘에 해가 낮게 떠 있었다. 중심부를 벗어나 더 멀리 나가 볼 용기까진 내지 못한 나는 그저 쳇바퀴 돌듯 정처 없이 배회했고 그러는 동안 아무도, 심지어는 곳곳의 랜드마크와 문화시설 앞을 지키던 센티널 보안 요원들도 보지 못했다. 사실 근무 중인 센티널 요원을 마지막으로 본 게 언제였는지 기억도 나지 않았다. 전부 떠나 버린 건가?

코트 깃에 얼굴을 더 깊게 파묻었다. 치아가 달달 떨렸다. 나는 양손을 계속 주머니에 푹 찔러 넣고 다녔다.

길 건너편에 쥬시 꾸뛰르가 보였다. 그런데 더 이상 내가 그때껏 봐 왔던, NY 고스트에 게시하기 위해 기록했던 그, 손길 한 번 닿지 않은 양 말끔한 보석함 같지가 않았다. 유리 외벽이 깨져 있었고 길 건너편에서 보니 헨리 벤델과 마찬가지로 약탈당한 흔적이 고스란히 남아 있었다. 매장 내부에는 벨루어와 프렌치 테리 직물에 휘황찬란한 무지개를 새겨 장식한 선글라스, 핸드백, 스마트폰 커버 같은 제품이 어지러이 널려 있었다. 깨진 유리 틈으로 내부를 들여다보기가 무섭게 내 시야에 들어온 것은 바닥에 누워 있는 점원이었다. 점원이 흘린 피가 제품들에 말라붙어 있었다. 둔기에 머리 위쪽을 맞고 죽은 것이었다.

신이시여, 내가 말했다.

그와 동시에 나는 다리에 힘이 풀려 쓰러져 버렸다. 아니, 정확히 말하면 그런 광경을 앞에 두고 뒷걸음질 치다가 연석에 걸려 넘어졌는데 착지를 제대로 못 해 꼬리뼈로 주저앉은 것이었다. 즉각적이고 강력한 고통이 코끝까지 단번에 전해져 오는 듯했다. 나는 한동안 꼼짝도 못 하고 땅바닥에, 몸의 반쪽은 보도에 누이고 다른 반쪽은 도로에 누인 상태로 가만히 있었다. 금속성의 피 냄새가 대기를 가득 채웠다. 코에 손을 갖다 대 보니 코피가 만져졌다.

아이가 배 속에서 미친 듯이 허둥댔다.

그리고 삽시간에 깨달음이 찾아왔다. 난 떠나야 했다. 비단 이 현장만이 아니라, 비단 이 중심부만이 아니라, 뉴욕을 떠나야 했다. 난 뉴욕을 떠나야 했다. 당장 떠나야 했다. 그날. 그 순간.

순간 이동이라도 한 것처럼 나는 어느새 링컨 터널 입구까지 가서 서 있었다.

나는 난간을 사이에 두고 차도와 분리된 우측 통로를 따라서 한껏 위축된 채 터널 속으로 들어갔다. 용기를 내어 한 발씩 내디뎠지만 채 1킬로미터도 가지 못하고 겨우 800미터 정도 만에 발길을 돌렸다. 터널 내부에는 꼼짝할 수 없을 만큼 압도적인 암흑이 있었다. 조명은 대부분 나가 있었고 아직 깜박임이 남아 있는 몇 개의 조명만이 버려진 자동차들을 비추고 있었다. 그 안에 무엇이 있을지에 대해서는 생각조차 하고 싶지 않았다.

낙담한 나는 용기를 그러모아 다시 안으로 들어가 보려 했다.

터널 입구에 걸린 '뉴욕 라이프' 보험회사 광고판이 뉴욕으로 진입하는 모든 차량을 맞이하고 있었다. 광고판에는 손주 두 명을 껴안은 한 할아버지의 사진이 붙어 있고 그 옆에는 '인생이란 자신이 무얼 위해 사는지를 아는 것입니다.'라는 문구가 적혀 있었다.

그때 멀찍이서 차도를 달리고 있는 택시 한 대가 보였다. 어린이 보호구역에서 서행하며 느릿느릿 차선을 바꾸고 있었다. 온종일 모든 것이 꿈처럼 비현실적으로 느껴졌고 사방에 온갖 신호가 산재해 있던 터라 환각 증세가 나타나고 있는 것이리라 생각했다.

그럼에도 나는 택시를 향해 팔을 들어 올렸다.

그러자 기적처럼 택시가 내 손짓에 멈춰 섰다. 나는 택시 안을 들여다보았다.

에디 씨? 내가 말했다.

에디는 나를 돌아보지 않았다. 시선이 정면에 고정되어 있었다. 택시는 달팽이가 기는 듯한 속도로 계속 움직이고 있었다. 운전석 문을 열자마자 강한 체취가 코를 찔렀고 나는 차 안으로 손을 뻗고 보조 브레이크를 당겨서 차를 완전히 멈춰 세웠다.

에디 씨, 내가 다시 말했다. 에디였다. 내 기억 속 모습보다 수척해 보였지만 확실했다. 마스크도 쓰고 있지 않았다. 어깨를 건드려 보았지만 아무런 반응이 없었고 그저 멍하니 앞만 보고 있을 따름이었다. 한쪽 발은 계속 가속페달을 밟고 있었다. 그즈음엔 열병에 걸린 사람을 충분히 본 상태였다. 열병에 걸리면 어떻게 되는지 나는 알고 있었다.

어쩌면 그래서였을까, 나는 옳은 일을 하는 것이라 생각하며 에디를 택시 밖으로, 그의 생계 수단 밖으로 끌어내렸다. 에디는 조금도 저항하지 않았다.

나는 털털대는 낡은 포드의 운전석으로 기어들어 가 차를 몰았다.

이것이 내가 어떻게 뉴욕을 떠났는가에 관한 진짜 이야기다.

단, 또 다른 진짜 이야기도 존재할 수 있다. 그 이야기에서는 어쩌면 에디가 열병에 걸린 게 아니었을 수도 있다. 나처럼 도시에서 빠져나가려고 했던 것일 수도 있다. 허약하고 무력한 상태임에도 나를 도와주려고, 도로변에 있는 낯익은 사람을 도와주려고 멈춰 섰던 것일 수도 있고, 그가 열병에 걸렸다는 건 내 착각이었을 수도 있다. 그럴 수도 있다. 그러나 난 확신할 수 없다. 확신할 수 있을 만큼 신중하지 않았기 때문이다. 난 오로지 나 자신에 대해서만 생각했다. 그 덕에 난 내가 가야 할 곳으로 갈 수 있었다.

25장

때가 왔다.

나는 침대에서 일어난다. 플란넬 소재 잠옷을 벗고 옷을 갈아입으려다가 이내 마음을 바꾼다. 옷을 갈아입은 모습을 누가 보기라도 했다가는 계획이 탄로 나고 말 테니까. 옷을 갈아입는 대신 잠옷 위에 커다란 마모트 코트를 걸친다. 나는 그냥 산책을 하려는 것뿐이다. 가만히 있을 수가 없고 잠도 오지 않아서 그냥 좀 걸으려는 것뿐이다. 임신을 하면 수면 주기가 엉망이 된다는 건 다들 알고 있지 않은가.

다만 운동화만큼은 포기할 수 없다. 바닥이 냉랭하기 때문이다.

심장이 몹시도 격하게 두근대서 쿵쿵 쿵쿵하는 울림이 손끝까지 전해져 온다. 평소와 달리 루나가 이른 아침치고 날렵하게 움직인다. 미친 듯이 튀어 오르는 팝콘의 움직임 같다. 루나도 긴장한 것이다. 걱정 마, 나는 루나에게 말한다.

이 이야기를 너 스스로 납득해야 해. 더 이상 못 하겠다는 생각이 들 때까지 이 이야기를 철석같이 믿어야 해. 너는 그냥 새벽 5시에 산책을 나가고 있는 거야. 아직 잠옷 차림인 데다가 신발을 신고 있는 건 주차장에 있는 이동식 화장실을 써야 해서일 뿐이야. 누가 신발도 안 신고 주차장까지 가겠어? 너는 불면에 시달리고 있고 볼일을 봐야 하는 상황인 거야.

세포라 매장에서 핫 토픽 매장까지 가려면 에스컬레이터 두 대와 매장 대여섯 군데를 지나 2층을 절반 정도 가로질러야 한다. 근래 들어 천창에 쌓인 눈이 녹으면서 여명이 실내로 조금 새어 들고 있다. 2층을 둘러보니 안전해 보이고 인기척도 없는 듯하다. 어쩐지 철없는 짓을 하고 있는 것 같은 기분마저 든다.

마음 같아서는 뛰어가고 싶지만 그럴 수 없다. 나는 너무 빠르지도 그렇다고 너무 느리지도 않게, 숨길 것일랑 하나도 없는 사람처럼, 그 어떤 저의도 품고 있지 않은 사람처럼 신중히 한 발 한 발 내딛는다. 난간 너머로 1층을 내려다보니 마찬가지로 아무도 없는 것 같다. 혹시 내가 내 진짜 의도를 나 자신에게마저 감춰 버린 걸까. 놀라울 정도로 마음이 편안하다.

핫 토픽 매장의 거대한 검은색 입구가 오른편에 보인다.

멀리서 보니 바닥에 아무것도 없다. 가슴이 철렁 내려앉는다. 평정을 잃지 않으려고 애써 본다. 바닥에 있기는 있는데 거리가 멀어서 안 보이는 것일 수도 있다. 열쇠는 크기도 작고 어쩌면 베이지색 타일 바닥에 놓여 있어서 구별이 안 되는 것일지도 모른다. 난 찾을 것이다. 난 열쇠를 찾을 것이고, 몸을 숙여 열쇠를 손에 꽉 쥐고, 끝내 내 진짜 의도를 드러낼 것이다.

나는 숨죽인 채 매장 가까이 다가간다. 그리고 핫 토픽 매장 바로 앞까지 가서야 열쇠가 거기에 없다는 사실을 발견한다. 열쇠가 없다. 아무것도 없다.

짤랑짤랑 열쇠가 부딪히는 소리가 들린다.

아, 안 돼. 나는 고개를 든다.

핫 토픽 매장에서 밥이 나오고 있다.

나는 침을 꿀꺽 삼킨다. 밥, 나는 나를 향해 다가오는 밥에게 말을 건다. 그의 얼굴에 아무런 표정이 없다.

나는 거짓을 지어내고 모든 책임을 부인할 각오를 다지면서 밥을 쳐다본다. 밥의 다양한 표정을 지금껏 많이도 봐 왔다. 화가 났을 때의 표정도, 만족할 때의 표정도, 무리를 통제하려 할 때의 표정도 봤다. 내가 그에게 잘 보인 적도 있었고 그렇지 못한 적도 있었다. 그의 얼굴은 내가 속내를 읽고, 호감을 사고, 항복을 전하고, 가식을 떨기 위해 애쓰며 참으로 오랫동안 들여다본 얼굴이다. 나는 밥의 명령을 따를 수도 있겠다고, 그냥 협조해 주면 괜찮을 거라고, 내가 나 자신을 조금 억누르기만 하면 괜찮을 거라고 생각하면서 늘 나 자신을 밥의 관점에서 바라보았다.

그런데 지금 밥이 짓고 있는 표정은 여태 한 번도 본 적 없는 표정이다. 분노도 실망도 짜증도 없는 무표정이다. 아무 표정이 없다.

밥이 내게 점점 가까이 다가온다. 나는 본능적으로 뒤로 물러선다. 그리고 밥은 나를 지나쳐 가던 길을 간다.

몽유병인 건가? 내게 행운이 따르는 건가?

나는 믿을 수 없다는 듯 뒤돌아 밥을 지켜본다. 내 존재를 의식하지 못한 것 같은 몸짓이다. 가만히 지켜보고 있으니 주변을 전혀 의식하지 않는 편안한 동작으로 걸어가다가 방향을 틀어 에스컬레이터로 내려간다.

벨트에 연결된 알루미늄 소재의 D자형 고리에서 대롱대롱하는 자동차 열쇠가 천창을 통해 들어오는 여명을 받아 반짝인다. 그 반짝임이 내게 이리 오라며 손짓한다.

나는 떨리는 숨을 깊게 내쉰다. 그리고 밥을 따라가기 시작한다. 거리를 좁히기 위해 서둘러 에스컬레이터를 내려가면서 뒤를 밟는다. 밥이 어떻게든 정신을 차릴지도 모른다는, 잠에서 깨어날지도 모른다는 두려움이 내 마음 한구석에 자리하고 있어 가급적 발소리를 내지 않고 살금살금 걷는다.

1층에 도착하니 밥은 이미 올드 네이비 매장을 지나 몇 걸음 정도 앞서 있다. 밥이 입고 있는 하얀 티셔츠에 커피 자국이 보인다. 사실 티셔츠를 입은 모습도 처음 보는 것이다. 밥은 우리가 주변에 있으면 편안한 복장을 하지 않으려고 신경을 쓰기 때문이다. 티셔츠 옷감이 얇아서 속살이 훤히 보인다.

열쇠에서 짤랑짤랑, 짤랑짤랑 소리가 난다.

나는 밥에게 점점 더 가까이 다가간다. 옷깃을 덮은 덥수룩한 뒷머리와 목덜미가 보인다. 살집 있는 어깨도 보인다. 시큼하고 알싸할 입 냄새를 맡을 수 있을 정도로 가까운 거리다. 부부싸움이 벌어지는 집에서 탈출해 쇼핑몰을 정처 없이 배회하던 10대 시절의 밥을 떠올려 본다. 밥이 밤마다 하는 산책을, 밥이 자신은 모르는 일이라고 말하는 산책을 생각한다.

열쇠에서 짤랑짤랑, 짤랑짤랑 소리가 난다. 그 순간 나는 깨닫는다.

나는 밥 앞으로 달려 나가 얼굴을 마주 보고 선다. 상황 파악을 못 한 밥이 나를 향해 계속 다가오는데 눈두덩이 두터운 그의 두 눈이 조금도 움찔하지 않는다. 밥의 시선은 그 어떤 특정 사물에도 닿지 않고 멍하니 허공만 향하고 있다. 마치 자기 눈앞에서만 상영되는 숨겨진 영화라도 보고 있는 것 같다. 점점 가까워지는 밥을 보면서 나는 확신한다. 열병에 걸린 자의 눈빛이라고. 전에도 본 적 있는 눈빛이다. 애슐리의 집을 습격하던 밤 마지막으로 본 애슐리의 얼굴에서도, 마지막으로 본 저넬의 얼굴에서도 본 적 있는 눈빛이다.

몸속의 피가 일제히 요동친다. 몸속의 피가 일제히 머리로 쏠린다. 귓가에는 어떤 불규칙한 잡음이 들리고, 이내 나는 그 소리의 정체가 분노로 인해 바들바들 떨리는 내 숨소리임을 깨닫는다. 나조차 화들짝 놀랄 정도로 갑작스런 분노가 들끓는다.

캔디스 씨는 그동안 굉장한, 정말 굉장한 성과를 내 줬어요, 마이클 라이트만이 말한다.

나는 밥을 힘껏 밀어내고, 밥은 속절없이 뒤로 밀려난다. 밥이 질질 밀려나다가 뒤로 고꾸라질 때까지 나는 밥을 밀어내고 또 밀어낸다. 찌그러진 딱정벌레처럼 등을 대고 자빠진 밥이 두 손으로 허공을 부여잡고 있다. 나는 머릿속으로는 어서 열쇠를 낚아채야 한다고 생각하지만 실제로는 밥의 갈비뼈에, 복부에, 사타구니에, 얼굴에, 그 외에 모든 무른 신체 부위에 발길질을 한다. 신속하고도 맹렬하게 가해지는 내 분노의 발길질과 구타에 점점 더 속도가 실리는 바람에 밥은 반격할 틈도 노리지 못하지만 그건 반격을 할 수나 있을 때의 일이다. 밥은 팔을 들어 올려 방어하는 것마저 못하고 있기 때문이다. 그런 밥의 모습에 나는 오히려 더 있는 힘껏 공격을 가한다. 밥의 얼굴과 한 번을 안 깜빡거리는 밥의 눈에 침을 뱉는다. 발길질을 가할 때의 철벅철벅 으드득으드득 따위의 소리는 흡사 비디오 게임의 음향 효과처럼 비현실적이다.

캔디스!

나는 고개를 들어 소리가 나는 곳을 올려다본다. 조금 떨어진 곳에 애덤이 서 있다. 어디선가 불쑥 나타나 믿을 수 없다는 듯한 표정을 짓고 있던 애덤은 순식간에 감정을 억제한 권위적인 표정으로 둔갑한다.

캔디스. 나중에 후회할 짓 하지 말고 그만둬. 애덤이 어린아이에게 말하듯 한 단어 한 단어를 정확히 발음하며 큰 소리로 말한다. 네가 지금 그만두면 잘 넘길 수 있어.

나는 애덤도 자기가 한 말이 우스웠나 보다고 생각한다. 발작적으로 떨리는 웃음소리가 들리기 때문이다. 다만 애덤의 표정에는 아무 변화가 없고, 입을 벌리고 있지도 않다. 누군가가 웃고 있다. 자갈을 물고 가글을 하는 듯한, 돌멩이가 세탁기에서 돌아가는 듯한 익숙한 웃음소리, 회식 자리에서 한번 터졌다 하면 다들 좀처럼 그냥 넘어가 주질 않는 웃음소리. 나다. 사실 웃고 있는 건 나다. 내가 웃는 이유는 여태 나와 한 번도 사적인 대화를 나눠 본 적 없는 애덤이 지금 나에게 명령을 내리고 있기 때문이다. 꽤 웃기는 일 아닌가.

애덤이 빤히 지켜보는 가운데 나는 밥을 향해 몸을 숙이고 청바지에 걸려 있는 D자형 고리에서 열쇠 꾸러미를 끄른다. 바닥에 피가 보인다.

나는 똑바로 서서 애덤을 마주 본다. 나 따라오지 마, 내가 말한다.

그 말을 남기고 나는 승자의 허세를 만끽하듯 주차장을 향해 유유히 걸어간다. 그러던 중 정체를 알 수 없는 총성이 들리고, 첫 발을 듣자마자 나는 내달리기 시작한다. 그새 방에서 나온 레이철이 절망으로밖에는 해석할 수 없는 표정을 짓고 있다. 나 따라와! 나는 레이철에게 소리친다. 내가 주차장에 가까워질수록 레이철은 주춤하며 자기 방으로 뒷걸음질 치고, 나는 맹렬한 속도로 출입문을 향해 힘껏 뛰다가—두 사람이 나를 쫓아오는 소리를 혹은 문손잡이에서 나는 굉음을 듣고는—문을 쾅 닫아 버린 후 단숨에 주차장으로 들어간다.

주차장에 들어서니 단 몇 발자국 떨어진 곳에 닛산 맥시마가 주차되어 있다. 장애인 전용 주차 구역에 다른 자동차들도 나란히 세워져 있다. 가속이 붙어 더 필사적으로 몸을 내던지듯 달리던 나는 제자리에 멈춰 서자마자 더러운 아스팔트 바닥에 그어진 두 줄의 주차선 위로 몸속에 있던 것을 전부 게워 낸다. 자동차 문은 잠겨 있지 않다. 나는 차에 타서 열쇠를 마구잡이로 밀어 넣는다. 굉음과 함께 시동이 걸린다.

레이철이 뒤따라왔을지도 모른다는 생각에, 레이철도 도주할 방법을 찾고 있을지도 모른다는 생각에 나는 뒤를 돌아본다. 그러나 나를 따라오는 사람은 아무도 없다. 주차장 출입문이 여전히 닫혀 있다.

나는 주차장에서 빠져나가 그 빌어먹을 공간을 탈출한다.

26장

오랫동안 나는 목적지도 없이 그저 최대한 시설에서 멀어지고 싶다는 일념으로 쉼 없이 차를 몬다.

일리노이주 21번 간선도로 합류 지점에 다다른 때에야 나는 목적지에 대해 생각하기 시작한다. 8차선 도로라 공간이 충분하다 못해 남아돌 정도다. 자동차들이 어지러이 흩어져 있는 구역도 거의 없고 놀라울 만큼 깨끗한 도로다. 나는 표지판을 따라 시카고 방면으로 이동한다. 둑처럼 늘어선 나무 사이로 희미한 빛이 비친다. 그 나무들에 가려 실제 강둑은 보이지도 않는다. 언젠가 조너선은 일리노이주에 있는 강들에 대해, 오대호와 인접한 육지에 어떤 식으로 잔물결이 이는지에 대해 말한 적이 있었다. 내 오른편에 보이는 육지에는 기업의 공원 부지와 자동차 부품 매장, 콜로니얼 스타일의 주택을 짓는 새로운 택지개발지구, 공공 저장 구역, 베니하나, 팬케이크 음식점들, 크랩 쉑 식당들이 벌집처럼 오밀조밀 모여 있다.

전조등을 켜고 나를 뒤쫓는 차가 있을지도 모른다는 망상에 시달리면서 나는 주기적으로 백미러를 살펴본다. 곧 전조등을 켤 필요가 없는 상태가 된다. 태양이 서서히 올라오다가 갑자기, 별안간 내 두 눈에 환한 빛을 비춘다. 실내 수납공간을 샅샅이 뒤져 보니 선글라스가 하나 있다. 애슐리가 쓰던 차이나타운산 가짜 샤넬 선글라스다. 창문을 활짝 열었더니 상쾌한 공기가 밀려들면서 순식간에 몸에 한기가 돈다. 머리카락이 굽이치며 사방으로 휘날린다.

한동안 건물 하나 보이지 않는 풍경이 이어진다. 잘못된 방향으로 가고 있다는, 도시로 접어드는 게 아니라 도시에서 멀어지고 있다는 생각이 든다. 그러나 곧 일리노이주 21번 간선도로의 차선이 줄어들고 4차선 밀워키 길이 이어지는 덕분에 나는 옳은 길로 가고 있다고 생각하고, 그렇다고 느낀다. 조너선이 해 준 말을 떠올려 보면 이 길은 시카고와 그 외곽 지역을 대각선으로 잇고 몇몇 동네를 가로지르는 도로다.

글렌뷰. 나일. 나는 차창 밖으로 보이는 각양각색의 자동차 대리점, 가구 쇼룸, 강둑, 베이커리, 웨딩 부티크 따위의 이름을 보고 각 외곽 지역의 명칭을 파악한다. 풀이 무성하게 자란 골프장인가 보다고 생각하며 약 1.5킬로미터를 달린 곳은 뒤늦게야 묘지임을 알게 되는데 불가해하게도 그 묘지 한가운데엔 다 쳐진 상태로 버려진 캠핑용 텐트들이 널브러져 있다.

운전대를 잡고 있던 손의 떨림이 차츰 잦아든다. 호흡이 느려진다. 심장 박동도 느려진다.

고속도로 고가교 아래를 지나던 나는 성모 마리아와 성인

성상이 장식돼 있고 다 타 버린 촛불들이 흩어져 있는 임시 가톨릭 성당들을 보고 화들짝 놀란다. 침낭과 플라스틱 잔디 깎기 용품들도 곳곳에 아무렇게나 버려져 있다. 그때부터 계속 고가교 아래를 지날 때마다 똑같은 장비와 성당과 침낭이 눈에 띈다. 분명 두 발로 도시를 떠나 대이동을 하던 사람들에게 임시 피난처 같은 곳이었을 것이다. 그 아래에서 기도를 하고 잠을 청한 것이다.

해가 사라진다. 하늘에 짙은 구름이 드리우기 시작한다. 비가 올 모양이다. 휘발유가 절반도 남지 않았다. 그리 멀리까지 갈 수는 없을 것이다. 시카고로 가서 충분히 휴식을 취하고 물건들을 가득 실은 다음 거기서부터 앞으로 어떻게 할지 생각해 보려 한다. 도시에는 몸을 숨길 수 있는 틈새가 널리고 널렸으니까.

시카고에 가까워질수록 도로가 점점 어수선해지고 텅 빈 채 움직이지 않는 자동차들이 빽빽이 들어서 있어서 나는 우측 차선에 붙어 간신히 이동한다. 출구가 보일 때마다 그쪽으로 빠져나가 다른 도로로 접어들까 생각하지만 방향을 바꾸려던 찰나에 본능적으로 마음을 다잡고 원래 차선으로 황급히 돌아온다. 나는 밀워키길을 떠날 수 없다. 친밀함을 느낄 수 있는 유일한 도로이기 때문이다.

간접적인 친밀함일지라도 친밀함을 준다는 점에서는 매한가지다. 침대에 누워 꾸벅꾸벅 조는 동안 조너선이 시카고에서 보낸 몇 년의 세월에 대해 들려준 모든 이야기가 내 기억 속으로 침투해 들어온 듯하다. 잠자기 직전 뇌의 경계가 풀어져 모든 것을 빨아들이고 온갖 화학물질을 무차별적으로 내보내는 상태에서 내가 조너선의 회상을, 복잡하게 뒤얽힌 레이스 천 같은 기억을 내 안에 깊게 새긴 것이 분명하다. 나는 또 다른 삶에서 이곳에 와 본 적이 있다.

밤이 내려앉은 시각에 조너선의 집에서 들리는 밀워키 길의 소리는 이런 것들이다. 창문 아래쪽에서 야간 버스가 정차하는 소리, 요란하게 울려 대는 소방차 사이렌 소리, 갱단이 벌이는 싸움 현장에서 나는 총성 소리. 혼란을 불어넣는 구급차의 날카로운 사이렌 소리도 여지없이 등장한다. 도로는 영구적인 불안에 휩싸여 있는 듯하고, 널찍하게 앞뒤로 쭉 뻗은 도로를 내달리는 구급차들이 사이렌을 울릴 때마다 다른 차량들은 사방으로 흩어지며 새 경로를 찾아가야 하므로 차선들은 늘 긴장 상태에 있다. 그런 곳에 위치한 집에서 조너선은 3년을 살았고 그 기간 동안 일리노이주 남부에 있는 가족이 술 취한 채 걸어오는 전화도 피하고 크리스마스에도 찾아가지 않으면서 차츰 거리를 두었다. 조너선이 진짜 자기 집이라고 생각한 곳은 시카고였으며 다른 모든 곳과 마찬가지로 시카고 역시 변화를 겪었다. 동네에서 젠트리피케이션이 진행되면서 밤마다 들리던 총성이 서서히 희미해졌고 갱단끼리의 폭력적인 싸움도 점점 서쪽 도로로 밀려나더니 수년이 지나자 아무

총성도 들리지 않게 되었다. 망고, 까르니따스, 크림을 뿔 모양으로 산더미처럼 쌓아 올린 페이스트리를 팔던 조너선의 단골 멕시코 식당도 그즈음에 사라졌다. 이윽고 다른 야간 소음이 동네를 장악했다. 아파트 건물 아래에 들어선 24시간 빨래방의 세탁기와 건조기가 마음이 편안해지는 웅웅 소리를 냈다. 기계의 진동이 마룻바닥을 타고 조너선의 집까지, 조너선이 끝내 잠에 들 때까지 전해졌다.

가족과 떨어져 혼자 살아가는 첫 번째 장소, 조너선이 말했다. 그런 장소가 네가 한 인간이 되는 최초의 장소이자 네가 네 자신이 되는 최초의 장소야.

너무나도 오랫동안 고아로 사느라 그런 삶에 질려 버린 나로서는 두 발로 걷고 차를 몰며 무언가를 헤매는 삶 속에선 결코 안정감을 찾을 수 없을 것이다. 뿌리 없이 살아온 두 사람의 아이인 루나에게는 뭔가 다른 것을 주고 싶다. 루나는 나를 제외한 모든 가족과 아무런 연결고리도 없이, 고향이나 출신지도 없이 태어날 것이다. 어느 한 장소에 루나와 정착하고 싶다. 루나의 아빠가 사랑했고 한때 살기도 했던 시카고가 그런 장소가 될 수 있을 것도 같다.

하늘이 우그러지더니 비가 내리기 시작한다. 방울방울 떨어지는 비가 차 앞 유리에 주름 같은 흔적을 남긴다. 와이퍼를 작동해 보지만 망가진 상태라 나는 실눈을 뜨고 흐릿흐릿한 풍경을 헤쳐 간다.

시카고 시내에 접어들고 있으면서도 — 근처에 스카이라인이 하나도 보이지 않는 통에 — 그 사실을 모르고 있던 나는 어느 순간, 느낌으로 알아차린다. 느낌이 다르다. 보이는 것도 다르며, 가게들은 일렬로 죽 늘어서 있고 빛바랜 차양이 드리워진 벽돌 건물들이 빽빽하게 모여 있다. 버스 정류장도 몇 블록마다 있다. 나는 이민자들이 이용하는 오래된 식료품점과 도매 판매센터, 머니그램 지점, 매트리스 도매 할인 매장, 물이 튀기는 이미지의 오래된 간판이 달린 세차장, 아직도 상하지 않은 소시지가 대롱대롱 매달려 있는 예스러운 분위기의 육가공품 매장과 층층이 쌓인 웨딩 케이크가 진열창에 놓인 베이커리를 지나간다.

띠링 띠링 띠링 띠링 띠링. 연료 경고등이 깜박거리면서 연료가 바닥나고 있다고 경고한다.

그러나 나는 아랑곳 않고 밀워키 길을 따라 계속 이동한다. 도로가 곧고 매끄럽게 뻗어 있어 운전이 수월하다. 예기치 않은 곳에서 방향을 틀어야 하는 경우도 거의 없다. 그러나 종종 혼란스러운 세 갈래 교차로가 나오면 도로가 뒤엉킨다. 남쪽으로 갈수록 젠트리피케이션의 영향이 더 확연하게 드러나는 동네가 나온다. 웨스턴 유니언이 있던 자리는 은행이, 저렴한 술집이 있던 자리는 번드르르한 칵테일 바가, 작은 식당들은 스시 레스토랑이, 지압센터는 요가실이, 페이리스 신발 매장과 갭 할인 매장은 의류 부티크가, 베이커리는 컵케이크 가게가 밀어낸 동네다. 아직까지 비계가 설치돼 있는 신개발 지역도 곳곳에 보인다. 우측을 흘끗 살펴보니 주택들과 건물들 위로 높이 세워진 역과 역 사이의 고가 철로에 전동차가 정차해 있다.

멀찍이 스카이라인이 보일락 말락 걸려 있다. 빗방울로 얼룩져 희끄무레해진 앞 유리 너머를 보니 스카이라인이 안개에 묻혀 있다. 시어즈 타워와 핸콕 타워를 알아본 나는 곧 스카이라인을 제대로 확인하고 나서야 실제로 시카고에 와 본 적이 있다는 사실을 깨닫는다.

오래전 내가 어린아이였을 때, 아빠가 출장을 가면 그 기간을 휴가 삼아 엄마를 따라다닌 시절의 일이다. 뉴욕도 출장을 계기로 방문한 도시였으나 분명 시간상 뉴욕보다 시카고를 먼저 방문했으리라. 여덟 살 즈음 되었을 때다. 길어 봐야 이틀짜리 출장이었을 것이다. 기억나는 것은 많지 않지만 도시에 머무는 내내 간헐적으로 흩뿌리던 가랑비, 가랑비가 내리는 사이사이 먹구름 일색이던 하늘만큼은 기억에 남는다. 땀을 흘리는 잿빛 구름 속에 있는 듯한 느낌이 시카고에 대한 내 인상이었다. 아빠가 회의에 참석하러 가 있는 동안 엄마와 둘이서 돌아다닌 번화가에는 거무튀튀한 건물들이 어지러이 뒤섞여 있었다. 일정한 간격을 두고 호우가 다시 시작될 때면 우리는 식당과 호텔과 상점으로 잽싸게 몸을 피했다.

계절은 봄이었을 것이다. 엄마와 나의 피난처였던 어느 회사 건물 로비에는 모든 것의 표면이 반들반들한 검은 자재로 되어 있었는데 계절마다 바뀌는 중앙 장식품만은 예외였다. 떡갈나무 판자를 댄 그 새하얀 사육장은 파스텔 색상의 리본으로 장식된 채 울타리에 둘러싸여 있었다. 엄마와 나는 사육장으로 다가가서 내부를 들여다보았다. 살아 있는 흰 토끼들 한 무더기가 톱밥 더미에서 꼬물꼬물댔다. 사육장 위에 걸린 팻말에 적힌 문구는 '해피 이스터!'였다.

그런 우리에게 다가온 안내 직원이 이스터 토끼들이라고 큰 소리로 또박또박 설명했다. 그러더니 엄마를 쳐다보면서 이렇게 물었다. 따님은 이스터가 어떤 날인지 아나요?

엄마가 경직된 말투로 대답했다. 네.

원하시면 안아 보셔도 돼요. 직원이 흰 털에 회색 반점이 섞인 토끼 한 마리를 사육장에서 꺼내어 내 품에 안겨 주려 했다.

아뇨, 괜찮습니다, 엄마는 나를 대신해 정중하게 사양한 다음 내 어깨를 꽉 붙잡고 회전문 쪽으로 이끌었다. 건물 밖으로 나간 우리는 차양 밑에 서서 다리를 건너는 행인들, 우산이나 신문지를 머리 위로 펼쳐 비를 피하는 사람들을 쳐다보았다.

우리 가족이 여기 와서 살면 어떨 것 같니? 엄마는 그 말을 뱉자마자 흠칫하더니 평소처럼 다시 중국어로 물었다. 엄마는 일을 할 건데 너는 뭘 할래?

엄마가 일하면 저는 놀래요, 내가 대답했다.

엄마는 일하고 너는 요리를 하자, 엄마가 결심하듯 말했다. 네가 요리를 하고 청소를 하는 거야. 밥솥으로 쌀 어떻게 짓는지 아니?

네. 쌀이랑 물 넣고 버튼 누르면 되죠!

아니야, 먼저 쌀을 씻어야지. 불쾌한 맛이 나면 안 되니까. 찬물에 최소한 1분은 씻어야 해. 밥 짓는 법도 배우고 생강이랑 샬럿 넣고 생선찜 하는 법도 배우면, 그러고 나면 엄마도 일할 수 있겠다.

무슨 일요?

엄마는 잠시 아무 말도 하지 않았다. 마침내 입을 연 엄마는 개인 자산 관리라고 말했다. 회사 면접에 대비해 연습을 하는 것처럼 영어로 딱딱하게 말했다. 엄마는 사람들의 돈을 관리해 주고, 집을 살 수 있게 도와주고, 은퇴 계획을 세워 주는 일을 할 거란다. 이런 건물에서 일하게 될 거야.

그러다가 내가 마치 당신의 계획을 방해하고 있기라도 한 것처럼 느닷없이 엄격한 눈빛으로 나를 쳐다보며 말했다. 그런데 엄마가 일을 하러 가면 너는 집에 있어야 해. 너는 집에 있고 엄마는 일하러 가는 거야. 알겠니?

알겠어요, 나는 제안을 받아들였다.

운전을 하며 지나치는 거리마다 밀워키 56번 버스가 서는 정류장이 있다. 지금과 다른 삶이 펼쳐졌다면, 엄마가 살았을지도 모를 삶이 펼쳐졌다면, 나는 시내로 직행하는 56번 버스를 타고 한 회사 건물에 들어섰을 것이고 회사 근처에 산재한 모든 즐거움을 만끽했을 것이다. 라바짜에서 커피를 사 마시고, 목제 패널로 내벽을 마감한 골목의 작은 식당에서 밥을 먹고, 스테이트가에서 쇼핑을 했을 것이다. 버스 뒷좌석에 앉아 선글라스를 끼고 다른 행인들이 거니는 모습을 구경했을 것이다. 오전엔 일터로 출근했을 것이다. 저녁엔 집으로 퇴근했을 것이다.

도시에서 살아간다는 것은 도시의 설계 목적에 맞는 삶을 산다는 것을, 도시의 일정과 리듬에 적응한다는 것을, 동시간대에 출퇴근하는 무수한 동지들 틈에서 민첩하게 움직이며 출퇴근을 위해 마련된 교통수단의 이동 경로 내에서 오간다는 것을 의미한다. 도시에서 살아간다는 것은 도시가 내놓는 것들을 소비하는 것이다. 도시의 식당에서 음식을 먹는 것이다. 도시의 바에서 술을 마시는 것이다. 도시의 매장에서 쇼핑을 하는 것이다. 도시의 소비세를 지불하는 것이다. 도시의 노숙인에게 1달러를 기부하는 것이다.

도시에서 살아간다는 것은 도무지 견딜 수 없는 그 도시의 시스템에 가담하고 그 시스템을 선전하는 것이다. 잠에서 깨어나는 것이다. 아침에 일터로 출근하는 것이다. 또한 그런 시스템에서 즐거움을 얻는 것이기도 하다. 왜냐하면, 그런 즐거움이 없다면 대체 누가 세세연년 그런 똑같은 루틴을 반복하며 살 수 있겠나?

사무실로 올라가기 전 회전문 입구 근처의 건물 외벽에 몸을 기댄 채 피우는 하루의 훈훈한 첫 담배. 겨울 아침의 한기. 레이크 쇼어 도로를 달리는 자동차와 트럭들이 일제히 내뿜는 매연 냄새. 강가에서 불어오는 바람.

시내로 들어갈수록 밀워키 길이 점점 더 혼잡해진다. 끝내 목적지에 도착하지 못한 채 녹슬어만 가고 있는 각종 이동 수단과 택시와 버스가 더 빽빽하게 길을 막고 있는 통에 더 이동하는 것조차 어렵다. 극심한 교통체증 때문에 모두가 차를 버리고 떠난 듯하다. 숲처럼 밀집한 자동차 무더기를 피해 나는 어쩔 수 없이 도로에서 벗어나 인도로 차를 몬다. 차들이 빈틈없이 도로를 점령한 광경이 1.5킬로미터가량 이어진다. 내가 몰고 있는 닛산이 신음 소리를 내기 시작한다. 연료 경고등이 미친 듯이 깜박거린다.

그럼에도 나는 계속 가속페달을 밟으면서 고통에 시달리는 거북이처럼 느릿느릿 이동한다. 저 멀찍이 세 갈래 교차로 위로 고꾸라진 기중기 하나가 모든 가로등과 자동차를 박살 낸 상태로 차선 여러 개를 막고 있다. 차들이 오도 가도 못 한 채 정체해 있던 원인인 것이다. 나는 추락한 기중기 위로 곧장 지나가 보려다가 유일하게 막히지 않은 한 도로로 접어든다. 이제 내가 달리는 도로는 밀워키 길이 아니다. 간신히 몇 블록을 더 이동한 차가 불시에 거칠게 요동치더니 멈춰 버린다. 힘껏 가속페달을 밟아 보지만 차는 항의라도 하는 듯 굉음만 내다가 이내 아무 소리도 내지 않는다. 엔진이 작동하지 않는다.

정적이 흐른다. 차의 수명이 끝났다.

저 멀찍이 쓰레기장이 된 어마어마한 규모의 강과 연철로 제작된 붉은 정교한 다리가 보인다. 다리 너머에는 더 광활한 스카이라인이, 더 광활한 도시가 펼쳐져 있다.

나는 차에서 내려 걷기 시작한다.

〈끝〉

감사의 말

확신을 품고 변화를 이끌어 내준 진 어와 와일리 에이전시의 제시카 프리드먼에게 감사의 말을 전합니다.

더 심오한 이야기를 써 낼 수 있도록 통찰력 있는 의견을 제시해 준 제나 존슨과 세라 버밍엄에게도 감사합니다. 제가 더 나은 소설을 쓸 수 있었던 건 두 분 덕분입니다! 그리고 파라 스트라우스 지루 출판사의 편집부에도 감사의 말씀 전합니다.

저는 코넬 대학교의 MFA 프로그램에서 제공해 준 자금과 자원 덕분에 이 소설을 완성할 수 있었습니다. J. 로버트 레넌, 스테퍼니 본, 헬레나 비라몬테스에게 특히 감사하다는 말씀드리고 싶습니다. 더불어 하나 된 마음으로 대담하게 용기를 내준 영어대학 행정실에도 깊은 찬사를 보냅니다.

저를 다정함과 관대함으로 대해 준 멜로디 플러하트, 리 프뢸리히, 이자벨 길버트, 베어드 하퍼, 제이컵 냅, 엘리자베스 메릭, 케이티 무어, 하자라 퀸, 커스틴 사라치니에게도 감사합니다. 제가 'NY 고스트'를 이 책에 쓸 수 있게 허락해 준 에드 박에게도 감사합니다(RIP 더 뉴욕 고스트)!

제 가족은 전통적으로 이민자들에게 가해진 성공에 대한 압박으로부터 저를 자유롭게 해 주었습니다. 가족이 저에게 베풀어 준 사랑과 과분할 정도로 수용적이었던 태도에 감사함을 느낍니다.

마지막으로 지금껏 내내 제 옆에서 함께 헤엄쳐 준 베일러 포파에게도 감사를 전합니다.

옮긴이 | 양미래

한국 외국어 대학교에서 정치 외교학을 공부하고 같은 학교 통번역 대학원 한영과에서 번역을 전공했다. 카밀라 샴지의 『홈 파이어』, 파리누쉬 사니이의 『목소리를 삼킨 아이』, 존 M. 렉터의 『인간은 왜 잔인해지는가』, 마거릿 애트우드의 『나는 왜 SF를 쓰는가』, 앤 보이어의 『언다잉』을 옮겼다.

단절

1판 1쇄 찍음 2021년 11월 12일
1판 1쇄 펴냄 2021년 11월 19일

지은이 | 링 마
옮긴이 | 양미래
발행인 | 박근섭
편집인 | 김준혁
책임편집 | 장은진
펴낸곳 | 황금가지

출판등록 | 2009. 10. 8 (제2009-000273호)
주소 | 06027 서울 강남구 도산대로 1길 62 강남출판문화센터 5층
전화 | **영업부** 515-2000 **편집부** 3446-8774 **팩시밀리** 515-2007
홈페이지 | www.goldenbough.co.kr

도서 파본 등의 이유로 반송이 필요할 경우에는 구매처에서 교환하시고
출판사 교환이 필요할 경우에는 아래 주소로 반송 사유를 적어 도서와 함께 보내주세요.
06027 서울 강남구 도산대로 1길 62 강남출판문화센터 6층 민음인 마케팅부

ISBN 979-11-7052-058-0 03840

㈜민음인은 민음사 출판 그룹의 자회사입니다.
황금가지는 ㈜민음인의 픽션 전문 출간 브랜드입니다.